走向乡村振兴

王宏甲 著

天津出版传媒集团

天津人民出版社

图书在版编目（CIP）数据

走向乡村振兴 / 王宏甲著. -- 天津 ：天津人民出

版社，2021.3

ISBN 978-7-201-17187-6

Ⅰ．①走… Ⅱ．①王… Ⅲ．①报告文学－作品集－中

国－当代 Ⅳ．①I25

中国版本图书馆CIP数据核字(2021)第000038号

走向乡村振兴
ZOUXIANG XIANGCUN ZHENXING

出　　版	天津人民出版社	
出 版 人	刘　庆	
地　　址	天津市和平区西康路35号康岳大厦	
邮政编码	300051	
网购电话	（022）23332469	
电子信箱	reader@tjrmcbs.com	

责任编辑	郑　玥
特约编辑	王佳欢　林　雨　佐　拉　郭雨莹
封面设计	王玉美

印　　刷	北京中科印刷有限公司
经　　销	新华书店
开　　本	710毫米×1000毫米　1/16
印　　张	27
字　　数	385千字
版次印次	2021年3月第1版　2021年3月第1次印刷
定　　价	78.00元

导　言

　　当代世界，人类在不同的国度再一次重新认识自由、平等、正义、尊严和幸福。"大道之行，天下为公""均贫富"，是中国先哲和农民千古相传的追求。中国当代开展的脱贫攻坚战，是人类减贫事业中最为波澜壮阔的行动。

　　从前谁见过农民有档案？党的十八大以来开展的脱贫攻坚战，通过精准扶贫，干部进村入户精准识别出贫困人口9899万人，全部建档立卡。到2018年底全国有280多万驻村干部在脱贫攻坚前线。那些"乡村的末梢""峡谷里的山寨"，留下了这个星球上扶贫助弱的世纪回响。有一批干部没有回来，把青春的生命永远留在了遥远的村庄。这就是发生在当今的中国故事。

　　脱贫攻坚战持续八年，是亿万人民投入的社会实践。这本书在关注全国脱贫攻坚大战场的同时，特别记述的贵州省毕节市，是我国集中连片特困地区中贫困人口最多的地区之一，且是我国唯一的"开发扶贫生态建设"试验区。在脱贫系列指标中，年人均可支配收入的脱贫线2020年全国指导标准为4000元。全国最富庶省份之一的江苏，自定标准为6000元。毕节最后脱贫的威宁、纳雍和赫章三个县，经"第三方"验收评估结果显示，所有贫困户年人均可支配收入超过一万元。怎么做到的？

　　多少年，"贫困的标签就贴在毕节的脸上"。早在2014年5月15日，习近平总书记就对毕节试验区工作作出重要批示，指出

"毕节曾是西部贫困地区的典型"，并指示："建设好毕节试验区，不仅是毕节发展、贵州发展的需要，对全国其他贫困地区发展也有重要示范作用。"

贵州省及毕节市没有辜负。毕节不仅全市农村贫困人口脱贫，而且全市3700多个村全部建立了集体合作社，目前集体经济积累已达12.2亿元，平均每个村集体经济32.9万元。这又是怎么做到的？他们收获的最宝贵的经验就是：加强党对农村工作的全面领导，把农民组织起来，走共同富裕的道路。

历史告诉我们，组织起来是不能忽略的常识。1840年中国的大门被英军炮火轰开之时，中国就像个大乡村。从那时起，"振兴乡村"就放在中国人面前了。西方列强，公司、工厂都是组织起来的状态。中国人多，各自耕种形同一盘散沙。1840年那场战争，是组织起来的英国侵入一盘散沙的中国。结果："组织起来"打败了"一盘散沙"。

即便是"一盘散沙"的中国农村，仍蕴藏着救中国最伟大的力量。中国共产党在农村中把广大人民组织起来，以"农村包围城市"建立了新中国。新中国经历了土改、合作化运动，建立了农村土地集体所有制。这是春秋战国以来土地私有制后"三千未有之变局"，一家一户男耕女织的劳作方式发生了天翻地覆的变化。中国几亿农民也组织起来了，与西方社会的根本区别是：中国农民走上了共同致富的社会主义道路。这是当代中国一切发展进步的根本政治前提和制度基础。

百年实践也让我们反复看到，中国共产党的正确领导，多么重要。加强党的领导，不是一件容易的事。在资本主义生产关系已经在世界上占统治地位的"经济全球化时代"，我国更要加强共产党的领导。在我国农村真正加强党的领导，就意味着要坚守党的宗旨，要有紧迫感地引领农民发展合作经济和集体经济，走共同致富的道路。

毕节实践最突出的是，在新时代坚持"大党建统领大扶贫"，遵照省委部署，在农村开展学习塘约村党支部领导创办"村社一体"合作社的经验，取得试点成效后，在全市推行"党支部领办村集体合作社"。村干部和党员率先入社，将贫困户全部吸收进合作社，以强弱联合凝聚乡村社会，实现了党组织对全市农村集体经济组织和合作经济组织的全面领导。其经验得到中央全面深化改革委员会办公室肯定。实践显示，这是脱贫攻坚的最佳途径，也是巩固脱贫攻坚成果和保障脱贫不返贫的必要举措。

本书还记述了山东烟台推行"党支部领办合作社"的探索。毕节和烟台，一个在西部，一个在东部。两地实践证明，把农民组织起来走合作化道路，发展壮大集体经济，在贫困地区可推行，在经济发达地区也可推行。

烟台实践是由市委组织部发起，在市委领导下，市政府汇集多个职能部门的合力在全市范围开展起来的。革命战争年代，宣传群众、组织群众、武装群众，才成就了中国共产党的伟大，取得组织起来的中国人民的胜利。组织部门的工作并非只管党员和干部，应继承密切联系群众的光荣传统。如果只管干部和党员，会脱离群众，而脱离群众就很难选好干部。烟台市委组织部自觉地将组织工作推进到党建引领农业合作化道路的前线，是新时代组织工作的重要开拓。

2018年7月18日，习近平总书记再次对毕节试验区工作作出重要指示，要求毕节在确保按时打赢脱贫攻坚战的同时，"做好同2020年后乡村振兴战略的衔接"，并要求"努力把毕节试验区建设成为贯彻新发展理念的示范区"。自此，遵循新发展理念，倾力去做衔接乡村振兴的工作，成为毕节的奋斗目标。

再看毕节的另一个重要经验。几年前塘约村脱颖而出，在于解决"一户农民的单打独斗"问题。毕节全市推行党支部领办村集体合作社后，发现：如何解决"一个村的单打独斗"，上升为具普遍意义的新问题。这促使"乡镇党委统领合作社"在毕节应运而生。此举非常重要，因为即使把一个村的全体农民都组织起来了，仅靠"村自为战"是难以实现乡村振兴的。迈上这一步，乡镇党委书记、县委书记都由此凸显出更关键的领导作用。

毕节通过"大党建统领大扶贫"，把多种经济形式的经营者组织在新时代的统一战线里，村集体合作社与家庭农场、种养大户、私营企业并存，共同致力于乡村振兴。由于村集体合作社吸纳了全部贫困户和很多非贫困户农民，由于倡导按劳分配为主，劳动报酬一般高于大户支付的劳动力工钱，越来越多农民更愿意加入村集体合作社。劳动力流向发生改变，去大户打工的农民逐渐减少，以至有一批种养大户相继加入村集体合作社。这个新情况里呈现着，最有力量的其实就是劳动人民，人民选择哪里，哪里就会发达。

习近平总书记要求把毕节试验区建设成为贯彻新发展理念的示范区，这不仅是毕节的任务，也是贵州省的重要工作。中共贵州省委办公厅向全省介绍毕节市探索"留下一支永远不走的工作队"等"四个留下"机制，这就是在推动脱贫攻坚与乡村振兴战略的有效衔接。在省委、省政府的部署下，目前他们正全力以赴地朝这个方向努力，力图在毕节积极探索取得可喜成就的基础上，形成可资借鉴、可供学习的经验，使之对全省全国具有示范意义。

　　无论乡村与城市，党和人民的密切关系，才是我们国家坚强有力的保障。乡村振兴不只是乡村的事，它需要全民族的关心和努力。没有乡村振兴，就没有全民族的复兴。

　　乡村振兴，匹夫有责。

　　民族复兴，匹夫有责。

目 录

第九章　怎样看待"穷棒子"

第十章　还有一颗会感动的心吗

第十四章　党支部领办多种合作社

第十五章　乡镇党委统领合作社

第十六章　尽锐出战

第一章

一个致力于改变贫困的试验区

少年时学地理，知道我国有个云贵高原。毕节在贵州高原最高的地方，这里是贵州贫困人口最多的地级市。我国在1980年建立深圳特区，1988年建立毕节试验区。如果说前者是致力于富起来的经济特区，后者便是致力于改变贫困的试验区，也是我国唯一的"开发扶贫生态建设"试验区。

毕节试验区起源于老一辈革命家习仲勋的深切关怀，由时任贵州省委书记胡锦涛同志倡导建立。党的十八大以来，习近平总书记三次对毕节试验区工作作出重要批示和指示，并在多次重要讲话中讲到毕节，肯定毕节在社会各方面大力支持和自身努力下，发生了巨变，并要求把毕节试验区建设成为贯彻新发展理念的示范区。

1 乌蒙山腹地

毛泽东主席《长征》诗说"五岭逶迤腾细浪，乌蒙磅礴走泥丸"，毕节就在茫茫乌蒙山腹地。

毕节，乌蒙山，在我心中是个谜一样的地方。早先在安顺塘约村采访，我听一个农民说，他祖上是从毕节迁过来的。我问毕节在哪里，他说："一个很穷的地方。"

后来我知道了，它西邻云南，北接四川，古有"于滇为咽喉，于蜀为门户"之称。诸葛亮《出师表》说"五月渡泸，深入不毛"，渡泸就深入毕节境。蜀道难走，毕节之地在诸葛亮的描述中更"蛮烟瘴雨"。然而毕节是早有多民族聚居的，当地一个名叫济火的彝族酋长助诸葛亮擒孟获，还受封为罗甸王。

同在乌蒙山腹地的贵州毕节和云南昭通，是我国集中连片特困地区中贫困人口最多的地方。初听不知如何取信，印象中我到过的青海、西藏、甘肃等地也很贫困。之后，知道西北特困地区的人口没有乌蒙山腹地这么多，贫困人口也没这么多。2019年底，毕节户籍人口有937.76万。它有46个民族，是全国少数民族聚居最多的地级市之一。

20世纪90年代，我去青藏高原采访，驱车在四千里青藏线，曾感叹这高高的天路怎么这么平坦！那时体会到，高原是海拔高，地是比较平的。贵州毕节不同——它的地貌呈三级阶梯状下降，中部地势切割程度尤其深，落差很大。我多次站在威宁、纳雍、赫章等县群山逶迤的高冈上，看那巨大的山地落差，看农民从山窝窝底下一层层把庄稼种到山顶。民谣说："开荒开到天边，种粮种到山巅。"我感到又一次遭遇很大的"陌生"。

乌江是贵州省第一大河，古称黔江。乌江就发源于毕节威宁县境。所谓山高水长，毕节境内十公里以上的河流算起来有193条，可是毕节"喀斯特地貌十分复杂"。早先我只知有"沙漠化"，没听说过"石漠化"。毕节的喀斯特地貌以"石漠化"为主要特征，就像沙漠留不住水，这里的石漠化山地也留不住水，水在地下悄无声息地流成地下河，流出境外滋养他乡。

贵州是我国贫困人口最多的省份，毕节是贵州最贫困的地方。我在毕节听到很多人会唱一支歌《毕节，我可爱的家乡》——

　　　　一百里杜鹃花歌唱的地方
　　　　一千只黑颈鹤跳舞的地方
　　　　我的高原花海
　　　　我的青春摇篮
　　　　毕节啊毕节
　　　　我快乐的家乡

　　　　一叶轻舟银河走
　　　　草海在天上
　　　　一片情迷织金洞
　　　　迷宫王中王
　　　　我的高原画廊
　　　　我的幸福方舟
　　　　毕节啊毕节
　　　　我神奇的家乡

歌声并不高亢，如诉如泣。在那一声声"我的青春摇篮，我的幸福方舟，毕节啊毕节"的歌声中，我的眼前掠过我所见的大山里的贫困和与贫困的搏斗……多次听得泪水盈眶，那倾诉般的旋律，就是那万重大山里火塘边真实的梦想和追求。

不管怎么说，我的内心听到了呼唤，我知道自己又一次遇到了"不敢不写"。我一次次走进我陌生的地方，它的黄昏和早晨，山川与沟壑，坦荡与叹息，篝火与民歌……

事实上，艰苦一直是人类最好的老师。人们可能在富贵中堕落而死，却可能在贫困中奋起而生。我相信生命中遇到毕节，这个艰苦而民风依然淳朴的地方，会告诉我很多很多。

2 贫困地区的典型

习近平总书记首次对毕节的批示，时在2014年5月15日，写在贵州省委上报的《关于毕节试验区建设发展情况的报告》上，第一句话就写道："毕节曾是西部贫困地区的典型。"

四年后，2018年7月18日，习近平对毕节试验区工作再次作出重要指示："三十年来，在党中央坚强领导下，在社会各方面大力支持下，广大干部群众艰苦奋斗、顽强拼搏，推动毕节试验区发生了巨大变化，成为贫困地区脱贫攻坚的一个生动典型。"

从"西部贫困地区的典型"到"脱贫攻坚的一个生动典型"，这个"典型"走过怎样的历程？

贵州省海拔最高点在毕节赫章县境内。我初次到赫章是2017年4月12日，当时的毕节市委宣传部常务副部长郑荣领我去乡村调研。郑荣就生长在赫章，她曾在赫章县野马川镇当过镇党委书记，对赫章县很熟悉。这天我们去了赫章县的海雀村。路上，她告诉我："海雀村的贫困曾惊动中南海。"

我曾有所闻，不知其详。她说，当年是新华社贵州分社记者刘子富报道了海雀村的极端贫困，刊登在《国内动态清样》。

我问：哪一年？

她随口就说出：1985年6月2日。

我在海雀村"文朝荣纪念馆"里看到了这篇报道的复制件：《赫章县一万两千多户农民断粮，少数民族十分困难却无一人埋怨国家》。文章首句："贵州省赫章县各族农民中已有12001户63061人断炊或即将断炊。"

刘子富写道，他到"海雀村的三个村民组，看了11户农家，家家断炊"。他走进一户苗家，看到安美珍大娘瘦得只剩枯干的骨架支撑着脑袋，她家"四个人只有三个碗，已经断粮五天了"。他一连走了九家，"没有一家不是人畜同屋居住的，也没有一家有像样的床或被子，有的钻草窝，有的盖秧被，有的围火塘过夜。"

最后，刘子富还写道："值得注意的是，有一部分区乡干部对农民的疾苦不关心，麻木不仁，不少人由过去怕富爱穷转向爱富嫌贫，缺乏起码的工作责任心。比如海雀村距恒底区委12公里，区干部对这个村的贫穷状况也知道，但就是没有认真深入调查了解，（没有）真心实意帮助农民脱贫。"

刘子富把这篇报道用急电发给新华社，新华社立即编发出《国内动态清样》向中央急送。时任中共中央政治局委员、中央书记处书记的习仲勋同志看到这份报道，批示：

> 有这样好的各族人民，又过着这样贫困的生活，不仅不埋怨党和国家，反倒责备自己"不争气"，这是对我们这些官僚主义者一个严重警告!!! 请省委对这类地区，规定个时限，有个可行措施，有计划、有步骤扎扎实实地多做工作，改变这种面貌。①

---

① 2014年5月12日，《贵州日报》在头版发表时任省委书记赵克志于5月8日到毕节市海雀村调研的新闻稿，文中引述了习仲勋同志于1985年在新华社《国内动态清样》上的批示。人民网当天转发《贵州官方新闻稿引习仲勋批示：用3个"！"表严重警告》。

习仲勋在"严重警告"后面用了三个感叹号，我们可以想见他的心情。接到中央办公厅用明传电报传来的习仲勋批示，贵州省委书记朱厚泽连夜召开紧急会议，抽调干部星夜兼程赶往赫章县，就地开仓发粮。是时，海雀村的山道上，农民们马驮人背救济粮回家。

3 和尚坡与万亩林海

现在是2017年，我们正向海雀村去。

郑荣说："新中国成立以来，有三个书记种树改变贫穷很著名。"我一时没想到是哪三个书记。她说："市委书记杨善洲，县委书记焦裕禄，村支书文朝荣。"

海雀村就是文朝荣的家乡。海雀村的贫困，曾达到几乎是贵州省贫困之最。"森林覆盖率在1985年只剩下5%。"

"又是1985年，当年调查的？"我问。

"是的。"她说，"那年政府组织了大规模的全面调研。"

关于毕节的贫困，我曾听过这样一个说法，有的人家没饭桌，把一棵大树的树干两头锯平了，搬到家里当饭桌。没碗，就在树墩上掏几个碗状的圆窟窿，把玉米糊糊舀到那圆窟窿里，孩子们就围着树墩呼呼地吃。我问："真有这样的事？"不止一个人回答过："真的。"如果是真的，能当饭桌的树墩，那可不是小树。海雀村森林覆盖率只剩下5%，按此说这地方几乎是光山秃岭了。怎么会这样呢？

这天，我们在海雀村开座谈会一直开到黄昏后。我问了这个村子为什么叫"海雀"。

"海雀，是水源地的意思。"县委书记刘建平说。

"是现在叫海雀，还是以前就叫海雀？"

"一直都叫海雀。"

他们说，这里曾经树林茂盛，水源丰富。苗族人很早是从一个叫黄沙的地方迁来的。

"那树林是什么时候没了呢？"

"大炼钢铁的时候砍树。"有个乡干部说。

"你怎么知道的？"我问。

"都是这么说的。"他说。

我看这位乡干部比较年轻，又问他是哪年出生的。他说1980年出生。我算了算，从1958年到1985年有27年。我问："这27年，海雀村周围树木都很少吗？"

"那不是。"有村民说。

这时有个头发花白，皱纹很深的村民说："五八年这里没有炼钢铁。"我问："大爷，您今年多大年纪了？"

"1939年生的。"他说。

"他78岁了。"有人说。

"他是个老党员。"又有人说。

接下来我知道了他的姓名叫王学德，1985年9月20日入的党。我问："您确定这里没有炼过钢铁？"

"外面乡里有土高炉。我们这里没有。"

"为什么没有？"

"太山沟了，炼钢铁没有炼到我们这里。"

"那什么时候砍的树？"

这时有村民说："1981年开始砍的。"还有人说："属鸡那年。"……我想起了我从前插队的山区也是这期间大规模伐木的。我于1976年招工回城，过了五六年，回去看插队的闽北山村，看到昔日葱茏的青山被砍得光秃秃的，公路边，沿路堆放着的木头随山区公路绵延起伏，等待汽车来拉。那公路是公社抽调生产队社员修的，我参加过修那公路。那山上的林木，也有我们插队期间造的林。我问村干部："砍成这样，行吗？"回答：

"卖树致富。"也就在这时，武夷山有个护林员陈建霖站了出来："我是武夷山的看山狗，谁敢砍树我就咬谁！"他破天荒地在武夷山景区立了一块《毁林碑》，把那些领头砍树的干部姓名刻在碑上。这件事被作家徐刚写进了长篇报告文学《伐木者，醒来》，发表于1987年。徐刚是我国写生态保护很优秀的作家，他写的纪实文学《大森林》在2018年获了第七届鲁迅文学奖。我是本届鲁奖报告文学组的副主任，对徐刚的生态保护系列作品比较了解。

在海雀村这天，我问："那时候这里通公路了吗？"

"没有。"

"那木头怎么拉出去呢？"

"烧炭。"

"把炭拉出去卖？"

"是的。"

砍树容易种树难。他们说文朝荣当上村支书后开始种树，起初只有几个人跟他种。"种了12亩，活了350棵。"1985年开始，他带领全体村民大面积种树，种了三个冬天。接下来的十年里继续坚持分批次种和补种，种了33座山坡，1.34万亩荒山从"和尚坡"变成了林海。如今，海雀村森林覆盖率达到63.06%。整个毕节的森林覆盖率从1988年的14.9%提升到2019年的56.45%。海雀村的森林覆盖率高于全县，也高于全市。

这天，我们去文朝荣家看望了他的妻子李明芝。

四月的山里还有点冷，明芝大娘穿一身紫红的棉衣，头上戴一顶桃红卷黑边的彝族帽子，帽子下沿露出银丝般的白发。

我问大娘今年多大年纪了。她说："属蛇。"接着又说一句，"朝荣属马。"属蛇生于1941年，属马生于1942年，她表达的是她比朝荣大一岁。我忽然看到，明芝大娘微笑着的眼睛里有一种相当自信的神情。

我问大娘与朝荣怎么认识的，她说人家介绍的，然后朝荣就到她家里去相亲。她家在德卓乡的乡下。我问见面感觉怎么样，她说没见面。

"怎么没见面？"

"我躲起来了。"

"啊！"

"他去了三次都没看到我。"她又说，"我看到他了。"

"你怎么看到他？"

"我躲起来偷偷地看他。"

大家都笑了。有人问："你看了满意吗？"

"将就吧。"

郑荣后来说，明芝大娘说这句话时脸就泛起红色，而且有一种少女的羞涩。由于文朝荣已经去世，我们去看望明芝大娘，交谈有意想轻松些。大娘很开朗，她说她是19岁嫁过来的，那是1960年。谈话间说起她嫁过来的时候，村前村后，山里山外都有很多树。

"有大树，有小树。"她说。

后来还是不可避免地谈到了文朝荣最后的日子。大娘说，那是2014年的腊月二十九，朝荣走的前12天，县委书记黄光江来看望朝荣。

黄光江书记说："老文，我们来看你。"

朝荣躺在床上，看着县委书记说了三句话。

第一句："黄书记，一定要管好我们海雀这片林，这片林毁了，海雀就毁了。"第二句："要在我家后面搞一个场子（市场），好搞经济。"第三句话是笑着说的："我走后，把我埋在林子里，等小康了，让正友（文朝荣的儿子）放一挂火炮把我震醒，我要看看。"

告别海雀村这天是农历三月十六，月亮又圆又亮，月光下能看见林海就在车窗外闪过。1985年的海雀村没有电灯，今天的海雀村有网络，可以收发微信。

我想起喀斯特（KARST）一词是外来语，意思是岩石裸露的地方。这里的喀斯特地貌上先前并非没有树林，而是过度砍伐才造成岩石裸露。喀斯特地貌经不起大量砍伐树木。地球上所有的动物和植物，都来自海洋湖泊。树的尸体，经亿万年积存才形成土层的一部分，是土壤中有机物质的主要来源。树与土相依相存，才日益茂盛肥沃。一旦失去树，就无法阻止水土流失，土就变成大雨大水的俘虏，被洪流浩浩荡荡押解到大海里去。要再造土层保护生态，何其难！

我想起记者刘子富在1985年尖锐地写出，一部分干部"爱富嫌贫"的倾向已经出现。这个倾向将成为更严峻的灾害。不仅干部经受着考验，生产队解体后，村民争相砍树换钱，人人都经历着考验。人为私利而不惜牺牲环境，在那时就汹涌地冒出来了。

我看到，"和尚坡"变成"万亩林海"，这里分明呈现着党支书文朝荣组织群众再造家乡的集体力量。公与私，党和人民，个人行为与集体力量，在这个小村庄展示着不同的价值。

4 变救济为扶贫

1985年7月，共青团中央书记处第一书记胡锦涛调任贵州省委书记。赴任前夕，习仲勋找胡锦涛谈话，讲了毕节这个地方的贫困情况，嘱咐他到贵州后多关注这个地方。胡锦涛7月20日到贵州，24日就到了毕节，25日清早乘面包车去赫章县调研。[①]

荒凉的景象掠过车窗，路边的水田开裂了，裂缝里能插进一米多长的竹竿。砍树造成的水土流失，远不只是出现在海雀村，大家看到水土流失的严重情况就摆在路面上，路面被冲出沟沟坎坎，面包车无法通行了，只好换乘越野车。

越野车也陷入泥坑，车轮使劲地吼叫着把泥水飞旋出好几米，车身挣

---

① 《贵州回应中央对毕节试验批示　总结发展经验》，中国新闻网2014年6月22日。

扎着就是起不来。胡锦涛与随行人员全部下车，脚踩着泥水一起推车。这时的赫章县大多数乡镇不通电，几乎没有通村公路。天上下起雨来，土路上都是坑坑洼洼的泥泞，前面没有越野车能走的路了，海雀村去不成了。乡干部汇报了海雀村的情况，说这个村160多户苗族和彝族人家，有100多户人住草房，40多户人住权权房。什么是"权权房"？就是用木棒搭起来的小窝棚。全村只有五个人有小学文化。胡锦涛一行在赫章县考察了两天。

光山秃岭、龟裂的土地、车轮飞旋的泥泞、权权房……都在帮助领导者进一步了解远山远水的实际状况。严重的问题不仅是交通闭塞、经济落后、衣食奇缺，还有森林覆盖率锐减、水土大量流失、耕地减少，于是继续砍林开荒种粮。越砍，水土流失越严重，喀斯特地貌岩石裸露面积迅速扩大。所谓"开荒开到天边，种粮种到山巅"，所谓"种一坡来收一箩"，都是这一时期这片土地的真实写照。

我看过一张20世纪80年代的黑白照片，一个彝族老太太赤脚走在岩石裸露的山坡上，手拿一根尖头木棒，在麻窝地里戳洞播玉米种子……用木棒播种，这不是祖先用的原始工具吗？刀耕火种的年代，还有广袤肥沃的荒原可耕种。这里的人民却用一根木棒在石渣与泥土混合的地里种粮谋生，或在岩石与岩石之间的"一巴掌"泥地里播种。不是没有更先进的工具，而是更好的工具在这岩石嶙峋的"山地"里用不上。当森林覆盖率锐减到5%，再没有土地可以垦荒了，而流失土壤的地，正迅速失去生机。土地是有生命的，当土地生长万物的能力死去，哪里去收获粮食？

这里正在成为一方水土难以养活一方人的地方。可它并非自古如此。如果自古如此，这里就不会有"海雀"这个美丽的村名。1985年生态恶化的不止一个海雀村，赫章全县森林覆盖率锐减，全县水土流失范围已扩展到1800平方公里。延至1988年，毕节水土流失面积占全市土地总面积的52.6%，超过一半了。

胡锦涛看到了毕节不仅是贫困。毕节的自然生态正在恶化。

2016年出版的《胡锦涛文选》第一卷第一篇就是《建立毕节开发扶贫

生态建设试验区》，这是1988年6月8日胡锦涛在毕节地区开发扶贫生态建设试验区工作会议上讲话的主要内容。在这篇讲话中，胡锦涛说："我省与全国特别是东部地区的差距越来越大。就省内而言，一个贫困，一个生态恶化，仍然是严重困扰我省经济社会发展的两大突出问题。"[①]

怎么解决？先救济。贵州省向中央报告，申请到了18亿斤救济粮。从1985年夏季开始，紧急救济各地严重缺粮的农民。

光靠救济是不够的，还需要扶持。

严重的交通闭塞。

缺少教育设施。

缺少医疗。

缺少电。

很多跑水、跑土、跑肥的"三跑地"。

不仅庄稼缺水，许多村庄还缺饮用水。

…………

这些都是当地贫困农民短时间内无法解决的，要有专门的机构和专门的人员去救困扶贫。1986年初，从省直机关和各市（州、地）县抽调了3300多名中青年干部，派驻毕节的赫章、威宁、纳雍、大方、织金，以及毕节以外的册亨、望谟、麻江等26个贫困县。

这是怎样的一件事？

救济，赈灾，乃至以工代赈，中国古代就有。

世界上，联合国也有赈灾活动。

扶贫，尤其是大规模的扶贫，则不同。

救济，是给钱给物。从政府行为看，是从上往下拨款拨物资。

扶贫，是派出人去，驻扎乡村与贫困村民共同改变那里的穷困处境。他们所去的都是特别贫困的乡村，路难行、缺电，或通不了电话，饮水、洗

---

① 《胡锦涛文选》第1卷，人民出版社2016年版，第1页。

衣、洗澡、洗脸都困难，你住到那里你就要付出心力，考虑怎样帮助当地农民改变困境。

胡锦涛在1988年6月8日的讲话中说："实践告诉我们，在同样的政策条件下，贫困地区与发达地区在经济社会发展上存在着效益上的差距，其结果将是地区差距扩大，如果不清醒看到这一点，并相应采取有力措施，贫困地区将会更加落后。"①

毕节有个"同心展览馆"，展出毕节试验区成立前后，党和国家以及各民主党派对特困地区毕节的关怀支持等。从毕节"同心展览馆"里展出的情况看，毕节自然生态恶化，在1986年前后达到了有史以来最严峻的程度。确认这个时间节点，是因为从那以后开始了修复的努力。与生态恶化伴出的深度贫困，也在这时凸显出来。扶贫，派出大规模的干部去扶贫，最早在贵州出发了。变救济为扶贫，这是一个历史性的事件。

从全国范围看，扶贫，发生在改革开放后东西部地区贫富差距拉大的背景下；即使在同一地区，贫富差距也在拉大。从前，五保户、贫困户，是生产队负责的。生产队解体后，农民各顾各，能力弱、身体差的必陷入贫困。自然条件差的地区也会整体陷入贫困。如果没有党和政府以特殊政策、特别的办法去扶贫救困，这样的贫富差距将越来越大。

贫困问题，引起了党中央、国务院高度重视。就在1986年5月16日，国务院扶贫开发领导小组成立。时称"国务院贫困地区经济开发领导小组"，未使用"扶贫"二字，用了"开发"一词。这是个重要认识，表明此时深度贫困的农民，不是靠救济能够解决的，要从帮扶经济开发去解决。

我国制定的贫困线，主要以是否达到温饱来衡量。1987年毕节市开始统计贫困人口，数量为345万，贫困发生率为65.1%，每三个人里面有两个贫困人口。

①《胡锦涛文选》第1卷，人民出版社2016年版，第1页。

从"救济"到"扶贫"，是历史性的变化。1986年初贵州省派驻贫困农村的3300多名扶贫队员，是中国历史上首批大规模投身扶贫事业的干部。变"救济扶贫"为"开发扶贫"，也是重要转变。扶贫事业，坚守着中国共产党为改变穷人命运而奋斗的理想，是此后几十年来坚持缩小贫富差距艰辛跋涉的大事业。

5 一个独特的试验区

杨八郎怎么也想不到，在他那贫困的家里，会三次见到胡锦涛。第一次，他根本不知见到的是贵州省委书记。

他家在毕节七星关区观音桥街道塘坊村，一家20多口蜗居在两间加起来只有30多平方米的茅草房里。那"第一次"，是在1986年5月13日。

胡锦涛见他家有很多孩子，问：你有几个孩子？

他回答：八个娃。

胡锦涛一数：不止八个，有八个男孩，还有女孩。

他说：女娃不算。

这年杨八郎50多岁，本名杨德泽。据说因为他说"女娃不算"，人家送他一个外号"杨八郎"。这天，胡锦涛给了杨八郎五百元钱，勉励他要勤劳致富。[1]1986年的五百元钱，对杨八郎来说，几乎是一笔"巨款"。他一生都没拿过这么多钱。他把钱拿在手里说不出一句话。这天乡里还给杨八郎一百斤救济粮。杨八郎领了救济粮，在路上就用40斤粮换了酒喝，背回家的只有60斤。谁知他怎么想呢？请不要批评他，也许他觉得今天太高兴了，要给自己庆祝一下。

---

[1] 媒体曾有诸多公开报道，《中国最穷改革试验区的20年：从"难关"村到"橙满园"》，《半月谈》2008年6月30日；《贵州毕节遏制人口膨胀：胡锦涛曾资助贫困户》，《中国青年报》2008年9月22日等。

杨八郎也想不到，他一家的状况给贵州省最高领导留下的深刻印象，将会对毕节此后的发展产生影响。全面调查显示，毕节农村"越穷越生"，全区人口增长率高达19.91%。这就看到了毕节第三个突出的问题：人口膨胀。连锁反应，贫困导致教育也严重跟不上，文盲半文盲占总人口的48%。这些数据都很惊人。

当年多部门投入的调研，对毕节困境曾做如下表述：毕节陷入"越穷越生→越生越垦→越垦越穷"的怪圈。这个怪圈的含义是，因为穷，想多有劳动力，于是多生孩子。人口膨胀，需要更多口粮，于是砍林开荒。毁林越多，导致生态恶化，结果就更贫困。如此循环，贫困越陷越深。

今天再看习仲勋同志当年在新华社那篇报道上的批示，他不是说赶紧去发救济粮，是说："请省委对这类地区，规定个时限，有个可行措施，有计划、有步骤扎扎实实地多做工作，改变这种面貌。"胡锦涛到贵州后，用两年多时间走遍全省八十多个县（市、区）调研，在1988年1月正式提出建立"毕节开发扶贫生态建设试验区"的构想。

1988年6月9日，国务院批准建立"毕节开发扶贫生态建设试验区"，这是个致力于改变贫困的试验区。在几十年人心追富的年月，深圳特区早已家喻户晓，毕节试验区知之者甚少。

2014年是毕节试验区建立第二十六年，习近平总书记在这年5月15日的批示中写道："全国政协、中央统战部和各民主党派中央、全国工商联长期支持，广泛参与，创造了中国共产党领导的多党合作助推贫困地区发展的成功经验，充分体现了社会主义制度的优越性。"[①]

这是又一件没有先例的大事。这件事的开端，可追溯到1988年4月胡锦涛在北京邀请各民主党派、全国工商联负责人座谈，向他们介绍毕节的情况，并邀请他们到毕节开展智力支边。由此开启了统一战线对毕节在

---

① 《贵州回应中央对毕节试验批示　总结发展经验》，中国新闻网2014年6月22日。

"高位推动""智力支持""改善民生"等方面持久的支持。如推动国务院出台专门支持毕节试验区改革发展的规划，协调有关部委出台了一系列差别化政策，协调推动项目九百多个，还推动建立东部十省市帮扶机制和联络联系制度。三十多年来，早期的援助者离退休了，继任者继续一届一届地支持，贡献卓著。①

习近平总书记在2014年5月15日的批示中还写道："建设好毕节试验区，不仅是毕节发展、贵州发展的需要，对全国其他贫困地区发展也有重要示范作用。"

同年6月21日，贵州省委、省政府在毕节市隆重召开毕节试验区全面深化改革推进大会，坚决贯彻习近平总书记重要指示精神，全力以赴推动毕节试验区实现新跨越。

6 最后一公里

这个说法意为脱贫攻坚到了冲刺阶段。这"最后一公里"尚存的贫困，到底贫困到什么程度，我到毕节之前是想象不到的。

常听人说，农村的深度贫困，中央知道吗？

我读习近平总书记2015年11月27日《在中央扶贫开发工作会议上的讲话》，看到总书记说："经过多年努力，容易脱贫的地区和人口已经解决得差不多了，越往后脱贫攻坚成本越高、难度越大、见效越慢。"总书记还指出，"脱贫攻坚已经到了啃硬骨头、攻坚拔寨的冲刺阶段，所面对的都是贫中之贫、困中之困。"

在脱贫攻坚中，党中央强调，要强化党政一把手负总责的领导责任制。我在多年的采访中也越来越清晰地看到，"一把手"对一方土地方方面面的发展肩负的责任多么重要。

---

① 《贵州回应中央对毕节试验批示 总结发展经验》，中国新闻网2014年6月22日。

朱生亮和张吉勇，都曾经是毕节的"一把手"。今天我还听到毕节人讲起他们。早先，地区的党委书记称地委书记，"地改市"后称市委书记。朱生亮是第十五任书记，2003年5月16日病逝。张吉勇是第十九任书记，2015年1月11日病逝。两位书记都在任上病逝，年龄都只有56岁。

一个地区，两位"一把手"都在任上病逝，这是罕见的。毕节的干部告诉我，这两位书记都为毕节试验区做了大量工作，都很辛苦。他们还说，不只是这两位书记这样，"很多干部都这样"。初听此说，我感觉到一种重量。

2016年11月，贵州省委决定把安顺市委书记周建琨调去任毕节市委书记。省委书记陈敏尔与周建琨谈话，问他："你有什么要求？"

"我没有要求。组织的决定就是我的职责。"那时刻他感到这是省委对他的信任。这一天是11月17日，周建琨接受任务后赶回安顺与大家道别，当天就去毕节上任。

他生于1960年，去毕节上任时已经56岁。他自己的老家在河南省叶县。他曾经是插队知青。他在安顺任市长、书记前后六年，现在是毕节第二十一任书记。

毕节与安顺相邻。小车驶出安顺地界，进入毕节。

到任第一天，已是当日晚。第二天，他用了一天时间与多部门的干部接触，了解情况。第三天一大早，他就往毕节最边远的威宁县石门乡去。就在他上任的第三天，毕节七星关区何官屯镇大水沟村发生了一起恶性案件——一个四岁女童被邻居砍断手脚，她的爷爷被砍杀死亡。

凶手聂某与被害人家曾因房屋问题发生纠纷，2015年打过官司，聂某败诉。女童的父母是离异的，女童一直和爷爷奶奶一起生活，父亲在七星关区海子街镇打工。

2016年11月19日这天，聂某在村庄附近的山路上守候过路的女童爷孙，将女童的爷爷砍杀致死，又把四岁女童左手和右脚完全砍断，左腿也严重砍伤。女童被送到贵州医科大学附属医院小儿外科病房抢救治疗，生命保住了，左腿还需要做多次手术才可能保住。

因房屋纠纷就把人杀了，把一个四岁女孩的手脚砍断了，这是什么心理？人心为什么会凶恶到这样的程度？

这个惨案对周建琨触动很大。他失眠了……他对毕节的了解还不多，但已经知道，毕节还有7个贫困县、1981个贫困村、115万贫困人口。特别是，毕节有留守儿童15.82万，还有15.23万困境儿童——为什么要这样划分？前者是父母都外出打工，缺少父母监护的，需要学校和村社给予特别照护；后者，包括本身有智力障碍等疾病的孩子，困境不比前者轻。还有持证残疾人26.48万，在册精神疾病患者2.94万，这些都是精准记录在册的。这么多的残疾人、精神疾病患者，都不同程度地存在丧失劳动力等一系列问题……总数900多万户籍人口的毕节社会内部，还有多少隐患？

这个杀人并砍断女童手脚的惨案，严峻地告诉这位新上任的市委书记：贫困，不仅表现为钱和物的缺乏；脱贫攻坚，从物质到精神，毕节都有很多迫切要做的事，都聚集到这"最后一公里"。

第二章

闻其饥寒为之哀

"善为国者，爱民如父母之爱子、兄之爱弟，闻其饥寒为之哀，见其劳苦为之悲。"[1]习近平总书记要求党员、干部要将古人这句话"牢记在心"。总书记还说："直面问题是勇气，解决问题是水平，脱贫攻坚必须坚持问题导向，以改革为动力，以构建科学的体制机制为突破口，充分调动各方面积极因素，用心、用情、用力开展工作。"[2]

为什么写这一章。因在乡村采访看到了"问题导向"有多么重要。还因为我以脚板的踏访看到，如果不是"精准扶贫""不能落下一户一人"，那些散落在高山深谷里的非常贫困，是可能被忽略掉的。那样的贫困不管多么触目惊心，不能忽略。还因为，富与穷，不仅是哲学、社会学探索的问题，还有人的尊严、精神、平等、自由呢？没有人能与此无关。

---

[1] 习近平：《摆脱贫困》，福建人民出版社1992年版，第208页。书中引用的那句古语出自西汉刘向的《说苑·政理》，讲的是西周姜太公说的一句话。姜太公是距今三千多年前的政府官员。
[2] 《十八大以来重要文献选编》（下），中央文献出版社2018年版，第38页。

1 当代权权房

在写以下文字的时候，我想有几句说明。

一是我踌躇过，可以把我所见的贫困如实写出来吗？即使是尚存的少数，也触目惊心。然而，联想到我国开展的"反腐败"和"精准扶贫"，我以为前者是霹雳手段，后者是菩萨心肠。习近平总书记希望干部们能"闻其饥寒为之哀"，贫困的存在和脱贫攻坚的坚定意志与行动，都是我们国情的一部分。

二是我还踌躇过，可以完全如实地写出来吗？比如把贫困者的真名实姓写出来，可以吗？我曾在河南山村一户留守老人和儿童家里访问，那个小女孩的泪珠不断地掉下来，就是不说一句话……我感觉到了，人虽穷皆有自尊，即使是一个孩子，谁愿把自家的贫困弄得满天下都知道？我于是选择"把真名隐去"。

三是我的寻访和记述，均出于我的志愿，如此才能较深入。就毕节这个地区而言，我到毕节不是一次性的采访，从2017年4月初次到毕节，到现在快四年了，我到过毕节全境的每一个县区及不少村寨，大部分县区都去过多次。在山乡那些寂静的夜晚，我还重读了毛泽东的《湖南农民运动考察报告》《寻乌调查》，重读了美国记者埃德加·斯诺的《西行漫记》，甚至重读了苏联作家瓦西里耶夫的《这里的黎明静悄悄》——虽然这是一部小说。这些文章或调查深入、行文朴实不拘一格，或所写人物栩栩如生，都值得我学习。特别是那些文字一如在黑暗或艰难时代高举着火炬，坚定地传达大众愿望和情感，以及作者认取的立场和追求。

现在说，我没有想到，毕节进入21世纪还有"权权房"。

纳雍县维新镇雄块村岩头上组的刘大爷家是特困户，村里人说："他这一辈子，搭过三次权权房，接过两个婆娘。"

较好的权权房是用木柱搭起来，盖上茅草的最简陋的木房子。刘大爷的权权房搭在村寨的边缘，权权房与外界联系的路，是一条隐藏在荒草丛中的路。雄块村是个极贫村，全村有70多户贫困户，刘大爷是其中之一。

刘大爷说自己本不是这个村民组的，是刘家寨的。刘家寨是雄块村的另一个村民组，那里有14户人，都姓刘。

"我搬到这里有18年了。"

早先在刘家寨，他们兄弟四人挤在一间权权房里。他长大要成家了，就自己搭了一间。要成家的喜悦鼓舞着青年时的他，他说他建权权房挺高兴的。兄弟们帮着建。那权权房也就是他和妻子的洞房。即使环境再艰难，生命也是有欢乐的。在那权权房里，他们夫妻生养了三个女儿。

他自述，第一次建权权房，是用核桃树的木头做骨架，没几年就坏了。第二次是用杂木做骨架，周边用长短不齐的木板，不够的地方用苞谷草遮住。第三次修房在21世纪初，由于他先前建权权房的地方有山体滑坡的危险，村里让他搬迁。他拆了权权房，迁移到这个叫岩头上的地方。因为有个女儿嫁到了这里，他也算是来此投奔亲家。搬到这里，就要再一次建房了。

贵州多山，小时候没想过这山是谁的，起码是大家的吧。但现在，山林早就分包了。他到这岩头上，这里的山林已属于私人承包的。这次建房，他用的大部分房柱木料是从老权权房拆来的。来到这里，他也没有土地耕种。

"靠亲家送点边边角角的地给我种。"他说。

由于有了孩子，他建的权权房一次比一次大。这第三次建的权权房里面隔出三间。他的三个女儿长大后，都是不到20岁就出嫁了，都嫁在纳雍县境内。前面说过，他这一辈子"接过两个婆娘"。两次婚事，他都没去登记。头一个媳妇生了三个女儿后身体很弱，耳聋，40岁后绝经了。他一直想有个儿子。"养儿防老"的观念在农村很普遍。他"接了第二个婆娘"，据说是头一个媳妇同意的。

这第二个媳妇17岁来到他的权权房，这样的"婚姻"组合，可见这17岁的媳妇家里比他家还穷。第二个媳妇在这里果然生了儿子，不止一个，生了两个。

据说这小媳妇有精神疾病，生下两个儿子后，出走过两次。第一次走了后，又自己回来了。第二次出走，过河时淹死了，那年她只有28岁……这不幸的往事放在我心里，我久久不知该怎样描述。我想起屈原的《九歌》以极大的热情去讴歌楚国农民在艰难困苦中的生活、情感和精神，我为我的描述贫乏而惭愧。

两位母亲，在当代权权房里生养了三个女儿、两个儿子，没有电灯，没有安全的饮用水……在北京、上海、广州的演唱会，霓虹灯亮得像着火一样，歌星影星出场费数十万元，观众狂热到爆棚……乌蒙山腹地这个权权房里，两位母亲生养了三个女儿、两个儿子，现代科技发明的种种电器都跟他们没有关系……她们在给儿女哺乳时也有过明媚的笑容，有过朝阳般的希望吧。

那位28岁的母亲离家出走时想过什么？她的大儿子和小儿子都已经在读小学了。当这个年轻的生命被河水淹溺冲走的那一刻，她想过什么吗？在这21世纪的权权房里，有这样的人生，我不知该怎样描述。

失去母亲后，大儿子读到了初中，然后辍学去贵阳打工。小儿子读完小学没再读了，到纳雍县城帮人家卖烧烤，这期间他发育长大了，有了对异性的爱慕，认识了一个同样发育长大了的打工女孩。他们同居，生下了一个孩子。

他们是想结婚的，想建立一个家，抚养孩子。可是，女方的家人了解到男方的家境后，把女孩和她生的小孩子一起带走了。这两个年轻人没有登记，但有事实上的婚姻，他们结合的时候也有过爱吧，现在分离了。两个长大了的年轻人，会去做工，两个青春的生命租房同居，在贫穷中也有快乐的时光，也会生孩子。但是，他们从经济到精神，都没有能对自己的婚姻和孩子做主的地位。对这样的家庭怎么帮扶？

2012年，镇政府把他们家住的房子评定为危房，拨款5500元修缮，"权权房"消失了，变成了木瓦房，有30多平方米。2016年刘大爷74岁，还同他的第一个妻子住在木瓦房里。屋里不开门时是黑暗的，外面的光透过破板壁照射进来的并非"光线"，而是从较大的裂缝间透进来"一条一条"的亮光。

多年前我寻访过数十个考古遗址，得知远古时期，我们的祖先到远处狩猎，夜晚回不到洞穴，就在野外模仿洞穴建"地窝子"。后来搭建了高出地面的窝棚，群居时期的窝棚是集体盖的，挺大。毕节人搭建的权权房是单家独户盖的，很小，是一种比地窝子先进一些的房子。然而祖先从建地窝子距今有万余年了。权权房怎么与摩天大楼并存在21世纪呢？

那些富可敌国的人和食不果腹的人同时存在于我们目所能及的社会，并不是与我们无关的事。这个被称作"经济全球化"的时代，世人对于贫穷多是以金钱去衡量的，人的精神有地方住吗？我们已经需要捍卫我们的价值观，需要像保卫祖国那样保卫我们精神的边疆。

因而，直面现实的勇气和坚持问题导向，很重要。珍视那些能使社会变得更好一些的人和事，更加重要。譬如2014年以后的塘约村成立了村集体合作社，它最让人感到温暖的地方，是它组织起来形成"村社一体"的力量，能够接纳外出打工的村民回家，建立安居的而非漂泊的生活。如此，刘大爷的儿子就可以带着媳妇和孩子回到家乡，过上一家人团聚的生活。

所幸是开展精准扶贫后，刘大爷夫妻被列入易地扶贫对象，2017年他们夫妇作为易地扶贫搬迁对象，政府为他们在纳雍县城琪桐街道建有80平方米的新居。如今，不仅他们夫妇入住，也是两个儿子的新家。2018年全家脱贫出列，生活已有很大改善。

2 渴望有个完整的家

邹氏是织金县金凤街道新寨村人，2017年58岁。

她和老伴有两个儿子，两个儿子都娶了媳妇。两个儿子和两个媳妇都出去打过工。二儿子的媳妇打工回来生下了小女儿，不到半年她出走了。那时她的男孩已有八岁，怎么突然就丢下两个孩子走了呢？

此后，2014年初的一个晚上，邹氏的丈夫因酒喝多了，醉倒在回家的路上，在腊月的风雪中死了。我初次听到这样的事，感到不可思议，怎么能因喝酒而冻死在路上？可是，这儿的人们告诉我，酒后冻毙于路的不少啊！我不知道该怎么理解。

因为穷？因为苦闷？

不幸接踵而至，2016年12月，邹氏的小儿子突发急病死了。

"那天，他说脑壳痛，就倒在床上，十多分钟人就没了，连医都没得医。"邹氏说。

2017年8月，邹氏大儿子的媳妇也丢下一个孩子，离家走了。邹氏说："大媳妇走后，大儿子什么都做不了，只是照看孩子。"村民说："这家人真不幸，死了两个男的，跑了两个女的。"小儿子留下的两个孙子跟奶奶过。邹氏有心脏病，村里人说她"已经有几次是从鬼门关回来的"。

邹氏已经做不了农活。家里，窗户是用胶纸封的。门是用木板简易搭的，关不严，冬天风呼呼地灌进屋子。所幸是2014年她和两个孙子被纳入精准扶贫对象，靠着政府的扶贫补助和困境儿童救助金生活。

"如果老太太也走了，两个孙子怎么办？"邻居操心。

我曾问："两个媳妇怎么都走了呢？"

有人说："穷啊！"

有人说："解放前更穷。去逃荒，一家人都是要在一起的，最怕跑散了。"

还有人说，过去也有逃婚的，那是在没有结婚的时候，很少像现在这样，生了几个孩子还动不动就"跑路"的。我问，这两个媳妇去哪里了？村里人说，不知去向。有人说："现在出去打工很容易，买张车票，坐上车就不见了。"

"这样的情况多吗？"我问。

"很多。"村干部说，"很多特困户就因为媳妇走了，丢下几个孩子，家就垮了。"

他姓黄，织金县三塘镇川硐村人。

他父亲年轻的时候，是村里颇有敢闯精神的人。早在1980年，村里土地还没有承包的时候，他的父母就带着他去东部地区谋求发展。那一年，他才六岁。

不料，他八岁那年，母亲走了，再没有回来。

又过了两年，父亲感到在外过不下去了，带着他返回了川硐村。在家乡，他长大后，父亲想方设法给他娶了媳妇。夫妻俩生了一个儿子，儿子还在哺乳期，他的妻子就放下孩子外出打工，一去不返。这是2003年，他29岁。妻子走后，他一蹶不振。村里人说他常常呆呆地看着儿子。人家问他少年时去东部的经历，他说记不清了，仿佛从前的日子不曾有过。

2011年他的父亲过世了，他一个人带着孩子过。

"你现在怎么不出去打工？"人家问他。他摇摇头。好像他一生的不幸，就是从一家人离开老家到外面去打工开始的。

回顾一下，他六岁跟父母去东部地区，那时父母都还年轻，一家人对未来是有憧憬的。如今他对早年出走的母亲还有印象，他的儿子对自己的母亲则毫无印象。2011年他才37岁，他的状况令我想起鲁迅先生笔下的"闰土"，贫困岂止在经济，他的精神似乎也不是停留在哪个年龄段没有成长，而是枯萎了。在这里可以看到，"农民需要精神焕发的村庄"，不是虚言。

孩子突然失去母亲的伤痛，一生都难以弥补，甚至会出现更大的灾难。

以下是一例。

这户人也姓黄，家住七星关区层台镇斯栗村。他家的不幸，最初是他的妻子带着三岁的小儿子离家走了，把五岁的大儿子留给他。大儿子长大成家后，生有一男两女三个孩子。儿子和儿媳妇都出去打工。突然，儿媳妇走了，再没有回来。

这又是一家两代人走了两个媳妇。从此，老黄带着儿子留下的三个孩子一起过。有句话"祸不单行"，这在许多特困家庭反复出现。就在这年七月，六岁的大孙女在玩耍中被拴狗的链子缠住，窒息而死。2015年，大儿子在外打工醉酒猝死。

关于留守儿童，我先前所知的情况多是父母在外打工，长年没回家，孩子留给爷爷奶奶带。现在我看到不少留守儿童是永远失去母亲——母亲出走，不知去向了。

这样的事不是发生在一家两家，也不是十家二十家。在毕节我看到有"整组贫困""整村贫困"的，赫章县安乐溪乡丰岩村就属于"整村贫困"。2018年1月，毕节市发展和改革委的科级干部卢文茂被派到安乐溪乡驻点扶贫，才去一个月，就列出一份有关丰岩村媳妇出走的清单：

> 李某，48岁，妻子2000年在湖南打工跟人跑了。
>
> 马某，40岁，妻子2007年在镇雄县打工跟人跑了。
>
> 李某，30岁，妻子2014年外出打工跟人跑了。
>
> 尹某，35岁，妻子2014年到安徽打工跟人跑了。
>
> 曹某，30岁，妻子2014年到安徽打工跟人跑了。
>
> 罗某，28岁，妻子2015年在江苏打工跟人跑了。
>
> 蔡某，29岁，妻子2015年外出打工跟人跑了。
>
> 马某，30岁，妻子2016年在浙江金华打工跟人跑了。
>
> 常某，50岁，妻子10年前外出打工跟人跑了。

这里隐去名，都是真人。这些破碎的家，构成了这碎片般的故事。每一个碎片都有撕心裂肺的痛苦。

常听人说，离婚多发生在城市的年轻人身上。现在我看到，婚姻瓦解的现象在贫困农村是这样多。早先，城里的"单亲家庭"多是母亲带着一个孩子。现在贫困乡村的"单亲家庭"多是父亲带着几个孩子。婚变，多数不是离婚，是女方出走。出走的妻子，绝大多数已不只是妻子，更是母亲。而且，不少是有几个孩子的母亲，就这样丢下孩子走了，一去不返。

我无法想象这些母亲出走时是怎么下决心的。

我相信她们非常痛苦、非常悲伤。

有人说，是因为穷。我不以为只是因为"穷"。历史岁月中卖儿卖女的事，人们并不陌生。那迫不得已还是为了救一个家。如今出走的母亲，是丢下家就走了。她一走，一个家就垮了。

我追询那些出走的母亲的去向，还发现她们出走后，跟别的男人过，往往生下孩子后，又分手了。如此一生，这里丢下个孩子，那里又丢下个孩子，一生都在漂泊中生孩弃孩，没有一个真正稳定的家，往事不堪回首。

友人建议我把书中"母亲出走"这部分删掉，我自己也曾一再踌躇"写还是不写"，最后我想，我不是要写"有多穷"，我关注文化，我看到我们民族的母亲文化在流血……

母亲，在中国文化里是多么亲切、伟大的形象！她不只是用乳汁喂养孩子，呵护生命，还哺育精神。孟母三迁、岳母刺字，都是传千古而温暖万万家的故事。新中国，人民"唱支山歌给党听，我把党来比母亲"，那是真心实意地唱，是把对母亲那样最亲切最神圣的感情献给党。

我们不得不用心想想，人们用以抵御饥寒的不仅是棉布和食物，艰苦岁月中，一家人亲情的相互关照多么重要，亲情中最温暖的莫过于母子之情。如果农村中抛下儿女出走的只是个案，是不必这样叙述的。可是，贫困乡村里持续不断地出现这么多弃下亲生儿女出走的母亲，我们怎能对此闭上眼睛。

这不只是家事。国家、国家，这个词把国与家联系得如此密切。家是国的基础，家不稳，国不安，焉有民族复兴。

千秋岁月中舍己为人、助人为乐，乃至"路见不平，拔刀相助"的文化精神，在中国乡村是有的。杨家将父子战死疆场的悲壮故事，佘太君百岁挂帅，带着杨家众寡妇为保卫国家去出征，这样的戏曲在乡村戏台上年年岁岁上演，感动着无数中国媳妇和母亲。千秋以来中国农村即使文盲多，并不是精神空虚的农村。

今日贫困农村中媳妇出走，丢下几个孩子，这个家庭立刻就成为特困户，这在许多建档立卡贫困户中是常见的"户型"。我不是经济学家，我不知道从经济学角度怎么看这种现象，但我的工作告诉我，应该关注人的精神和心灵。

几十年来，中国几亿农民都在自己的承包地里各顾各，人人都在为自己赚钱致富日思夜想，人心会发生什么变化？与此同时，电视报刊上富豪排行榜有如光荣榜，无数成长中的女孩男孩投去羡慕不已的目光……当"为自己而活"的意识潜入一个乡村妇女的心思，当人自私到只剩下自己，母子之情也可以割裂？我们的"母亲文化"在经历着劫难？

在世道人心追富逐利的日子里，媒体上讲得最多的是经济，丢失最多的是人的精神。为之付出惨痛代价的，更多还是经不起损失的穷人。脱贫攻坚是国之大事，救精神之贫困，恐怕更紧迫，正像习近平总书记讲的，要扶志与扶智相结合。

3 整村贫困与整组贫困

前面讲到有一批媳妇出走的丰岩村，就是整村贫困的行政村。这个村有四个村民组，户籍人口199户831人，全村1300多亩耕地，陡坡地占90%以上。据说"丰岩村"这个村名，是寄希望于"岩上丰收"而取的名。

可是太难了。这个村的支部书记叫刘兴科，他从2002年起就任丰岩村支书了。他以自家的生产情况算了一笔账。他家有15亩山地，种苞谷、大豆和豇豆。每年的收成，除去买种子、化肥、农药的钱，就剩不下几个钱了。这还不算冬天翻耕、春天播种、夏天薅铲、秋天收割的人工投入。结论是基本没钱赚。

"一年苦到头，等于白干了。"刘兴科说。

"为什么苞谷、大豆都这么便宜？"刘兴科问。

这个问题，谁来回答呢？

"山高坡陡"是丰岩村最突出的特征。

上山的路像纤细绵长的藤蔓，从山顶沿一个垭口略有一点点弯曲垂到山脚。几个人同时上山，前后必须拉开一定的距离，跟得紧了，前一个人一提脚，就会碰到后一个人的额头。

为什么要爬这样的山路？村民的房子大部分建在半山腰，甚至山顶。把猪苗背上山，养大了是绝对赶不下山的。要想卖猪，只能把猪杀了，把肉背下山来。

平时，猪要拴着养。喂猪的木盆，用木桩钉在四周固定，或者用绳子拴在树上。要不，猪一拱，木盆就滚下山了。

"人不小心，也会摔死摔残。"刘兴科说，"这二三十年，全村摔死了六个人，摔残了十五六人。最惨的是李国松家，三年摔死了两个儿子。"

1987年，李国松的17岁的长子到后山放羊，摔下岩去，死了。刘兴科说，他们一家哭啊，哭得天昏地暗，一两年都没有还过魂来。到第三个年头，精神好点了，谁知12岁的小儿子在门口捡柴时不小心摔下坡去，又死了。这是1989年。

李国松夫妻在生下两个儿子后，响应政府号召去做了绝育手术。现在两个儿子都死了，村民说，两口子那个哭啊，惊天动地，做母亲的也要去跳崖了。后来村干部送他们去乡里做了吻合手术。手术成功。他们又先后生了四个儿子。之后不久，60岁的李国松去世了，怎么抚养这四个儿子就成了很大的难题。

"为什么不把房子建到山下？"

"为什么不搞移民搬迁？"

2012年搞过生态移民搬迁，最初是搬了十多户到山下。这山下，准确的称法是"沟"。雨季一来，山上的水都泻到沟里，泥石流也时不时涌下一片来。就在2012年9月，丰岩组和大湾组交界处30多万平方米山体滑坡，那个山体下来，转眼就把沟里的房子埋了。

沟底盖房不行，开荒种点地行不行？

刘兴科曾经在沟里找了个比较开阔的地方种了两亩半夏，第二年就被雨季的大水冲得"连泥巴都不剩一点"。

如此，倒是住在山上更安全些。这就是目前所见的典型山村："沟"这边和"沟"那边都是山，而且挨得很近。住在两边山上的人家，互相打招呼都听得见，但要走到对方家，没有两三个小时是不可能的。

"中午饭喊应，走到对面家，吃晚饭了。"

这样的地方怎么脱贫？丰岩村有100多户人全家外出打工，有去了三年五年没回来的，也有去了十年八年没回来的。家中院坝、房里、屋顶杂草丛生，甚至长出了小树。

刘兴科说："村里40多岁找不到媳妇的有20多人。成家的，有十多个找的是生过一两个娃的女人。"

2015年11月下旬，习近平总书记在中央扶贫开发工作会议上部署扶贫脱贫基本方略"五个一批"，其中有"易地搬迁脱贫一批"。政府在安乐溪镇建移民新村，先后安置了138户。

"但是，"刘兴科说，"基本上又跑回来了。"

"为什么？"

"没有事做。"刘兴科说，"有娃在镇上读书的，平日还有几个老人住进去照顾娃，一放假就都回来了。"

下面是整组贫困的案例。

金海湖新区文阁乡中寨村五组有个别名，叫"五保后备队"。因村里很多人找不到媳妇，有光棍儿30来人，大都40多岁了，日后找媳妇也难。这类人到了一定岁数就是五保户。

一条弯弯曲曲的中寨河从五组横穿而过，听起来还有点水乡的情调。其实，村民分散居住在河两旁的半山腰上。这里是中寨村海拔最高的村组，入秋就很难看见太阳。土地分散在半山腰上，坡度大，连不成片。种上苞谷的土地一小块一小块的，远远看去像一件巨大衣衫上的一块块补丁。

五组距离村委会，说是十里路，步行要两个小时。组里没有通公路，连毛路也没有，其中有一段路是贴着峡谷边沿走的，只能容一人通过，一不小心掉入深谷就会丧命。

由于五组人找媳妇难，五组的父母们决定联合起来，形成一条村规：女不嫁外村。就算外界富贵人家来提亲，父母也不得将女儿嫁出去。因为贫困，外面的女子不愿意嫁进来，自家的儿子就会成为光棍儿，村庄怎么延续下去？一种"换亲"的婚姻缔结方式在五组产生了。

2017年，政府决定将这个五组整体搬迁，为他们在金海湖新区的城里建起了新居，大部分村民都搬迁入住，但有15户人领了钥匙，没有入住。

可见脱贫攻坚是多么细致的系统工程，不仅要建新居，要组织搬迁，还要组织发展产业，要对搬迁者进行新的生产技能的培训。这么多工作谁来做？这就需要在易地搬迁点建党组织，由党组织来领导创办新型集体经济组织。

4　你想不想读书

他姓龙，家住纳雍县昆寨乡狗场村。

2015年3月，毕节市委组织部一位名叫高扬的科长下派到狗场村去当驻村干部，他头一回看到一处不像房子的地方，从石头的缝隙里钻出烟来，"那应该是有人住吧。"

墙的立面是石头砌的，石头与石头之间的缝隙也不放灰浆，烟从那缝隙间钻出来。没有窗户。房顶盖着油毛毡。整个建筑看上去，估计面积也就十几平方米。

"这是人住的房子吗？"这么想着他转到了房子的正面，就看到一个农民坐在门前的石头上。这就是那个姓龙的农民，他看到有人来到他门前打量他的房子，招呼道："来坐。"

高扬没有坐，因为没地方坐。龙姓农民说的其实是请他到家里坐坐。高扬想，应该进去看看。他走进去了。

屋里很暗，没有通电，最显目的是一张床，挨着床有个灶。床上有个怀抱婴儿的女人，另外还有个大约一岁多的女孩。农民指着女人说，这是他的女人。

后来高扬听说他的妻子是有智力障碍的，他们有三个女儿，都没上户口。这么算来，这家有五口人。不管春夏秋冬，五人都挤在一张床上睡觉。他的妻子是云南人，与他结婚没办结婚证，户口也迁不过来。这家农民极端贫困是明摆着的，但低保金的阳光照耀不到这四个女性。

高扬感到有点压抑，走出了石屋。

这时正看到有个女孩背着一捆柴走来，把柴放在石屋的边上。他这才注意到那里有几十捆同样的柴。龙姓农民也从屋里走出来了，他告诉高扬："这是我的女儿。"

高扬忽然想跟这女孩说说话，就在孩子面前蹲下身去。

"读书没？"高扬问。

"没。"她六岁的声音。

"为哪样不读？"

"要捡柴。"

"一天捡多少？"

"三背。"

"你想不想读书？"

"想。"孩子说这个"想"字，声音小到仿佛只在喉咙里，没有送出嘴唇，说得那么渺茫，好像是根本不可能的。高扬的眼泪顿时下来了。他匆匆告别了这个一贫如洗的家庭。他是驻村第一书记，当晚召集村干部开会，专门研究这户农民的住房、吃饭、户口问题。这时得知，这个龙姓农民还好喝酒，喝醉了还打老婆。那三个女儿没上户口的原因，据派出所说是龙家"没申请"。

你会不会问，这个农民自己没来报户口，派出所就不管了吗？派出所说，他自己没申请，我们不知道呀。那么，村干部也不知道这一家有几个"黑户"吗？

在此继续看到，自从生产队解体后，农民各顾各，这种影响也浸染到政府部门，"为人民服务"的意识在不少干部身上不知不觉地淡去……这是高扬驻村的第一天晚上，他失眠了。他总想起，他从那孩子的面前站起身时曾经去看她的眼睛，孩子的眼睛却在躲他的眼睛。他想起自己的女儿也是六岁，女儿正享受着天真烂漫的童年。这个六岁的女孩名叫龙婷，背着比她还高的柴……第二天，村干部把一千元救助金、两袋米和一桶油，送到了这户农民家。

高扬向毕节市危房改造办的领导汇报了狗场村的情况，领导们研究后决定给昆寨乡追加20户危房改造指标。2015年底，龙姓农民的户口上多了三个女儿的姓名，低保金也多了三份。2016年1月，政府为龙姓农民建的70平方米平房建成，他们一家搬进去，过了第一个有电灯的春节。

多年来农民各顾各，这个贫困农民还酗酒，会打妻子，没人管他，他也管不了自己。像这样一家人随秋去冬来生存在半原始状态，如果没有帮扶力量将他纳入有组织的生产劳动，是不可能脱贫的。党组织把农村工作管起来，才能帮助这样的农户建立起真正的生活。

5 杨八郎现象

还记得杨八郎吧。

胡锦涛第一次到杨八郎家是1986年5月13日，那时杨八郎全家20多人蜗居的低矮的草屋里，仅有一张木床，孩子们只能在铺着茅草的地上睡觉。

此后，胡锦涛于1988年6月、1996年5月，还两次去看过杨八郎。杨八郎及其儿子繁衍的人口，到1996年有40人，受教育程度都是小学或文盲。

从胡锦涛首次到杨八郎家算来，30多年过去了，在政府一任接一任领导持续的关怀和帮扶下，杨八郎一家陆续住进了宽敞的砖瓦平房，家里有了电视机、洗衣机、固定电话，还有了沙发，生活环境得到极大改善。但是，到2017年底，杨八郎的"八子"中继续吃低保的还有四户，属于精准扶贫对象的还有三户。从总体上看，杨家孩子们仍然没有真正走出贫困。多数孩子像父亲那样，生下众多孩子，成为新一代的"八郎"。

大郎，小学文化，生育二男七女，存活一男七女。

二郎，小学文化，生育三男二女。2010年夫妻吵架，妻服毒自杀身亡。二郎因长期喝酒于2014年3月26日病亡。

三郎，小学文化，生育三男五女。

四郎，小学文化，生育一男一女后，于2003年去湖南打工一直没有回来。

五郎，小学文化，生育二男二女，存活一男二女。

六郎，小学文化，生育三男一女，存活二男。

七郎，小学文化，生育一男一女后，女方出走无音讯。

八郎，初中文化，生育二男一女，存活一男一女。

杨八郎是苗族人，1938年7月19日出生，从未进过学堂，2014年6月9日病故，享年76岁。妻王福英，1939年12月17日出生，苗族女子，2017年去世。八个儿子的媳妇也全是苗族女子，其中只有第八子的妻子上过小学。

杨八郎带着多子多福的梦想走完了他的一生。胡锦涛担任中共中央总书记后来贵州毕节，还想第四次去看杨八郎，杨八郎已经去世了。30多年来，政府对杨八郎及其儿子们的贫困家庭给予的持续帮扶，不可谓不大。但从根本上看，杨家八个儿子及其家庭成员受教育程度仍然很低，自身没有产生走出贫困的能力。

　　"杨八郎现象"是能给我们深刻启发的典型实例。在农民中，恐怕没有比杨八郎更受到高层领导人关心的了。贵州从省市县乡村，五级干部都是真心实意地帮扶他的。可是，30多年持续帮扶，杨八郎及其子孙三代，就是上面描述的状况。即使帮他们建了房，家有多种电器，都是"直接救济"的。即使有了这些，还要电费，还要吃饭，还要喝酒（杨八郎好喝酒），还要穿衣，还要看病，钱从哪里来？杨八郎家不是没有劳动力，分明属于"多子"家庭。像杨八郎这样的家庭，各级都盯住，30多年持续帮扶竟不能脱贫致富，为什么？

　　在组织化规模化日益增强的当今社会，农民各自从事小生产，即使家有十八郎，那也是被隔绝在当代社会之外的十八个孤岛。杨八郎往事到了毕节第二十一任市委书记周建琨这里，促使他思索，我们该用怎样的方式来帮助贫困农民脱贫。

再不能忽视的常识：组织起来

我踌躇良久决定要写这一章，并且就在第三章切入。这一章与其他章略有不同。我想这样说，自从指南针、航海技术使炮舰和贸易能到达地球上的任何一个角落，世界上任何一个民族，都不再是孤立的存在。我们不得不在时间和空间上打开眼睛，再打开眼睛来认识历史和世界。中国古代军事家孙子讲"知彼知己"，含义是知彼才能知己。不知西方无以知东方，不知历史无以知当代。

1 为什么有这一章

2017年我去了许多地方。北上内蒙古，南去海南岛，西北到新疆，西南进四川……所走的绝大多数是贫困地区，即使在东南和中部省份，走的也多是贫困县乡。

我接触到很多县乡村的领导者和普通干部，看到他们为帮助农民脱贫想出了各种办法，这使我一次次感到，好干部是大有人在的。我和许多县乡干部有过坦诚的交流，他们把我当朋友，彼此交流是没有套话，没有官话的。我不断看到，市县乡干部中很多人对资金、股金、资本、股权之类不陌生，对集体经济却很陌生。今天40岁的干部，大多数生下来就没见过集体经济是怎样的。很多干部头脑里对"传说中的"集体经济不是没有踪影，而是有阴影。

"大集体，出工不出力。"

"大锅饭，养懒汉。"

这些话，在过去几十年见诸无数文章，差不多是被当作"真理"的。在一些人头脑里，"集体经济"几乎等于"大锅饭"，而"大锅饭"是和"懒汉"连在一起的，让人感觉就是一群懒汉围着锅硬把集体吃穷了。不知有几人想过，那话，那理论，是谁发明的？"大锅饭，养懒汉"，讲的是农民群体，那得对农民有多么鄙视，才讲得出这样的话。

我越来越感到，有些基本问题，是需要认真地深入探讨和再认识的。比如要不要组织起来，这并不是什么深奥的理论，这是常识。可是，今天，我们仍然需要认识这个常识。

2　贵州文化的源头

这里的高山大川，曾经是海底世界。

云贵高原，是大海退去时隆起的大陆。毕节，这块贵州高地，自从它迎着太阳升起，便是别开生面的古生物家园。1964年，人们是在无期待中突然发现了一个"长江以南旧石器时代早期最大的文化遗址"，地点就在毕节黔西县沙井乡锦山村，一个当地人称之"观音洞"的洞穴里。

为什么称之"文化遗址"？

这里先后发掘出了近四千件石制品和大量哺乳动物化石。那些石制品——刮削器、端刮器、砍砸器、尖状器、雕刻器，就是古人类加工制作留下的遗物。还有，洞穴里留下了25种动物化石。这些动物有柯氏熊、大熊猫、鬣狗、嵌齿象、贵州剑齿象、巨貘、中国犀等，其中有八种动物已经灭绝。

这说明什么？考古学家说，这说明这个时期的古人类以狩猎和采集为生。这当然是对的。但是，我的关注重点不在这里。我以为，这里还有更值得重视的情况——

这时的古人类，没有哪一位个人能凭石器棍棒战胜凶猛的大动物。可是，这些大动物被捕获、肢解，搬到了洞穴中，古人类凭什么做到？这里一定有比当时所有工具都更有力量的东西存在。这种我们现在凭眼睛已经看不到的东西，就是人类创造的组织形式，是人类组织起来的集体力量，战胜了诸多大型猛兽。

这个"组织起来"，就是人类创造的比一切工具都更伟大的创造，正是人类创造的集体力量和集体智慧，把人类同所有的野生动物区别开来，从而创造了人类自己。

曾经，古人类也是猛兽的食物。

在生物链中，古人类可以捕食比自己弱小的动物，但遇到狮子、老虎、豹子，就可能成为狮虎豹的食物。人类是靠着组织起来，才有能力运用集体智慧集体力量，设陷阱猎杀豺狼虎豹，从而把自己从"一物吃一物"的生物链中解放出来，不再是任何动物的食品。简单说，人类是由于组织起来，才有人类社会。

这"组织起来"，就是人类创造的文化。

我写下这些文字，是因为我越来越感觉到，我们非常需要认认真真地认识"组织起来"的重大意义。"组织起来"和"单打独斗"是完全不同的两个东西。

请再看一眼左文学的名言："单打独斗没出路。"记住这一句，就拿到了打开塘约脱贫之门的钥匙。如果说塘约有经验的话，最宝贵的经验就是从"单打独斗"走向"组织起来"。

曾经，关于"大集体出工不出力"的说法，在媒体上讲得那么盛；以理论形式、文学艺术形式，控诉大集体，解构大集体，讲得那么轰轰烈烈，那么持久，这对干部群众的影响是深远的。我也曾经为"个人的创造力能得以施展"而欢欣鼓舞，过了好多年我才认识到，没有集体，个人的聪明才智是难以发挥的。

还说"黔西观音洞文化"，古老的"毕节人"在战胜那些大型猛兽的过程中，一定有勇士，有英雄！那勇士，那英雄，是在组织起来的集体里才产生的。如果没有组织起来，任何个人都难以发挥他的聪明才干，他只能是那些大型猛兽的食物。

组织起来，是我们祖先创造的伟大智慧。我们需要在拜访祖先文化的虔诚中重温这一常识——是的，这是常识！人类是靠着组织起来，才走到今天。"组织起来"，是我们永不能忘记、不能丢弃的文化之根。

再听听法兰西人骄傲的一句话："拿破仑跺一下脚，阿尔卑斯山会震动！"那是因为鹫旗下集合着拿破仑的军队，如果把士兵解散了，他能干什么？

再看今日那些声名显赫的公司老总，那公司分明呈现着组织起来的状态。不能忘了这样一个基本事实：是生产队解体后，为大大小小的企业准备了几亿"个体状态"的农民打工者。老板们建立公司，也是靠组织起来——把个体农民，把个体大学毕业生或下岗工人，组织在私营公司里。

"北有周口店，南有观音洞。"这句话讲出了观音洞文化在中国南方有重要的历史地位。它存在的时间可上溯到距今约五六十万年前，可证远古毕节的生态环境是好的。

毕节在20世纪80年代中期的环境恶化，与喀斯特地貌环境脆弱经不起人类破坏有关。从80年代前期到中期，这里的个体农户在山林"承包"后，"怕政策变了，山林又收回集体"，争相伐木挣钱造成植被破坏，这是不能回避的事实。1985年胡锦涛调任贵州省委书记，1988年初正式提出建立"毕节开发扶贫生态建设试验区"，开始持续不断地造林重建生态。

黔西观音洞文化遗址，在2001年6月25日经国务院批准，公布为全国重点文物保护单位。这是迄今已知的贵州悠久文化的源头，是贵州远古文化的"第一乐章"。

3 从部落到信息时代

人类有了"组织起来"就有了原始部落的自治形态，日后更成熟的表述称为"政治"。毕节地区最早的政权，据传是舜帝封他的弟弟象到这里任鼻国君，后世修有象祠供奉象。鼻与毕，音相谐。鼻国是毕节地名由来比较可靠的最早音讯。

为什么写下这些？古老的传说，消失的古河，远去的胡笳声声战马嘶鸣，如果真走进历史里面去，会发现我们的家乡其实多么辽阔，多彩多姿，有许多坍塌和崛起能令我们感叹、敬佩和奋起，有许多先人的奋斗事迹至今是激励子孙后代的源泉。

毕节地方志说，夏代的毕节属梁州南域。梁州是《尚书·禹贡》所记"天下"九州中的一州。《说文解字》讲"水中可居曰州"，这约略可见"州"字被发明出来，描述的是大水环绕中有人居住的地方。那时的天下没有"统一"，但"大禹治水"和《禹贡》的作者却有天下一盘棋的大局意识。人类是需要走向融合才可能避免互相残杀的。虽然很难，但《禹贡》有这意识了，这就是中华文化深层的精神追求。

商代的毕节属荆州西境，称鬼方。可见那时的毕节与今湖北等地有联系了。这一时期，殷商帝武丁的夫人妇好，曾率领商军来征伐鬼方。战争打了三年，商军胜。这是毕节地区最早的战争记载。

商周之交，武王伐纣。《尚书·牧誓》记载，参加伐纣者西南有八个方国，其中有卢夷。卢夷国就在今毕节境内，那时的"毕节人"为什么要走那么远到河南去参加伐纣之战？不知道。

周朝末年，这里属古蜀国。李白说"蜀道难，难于上青天"，那是李白去了四川。假如李白来过毕节，说不定会写毕节道难于蜀道。

公元前221年，秦始皇在西南设夜郎、汉阳两县，就在今毕节境内。秦试图把"车同轨"推行到西南，奈何此处修路太难，只能修"五尺道"，从四川宜宾经贵州毕节、威宁修到云南曲靖。虽是"五尺道"，也真是了不起的工程。此时汉阳县设邮亭，邮亭之地就在今毕节。当时的汉阳县有多大？辖今毕节的七星关、威宁、赫章、纳雍、大方等县区，是个巨大的县。

西南地区的交通被空前地打开，是在新中国成立之后。

"难于上青天"的蜀道，在1958年修通了宝成铁路。20世纪六七十年代，以简陋的工具在悬崖峭壁上修通了成昆铁路、湘渝铁路，又穿越秦岭修通西康铁路，穿越大沙漠修通兰新铁路、南疆铁路，特别是克服千难万险在世界屋脊上修建世界海拔最高的青藏铁路，这不仅是中国铁路史上的丰功伟绩，也是世界铁路史上的奇迹。

那是怎么完成的？

新中国，已是一个高度组织起来的国家。这个过程众所周知，中国共产党把一盘散沙般的农民组织成人民军队，赶走了帝国主义，建立了中华人民共和国。这支人民军队里就有开山劈石修路架桥的铁道兵。铁道兵，包括他们整建制转归铁道部管理之后，这支队伍的优势力量有一个重要因素，它是公有制。

私有制是以资本为基础的，资本追逐的是利润。在云贵高原、巴山深处、新疆戈壁大漠修铁路，特别是青藏铁路，开发难度极大，投入成本甚巨，资本家弄不到利润，是不会在这些地方投资的。唯新中国考虑的是各族人民在祖国大家庭里共同发展，修建上述铁路不是以营利为目的，而是以"为人民服务"为宗旨，以建设和保卫边疆为大局。

我曾经在青海格尔木寻访过当年修建青藏铁路的铁十师退伍老兵。他们告诉我，当年要修建青藏铁路，国家铁道部门的领导人说："这样的事，只有找军队。"于是军队开进去了。

开进去的是铁七师和铁十师。如今那高耸入云的隧道群，那留在戈壁上的军人墓群，那挺拔的一双钢轨，就是这两个师留给高原的形象，是他们真正的纪念碑！

那墓群中还长眠着他们的一位师长，我找不到他的墓。

那两个师都在铁路修通后就奉命集体转业了。格尔木人目睹了那次告别，当近万名军人向军旗告别，集体脱军装时，很多人都哭了……那是很悲壮的啊！尽管曾经多么艰苦，当兵的历史中也一定有过很多委屈，他们仍然爱部队，那是他们生命中走过的光荣的历程，没有办法不爱。

时光又过了很多年。我们不能忘记共和国前30年，组织起来的工人阶级艰苦奋斗的力量和忘我精神，也不能忘记农民在集体所有制下为新中国建设作出的巨大贡献。

再说从远古到秦建大一统之前，毕节地区长期以部落联盟、方国为主的政权实行自治。从秦到南宋末，中央政府在这一地区虽有郡县设置，实际统治者仍是部落首领。元明清三朝对此地实行土司制度。这期间，明代彝族女首领奢香夫人助明王朝统一西南，为民族团结和国家统一作出杰出贡献。

但土司政权不同于中央朝廷的制度，其下属官吏有领地，可世袭，分别为一方领主。直到清朝改土归流后，毕节地区才真正纳入国家统一管辖下的地方行政建制。

由于上述诸因素，毕节是多民族聚居区。这里不仅有46个民族，还有穿青人、蔡家人、龙家人等未定族。新中国进入社会主义时期后，集体所有制下的劳动、公社开展的民兵训练、体育赛事等，都为不同民族的男女青年提供了更多接触的机会，那是一个很多青年男女打破传统局限，与其他民族青年通婚的时期。

这片土地，无论部落联盟时期，秦修"五尺道"时期，或新中国把铁路修到云贵高原的时期，社会进步都离不开人们组织起来，共同奋斗。

信息时代，通过资源共享、合作共赢发展经济，是这个时代的基本特征。毕节这个多民族聚居区，更加需要人们之间经济、文化多方面的交流和协作。

4 高度组织化的西方社会

"近代西方因科技进步而崛起"，我国诸多文章也屡屡举珍妮机、蒸汽机为例，讲科技发明给工业革命带来的巨大作用。科技的作用无疑很大，然而珍妮机、蒸汽机远没有问世之前，导致欧洲进入工业时代的因素，早就在欧洲社会内部涌动了。

先看一下有关"技术发明"出现的时间。

18世纪30年代，有人发明了飞梭（1733年），60年代发明珍妮机（1764年），80年代出现瓦特蒸汽机（1782年）。由此上溯400年，从14世纪开始，在地中海沿岸的一些城市（多数在意大利境内），出现了分散和集中的手工工场。

分散的手工工场，是工场主把原料分给农户，让他们分工生产。集中的手工工场，是把雇佣工人集中在工场里分工生产。这是一种新的生产组织，即工场主通过资本把分散的劳动者组织在一起生产，这可以节省成本，那些握有资本的商人逐渐成为支配一切的资本家。

手工工场的出现，标志着欧洲资本主义生产方式的诞生。这就是马克思在《资本论》中说的："较多的工人在同一时间、同一空间（或者说同一劳动场所），为了生产同种产品，在同一资本家的指挥下工作，这在历史上和逻辑上都是资本主义生产的起点。"[1]

在14世纪，英吉利王国就不断为佛兰德尔和佛罗伦萨的呢绒工场提供羊毛。进入16世纪，英国也有使用雇佣劳动的手工工场。17世纪初，英国还是个只有四五百万人口的农业岛国，农民占绝大多数。但威尔特郡的一个资本家已有雇用上千个手工业者的纺织工场，伦敦一个集中的手工工场已拥有数千名纺织工人。[2]手工工场不仅出现在纺织业。凯瑟克的熔炼工场，雇佣工人已达四千人。[3]

你看，这数千人的手工工场，已经不是从前的小作坊。这里最显著的特征就是把分散的劳动者组织起来。组织起来生产的还有肥皂、玻璃、纸张、食糖、火药等手工工场。

此时是17世纪初。即使从这个时期开始，到18世纪60年代出现珍妮机，80年代出现瓦特蒸汽机，也还有一个半世纪。是组织起来的生产方式促进了技术进步，从而进入工业时代。

而且，这个时期重要的科技创新，均表现为——是在组织起来的生产实践中发明出来的。发明飞梭的是工匠凯伊，发明珍妮机的是纺织工人詹姆斯·哈格里沃斯。瓦特则是格拉斯大学的仪器修理工，后来在一个铁厂里与

---

[1]　马克思：《资本论》第1卷，人民出版社1975年版，第358页。

[2]　乔明顺：《世界近代史》，中央广播电视大学出版社1985年版，第7页。

[3]　北京大学历史系简明世界史编写组：《简明世界史·近代部分》，人民出版社1974年版，第8页。

工人们一起琢磨，完成了对蒸汽机的改进。在组织起来生产的状态下，一旦有一项先进技术发明，就会迅速运用到众多劳动者的作业中去，从而极大地产生效益。

近代西方已是高度组织化的社会。1840年那场战争，是组织起来的英国侵入一盘散沙的中国。结果就是："组织起来"打败了"一盘散沙"。

应该记住：生产力中最重要的因素是人而不是物。西方列强突飞猛进，比蒸汽机更重要的手段是通过公司、工厂把生产力中的第一要素——人，组织起来。

工业社会，不只是工业化的生产力较之农业时代的生产力有极大进步，其基础是组织起来的工人群体。"组织起来"，是更重大的进步。工业化国家是高度组织起来的状态，农业国如果仍然一盘散沙，必定被碾压，任人剥削、任人宰割。

5 从呼唤民众联合到组织民众

1919年夏，26岁的毛泽东在距今一百年前写出《民众的大联合》。[①]文中明明白白地写下："国家坏到了极处，人类苦到了极处，社会黑暗到了极处。补救的方法，改造的方法。教育，兴业，努力，猛进，破坏，建设，固然是不错，有为这几样根本的一个方法，就是民众的大联合。"

毛泽东的智慧在于，所有的挫折和失败，都会在他心里生出通往成功的认识来。毛泽东在文章中分析说，辛亥革命似乎是一种民众的联合，其实没有联系广大民众。它是"留学生的发踪"，哥老会、新军和一些巡防营兵"张弩拔剑所造成的"，所以很不够。最后毛泽东写下："刻不容缓的民众大联合，我们应该积极进行！"

---

① 1919年夏毛泽东在湖南长沙创办并主编了《湘江评论》，《民众的大联合》连载于本年7—8月《湘江评论》第2、3、4号。

也是百年前那个冬天，毛泽东在北京福佑寺油灯摇曳的火苗下读到了《共产党宣言》，暗夜顿时灿亮起来，他看到了一个更大的联合："全世界无产者联合起来！"

"十月革命一声炮响，给我们送来了马克思列宁主义。"毛泽东这句话形象地说明了，马列主义是中国共产党诞生和此后革命运动的指导思想。

从青年毛泽东的文章中已能读到，前人的种种追求和奋斗，都曾经在他的头脑里风云激荡。领略着种种成功和失败，他知道科技重要、变法重要、教育重要、产业重要……但他最终把救中国最根本的大计认定为：在中国共产党领导下，把"一盘散沙"般的民众组织起来，致力于人的解放，人的教育，人的建设。

我一次次想起毛泽东那句"怅寥廓，问苍茫大地，谁主沉浮"，那个"怅"字，表明毛泽东也是有惆怅有忧伤的。他的惆怅像宇宙那样浩渺苍茫啊！值得今人认真辨析的是：毛泽东不是为自己而痛苦和感伤，是为灾难深重的中华民族而忧伤。问苍茫大地，谁能主宰中国的命运？有人解释为这里表达了青年毛泽东的雄心壮志。我以为这里的"谁"，指的是人民。

《沁园春·长沙》是毛泽东1925年晚秋去广州主持农民运动讲习所途经长沙写下的一首词。彭湃于1924年在广州成立了农民运动讲习所。毛泽东发自内心地称彭湃为"农民运动大王"。他写下"谁主沉浮"的时候，已清晰地看到：只有把包括农民在内的全体人民组织起来，才是自己救自己最伟大的力量。

更明确的表述，见于毛泽东1925年12月写的《中国社会各阶级的分析》，这是收入《毛泽东选集》的第一篇文章。《毛泽东选集》对此篇加注释说："毛泽东此文是为反对当时党内存在着的两种倾向而写的。当时党内的第一种倾向，以陈独秀为代表，只注意同国民党合作，忘记了农民，这是右倾机会主义。第二种倾向，以张国焘为代表，只注意工人运动，同样忘记了农民，这是'左'倾机会主义。"这里指出的两种倾向，共同特征是：忘记了农民。

　　这时的毛泽东，已不是先前奋笔疾书"民众大联合"的那个青年知识分子，他接受了马列主义后，通过对中国社会各阶级经济地位和基本立场的分析，已清醒地看到，中国无产阶级最广大和最忠实的同盟军是农民。

　　马列主义正是这样，在中国的稻田里孕育出最切合中国实际的播种者。农民运动讲习所，就是在播种。没有它，就没有轰轰烈烈的农民运动，也没有毛泽东的《湖南农民运动考察报告》。至此，毛泽东把被工业时代的世界潮流视为最落后的农民，看作是救中国最大的力量。而把这个最大力量凝聚起来最有效的实践，就是首先把受压迫最深的中国农民组织起来。

　　毛泽东从创建工农红军上井冈山开始，制定"三大纪律"，就是着力于对一支人民军队的教育和建设。1929年12月在福建古田村召开的"古田会议"，也是倾力于思想建党、政治建军。

　　毛泽东起草的古田会议决议，核心内容是《关于纠正党内的错误思想》。纠正什么错误思想？主要是纠正单纯的军事观点，指出"中国的红军是一个执行革命的政治任务的武装集团"，军队必须绝对服从党的领导。党的政治任务，最重要的就是把广大人民群众组织起来，中国革命才有前途。因而红军的任务不是单纯打仗，而是宣传群众、组织群众、武装群众，建立工农革命政权。

　　由此我也理解了，党的十八大后，中共中央总书记、中央军委主席习近平到古田召开2014年全军政治工作会议，引领重温古田会议精神，这是新形势下继承光荣传统的再出发！

　　我看到了古田会议精神具普遍意义，在不同的历史时期，还需要警惕单纯的经济观点，单纯的法律观点、教学观点等，共产党的政治任务是为大多数人民谋利益，忽略了这个政治任务，就容易犯错误。

　　再看长征，一路打了那么多仗，毛泽东讲长征，说"长征是宣言书，长征是宣传队，长征是播种机"，没有一个字讲打仗，还是讲宣传、讲播种……正是坚持不懈地致力于把民众组织起来，中国共产党在抗日战争中才成为领导全民抗战的中流砥柱。

"到敌人后方去！"共产党的敌后武工队出发了——你可注意到，它的全称是"敌后武装工作队"。去做什么工作？去把日军占领的城市之外的广大乡村里的农民组织起来，武装起来，把日寇陷于我国人民战争的包围之中……你看，毛泽东以农村包围城市的战略战术，在抗日战争中就开始实践了。

日军战败投降时，中共建立的解放区有19个，除陕甘宁边区外，其余18个解放区都在敌后，解放区人口有1.2亿。这1.2亿人口不是无组织状态了，连儿童也拿着红缨枪站岗放哨。

毛泽东还专门写了一篇《组织起来》。这是他在中共中央招待陕甘宁边区劳动英雄大会上的讲话，时间是1943年11月29日。他说："在农民群众方面，几千年来都是个体经济，一家一户就是一个生产单位，这种分散的个体生产，就是封建统治的经济基础，而使农民自己陷于永远的穷苦。克服这种状况的唯一办法，就是逐渐地集体化；而达到集体化的唯一道路，依据列宁所说，就是经过合作社。"[①]

在这里，"组织起来"已不只是用于强大自己，战胜敌人，还用于发展生产，改变小农经济。毛泽东明确指出：一家一户的个体生产，会"使农民自己陷于永远的穷苦"。

毛泽东连续用了两个"唯一"，唯一办法和唯一道路，两个"唯一"都指向"集体化"。在新中国蔚为大观的合作化运动，早在1943年的陕甘宁边区就率先实践了。正是解放区最早开始的"组织起来，发展生产"，有效地促进生产，改善农民生活，使农民以极大的热忱拥护共产党。

这个时期，毛泽东的《为人民服务》讲得很明白，讲共产党"完全是为着解放人民的，是彻底地为人民的利益工作的"。"为人民服务"这五个字，浸透着革命先辈和先烈们以青春和生命换来的热血智慧，成为团结人民

---

① 《组织起来》见《毛泽东选集》第3卷，人民出版社1953年版，1966年改横排本，第885页。文中"依据列宁所说，就是经过合作社"，见列宁《论合作社》，《列宁全集》第43卷，人民出版社1987年版，第361—368页。

共同奋斗的光辉旗帜。

毛泽东一直重视贫穷的农村和农民。在农村，共产党的组织延伸到解放区的每一个村庄，村庄里有党支部、民兵武委会、妇女救国会，还有儿童团。所有这些组织，其实只做一件事：把解放区的人民组织起来。解放区，就像毛泽东1927年赞扬湖南农民运动"好得很"那样，人民已组织起来、武装起来。

蒋介石一直重视军队、军事、城市，还特别重视争取得到美国支持，以为拥有这些强势就握住胜券。结果，在人民解放战争中，国民党军败得太快了，尤其战争后期，一溃千里，兵败如山倒。怎么会败得那么快？

看看解放战争三大战役中，支援解放军的民工达到880余万人次。人民群众出动支前大小车辆141万辆，担架36万余副，牲畜260余万头，粮食4.25亿公斤。在千里运输线上，车轮滚滚，人流如潮。人民冒着风雪饥寒，枪林弹雨，把战争需要的一切物资送到前线，送进战壕，把伤员抬下火线，把战士送过长江！

这岂止是军民鱼水情，军民的血都流在一起。

中外千古都有支援正义之师的民众，但是，从未有过中国解放战争时期人民支援解放军这样千里随军助战的规模，如此绵绵不绝的壮观景象，真是古今中外都没有过的战争奇观。

"一切为了前线！"

"一切支援前线！"

"打过长江去，解放全中国！"

"红军要回来了。"

在南方，湖南、湖北、江西、广东、福建等省，经过大革命陶冶的人民早已做好了迎接解放大军的准备，国民党军怎能不兵败如山倒！

这样的战争奇观告诉我们，战争并不是单纯的军人与军人的较量。毛泽东领导的是人民战争。这是伟大的创造。这不是谁凭借军事才华能学去的，这是共产党和人民的关系决定的，没有人民真心实意的支持，不可能有人民战争。

这些年，总有人要用"国共内战"的概念取代"解放战争"，并说"内战无义战""内战无英雄"。这场战争过去了70多年，我以为在今天看来，这场战争的实质，是中国要走社会主义道路还是走资本主义道路的决战。

新中国成立前夕，西方国家的驻华使节相继从南京迁去广州，美国驻华大使司徒雷登没动，他在等待同毛泽东会一次面，他不相信共产党中国会不跟美国联手。但是，他不了解毛泽东。毛泽东一篇《别了，司徒雷登》，潇洒地表达了中国立场。

新中国成立了，美国人不相信中国人有独立自主的力量。或者说，全世界都难以相信，刚刚独立的中国，满目疮痍，怎么可能与以美国为首的联合国军作战！结果，全世界都看到了，战无不胜的美国军队，被中国人民志愿军从鸭绿江边打过三八线去，不得不在板门店签下停战协议。

新中国的天空下，那是一种什么力量？

毛主席在中央人民政府委员会第二十四次会议上总结抗美援朝战争的伟大意义，曾这样说："帝国主义者应当懂得：现在中国人民组织起来了，是惹不得的。如果惹翻了，是不好办的。"[1]

6　并非耕者有其田就获得解放

"夺取全国胜利，这只是万里长征走完了第一步。"上中学时，我阅读到毛主席这句话感到新鲜，没有多深的体会，今天我肯定自己是体会到了毛主席的远见。

在欧美资本主义已经发展出霸权主义的国际背景下，中国要走向繁荣富强还有极其艰巨的道路要走。随着五星红旗在祖国上空飘扬，革故鼎新的改革就在国内开始了。

---

[1]　《毛泽东年谱（1949—1976）》第2卷，中央文献出版社2013年版，第163页。

新中国的第一部大法，是1950年5月颁行的《中华人民共和国婚姻法》，目标就是：解放妇女！那片岁月，有数不清的妇女到区公所去，解除非她们所愿的包办婚姻、买卖婚姻。新中国的妇女走在街上，变年轻了，变漂亮了。

1950年6月，《中华人民共和国土地改革法》颁行，这是在古老的土地上进行的最为波澜壮阔的改革，是通过革除几千年旧的生产关系来解放大多数人，从而解放生产力。这样的中国道路，鲜明地表现为生产关系也决定生产力，这是创造性地发展和丰富了马克思主义。1950年的阳光如此明媚地照耀着中国的田野，几亿农民实现了"耕者有其田"的千秋梦想，数不清的农民笑得合不拢嘴。

然而，并不是"耕者有其田"就获得了解放。

从前农民遇灾荒，一家人面临饿死，不得不卖儿卖女。新中国成立之初的农村，贫困还裸露在土地上，农民遇同样的危难，先卖分到名下的土地。有人卖就有人买。土地买卖几乎是土改一结束就在农村中出现了，这样下去势必重回两极分化。那么，共产党革命的意义在哪里？

秦灭六国的战争中，曾推行按杀敌人数奖励土地的制度，许多参战将士是获有土地的。汉建政权后推行过休养生息、奖励农耕，许多耕者也是有土地的。然而《汉书》里写着："富者田连阡陌，贫者无立锥之地。"这是历朝历代重复而又重复的历史。新中国土地改革后，有什么办法使贫穷的农民保住土地？

看看当年的周家庄。河北周家庄是1947年解放的，同年冬开始土改，1948年春完成。但是，当年就有农民卖土地了，还有卖了地不足以救急又卖孩子的。相邻的北捏盘村也有27户贫农卖地34.5亩，有15户中农卖地59.68亩；张家庄有26户贫农卖地39.99亩，有15户中农卖地31.62亩。[①]

---

① 这些数据来自对"周家庄合作史纪念馆"的访问。为整理保存周家庄历史档案作出最大贡献者叫刘国运，他生于1948年，毕业于河北师范大学中文系。

这时，共产党发挥村党支部的作用，号召"组织起来搞生产"，劳力少、缺生产资料的农民耕种有困难，贫弱联合的"互助组"就出现了。1950年周家庄有了25个固定的互助组，5个换工的临时互助组。

1951年9月，中共中央召开第一次农业互助合作会议，通过了《中共中央关于农业生产互助合作的决议（草案）》。这是引导农民从互助组向合作社过渡。同年11月，周家庄有三个互助组合并，成立了河北晋县第一个初级合作社，由20户农民组成。1952年这个合作社扩大到102户，成为晋县第一个超百户大社。此外，周家庄另有9个小的初级合作社。

1954年2月13日，周家庄的10个初级社和13个互助组联合起来，成立了"周家庄农业生产合作社"，共425户，占全村总户数的87.8%。这天举行了隆重的成立大会。省地县的有关领导和石家庄地区40户以上的合作社代表前来参会祝贺。

这是个红旗招展的日子，周家庄实现了"一村一社"。时隔60年，贵州省塘约村在2014年大洪水后成立的"村社一体"合作社，也就是"一村一社"。

1954年底，与周家庄相邻的六个村都实现了"一村一社"。1956年2月，以周家庄为中心，成立了六个村联合的"联村大社"，参加农户1509户6686人。至此，周家庄联村大社把方圆六村99%的农户联合起来了。也可以这样表述，这片土地在土改之后，用了七年多实践，把几千年分散耕作的农民组织起来，把小农经济改造成集体经济。

其实，那年月要把农民组织起来并非一帆风顺，也有的地方被党委叫停，并将组织起来的合作社解散。

1955年7月31日，毛主席在中共中央召集的省委、市委、自治区党委书记会议上作《关于农业合作化问题》的报告，其中说道："我们应当相信群众，我们应当相信党，这是两条根本的原理。如果怀疑这两条原理，那就什么事情也做不成了。"

你可看到，毛主席把"应当相信群众"摆在首位。怎么叫相信群众？

看一下毛主席在这次报告中说的这段话：

> 要下决心解散的合作社，只是那些全体社员或几乎全体社员都坚决不愿意干下去的合作社。如果一个合作社中只有一部分人坚决不愿意干，那就让这一部分人退出去，而留下大部分人继续干。如果有大部分人坚决不愿意干，只有一小部分人愿意干，那就让大部分人退出去，而将小部分人留下继续干。即使这样，也是好的。河北省有一个很小的合作社只有六户，三户老中农坚决不想再干下去，结果让他们走了；三户贫农则表示无论如何要继续干下去，结果让他们留下，社的组织也保存了。其实，这三户贫农所表示的方向，就是全国五亿农民的方向。一切个体经营的农民，终归是要走这三户贫农所坚决地选择了的道路的。[①]

毛主席是主张办合作社的，但他说，已经在合作社里，现在不愿意干的农民，那就让他们退出去，愿意干的就留下来。你看，不论农民愿意还是不愿意，都相信他们，这就是相信群众。

毛主席在这次报告中还特别讲到，必须"坚持自愿、互利原则"。毛主席仔仔细细地把话讲得明明白白，没有任何歧义。他相信农民总会做出有益于自己的选择。

从当时农民的选择看，占人口多数的贫农、下中农愿意入合作社，中农多观望，比较富的农民不愿入社，富户就更不愿入社了。土改后已有特别贫困的农民把分来的田卖给大户，自己再去给对方打工耕种。到合作社显出集体发展的优势，大部分农民入社。大户虽有田有牛有农具，可是已雇不到农工，也只好入社了。

1956年毛主席亲自编辑了《中国农村的社会主义高潮》一书，曾说自

---

① 《毛泽东文集》第6卷，人民出版社1999年版，第424页。

己的心情比1949年建国还要高兴。①为什么？我是这样理解的，秦始皇也曾建国，朱元璋也曾建国，但建国后不能避免"富者田连阡陌，贫者无立锥之地"。只有共产党建立了农村土地集体所有制，《中华人民共和国宪法》规定了土地不能买卖，才使贫穷的农民保住了土地。唯有组织起来，走共同致富的道路，才能防止两极分化。

我也更理解了，2016年4月25日习近平总书记在小岗村主持召开农村改革座谈会时说的，"不管怎么改，都不能把农村土地集体所有制改垮了"。

我去拜访河北周家庄，看到周家庄还有一个创造。周家庄联村大社从1956年开始，党支部不是建在村上，而是建在生产队。联村大社的六个村分为十个生产队，每个生产队建一个党支部，这种建制至今未变。

2014年塘约村建立"村社一体"合作社后，并不知道周家庄在1956年就把党支部建在生产队，而把党支部建到了村民组。这是由于当时安顺市委书记周建琨考虑到，当前农村特别需要加强党组织的领导，主张那么做的。周建琨调任毕节市委书记后，出于同样的考虑，在全市开展"党支部领办村集体合作社"的过程中，也采取了相同的措施——到2019年，毕节在村民组和产业链上建立党支部2252个、党小组9526个。在这基础上设立了村级党委19个、村级党总支716个。

这个相距半个多世纪的共同举措，表明他们都强烈地体会到了，要走共同致富道路，就必须加强党在农村中的领导。

周家庄在20世纪50年代的历程是中国农村的一个缩影。前面说过，资本主义工业国是组织化的社会。新中国农民也在土地上组织起来了。有什么区别？根本区别就是：中国农民走上了共同致富的社会主义道路。

---

① 《毛泽东年谱》的第一主编逄先知曾任中共中央文献研究室主任，他在1999年9月9日播出的大型文献电视纪录片《新中国》第四集《光荣与理想》中回忆说，毛主席亲自编辑了《中国农村的社会主义高潮》后，曾让秘书田家英准备一个出版消息稿，然后跟田家英说："我现在很高兴，比1949年建国的时候还高兴。"《新中国》由中央电视台、中央文献研究室、中央党史研究室和当代中国研究所联合拍摄。

仔细看世界：资本主义也在发展生产力，决定社会性质的不是生产力，而是生产关系。在资本主义已经建立起社会经济体系的世界上，共产党要带领穷人搞社会主义，一定是从贫穷开始的。什么是社会主义？穷则思变，组织起来共同致富就是通往社会主义的道路。巨大的贫富差距，则一定不是社会主义。

新中国社会主义制度的建立，是中国几千年来划时代的最伟大的社会变革。这样的变革是革命性的，是当代中国一切发展进步的根本政治前提和制度基础。

7 记住艰苦奋斗的父亲和母亲

"幸福不会从天降，社会主义等不来。"走进山西贾家庄，就看到村前耸立在大道两旁的这句话。

新中国成立初期，农业最大的问题是江河水患，灾害不断。新中国治海河、治淮河、治黄河、治长江等江河水系，到1959年基本遏制了水患，此后再没有发生过黄河决堤，这个成就巨大。

与治河并举，共和国前30年兴建了大小八万多座水库。有了水库还不能旱涝保收，因为几千年农民各自耕种的土地是没有统一灌溉设施的。"水利是农业的命脉。"从治河到建成农田灌溉系统，才是完整的水利。几亿农民又开始修渠引水、平整土地等农田基本建设，那样的双肩挑日月，激情照亮万水千山。那是几千年的土地留给新中国农民的一个历史性任务，也只有组织起来的新中国农民才能做到。

再看贾家庄，"地下没有挖的，地上没有抓的"，这说的是贾家庄地处多煤的山西，地下却无煤可挖，地上的盐碱滩不长果树，没水果可抓。贾家庄党支部组织农民，从1955年3月开始，不仅修渠引水还"改水治碱"，这项工程干到1977年冬天才算完成。前后23年，终于把全村耕地都改造成"地成方、渠成网，能排能灌，能实现机械化的高标准农田"。

宏伟的农业基础工程，保障了农业稳定丰收，为发展现代农业创造了必要条件，为国家发展工业提供了必不可少的经济基础。这"经济基础"有多重要？那时我国迫切需要优先发展重工业，"以钢为纲"。农业则必须"以粮为纲"。农民要保障全国人口吃饭问题，农产品还实行低价出售，农民是作了大贡献的。有句话说，那是"全国人民勒紧裤带搞'两弹一星'"的年代。不仅如此，一个穷国还大力发展公益教育、公益医疗……那是全国人民艰苦奋斗的年代，人民中最大的群体就是农民。新中国农民，是我们民族最大的无名英雄。

在所有的变化中，最重要的变化是人的变化。

"喜看稻菽千重浪，遍地英雄下夕烟。"这是毛主席对中国农民的讴歌。几亿农民意气风发，这是几千年来前所未有的精神面貌，这就是振兴乡村最浩大的力量。

我去农村插队的时候，还能看到乡村土墙上留有的石灰大字："男赛赵子龙，女赛穆桂英。"新中国妇女解放，男人能干的，女人也能干。学地质、学采矿，上天下海，都有女青年矫健的英姿。到农村去，到边疆去，到祖国最需要的地方去。那不是神话，那是同新中国一起长大的一代男女青年真实的青春。多年后，有人在电视上"怜悯"那一代人"太悲哀了"，把青春丢在荒漠……孩子，你有什么资格这样说你的为共和国作出巨大贡献的父母。

"鼓足干劲，力争上游，多快好省地建设社会主义！"这句激励过几亿人民艰苦奋斗并取得巨大成就的口号错了吗？新中国成立之初，一穷二白，国家拿什么资金来做那么多艰巨的事？那个年代，无论在乡村、在工厂、在大漠、在戈壁，那一代人省吃俭用，以只争朝夕的干劲，在30年间做了3000年都未曾做到的事。那个激情燃烧年代的中国人，是这个星球上最光明，最朝气蓬勃，最无愧于子孙后代的几万万人民。他们做了这个星球上的任何国家都不可能在这样几十年间做到的那么多旧貌换新颜的大事。

"人民，只有人民，才是创造世界历史的动力。"毛泽东说。

"70年披荆斩棘，70年风雨兼程。人民是共和国的坚实根基，人民是我们执政的最大底气。"习近平说。

回头看一下，1840年英军用炮火轰开了中国的大门。1951年5月18日，联合国大会通过美国等国提出的禁运案，对新中国实施全面禁运封锁。20年后，中国农业解决吃饭问题，工业基本建成完整的体系，"两弹一星"建构了稳固的国防。1971年五星红旗飘扬在联合国总部上空。这标志着中国人民以自力更生、艰苦奋斗的实力，打开了西方势力封锁中国的大门。

1972年，美国总统尼克松米中国访问。他在毛泽东书房里与毛泽东握手那张照片，给全世界留下深刻印象——在毛泽东面前，尼克松躬身垂首，似乎是一种身不由己地从内心表达出来的肢体语言。尼克松的恭敬表达，是可敬的。那时刻，毛泽东看着尼克松垂下的头，慈祥的目光仿佛在说："你怎么啦？"尼克松握着毛泽东的手，是否心有震撼，我不知道。我想他知道，这个人是美国真正的对手。不，这个人是整个资本主义世界真正的对手。

毛泽东的力量从哪里来？毛泽东早就写在一个严正声明里：《全世界人民团结起来，打败美国侵略者及其一切走狗》。

毛泽东不是说说而已。他曾经把贫穷的中国人组织起来，赶走一切帝国主义，成立了新中国。现在他说"全世界人民团结起来"，尼克松知道这句话的分量。

为什么还要打败"一切走狗"？

洋奴买办，崇洋媚外的软骨头，中国有，外国也有。

"世界人民大团结万岁"，这句话至今写在天安门城楼的红墙上。新中国的力量，来自工人阶级是组织起来的，几亿农民也是组织起来的，精神焕发的。这一点，看看大寨农民、林县农民，就知道同样是农民，与1949年以前是不一样的。

在这一节的最后，我还想讲一下红旗渠。无论怎样总结"红旗渠精神"，我想，如果没有"组织起来"，就没有红旗渠。

2017年河南省林州市邀请我去介绍塘约，我是带着崇敬之心去的。少年时我就唱过红旗渠的歌。在我心中，一直亲切地称它"林县"。我是这次到了林州才知道，红旗渠是1960年2月动工的，那是新中国最困难的一段岁月。

1960年2月10日晚，林县引漳入林总指挥部召开全县广播誓师大会。那是有线广播进入农村千家万户的年代，总指挥部就是通过有线广播，向全县人民发出《引漳入林动员令》。

第二天是农历正月十五。清晨，全县首批37000多农民，一大早就从15个公社的各个村庄出发了，他们带着家里的铁镢、铁锹、小推车、行李，向修渠工地汇集。如果没有人民公社，没有"组织起来"，这是不可能做到的。

我也是这次到林州才知道，这个工程是林县人民自己决策的，杨贵书记拍板的。我由此看到：一个县委书记，决心为一县人民做好事，也能做成很大的事。在这里，我听到人们那么自然地说：杨贵是一个伟大的县委书记。我听了油然而生敬意，不仅敬佩杨贵，也敬佩如此敬仰杨贵的林州人民。

关于红旗渠，很多人不陌生，我不多讲了。我将在后面介绍毕节的"绝壁天渠"。那似乎是在乌蒙山腹地藏了60多年的神话。1956年毕节县镰刀湾村刚有农业合作社，农民就在茫茫大山中拦截天降甘霖，沿悬崖凿石修渠引来灌溉土地。这与红旗渠引来漳河水不同，与世上所有引江河水的渠都不同。毕节绝壁天渠不是一条，不是十条，有40多条。毕节农民在悬崖绝壁上凿通的第一条天渠命名为"卫星渠"，1958年竣工，并在1958年荣获国务院"最高水利建设成果奖"。这是比红旗渠更早的故事，是农民一经组织起来就有的奇迹。

第四章

大党建统领大扶贫

多年的农村采访,我越来越看到,一个地方领导层的思路和决策,会怎样举足轻重地影响这一方土地上数十数百万人的生计!毛主席曾说,孔夫子提倡"再思",韩愈也说"行成于思"。我看到这个"思"的内部,有思想的高山流水,决策的心灵风暴。

加强党的领导,不是一件容易的事。在资本主义生产关系和分配方式已经在世界上占有统治地位和霸权的"全球化时代",我国更要加强共产党的领导。在我国农村,真正加强党的领导,就意味着要坚守党的宗旨,坚定不移地走社会主义道路,要有紧迫感地发展合作经济和集体经济,要把单打独斗中艰难拼搏的农民组织起来……这里有相当艰巨的工作。

1 乌江中游鸭池河北岸

乌江起源于乌蒙山脉，贯穿贵州省全境，把贵州划为南北两部。南北两岸峭壁高耸，素有"乌江天险"之称。1935年1月初，长征中的红军先遣团突破乌江天险，进军遵义。这片土地，你看着它的悬崖峭壁，就有一种不寻常的感觉。2017年我寻访的这个故事，发生在乌江中游鸭池河北岸。

这里有个三马村，隶属毕节市黔西县，距离黔西县城15公里。这是个贫困村，县里有13个干部在它的7个自然村寨驻村。我曾以为这13人是从各单位抽来的，没想到县委宣传部长罗智琼告诉我："不是抽来的，全是我们宣传部的。"

"一个县委宣传部……派出13个驻村干部？"我问。

"不止13个。我们宣传部32人，17个下去了。13个在三马，还有4个在大寨。"

"大寨？"

"贵州很多村叫寨，我们这里有个行政村也叫大寨。"

"为什么三马13人，大寨4人？"

"大寨是非贫困村。"

"为什么要这么多人下去？"

她告诉我，市委部署"大党建统领大扶贫"，县直机关都要下去，全部帮扶到村，全部结对子。所有的村寨全覆盖。"不是贫困村也有贫困户。我们宣传部包两个村。"

"住哪里呢？"

"住农民家里，或者村委会。不是都在一个村子，这个三马村就有7个自然村寨，有的还离得挺远。"

她举例说，三马村有个唐家沟组，在一个大山的沟底，80多户人家，现在还住着十多户，其他的都整户走了，出去打工。老房子在，过年还回来。去这个村寨没有公路、沟底没有电，我们的驻村干部在那里发个微信要从沟底爬到上面的山路上来。我们的人没有住在那里，但是要去，不能有"死角"。去了有什么事做？我们动员他们整体搬迁，做了很多工作，目前他们还是不愿意搬，坚决不愿意。而且农民要修路，从沟底修上来，有1.9公里，那下面有他的土地，他的牲口。你帮不帮？

"每个单位三分之二的干部驻村，"她说，"按工资册上的名单。科级干部驻村每月不少于15天，一般干部不少于20天。我们宣传部要保证每天有17个干部在村。组织部和纪委按名册去检查。不是只有这17个人驻村。全部干部都要下去，定期，轮流。除了产假，一个都跑不掉。"

"为什么要这样？"我问。

罗智琼说，周建琨书记在干部大会上讲："不仅是为了扶贫，更重要的是锻炼干部。"我们的干部要下去，到人民中去，要了解贫困农民的疾苦。他自己经常下去，也经常住在乡村。

"我自己体会，"她说，"我们的干部下去苦不苦？苦。没有亲身体会，扶贫不会上心。一旦下去，住在村里，不一样了。"

"从什么时候开始的？"我问。

"市里2016年12月26日开大会讲'大党建统领大扶贫'，我们县很快就开了动员大会，有一万多名干部下去。"

黔西县委书记卢林是毕节市委常委，威宁彝族人。罗智琼的家乡就在黔西县金坡乡化那村，他们都是从基层走出来的。罗智琼还描述，毕节市成立了脱贫攻坚总指挥部，周建琨书记任总指挥长。县里也有指挥部，县委书记任指挥长。副县级干部任乡镇的指挥长。每个村有攻坚大队，由乡镇科级以上干部担任村级攻坚大队的大队长。结对帮扶的单位，一定有一个科级干部带队驻村，一名科级后备干部担任驻村第一书记。贫困面大的乡镇加派一名正科级后备干部到乡镇任专职副书记，专门抓扶贫工作。

"我们有脱贫攻坚指挥部工作群。"她解释说，"微信群。全部是县领导、科局长、乡镇党委书记、乡镇长，各级指挥长，总共153人。指挥体系非常灵敏。不允许发任何与工作无关的内容，执行特别快。"又补一句，"书记也在里面。"

"你是说一个县，有一万多名干部下去吗？"

"对呀，县乡两级。"她说。

"怎么要这么多人呢？"

她告诉我，2016年底，黔西县还有32304户建档立卡的贫困户，贫困人口124090人。真正干起来，有很多工作要做。结对帮扶，"万名干部进万家"并不多。

"要把群众组织起来，首先就要把农村中的党组织建设加强起来。"罗智琼说，按市委部署的"大党建"，包括组织建设、制度建设、文化建设、反腐倡廉等，其中组织建设是最重要的。

"组织建设，具体做什么？"我问。

"具体的一项，就是把党支部建到村民组，建到产业链。"

"村民组里有足够的党员建立支部吗？"

"你问这个，真问到点子上了。"她笑着表扬我。我仿佛听到批评，你们作家是不怎么了解农村的，你居然还能问这个。

"可是，"我说，"我是想，这个问题不只是村民组有没有足够的党员建支部，而是这么做合适吗？党的历史上都是把党支部建到村，可以把党支部建到村民组吗？"

"这个问题，更问到关键了。"罗智琼说，"周书记多次在会上引用过习近平总书记的一句话。"

"什么话？"

"采用常规思路和办法、按部就班推进难以完成任务。"①

她说周书记说，根据我们毕节的情况，如果我们按部就班，就难以完成毕节的脱贫攻坚任务。

我也听周建琨本人说过："总书记这句话，给我们在基层工作的干部很大的鼓励。"他还说，"深化改革，是要继续解放思想的。解放思想，就可能打破常规思路和办法。当然，要实事求是。必须是调研后确认是现实需要。"

我问怎么确认"现实需要"？

他说到毕节后跑了不少乡村，了解到农村党员年龄普遍老化，有些村最年轻的党员超过60岁，为数不多的青壮年党员又多数外出打工了。他告诉我，这不是一个毕节的情况。他还告诉过我，也有干部问他，把支部建到村民组，行吗？他说《党章》里规定，三个党员就可以成立一个支部，你去学学《党章》。

毕节的县乡村都很大，人口比安顺多很多，他在安顺时就支持乐平镇党委把塘约村的党支部建到了村民组，塘约村因此成立了党总支，效果是好的。毕节不少村民组里没有党员，怎么建党支部？这就促使基层党组织要去村民组里发展青年党员。

他说："2016年习近平总书记在'七一'讲话中说，'办好中国的事情，关键在党，关键在人。'我们当前在农村中发展党员，特别是青年党员，加强党组织建设，这就是关键。"

"党建"这个词，我们并不陌生。在这里，我切实看到了何谓"党建"。我在毕节调研了很多日子后才感觉到，习近平总书记说的"采用常规思路和办法、按部就班推进难以完成任务"，这句话对周建琨影响很大。

我由此也注意到了，"思路和方法"之于领导者多么重要。就这件事来说，在农村党员老龄化，而且党员稀少的情况下发展党员，有了党员基础，

① 《十八大以来重要文献选编》（下），中央文献出版社2018年版，第34页。

才可能把党支部建在村民组上，建在产业链上，这就为党支部领办村集体合作社奠定了组织基础。

2 行成于思

毛主席在《反对党八股》一文中曾说"孔夫子提倡'再思'，韩愈也说'行成于思'"，这里都讲到"思"。韩愈原句"行成于思毁于随"，意思是做事成功因为审慎思考，失败是由于太随意。毛泽东青年时就注重调查研究，我体会毛主席对党的干部讲起孔子和韩愈说的"思"，是说要在调查研究中慎重思考，没有调查研究，靠"拍脑袋"决策没有不失败的。

把周建琨调到毕节任市委书记，是省委的慎重思考。贵州省提出"同步小康"，意为要与全国同步实现小康，不拖后腿。这个提法里包含着贵州的脱贫任务非常艰巨。贵州全省92.5%的面积为山地和丘陵，73%的面积为喀斯特地貌，且是全国唯一没有平原的省。2014年贵州建档立卡贫困人口745万，全国最多。毕节开展精准扶贫时，建档立卡贫困人口166.97万，是全省贫困人口最多的地级市。

毕节不仅贫困人口多，而且贫困程度深。毕节外出打工人口高达250多万，这个数据也反映贫困之深。如果不出去打工，更穷；出去打工，家乡则更荒凉。乡村振兴，能只靠留守老人、妇女和儿童吗？这真是两难。

我曾听毕节威宁县委书记肖发君说，周建琨到毕节才一个星期，在省里的一个会议上，当时的省委书记陈敏尔到毕节组参加讨论，在会上就说到为什么派周建琨到毕节。他记忆中，陈敏尔讲到毕节的脱贫攻坚任务非常艰巨，省委对毕节班子的配备，特别是对书记的配备，非常慎重，派去的书记要能够一到毕节就能上手，不允许有适应期，所以决定派周建琨同志到毕节去。

周建琨去了怎么开始？前面讲过，他在接受任务的当天傍晚到达毕节上任，第二天与多部门干部接触，第三天就下乡去了。关于下乡，我曾听他这样对干部们说过，干部下乡不能像葫芦掉到井里，看着是下去了，可是浮在水面上，那有用吗？要真正沉下去。他是沉下去了。到2016年12月5日，在中央扶贫开发工作会议召开一周年之际，中央政治局委员张春贤在贵州调研，周建琨被通知到贵阳参加座谈，就在这个会上，周建琨汇报了一个"大党建统领大扶贫、大安全、大发展"的思路。

初听，好像只是列了几个"大"。平时也屡见类似的"排比句"。也有人会觉得，这些话就是一个书记该说的，没啥稀奇。

其实，加强党的领导，不是一件容易的事。在资本主义生产关系已经在世界上占统治地位的"全球化时代"，一国要加强共产党的领导，依然存在复杂的尖锐的斗争。当今，在我国农村，真正加强党的领导，就意味着要坚守党的宗旨，坚定不移地走社会主义道路，要发展壮大集体经济，要把大量单打独斗的农民组织起来，也要团结现实状态下的大户和家庭农场，引领全体农民走共同致富的道路。

几年下来，毕节的干部体会到，这个思路就是毕节几年来一以贯之的发展思路。回头看，我算了一下，周建琨从2016年11月17日受命，到12月5日讲出这个思路，这是他到任的第十八天。这个思路，是他到毕节十八天内形成的吗？不是。这是他几十年长期农村工作积累的结果。这或许可证省委领导认为他"去了就能上手"。

在贵阳开完座谈会，周建琨当天返回毕节，次日带着这个思路又下基层听取意见，再经过常委会讨论，最后把这个"脱贫攻坚战"的总体战略确定下来。

2016年12月26日，中国共产党毕节市第二次代表大会召开。周建琨在大会上正式提出了"大党建统领大扶贫、大安全、大发展"的脱贫攻坚战略。

他说的"大党建"是要加强党对各项工作的全面领导，要随着产业的发展把支部建到产业链上去等。他讲的"大扶贫"，帮扶对象不仅是建档立卡贫困户，很多非贫困户与贫困户之间的差距很小，也是帮扶对象。更重要的是强调：农民，包括贫困农民，是脱贫攻坚的主体。

为什么把"大安全"特别立为一大项？

这里特别讲一下"大安全"。周建琨的工作方法最重要的一个特征就是他的调查研究。他大部分工作时间和场所在基层，"大安全"的提出也来自于他的调研。毕节市域之大，人口之多，山区偏僻，居住分散，贫困而落后，哪里冒出一案就可能惊动全国。调查得知，2016年1月至11月毕节全市共发生安全事故248起，社会稳定和公共安全问题仍然突出。他特别感觉到了毕节儿童的安全问题。250万外出打工人口实在是一件很大的事，除了父母带出去的儿童，父母双双都在外打工而把孩子留在毕节山区的"留守儿童"有15.82万人，另有困境儿童15.23万人。还有持证残疾人和精神疾病患者29.42万人。这些特殊人口，都需要党组织和政府给予特别照护。

就在12月22日，开这个大会的前四天，周建琨去纳雍县群工部、戒毒所、青少年法制教育基地调研，了解到毕节的吸毒管控人员就有4.71万人……这个数字让他吃惊！农民家里有一人吸毒，这个家就会被折磨得倾家荡产，就是极贫户。这样的人员也是要拯救的，他们的家庭也是我们要关怀，要救助的。毕节收治强制戒毒人员的床位只有1000多个。你看到这些数据，能体会到毕节的脱贫攻坚任务有多么巨大吗！

毕节人口多，警力少，案件多。诸多积蓄的矛盾亟待缓解、化解，仅靠公安人员去管理是不够的。上述数据也告诉我们，脱贫攻坚仅仅帮扶贫困人口显然不够。通过"大扶贫"，把各行各业的人们发动起来，把村民组织起来，通过提高农村人民的整体脱贫致富能力，才利于在共同致富的道路上使上述人口走出贫困。

"防风险意识，是重要的意识。"我听周建琨这样说过。

现在，他的防风险意识通过"大安全"灌输给大家，其中最重要的思路是预防为主，要把防止发案、减少发案作为工作的重心。这比发案后多破案好得多。毕节因案件多，警力少，公安干警一直紧张繁忙。只有努力减少案件，才能把公安干警从整天忙于破案的状态中解放出来。警察、警察，第一是"警",第二是"察",防止犯罪才是更重要的工作。

现在我概括地讲一下,市委提出"大党建统领大扶贫、大安全、大发展"之后,原本繁忙的毕节公检法机关也参与到脱贫攻坚中去,向群众宣讲用法律、用政策维护自身利益和他人利益,产生的作用包括使那些将要违法犯罪者悬崖勒马。一个人一旦犯法,往往一个家庭就陷入贫困。因而防止犯法,就是脱贫攻坚战中一个重要组成部分。

"大安全"工作,通过毕节四月创办的"脱贫攻坚讲习所"传播于民众之中,形成人民群体共同的安全意识,收效是明显的。当年(2017年),毕节刑事案件同比下降27.37%。其中放火、投毒等"八类案件"同比下降2.52%,"两抢一盗"同比下降18.83%,毒品案件同比下降45.32%,治安案件同比下降0.36%。

各类案件都会增加农村中的贫困。减少一个刑事犯罪,就是挽救一个家庭,保护几个家庭。刑事案件大幅度减少,这在毕节脱贫攻坚战中的贡献是非常大的。这可喜的贡献中,反映的不只是公检法部门的贡献。在更大范围,它是乡村中法制意识,安全意识,乡风民心,整体朝着健康的趋势运转的体现,是人们群体的制约力、维护力、向上力共同作用的结果。这就是全民致力于"大安全"的好处。

周建琨在大会上是这么说的:"各级党组织都要切实担当起'富一方百姓,保一方平安'的职责,突出标本兼治,化解矛盾纠纷,消化历史积案,全面提升'大安全'水平。"

关于"大发展",这里只做一个概述。

就在2016年12月,周建琨与当时的市长桑维亮到近20个乡政府和行政村调研,就如何将扶贫资金的使用与发展合作社结合起来,如何壮大村集体经济,与基层干部商讨,交换意见,最终形成的"大发展"思路,首先强调务必"绿色发展"——这是毕节的喀斯特地貌特别要求的。就是说,新型工业化、新型城镇化、农业现代化、旅游产业化,无论工业还是农业,都只有严格推行绿色发展,毕节才有前途。

这个"大发展"，不仅是为了完成脱贫任务而大发展产业，还要在"大党建统领"下，去实现农村生产关系的改造、生产技术的改进和全民素质的提升。提升的标志是人民群众能够精神焕发，能看见前途，能把自己的梦想和能量，有信心地释放出来。

"大发展要靠大家，需要群策，更需要群力。"报告中说，只有组织起来，才能实现产业结构调整，从而"接二连三"地发展二三产业，建成"田园综合体"。

在这个大会上，周建琨特别讲了要做到"五个必须"。这是把当前农村迫切需要去做的诸多复杂问题，凝练为必须去做的五个方面。这"五个必须"覆盖到毕节此后几年一直在深入、在强化的工作。我曾想要不要一一写出来，考虑到这"五个必须"具普遍意义，也有很强的可操作性，我简述如下：

"第一个必须，要消除'空壳'村。"

这里的"空壳"指没有集体经济的村。他说："没有集体经济，你就没有话语权。没有集体经济，你就不可能为村民提供公共服务，就没有凝聚力。现在毕节有67%是'空壳'村，面太大了。"他说我们明年要全面消除"空壳"状态。

"第二个必须，要加强阵地建设。"

他说："按国家规定的300平方米以上的村级组织阵地，我们只有11.6%，就连200平方米的才占到61%。比例很低！给村民提供公共服务的场所都没有，怎么加强党的建设！"他说的阵地，首先是每个行政村要有办公场所。

"第三个必须，要选好带头人。"

他说："脱贫攻坚任务艰巨，正是识别干部的最好时期。选好村一把手，不一定只在现在的村两委①中选。培养村干部，也不一定只在党员中选。可以在农村青壮年才俊中培养。"

---

① 村两委，即村中国共产党支部委员会和村民自治委员会的简称。

"第四个必须，就是必须把农民组织起来。"

他说自己这两年认真学习了毛主席在1956年亲自编辑的《中国农村的社会主义高潮》，有上中下三册。"毛主席当年号召要搞合作社，通过合作社把农民组织起来。现在习近平总书记说，农业合作社是发展方向。总书记还说'不管怎么改，都不能把农村土地集体所有制改垮了'。总之，我们必须坚持农村土地集体所有制，把农民组织起来。"

"第五个必须，是必须开展村民自治。"

他说："党的领导，村民自治。这八个字，两个方面，同等重要。前四个字是核心力量，后四个字体现人民当家作主。"他很具体地说道，"搞乡村治理，首先要治八乱：垃圾乱倒，粪土乱堆，柴草乱放，污水乱排，家禽乱跑，房屋乱建，车子乱停，秸秆乱烧。如果再加一个，就是乱办酒席。把这些'乱'治理好，农村环境就有序了、规范了。但是你要治理，没有村支部书记去发挥作用，村民自治是空话，停留在议的阶段。"

我最初听到周建琨说这"治八乱"时，没有多少印象，因为我曾在农村插队八年，那时虽也感到农村比城里脏，但没有垃圾乱倒、粪土乱堆……我想象不出那"八乱"会乱到什么程度。后来我看到，仅仅清理垃圾，搞卫生，就是毕节农村中一件很重要的事。而且，并非只有毕节如此。山东省是发达地区，我到烟台采访时，惊讶地了解到，烟台开展党支部领办合作社之初，不少村庄是从"清三堆"（垃圾堆、粪土堆、瓦砾堆）开始的。无论毕节和烟台，那垃圾堆不是堆了一年两年，而是农民种田各顾各后，村庄里三十多年未曾清理的垃圾极其惊人。新时代的乡村治理，毕节讲"治八乱"，烟台讲"清三堆"，全国各地农村说法不一，但无例外都从清除几十年来堆积的垃圾开始。

周建琨说得如此具体，来自于他长期的农村工作经验，也来自于他不断的调研。他归纳说："这'五个必须'归结起来都必须发挥党的领导作用，必须有党的基层组织在一线发挥作用。否则，这些都很难落到实处。"

在这次大会上，周建琨与大家共同回顾了习近平总书记2015年6月在贵州调研期间指出的："党的工作最坚实的力量支撑在基层，经济社会发展和民生最突出的矛盾和问题也在基层，必须把抓基层打基础作为长远之计和固本之策，丝毫不能放松。要重点加强基层党组织建设，全面提高基层党组织凝聚力和战斗力。"

他还与大家重温了总书记2016年4月25日在小岗村说的："党管农村工作是我们的传统，这个传统不能丢。"他说这句话非常重要，这是有的放矢的。我们这些在基层的干部是干什么的？我们就是要抓好落实，切切实实把农村工作管起来。

至此我看到了，一个地方领导层的工作思路和决策，会怎样举足轻重地影响着这一方土地数十万数百万人的生计。卓越的事业往往是困境逼出来的。是艰难的环境、艰巨的任务和组织上的信任，给了毕节市委书记一个必须去接受检验的平台。

3 再闻自力更生

毕节提出的"大党建统领大扶贫"，让干部们有一种眼界和思路都被打开的感觉，但怎样落实到行动中，并不容易。

我曾想，周建琨到毕节，推广"塘约经验"，该是顺理成章的吧。一个地级市，可不是一个塘约村，如果在大范围走得通，这探索就非常宝贵。可是，周建琨到毕节三个多月，没有一句话讲到要学习塘约。为什么？或许他担心推广塘约会被认为是突出他自己？这个情况，在2017年3月9日，被中央政治局常委、全国政协主席俞正声打破。

这是在全国两会期间，3月9日上午，俞正声说："我是在《人民文学》杂志上看到《塘约道路》的，后来《人民日报》也发表了一篇。塘约做到这样，关键是自力更生、艰苦奋斗，这是新时期的大寨。我看了那篇文章，留下深刻的印象。"

俞正声对塘约的评价一下子唤起人们久违的记忆。这天上午，俞正声看着周建琨说："塘约精神还是不简单，还是要发扬。"他一连说了两个"还是"，接着还说："发现这种典型，然后鼓励这种典型。"

后来周建琨告诉我，那天，他看到俞正声眼睛看着他连说的两个"还是"，当时就感到这是对他的叮嘱，是说周建琨你不能放弃，这样的典型，这样的精神，还是不简单，还是要发扬。

俞正声说这些话的时候，时任贵州省委书记陈敏尔在场。陈敏尔书记当即嘱咐周建琨要把塘约精神带到毕节去。全国两会结束后，陈敏尔于3月21日到塘约村考察调研，他说："塘约村只用两到三年时间，就从贫困村变成小康村，关键在于抓住了农村改革这个牛鼻子，根本在于有一个好的基层党组织。"

这天，陈敏尔书记还与村书记左文学有一个约定。

陈敏尔说："我想塘约要有个新的约定：什么时候村集体资金能够到500万，甚至1000万的可能都有？农民人均收入什么时候能翻一番，到两万块？来一个翻番之约。"

左文学说："要三到四年时间。"

这个约定，贵州媒体报道为《省委书记与村支书的"塘约之约"》。在这个约定中，陈敏尔关心的、激励的正是塘约村发展集体经济的前景。综合起来看，对塘约的肯定正是在这两大方面：一是有一个好的基层党组织，二是塘约在努力发展集体经济。

为了集约地叙述，我把几年后塘约的情况写在这里：2019年底，塘约村集体经济一年达638万元，人均收入达20136元。实现了当年同陈敏尔书记的"塘约之约"。

再说2017年4月5日，贵州省委常委会提出要总结推广"塘约经验"。至此，毕节召开会议安排部署，要求全市各县区推广学习塘约经验。此后各县区主要领导带队，十天内有1000多名基层干部去塘约村考察学习，大多数是村党支部书记。但是，要真正学习塘约，仍不容易。

我开始反省《塘约道路》的缺欠，我在书中虽然也写到了镇党委书记马松和安顺市委书记周建琨对村支书左文学的支持，但对这种支持的重要性几乎没有述及。

左文学说过："没有马松书记的支持，也没有我们今天的塘约村。"左文学还说："周书记来了11次。"安顺有1007个行政村，一个市委书记到塘约村11次，这支持该有多大！

这几年我也陆续注意到，一些优秀的村支书，除了自身的素质很重要之外，是有上级党组织的有力支持的。如果缺乏支持，优秀的村支书也可能自生自灭，或"活得很艰难"。这几年，我也一再听到各地说"我们这里没有左文学那样的村支书"，似乎没有左文学，就学不了塘约。

我越来越感到这是《塘约道路》一书留下的问题，各地不是没有左文学，而是更需要能够引导、支持左文学的上级党委。也就是说，乡镇党委书记、县委书记、市委书记身肩的职责更重要。

我读毛主席编辑的《中国农村的社会主义高潮》，是2016年周建琨推荐的。他特别让我看了毛主席在安顺马鞍山合作社调研报告上写的按语："领导一定要走在运动的前面，不要落在它的后面。在一个县的范围内，党的县委应当起主要的领导作用。"

毛主席是从开展农村工作起步的，这一定是他深刻的体会。我相信周建琨读到这些，也一定体会到了自己肩上的责任。此后我听到他对干部说"你当领导，首先是思路不要落后，不要群众都前进了，你还在拉后腿"。

回头再思俞正声一开口就说："周建琨，我知道你，塘约村是你支持的。"这是富有经验的俞正声一眼就看出来了。

我感到俞正声这天说的话都有不寻常的内容。譬如他说："关键是自力更生。"这不是简单重复一句从前有过的话。我与周建琨坦诚地讲过我的想法。我说，多年来各种"精英"宣传，给我们的干部和农民头脑里覆盖着怎样的印象？都说我们穷，所以引进外资。大资本、大老板，各种专家教授，演艺明星都是厉害的。农民是差的，最差的就是贫困户……穷、缺技能，缺眼界，还有经济学家把贫困农民称为"无贡献率人口"。

包着头巾、脸上每一条皱纹都绽放着自信的陈永贵的笑容，看不见了。英姿勃发、满面阳光的铁姑娘的笑容，看不见了。大量青壮年外出，村庄空虚了，经济贫困，精神也贫困。城市里呢？精英话语，明星八卦，在荧屏在手机在无线电波中飞扬。一片树叶落下，数不清的秘闻在网络里搬来搬去。城市日益繁华，相思也脆弱。读到博士了，在大学高楼的顶层，生还是死，被推敲成一步距离。这景象美妙吗？

但是，塘约美妙！

塘约遭大洪水洗劫后更加贫困，塘约农民靠什么走出贫困？周建琨那时特别用心地对左文学说："你要记住，政府永远是帮，不是包。"周建琨还说："要靠群众的内生动力。"这些话，左文学是一字一句告诉我的，我几乎就是一字不变地写进《塘约道路》。

那一天是2014年6月5日。周建琨和左文学都站在仍被大洪水包围的村子里，周建琨说："你这个村子有前途！"

左文学愣着，心想什么都没有了，前途在哪里？

周书记说："我看你这个班子很强，这么大的水，人住得这么散，没死一个人。你们干部了不起！"

左文学还是愣着。

周书记问："你为什么不成立合作社？"

左文学并非没想过"合作社"，他想过的是那种农民自己成立的专业合作社。

这时周建琨说："党支部可以把人组织起来呀！"[1]

这就是那句左文学听进去的最重要的话，周建琨让塘约村党支部去把

---

[1]　以上对话和叙述均见于《塘约道路》第二章《在一贫如洗的废墟上》，人民出版社2016年版，第6、7页。

人组织起来，塘约村随后创办了"村社一体"合作社。"村社一体"讲的是"集体经济"。在这里，"党的领导"和"集体经济"是塘约道路的两个本质特征。这就是新时代党支部领办村集体合作社，发展新型集体经济的开端，时在2014年夏。

那以后，塘约农民靠什么走出贫困？

天地间最宝贵的就是人。由于大洪水洗劫了村庄，塘约村在外打工的农民纷纷回乡救灾收拾家园。党支部及时把大家组织起来，组建了恢复生产的农业专业队，修房的建筑队和运输队……于是，我们可以这样说了：组织起来的劳动力是第一大资源，集中起来的土地是第二大资源，把这两大资源组织起来，就可以实现产业结构调整和规模发展。这些变化使更多外出的青壮年返回家乡，"留守儿童"的生活结束了，妇女们因丈夫的回乡而精神焕发。

左文学因此说："我们的合作社是全民所有。"我说你们不是集体所有吗？他笑着说："我们是全体村民所有。"不管怎么说，这里重要的是：有一种自豪回到了村庄。

如此，我们看到，走出贫困的力量，就在塘约村内部。

靠什么？"关键是自力更生！"就在这自力更生里面，凝聚着对自身力量的信任。学习塘约，首先就要看到，在优秀的党支部领导下，靠贫困群众自己的力量是可以走出贫困的。

这样说还不够，我们需要把几十年来被"精英"所遮蔽所摧残的平民自信找回来，需要清除侵蚀到干部群众意识和潜意识里的崇资媚外阴霾，需要重建"群众是真正的英雄"的信念。

周建琨书记认同。他说他也考虑了很久，怎么让我们的干部和群众真正有自信，这是一个根本性的问题。

他还说："毛主席在《矛盾论》中有一句问：'为什么鸡蛋能够转化为鸡子，而石头不能够转化为鸡子呢？'毛主席这句问，答案已经在里面了。起决定作用的是内因。扶贫是外因。脱贫，起决定作用的是农民群众。"

这就看到，要让广大干部认识到，我们去扶贫但我们不是救世主。农民，包括贫困农民，才是脱贫攻坚的主体。要让大家认识到，依靠我们自己团结奋斗的力量，能够改变命运。如此，毕节开展的"大扶贫"，不仅有经济工作，还有精神建设。

关于精神建设，我想再说一件事。党的十九大期间，不少媒体曾相继报道了习近平总书记对毕节创办"新时代农民讲习所"的肯定，但很少人注意到，毕节市委书记当时还向总书记汇报说："我们按照您对我们的要求，学习毛泽东同志写的《实践论》《矛盾论》。"学"两论"这件事，对周建琨和毕节的干部是有影响的。

《实践论》《矛盾论》是毛泽东在抗日战争期间为纠正党内存在的错误思想，特别是教条主义、主观主义的错误而写的，其中关于内因、外因的认识，就是非常重要的思想武器。比如大革命失败、第五次反围剿失败，怎么看？是由于"敌强我弱"吗？毛泽东认为导致失败的是内因，是我们党自己犯了错误。如果认为"敌强我弱"是失败的理由，那面对军事力量比我们强很多的日本帝国主义，你还抗日吗？所以说，《实践论》和《矛盾论》，为中国共产党建立实事求是的思想路线奠定了哲学基础。当今习近平总书记要求我们学"两论"，也是希望我们在错综复杂的国内外环境中学会实事求是地认识事物的方法。

从内因、外因，可以认识到广大农民是脱贫攻坚的主体。同理，若没有完成脱贫攻坚任务，能把完不成的理由往农民太穷太落后推吗？现实中，很多人把失败的理由推给外部环境，这注定是没出息的。依靠自己的力量，蕴含着"自力更生"的伟力。

4 创建脱贫攻坚讲习所

2017年4月12日，这是贵州省委常委会提出推广"塘约经验"的第七天，周建琨在全市千余名干部参加的大会上提出：各县区各乡镇和行政村，都要创办"脱贫攻坚讲习所"。

4月16日，中共贵州省第十二次党代会召开，把学习推广塘约经验写进了党代会工作报告。

为什么要创办"脱贫攻坚讲习所"？如果用一句话表述，就是毕节十分艰巨的脱贫攻坚任务，迫使周建琨想到这一举措。

精准扶贫要做到"一达标两不愁三保障"，还有"八种不能脱贫"的质量规定性。但是，如果只盯住经济指标，政府采取种种补给措施突击性地使之达标了，贫困户也容易返贫。如果2020年后，已达标的陆续返贫，这算完成任务吗？

"所以，评价贫困户是不是真脱贫了，看经济指标是不够的。真正可靠的，要看贫困农民身上有没有产生两个东西：一是内生动力，二是内在能力。这也就是习近平总书记说的，扶志与扶智相结合。"这是周建琨在毕节反复说的。

"扶志"与"扶智"，是人的精神建设、能力培养，不是给钱给物就行的。正是在这个意义上，周建琨提出的"大扶贫"，帮扶对象不仅仅是建档立卡贫困户。因为人的精神建设，心志技能的建设，是所有农户都需要的。也是在这个意义上，脱贫攻坚的"攻坚"，要把用力点放在人的建设上。

虽然毕节已经开始学塘约了，但毕节也是一个丰富的世界，根据毕节具体情况制定的"大党建统领大扶贫、大安全、大发展"，该怎么去推行？他知道靠自己在干部会上反复说，靠下发文件强调，是远远不够的。

必须改变工作作风和工作方法。

必须有很多干部到群众中去调查研讨，去宣讲。

不仅干部讲，群众有实践经验，更可以讲。

只有去讲，才会促使去想，去有成效地干。

毛泽东在广州农民运动讲习所讲课的形象，在他的记忆中忽然明亮起来！

讲习所！

就叫"脱贫攻坚讲习所"！

这个想法脱颖而出。

2019年，为庆祝中华人民共和国成立70周年，中央宣传部、中央党史和文献研究院等共同摄制了24集文献专题片《我们走在大路上》，全景式展现中华人民共和国风雨兼程、砥砺前行的伟大历程。第十八集是《脱贫攻坚》，仅此一集讲了全国的脱贫攻坚，在惜字如金的篇幅中拍进了毕节的讲习所，这是一件不简单的事。片中说："起源于贵州毕节的新时代农民讲习所，如今已成为农村政策宣讲、文明教育的窗口。"

关于这个讲习所，你只要想想，"组织起来"在今日农村有多么重要，就会感到农民讲习所有多么重要。

我曾一再感到，今天毕节干部在农村中所做的那些相当有效的工作，就像在重复当年党和红军做过的工作。以讲习所为例，我们听一段周建琨最初在部署毕节创办脱贫攻坚讲习所的大会上是怎么讲的。

在大革命的艰难时代，彭湃和毛泽东办了农民运动讲习所。我们今天的条件这么好，我们在脱贫攻坚、在基层的工作推进当中，也应该借鉴办农民讲习所的方法。我们的县委书记、县长等领导干部，要亲自去讲。我看纪录片《长征》，看到很多地方非常感动。中央红军长征出发的时候有八万六千人，血战湘江突围之后，只剩下三万多人。红军走过的地方，沿途有两亿群众，红军一路走一路做了大量的宣传工作，包括在毕节，播下了革命的种子。我们今天当领导，要学会宣传、宣讲，尤其到基层调研，要知道怎么跟群众沟通、怎么去宣传。

革命战争年代，发动农民闹革命，需要动员农民，培训农民。办讲习所是很好的方法。我们可以通过讲习，提高农民觉悟，教给他脱贫的方法，激发内生动力。

讲习所跟我们以往办培训班不同。办培训班是把基层干部请上来，学政策，学方法。讲习所，是要下去。不是光培训干部，脱贫攻坚是群众的事业，要有广大群众参与，才能组织起脱贫攻坚的人民战争。

讲习所是"讲"与"习"并重，是"知行合一"。习，就是实践。我们学习塘约经验，这是向他人学习，更要向实践学习，向毕节自己的实践学习。

各级党组织书记都要深入到脱贫攻坚最前线，要亲自讲，带头讲。干部讲，群众也讲。在实践中讲，在讲的过程中实践。

要求全市、县、乡、村创办"脱贫攻坚讲习所"的任务，抓落实具体落在市委宣传部，市委常委、宣传部长何云江立刻召集宣传干部会议，部署创建工作，并指定宣传部常务副部长郑荣将这项工作作为常态工作，具体抓起来。

何云江1972年生于贵州遵义，毕业于北京师范大学哲学系思想政治教育专业，曾任新华社贵州分社内参记者，2015年8月在贵州省委宣传部新闻出版处处长任上，被省委派到毕节来工作。他深知宣传工作对于把群众组织起来创建"村社一体"的合作社同"脱贫攻坚"的关系，这个讲习所就是最重要的阵地。所以他说："做好宣传，才能有效组织。"

我听他这么说过："这项工作，不是一次性布置，而是一次次强调，持续推进。"他说，讲习，要向周书记学习，书记要带头讲。因为脱贫攻坚"一把手"负总责，市、县、乡、村各级书记都要对自己负责区域的脱贫攻坚有总体构想、具体目标和实施方案。要讲得出来，讲得清晰，才能凝聚大家，形成合力。领导干部给农民讲课，是一个接触群众、加深群众感情的过程，也是一个向群众学习、自我提高的过程。

他说，村党支部书记在最前线，用怎样适宜的方式把村民组织起来，发展什么产业，市场在哪里，村支书要有一个系统的发展思路。如果没有，这个村的脱贫攻坚就难以开展。所以，村书记也要讲。作为北师大毕业的干部，他说讲就是理清思路的过程。讲习所还具有提高全体村民素质和技能的功能，村一级讲习所是最直接最主要的阵地。市委宣传部持续跟踪抓这项工作，不久各县乡村从无到有较迅速地把讲习所办起来了。

还记得毕节黔西县三马村吗？

"你们13个干部驻村，有那么多事干吗？"我问。

"我刚到三马村那时，我们的干部都很难接触到群众。"

"为什么？"

"我也感到奇怪。"罗智琼说，"我们精准扶贫，进村入户，建档立卡都搞了，按说不应该。可是，看见干部来，就关门。"

"那是怎么回事？"

"基层矛盾突出。"罗智琼说话的风格相当干脆，常常结论性的话语一步到位，再展开，展开的话语也多有省略。

她说农民同村干部的矛盾，农民跟农民的矛盾，贫困同脱贫方法的矛盾。还有我们工作做得不够细的问题，什么人可以成为贫困户，根据什么，政策是什么，老百姓还不是很明白。建档立卡只要有一户"优亲厚友"，就会被认为是对所有人都不公平。要么关起门来不见，不信任你，要么争当贫困户，一对话，开口就很难听。也有冤枉村干部的。这都说明，精准扶贫贵在精准，工作一定要细。凭什么，标准是什么？跟农民的关系不是契约关系，要做朋友，要将心比心。这就有很多内容要真心实意去讲。他是帮扶对象，对政策有知情权。讲政策，讲法律，讲改变传统技术，讲用新方法种植养殖，讲传统道德，讲艰苦奋斗……可多东西讲了。罗智琼一口气讲的这么多"讲"，说的就是毕节2017年4月"脱贫攻坚讲习所"成立后的工作进展。

"我们关起门来说，这些年，我们脱离群众还真是脱离得久了。"罗智琼说，这一次，脱贫攻坚讲习所，这个"讲"，真的很好。这一讲就讲细、讲透、讲到家了。驻村干部，既是宣传队，又是工作队。我们对精准扶贫回头看，再评价，五次上墙，全体村民参与，公开透明。

这就是一个通过全体村民参与评定精准扶贫对象，从而把村民们都凝聚起来的过程。罗智琼说现在她来三马村，村里的妇女老远看到她就叫："孃孃，到我家来坐坐。"

"'孃孃'，什么意思？"我问。

"我们这里是'姑妈'的意思。她把你当亲人了。"

"好，我们去坐坐。"罗智琼和宣传部干部进去坐了，看到那家里的脏乱，就帮助收拾。女主人说："哎呀，放着，我自己来。"又说："孃孃，你下次来，我一定好了。"

罗智琼说："我们宣传部负责照相的干部给农民照相，照全家福，洗出来送去了。挂哪里呢？你家里要干净，院子要干净。不然挂着也不好看呀。这都促进了他们搞卫生。"

再说2017年10月19日，党的十九大召开的第二天上午，习近平总书记到贵州代表团参加讨论，周建琨向总书记汇报毕节工作，讲到了毕节创办"脱贫攻坚讲习所"的情况，讲到已经办了2989个，很受群众欢迎，有一首民谣是这样唱的：

> 脱贫攻坚讲习所，干部群众你和我。
> 就像当年见红军，看见干部不再躲。
> 宣传政策讲道理，房前屋后种水果。
> 党给我们拔穷根，日子越过越红火。

习近平总书记听得很仔细，高兴地说："新时代的农民讲习所，赋予它新的内涵，这是创新。"

当晚中央电视台《新闻联播》对习近平参加贵州代表团讨论做了报道。毕节城乡干部群众看到自己办的讲习所受到总书记肯定，顿时就沸腾了。

此时，毕节遍布乡村的讲习活动已常态化。党的十九大召开，很多乡村讲习所都组织村民收看十九大报告，收看的地点，就是周建琨走到哪里都督促扩建的"村级阵地"——村的办公场所和为村民提供公共服务的场所，以及设在其中的讲习所。

19日晚，许多乡村讲习所正灯火通明。负责讲习所工作的干部、驻村干部正和群众一起看电视，忽然看到毕节讲习所受到总书记赞扬，能不兴奋吗！很多人当时就打电话给家人、给朋友、给领导，问看到新闻了吗？

这支民谣就是从黔西县传出来的，你再听听"就像当年见红军，看见干部不再躲"[①]，唱的就是罗智琼他们经历的。这民谣不是只有讴歌，也有批评。"看见干部不再躲"，反映此前干部脱离群众的情况很严重了。

我去过黔西县四次，也是在这里听罗智琼说："过去干部下乡，问村里谁最富。现在干部驻村，问村里谁穷。老百姓说，红军回来了！"

这句"红军回来了"，有着多么深的感情！红军在毕节扩红是1935年，红军走了已有80多年，乌蒙山区的人们还记着当年的红军。

我也问过罗智琼："现在下乡驻村的干部，都愿意吗？"

她说："开始也不习惯，有抵触的，想各种理由请假。"

"现在还是吗？"

"现在很多干部跟农民成朋友了。他们从乡下回来，心里还挂念着那个村，继续帮村里帮农户办事。村里人来县城也来看他们，把自己种的菜带来，说没污染的。"

罗智琼还说："我们有的公务员是考来的，没下过农村。有些户籍在农村的，读书的时候在城里租房上学，也没下过农村。经历这样一个阶段，了解农村，了解农民，说很震撼，对一生都有好处。"

---

① 这支民谣是黔西县政府办公室副主任丁现利收集整理的。他是黔西县"万名干部进万家"的万人之一，民谣反映的不只是黔西县的情况，还有毕节创办"脱贫攻坚讲习所"后普遍的情况。

再看19日这天晚上，罗智琼本来在家里看《新闻联播》，看到国际新闻不看了，出门了。她叫来公务车，就向三马村去。

"那天挺冷的，还下雨。"罗智琼说。

三马村距离县城20公里，车行半个多小时，到了。"村委会里热气腾腾的。我们的13个驻村干部都在，群众都没有离开。老百姓特别受鼓舞，感到国家有大事发生。"罗智琼的叙述，仿佛还带着那天晚上的兴奋。

这是乌蒙山腹地的一个愉快之夜。从前毕节"留守儿童出事"，一夜之间传遍全国，让毕节人感觉我们这地方很穷很差。今夜，一则新闻激荡着几千个讲习所里的干部群众。那种激动，如果你奋斗过，你就理解了。

5 乡村振兴需要农民大学校

接着说毕节讲习所。不仅因为它是毕节首创，更因为它在毕节脱贫攻坚的历程中，有不能忽视的作用。

当时的市委宣传部常务副部长郑荣说，毕节讲习所的建立有两次高潮。第一次是市委倡导后，毕节最穷的威宁县于2017年4月14日成立了第一个"脱贫攻坚讲习所"，接着各地踊跃成立，这第一次以挂牌为成立的标志。第二次是受到习近平总书记肯定后，毕节"脱贫攻坚讲习所"更名为"新时代农民讲习所"。毕节人说："这是总书记给取的名。"不管别人怎么看，毕节人非常维护。这一次以举旗为特征。

因为到村寨到集市去宣讲，不便举牌去，举旗方便，更因为农民对"红旗"有感觉。红旗举到哪里，就把那里的群众会聚起来。红旗，使不同岁数的农民感觉——仿佛传说中的红军回来了，或者感觉那个曾经有组织的年代正在回来。

纳雍县一名干部告诉我，某街道妇女把"农民讲习所"五个字绣在围裙上，穿到街上来。这让我想起《红旗谱》电影里春兰把"革命"二字绣在衣裳上。这个十月，出现在毕节城乡的情景，唤起人们很多往昔记忆。

"我感觉，大革命时代的农民讲习所，后来在长征中发展成党中央领导的宣传部，你觉得我这个感觉对吗？"这是毕节市委副秘书长傅立勇问我的，他对历史很感兴趣。

我说："我没听人这么说过，但我感觉是。毛泽东后来说，长征是宣言书、宣传队、播种机。"

市委宣传部严红科长则体会说："宣传部只设到县一级，乡村没有相应的组织形式，现在有了讲习所，下面就有了'腿'，工作贯彻推行到村了。"

市委另一位副秘书长陆有斌说："不仅宣传部的工作下面有了'腿'，政策研究、住建、水利、电信、交通、旅游等许多与脱贫攻坚直接相关部门的工作，下面都有了'腿'，要开展什么，宣传什么，都可以运用乡村讲习所发动村民开展工作。"

今人常说"平台"，周建琨常说的是"阵地"。他说："我们讲要发挥农村阵地的作用，就要让讲习所成为能够帮助农民创造新生活的阵地。"在他的头脑里，农村阵地，"正能量"不去占领，各种"负能量"，甚至恶势力就会去占领。

10月，正是收获的季节。"新时代农民讲习所"在毕节城镇山村遍地开花，市、县、乡、村四级讲习所都有固定阵地。到11月上旬，已有讲习所3896个。为什么要这么多？毕节全市有279个乡镇街道，有3704个行政村（含农村社区）。你算一算，就知道不多。

我想过，不论毕节这一实践是否"一枝独秀"，我都应该记录下21世纪这个新时代出现在乌蒙山腹地的这片景象。有讲习的地方就有红旗，它飘扬在学校的操场、乡间的草坪、农民的院坝，也出现在乡镇大村的集市。

"俯身基层，不忘初心。"这句话真的很有温度。

更多的党政机关、文化部门、学校、公安政法等多领域的干部到基层去，加入到"新时代农民讲习所"的活动中去。看到这些，我更理解了这位市委书记的办公室为什么多在"乡间"。此时，乡村党组织、新时代农民讲习所、脱贫攻坚指挥部、驻村工作队，成为更加密不可分的工作整体。

我目睹了毕节市委宣传部和政策研究室的干部是在乡下调研期间，在一辆中巴车上总结归纳了"四讲四干"（我也在那辆车上），简言之就是：讲思想，干有方向；讲政策，干有目标；讲精神，干有激情；讲方法，干有成效。

我看到，教农民识字的"讲习夜校"也在山村出现，新中国早期的扫盲工作在此有了一个新词，叫"补文化短板"。夜校电灯一开，乌蒙山腹地的穷山沟立刻亮堂起来。虽然生活艰苦，只要有人组织，农民是爱学习的，特别是妇女。彝语讲习所、苗语讲习所陆续出现。即使在汉族聚居的乡村，农民讲师也常用土话宣讲。纳雍县乐治镇碓叉坝村77岁的村民朱华文就这样说："看报纸不识字，听他们讲，能听懂。"

在宣传部的推动下，集体化时期乡村里曾经有过的大喇叭在一些乡村再度出现，仅黔西县就在乡村里架起了377个大喇叭。他们还利用广电网络、"村村通、户户用"工程，在电视上开辟了家庭讲习台，把各类学习资源放到专版窗口上，群众可以根据各自的需要点播。有的县乡还利用互联网、微信，开展乡村青年所称的"云上讲习"。

讲习所从内涵到外延都得到扩展。乡村里干部群众能讲出什么是精准识别、扶贫开发，讲出上大课、党小组、塘约经验、守法律、讲道德……乌蒙山腹地的毕节城乡逐渐形成脱贫攻坚大战场。

2018年第一天，毕节织金县有三名苗族妇女走进了中央电视台的"相聚中国节"元旦特别节目《出发，2018》。这三位苗族妇女的姓名都是首次被打上字幕：蔡群、杨文琴、杨中美。

她们每个人在家乡的谋生路，都比她们在节目里讲出来的曲折得多。三人中的蔡群，在苗寨蜡染技艺超群，但她的技艺被重重大山封锁着，山里面没有市场。她婚后有了孩子，家里贫困，她只好把孩子放在家里跟人去广东打工。说到把孩子放在家里，她的眼泪流下来了。她回忆了自己去广东打工，手指被机器轧坏的经历。手轧坏了就被辞退了，她带着受伤的手回到家乡。就在2017年初夏，在她非常的困境中，织金县创办了讲习所，她被邀请来担任蜡染技艺讲习员。

"啥叫讲习员？"她不知是啥意思。

"就是师傅，请你当师傅。"县委宣传部长告诉她。

蜡染是中国古代三大印花技艺之一，苗族蜡染有悠久的历史。讲习所组织了三百多个妇女来跟蔡群学蜡染。

三百多个妇女，三百多个家庭啊！

三百多个妇女学着学着就走上了合作发展的创业路，于是办起全县第一个苗族蜡染工艺厂。有了集体，就有了打开市场的力量。讲习所联系着工艺厂，联系着妇女们的利益，联系着技术也联系着市场。蔡群介绍说："从前二十块钱一条的围巾，用蜡染技艺加工后，价格可以提高十几倍。"

同蔡群一起来到这个电视节目的另两位苗族妇女杨文琴和杨中美是谁呢？"她们是蔡群的高徒。"电视主持人说。

蔡群说："回想我那时把孩子放在家里，去广东打工，我感到对不起孩子。"她现在最大的期望是帮助更多的妇女回乡创业，"让留守儿童和母亲团聚，让老人不再空巢。"

2017年10月，贵州省委省政府决定在全省兴办新时代讲习所，并将这种方式扩展到市民中。八个多月后，2018年7月2日至3日，贵州省召开了一个新时代农民（市民）讲习所现场观摩研讨会，其间到毕节黔西县农村来观摩。此时贵州全省创建了两万多个覆盖城乡的新时代农民（市民）讲习所。省委宣传部邀请我参加了这个研讨会，并安排我在会上作了《我所认识的新时代农民讲习所》的发言。

我以为，毕节在脱贫攻坚中产生的"脱贫攻坚讲习所"，经习近平总书记肯定，称之为"新时代农民讲习所"，指出了讲习所参与的主体和服务的主体，提升了讲习所的内涵和意义。我想，工业时代的出现已有二百多年。农村只有农业是不可能摆脱贫困的。从全国农村看，真正的贫困都表现为现有的生产技术和生产关系均不能适应乡村振兴的需求。很多年来，大学拓展的专业多是致力于让毕业生在城里找工作，所学难以在乡村落地。在农村中，组织农民学习新知识新技术，是迫切需要的。毕节特别珍惜这个讲习所，一直在致力于它的常态化运行。贵州省委省政府也一直要求全省推广，这是贵州省的优势。

中国农村仍有最多人口，最重要的建设还是人的建设，乡村振兴需有一种扎根于乡村的农民大学校。农民讲习所，农民是主体，可随时随地自由参与，学用结合，立竿见影。这是其他教学形式不能取代的。

6 信仰和立场

行文至此，我也需要正视我自己精神世界的问题。

我庆幸自己生在新中国，童年唱过的歌也那么晴朗。但我进入不惑之年后，仍遇到很多困惑。各种现象各种观念像风浪又像迷雾那样笼罩着我的头脑，腐败侵蚀着国家安全、挑战人们的认识能力。当今，如果写一个村党支部书记，我可能顾虑不大。写科学家王选、南仁东没顾虑，只恐写不好。如果写到县委书记、市委书记，我是有顾虑的。

我可以不写吗？

多年的农村采访，我越来越看到，一个地方主要领导者如何，对一个地方的发展关系极大。现实而复杂的社会，规则和潜规则，其实更多地围绕着各级领导。每天每日，可以做也可以不做的，应该做但也可以不做的，都可能叩问你的心。问题是你握有党和人民给你的权力，你做与不做，都牵系着很多人的命运和生息。

该怎么做？问自己的心！

具体到周建琨，2016年初冬来毕节上任，转年就57岁了。如果说毕节走到脱贫攻坚的"最后一公里"，他在这个拥有全省最多贫困人口的脱贫攻坚战场上，作为这个战场的第一责任人、前线总指挥，也走到了一个人生不可再有的光荣而又身肩重责的岗位。该怎么做？这应该是他不能不扪心自问的。

毕节的干部们听他常说这12个字："摸着良心，出于公心，不忘初心。"我初听，对排列这么整齐的"三心说"没多少感觉。但渐渐看到，这"三心说"，不唯是对自己说，对毕节干部是有制约、有影响的。我该怎么理解这"三心说"？

如今，似乎说一个干部坏，大家都信；说一个干部好，人们不容易相信。怎么办呢？有人就从内心里认取，不管人说你好还是坏，你自己要摸着良心做事。

某天，我在阅读中看到一些人大谈追求成功……忽然想，其实世上很多人都有奋斗目标。为了赚钱，为了掌权，为了利益最大化，为了战胜对手……在我国，领导者贪腐被法办的已有惊人的数量。但是，如果一个领导干部追求的不是谋求私利，那他追求什么呢？

周建琨的"三心说"，实际是用三把尺子来衡量自己的心，最逼视自己的是"摸着良心"。有一天，当你离开这个岗位时，你能不能问心无愧？我相信他的"摸着良心做事"，犹如把手放在胸前，宣誓！

我也有我的追求。我从事的这项工作，确实也需要面对我自己精神上、认识上的问题。譬如报告文学要写人，这是文学的属性决定的，是我无法回避的。不能只见事不见人，或者有人的姓名而没有人物。所谓感其发奋，哀其不幸，都是对人而言的。这种文体有人的精神、情感、性格和命运，因而有独特的力量影响人生和社会。我把自己一生的主要时间用于这项事业了，我也略知除了要有自己的独立人格，还应该有自己的学术品格，非贫贱所能移。

但是，我还是一再感到，我是在写我近十年来最难写的一部作品。我青年时就知道司马迁因言获罪，依然作《史记》秉笔直书。我也知道，国家一再号召我们要写出我国的发展进步和为之奋斗的优秀人物，以不辜负这个伟大时代。国家还号召我们要深入生活。我走了全国大部分省、区、市，在藏北走到海拔6000米以上，曾经在青海阿尔顿曲克草原那条通新疆却不通客车的路上翻车，半夜从四轮朝天的车里爬出来，风吹得像狼嚎。驾驶员也爬出来了，说，找红柳吧！红柳就在落雪的戈壁，弄来红柳，取汽油往上一浇，点上火，枝叶燃出花卉招展的绚丽……那时我想，不要等到荒原升起你的坟墓，才想到还有最想写的文章没写。现在，我从2017年春天来毕节，在这高原46个民族的世界里，三年半了，为什么要这样"锲而不舍"？我认识在安顺支持塘约的周建琨至今有五年多了，我确认他是个难得的好干部，他以他一遍遍走到乡间去的脚步确实赢得了干部群众的尊敬。我以为不敢不写的原因更在于：这一片远山远水的实践对别处的家乡是有启迪意义的。司马迁为他同时代和前他两千多年的那么多人物立传，才使后人至今分享到那遥远岁月的中华文明的荣光。我以为我今天应该写下同时代的杰出者，可是我却怕写了他反而害了他。为什么？我惭愧自己缺少慷慨和开阔。

实际上，我想深入采访周建琨也难。他总是有办法把话题转到基层，事实上他也经常下乡。

2017年10月19日，即党的十九大召开的第二天，当晚央视《新闻联播》报道，习近平总书记到贵州代表团参加讨论，毕节市委书记周建琨在汇报毕节工作时讲道："我现在已经走了172个乡镇，跑了400多个村。我大量的时间都是在农村跑，这样才能把党的政策宣传下去。"说到这儿，总书记插话说："就像毛主席说的，变革梨子啊，要知道梨子的滋味。等你把这些都走遍了，你这个时候自然就心有灵犀一点通了。心里有数了，该做什么，你也有数了。"

周建琨感觉这也是习近平总书记对一个市委书记的具体要求，他表示一定跑遍毕节乡镇。毕节有279个乡镇（街道），26800平方公里，面积是安顺市的2.8倍，周建琨在一年多时间里跑遍了乌蒙山腹地毕节的每个乡镇，还有很多村寨。279个乡镇，这不是数量多而已。我生长在福建山区，也去过全国很多偏僻的地方，但在没去过毕节的乡镇之前，想不到这种峰回路转的落差之大，弯道之多有多"厉害"，它常迫使我在车上不得不闭上眼睛，否则就晕了想吐。起初毕节的干部们觉得周书记这么跑乡下是要完成向总书记的承诺，没想到，他又第二轮跑遍了毕节的全部乡镇。有不少乡镇跑过多次，其中到纳雍昆寨乡12次，威宁石门乡11次。威宁、纳雍都是贵州闻名的深度贫困县，石门乡和昆寨乡则是这两县最边远的乡。乡镇以下，周建琨已经走了842个村（截至2020年7月31日）。周建琨的秘书胡智光、驾驶员张乾兵是随同书记走过所有这些乡村的见证人。

他的下乡，令干部们感到了惊叹！

胡智光还告诉我，某天某乡党委书记对周书记说，您上次给我说过的话我每句都记得。"每句都记得？"周书记就问他，"我上次说了什么？"对方说了几句，周书记拿出本子，对他说："你别说了，我告诉你，我上次说的，都记在这里。"

胡智光说，书记跟干部谈话，你看他没用笔记本记什么，但他夜里休息前会记在笔记本上。下次再去这个乡镇，他会翻出来先看一下，然后再走进这个乡镇。

我还听胡智光这样说过："我们经常看到周书记到一个村子，在村前让车停下来。他下车，有个习惯性动作是双手撑着腰转几下，然后走到村里去，很疲惫。劝他别走了，他说'工作是用脚走出来的'。他走到农民的院坝，就来精神了。"

人们说他的办公室在乡下，在田间，在农民的院坝。2020年他60岁了，他说："抓紧时间走，还有机会为老百姓做点事，要珍惜。"

他有个常用语"抓点做样"，不了解的人，还以为是抓个点做做样子。其实，这话的含义是抓好某个点给大家做榜样。塘约村就是他及时发现，在"抓点做样"的思路下，成了一个好榜样。

"抓两头带中间"，是他经常讲的工作方法。他说这是他学来的。我问向谁学的。他笑了，他说这是总书记在不同场合多次强调的。所谓"两头"，一头是树立先进典型，一头是做后进转化。"抓两头"抓的是关键少数，"带中间"带的是整体提高。他简述为"抓点带面"。

他说自己读毛主席编辑的《中国农村的社会主义高潮》，真正触摸到了什么是社会主义的经济思想。那时他记起，1978年他从插队知青考上贵州财经学院工业经济系，没教科书，大学老师翻译西方经济学，动手刻钢板，印刷成册做教材。大家也感觉接受新事物，很积极，但也觉得很陌生。他说自己不怎么学得进去，倒是去新华书店看《林海雪原》很带劲。现在才感觉到，那西方经济学其实是资本主义的经济学。

我想起2017年底，我应邀在北京作过一场题为《文学的意义》的讲座，我讲到自己体会到了文学的意义不在文学本身，讲自己写作多年才体会到，至今最大的收获只是选择了一个立场。

我感觉周建琨也在复杂的社会环境中选择立场。他说现在各种专家很多，各种理论很多，有些互相打架。我们的工作，本身有很多文件要学，很多政策要掌握，但也要懂得"大道至简"。他说，说到底，毛主席讲的"为人民服务"，习总书记讲的"以人民为中心"，就是大道。

2019年秋天，我听他说："从2018年11月到2019年8月，中共中央连发了三个《条例》。三个《条例》都讲到农村党支部工作，讲发展集体经济，走共同富裕道路。怎么保障走共同富裕道路？只有重构良好的生产关系。"

他说得平静，我还是感到了"落句如撞钟"。

怎样才叫良好的生产关系？"生产关系"概念是马克思和恩格斯为了揭示人们在生产过程中形成的社会关系而提出来的，它揭示了人类社会中存在的所有制形式，人们在生产中的地位和关系，以及在分配中存在的剥削和被剥削的秘密等。那么，导致人与人之间巨大贫富差距的生产关系，就不是良好的。

资本主义和社会主义都要发展生产力，都需要市场，这是肯定的。但是，发展集体经济，才能共同致富。唯有社会主义的生产关系，而不是资本同劳动者的雇佣关系，才能保障劳动人民当家作主，保障共同富裕。唯有共同富裕，才是中国共产党的初心和使命，而且是中华民族的大智慧。

　　了解了这些，当我再闻毕节全市百分之百的村成立了党支部领办的村集体合作社，百分之百的贫困户加入了村集体合作社……我虽也不禁一震，但不感到意外。

　　"工作是用脚走出来的。"我对周建琨这个体会很有感觉，因为我几十年采写报告文学，我们也有一句话："报告文学是用脚写出来的。"

　　"摸着良心做事"，周建琨这话对我也很有激励。

　　思想和心的概念，其实属于哲思的范畴，这里有一座锤炼自己的熔炉，有意志的钢铁，有情感的诗篇，有精神的高山流水。

　　2016年我遇见塘约，感觉我没有看到也就罢了，看到了不敢不写。如今我知道，虽然"塘约是周建琨支持的"，但这并不是他的成绩，而是他的信仰和立场。我越来越意识到，信仰和立场，是比成绩更可靠的东西。

　　周建琨的不断向下跑，心向往之，脚追随之，那就是他立足的位置，他的人民立场。我之所以放下手上正进行的自以为重要的写作任务，来写一个村庄的故事，乃至追踪当今贵州贫困人口最多的毕节的艰苦奋斗，因为我与周建琨、左文学们是同样的信仰和立场，这里有我自己心灵的家园。

　　我还应该写下，多年来我所尊敬的前辈老师们对文学所应该担当的社会与人文职责的教导，他们的忠诚、职守和品格所给予我的教育，还在我心中，促使我去做我应该做的。在这个意义上，我也体会到了传承的力量。

第五章

在烟台认识组织部

明确了"组织起来"是常识，是必须的，接着的问题就是谁去组织。我国多种经济形式并存，能人、大户、资本都可以去组织。能人领头办专业合作社，家庭农场也吸收了他人劳动力和承包地，在不同程度上把一部分农户组织起来，这都比"单打独斗"进步。

专业合作社基本上是强强联合，建档立卡贫困户基本上是单干户。大量外出打工农民也因为单干走不出贫困，才走向打工。乡村里那些深陷贫困的农民谁去组织？比贫困更残酷的是惊人的贫富差距。是不是应该考虑，不能丧失新中国给予每个劳动者的主人地位，不能丧失共同富裕的追求，不能丧失大多数人的利益？应该肯定，新时代农村出现的党支部领办合作社，正是"不忘初心、牢记使命"的壮行。

1 初识山东烟台

2017年5月中旬，我应邀去山东省烟台市调研，走了烟台市五个县区的九个村，所到之处看到当地干部对《塘约道路》已很熟悉，有的支部书记在书中画了许多道道，有的在书页空白处密密麻麻地写着体会和思索。有个支部书记把我拉到一边，单独与我谈他"真实的苦恼"。

"我们村在专业合作社里的农民，日子过得还不错，就是那些散户很穷。"他说。

"散户多吗？"

"不少。"他说，"散户都是能力差的，有的身体不好。现在，政府说扶贫我就扶贫，我没责任。如果把他们组织起来，搞不好怎么办？"

这位村支书说的其实是较普遍的现状。眼下突出的难题是那些仍然一盘散沙般的农户。我蓦然感到，这位村支书这样思考是宝贵的，这意味着他想解决这个问题。不久我看到，烟台有一批干部在这样思考。这时我才特别注意到，邀请我去烟台调研的是烟台市委组织部。

此前4月12日，烟台市委组织部下发了《关于认真学习借鉴〈塘约道路〉的通知》，作为学习教育的规定内容，在我去烟台之前就引起了热烈的思索和讨论。

我跑了五县区九村后，他们组织了烟台四区一县和七个县级市的组织部长、副部长与我座谈。座谈中提出了各种问题，包括对"塘约道路"是否走得通的探讨等等。主持座谈会的是烟台市委常委组织部长于涛，我注意到她认真听每一种声音。她本人在总结中说的一段话，让我记忆深刻。

她说有干部跟她说，塘约是大家都"落水"了（指全村遭遇特大洪水），这时有一艘大船驶来，船上的人招呼："上船吧，上船吧！"于是大家都上船了。我们这里没有"落水"，不少人用小舢板过得还不错。这时招呼上大船，小舢板里的人就会犹豫，要是上大船了，过得不好怎么办？所以，在今天的环境下，怎么发展集体经济是要好好研究。

在这次调研中，我看到他们的学习、座谈和研究，是在真正地思考问题。我仿佛忽然意识到，"组织部"对把分散耕作的农民重新组织起来，是可以大有作为的部门。由此记起，就在上个月，2017年3月，安徽省委组织部组团到贵州省塘约村去考察，随即给全省村党组织书记写了一封信，同时买了两万册《塘约道路》，随信一起下发到村。信中称赞塘约，"这个昔日一穷二白的'空壳村'，在村党支部的坚强领导下，通过走合作化集体发展道路，两年摆脱了贫困，初步实现了共同富裕的美好梦想。希望大家认真阅读，并从中获得一些启迪和思考……"

这是我想不到的。当时我不由自主地再看了一眼那封信的落款，没错，就是"中共安徽省委组织部"。那时我只想，安徽是农村改革的发源地，塘约村才刚刚走出贫困，安徽省委组织部这封信是令人敬佩的。现在，我注意到了"组织部"的作为。

到这年十月，中共中央组织部拍摄《榜样》向党的十九大献礼，塘约党总支成为其中唯一在农村脱贫攻坚一线的基层党组织。这时我更明白了，也是中共中央组织部在履行职责，充分肯定塘约村党总支把农民组织起来，走共同致富道路。

再说这年五月，在山东烟台市认识的这位组织部长，她在思考组织部门如何把分散耕种的农民组织起来，这印象清晰地留在我心里。此后我对烟台的探索持续关注。

烟台的"落水说"令我想，塘约得益于那场大水把他们的日子淹得再也无法"勉强度日"，不得不重新组织起来。可是很多地方没有那场"大水"，怎么办？

2 衣家村的路

2019年6月23日，我再去烟台，看到烟台党支部领办合作社已蔚为大观。我去看的第一个村是衣家村。路上，市委组织部李天浩副部长告诉我："村支书就姓衣，叫衣元良。他读了《塘约道路》就说，塘约村能做到的，我们为什么做不到！"

当时我想，烟台是发达地区，我相信他们能做到。但我见到衣家村的基本状况后，我才感到衣元良说出这话可不简单。我没想到，烟台还藏着这样一个比先前的塘约村更贫困的村庄。

烟台濒临渤海、黄海，海岸线长909公里。明代防御倭寇，在临海北山设狼烟墩台，发现敌情，昼则升烟，夜则举火。烟台因之得名。烟台全境只有一个县级市不靠海，这个内陆市即栖霞市，衣家村在栖霞市亭口镇。

我到衣家村，见到了衣元良。他生于1965年，是个转业军人。跟他进了村部，我看到村部很大的办公桌上铺着迷彩布，像军队作战的大会议桌。这么大的会议桌能围坐二三十人，是村干部和骨干社员共商发展大计的会议桌。一走进去，就感觉到这是个战斗团体。

然而，衣家村总共只有57户127人，50岁以下的都在外边打工。衣家村党支部领办合作社，年龄最小的社员50岁，名叫衣忠文，是这个重建的村集体的村会计；年龄最大的社员85岁，生于1934年，名叫衣进国，是1960年入党的老党员。这使我想起塘约村有3300多人口……

"衣家村是行政村吗？"我问。

"是的。"衣元良说。

问起衣家村的历史，据衣家村先人一代代传下来的话，我对照有关历史资料，略知清初胶东爆发了于七农民起义，这于七是栖霞唐家泊人，其父于可清绰号"草上飞"，曾是明朝的武将军。于七的弟弟于九娶了当地大家闺秀衣氏为妻。于七起义失败后，清廷斩杀了于家大小50多人，受牵连的家族亲友被关押斩杀的超过3000人。于九的衣姓丈人带着家人逃到这个连官府都找不到的地方来藏身，生息繁衍下来就是今日衣家村。由此也可见，这是个怎样闭塞的地方。

我随衣元良去看他们的先人垦荒种植的土地。这里群山起伏，丘陵连绵，坡高坑深，土地贫瘠。山峦面积有1290亩，分地时可耕地212亩，可浇地只有20亩，这20亩还是要靠人工才可以浇到水。

"上山没有路，浇地没有水。这是衣家村最突出的困境。"烟台市委"两新"组织工委专职副书记①吕永杰的介绍，一句话点出了这个村客观存在的最大难题。

衣家村的山地只能种果树，树在高山的陡坡地里，没路，挑水都上不去。没有水浇树，苹果长得又小又干巴，产量也少，年年都卖不出好价钱。

"人老化，地老化，树也老化。"衣元良一口气说出"三老"。地老化，是说土地板结。树老化，说的是苹果树有效挂果年龄最多30年，衣家村的苹果树都是超龄的老树。

"衣家村迫切需要一条上山的路。"李天浩说，"后来，我们拍了一个片子，就叫《衣家村的路》。"

"《衣家村的路》是我们组织部党员教育中心的同志自己拍摄制作的，连画外音也是拍摄者自己配的。"于涛部长也给我介绍过，她说："这个片子我看过无数遍，熟悉其中每一个人，每一个镜头，每一句话。即使这样，每次看还是会掉眼泪。"

我看这个片子，也不禁落泪，为衣家村的老人们感动。

片子的内容，就是讲衣家村合作社的老人们修一条上山的路。片子里出现一张照片，画外音说："这张照片上一共有16个人，对于衣家村来说，

---

① 这个职务的全称是烟台市委非公有制经济和社会组织工委专职副书记，简称烟台市委"两新"组织工委专职副书记。

能有16个人同时劳动，已经很不容易了。"

是不容易，这是生产队解体30多年后的集体劳动。片子里，一个名叫衣忠波的老人说："从2017年7月起，一直干到大冬天。男劳力垒墙，妇女搬石头，垫着沙。"老人说的男劳力和妇女，其实都是五六十岁、七八十岁的人。

画外音说："人是这样的人，工具是这样的工具。"片子里，衣元良拿着一把铁锤说："这个锤柄是腊木的，都震裂了。这是换了第四根锤柄了。人的手还是那双手，手也震裂了，就用这个绳子把手缠起来，接着干。"

我问一同在看片的衣元良："为什么用绳子缠？"

"用布不行，布太薄了，很快就破了。"衣元良说，"这个锤是新锤，砸着砸着，这铁都卷起来。"我们在片子里看到了铁锤的两头都卷起来了，那卷起来的地方还裂着锋利的口子，连这铁锤也像个创伤累累的伤员。

片子里出现一个用铁锹干活的老人，画外音说："他干得很慢，他没有力气，他得脑血栓已经三年了。别人叫他下山，他不肯。他说，我比不过你们力气大，但是我不停。他的名字叫衣民。"

衣民的话说得不连贯，但我们能听懂："咱干累了，人家就说你坐着歇歇，你成天坐着我们也不管。咱能成天坐着？"

片子里出现一个戴着帽子还包上头巾的妇女，她双手抱着长长的管道在铺设，我们能从她的头巾上看到冬天的风。画外音说："干起活儿来就不觉得冷了，于是她脱掉了棉袄。她的名字叫杨淑兰，今年83岁。"杨淑兰有个儿媳妇54岁了，叫李少华，也一直在工地上干活。

片子里，坐在家里接受采访的杨淑兰没有戴帽子，满头白发，皱纹深刻。"去拿个石头，铺个沙什么的，去修道。咱当社员再不干谁干？我愿意上山干活。"她说着"咱当社员"时的表情，有一种近乎庄严的自豪感。谈到年龄，她说："我使劲活，我活一天干一天活。"我听着，感觉83岁的杨淑兰是把去集体干活看作是她最好的生活。

画外音说："这样的一群人，用这样的工具，以这样的方式，修出了这样的路。"画面出现的远景是一条蜿蜒而上的盘山路，没说有多长。画外音还说："让我们来看看他们的作品吧。这些材料都是山上的石头。他们垒起了台阶，垒起了石梯，立起了景观石，路边还铺设了水管，他们打算再种上桃树，放养跑山鸡，发展乡村旅游。"

我问衣元良："你们村土地流转了吗？"

"没有。村集体没有钱，没法付流转费。"衣元良还说，"就是修路，也没有付工钱。"

"那怎么弄？"

"发工票。"

"工票，是衣元良的创造。"李天浩说。

"村集体没钱，没办法，只好先发工票。"

我看到了衣家村合作社印制的工票。合作社每天给参加修路的社员发一张工票，上面填写着每天劳动的工资金额，还有会计衣忠文和村主任衣忠省的签名，当众发给。那情景就像从前生产队社员每天晚上到队部去记工分。这工票类似金券，等合作社有钱了，再给大家兑现。

"可是，到现在大家没领过一分钱，干一年多了。"

"有人说衣元良是发空头支票。"在衣家村的驻村干部说，"但是，大家积极性一直很高。"

"我以前就准备修一公里，"衣元良说，"就修到山上蓄水池那个地方。但是参加修路的人越来越多，这不是我想干不想干的问题，是老百姓推着你走了。"我不禁想，现在这个村集体的锅里，没有大锅饭可吃，大家还在勤奋地投入，怎么叫"大锅饭养懒汉"呢？

"现在烟台很多村学衣元良的'工票'，很管用。"李天浩副部长的介绍，讲出了像衣家村这样集体经济"空壳"的村庄还不少，衣元良这个发明，对贫困村发展集体经济起了示范作用。

我想起两年前烟台的干部们讨论，多数人认为要把农民重新组织起来发展集体经济，很难。很多地方的干部也讲到同样的困难。那么，可以从哪里做起？

衣家村迫切需要一条上山的路，需要沿路铺设引水管道。这是大家都最希望有，个人又做不了的。那么，组织起来，就从老百姓最希望做，个人又做不了的事开始。这就是衣家村党支部领办合作社的第一条经验。

3 村支书衣元良

我也听到很多地方说，要有塘约左文学那样的村支书，"可是我们这里没有。"似乎没有左义学那样的村支书，就没办法把村民重新组织起来。那么衣元良怎么出现的？

少年衣元良在本村读完小学。没错，新中国把小学教育发展到村，衣家村虽然很小，但六七十年代村里有小学。小学毕业，他去离家三公里的一个名叫占疃的大村读初中。读完初三，回村干了两年农活，那是村集体最后的时光。1982年秋收后分承包地了，他在这年12月去参军。

他当兵在哈尔滨，后来转士官，在部队一共13年。1996年5月转业回来，分配到栖霞市工艺玩具厂。

"在玩具厂干多久？"

"一天班没上，一分钱工资也没有领过。"

"为什么？"

"我刚去报到，这个厂就改制了。我的党组织关系交到厂里，还被他们搞丢了。我只好请部队给重新办，组织关系没地方落，就落到村里来，户口落到派出所。"

"后来呢？"

"什么都做过。卖菜、卖西瓜，做蛋糕、桃酥，在市里做。也干过苹果经纪人，就是俗话说的'苹果贩子'，我觉得是把老百姓一家一户不好卖的苹果'组织起来'，拿去卖。"

"怎么当上村支书的呢？"

"2009年3月，亭口镇党委副书记刘尧辉来找我，要我回村当支书。"衣元良说到这儿，我感到这里需要详细了解，这大约就是如何把一个有潜质的村支书找出来的故事吧。

镇里的干部告诉我，衣家村领导班子瘫痪有两年了，村里出问题，闹矛盾，没人出面主持公道。全村50多户，有20多户农民到镇里上访，都是让镇里给解决纠纷。这样的上访有很多次了，一来一群。镇党委也向上级组织部门作了汇报，迫切需要给衣家村建好村两委班子，特别是需要选好一个党支部书记。

衣家村的党员名册上一共有六人，其中一个就是党组织关系放在村里，户口落在派出所，人在外面做水果生意的衣元良。向村里人了解衣元良，大家都对衣元良反映很好。于是镇党委副书记来找衣元良了。

这是2009年，衣元良没想到镇党委领导突然把这样一个问题放在他面前。"村里人都希望你回去当书记。"去不去呢？镇党委已经了解到他在部队管过全连的后勤保障，在团里的财务股当过出纳会计，认为他回村当村支书，能力是没问题的。

眼下，他做苹果买卖还不错，一年有个20多万元收入，在栖霞市里还买了房子。村里是太穷了，年轻人都走了。让他回村当书记，带领大家脱贫。去不去呢？

在部队13年，1996年转业回来到2009年，正好又是一个13年。前13年在部队接受的教育都是"为祖国，为人民"……后13年，每天都在为自己赚钱谋生忙碌……卖菜、卖西瓜的日子，他一次次想起自己在连队管后勤、在团里当会计的岁月，对眼下每天早起就为自己赚钱忙生意的日子很不适应。但13年过来，渐渐也适应了。突然，镇党委的信任，村民的信任，又把他好像久违的精神世界唤了回来……去不去呢？

"衣元良回来了。"

村部还是他去当兵以前的大队部，门上一把大锁锁住，锁已锈迹斑斑。衣元良拿个砖头一下就把锈锁砸了。推门进去，一看，屋里是没有顶的，房梁上蜘蛛网颤动着，一只蜘蛛在网上穿行……屋里看不到什么有用的东西。

这时了解到，村部的门是一户人家给锁上的。为什么？前些年农村还有农业税的时候，上级通过村两委去收，农民缴不上来，村里就向有钱的村民先借。借了后，村里还不上了，其中欠一户农民4000元，就是这户农民，一气之下拿一把大锁把村部锁了。

"村集体没有一分钱，还有十多万元外债。"

2009年回村的衣元良，站在老村部的门外，脚下是那把被他砸开的锁，现在从哪里开始呢？他回身进屋去，在半坍塌的村部里翻出一个大喇叭，也不知道它还会不会响。他到城里的旧货市场去，自己掏300元钱买了个二手扩音器，背回来一试，响了，喇叭会响。可是，村部已经没用了，喇叭安哪里去呢？

"大喇叭安到了衣忠文家的屋顶上。"衣忠文就是后来成立村合作社时的村会计。2009年春3月，大喇叭在衣家村的上空响起来，这标志着衣家村党支部开始工作了。

"开会也在衣忠文家里开，开了好几年。"

再说衣元良回村没几天，村里一户人家女儿出嫁，男方来了六辆迎亲的轿车，衣家村到处是草垛、垃圾堆、粪堆，车硬是没地方停。衣元良当时脸就像喝了烧酒。他回顾说，"我不是觉得脸发烧，是感觉脸一麻一麻的。"

衣家村三面环山，山高坡陡，平时山上果树缺水，可是雨季山上的水哗哗冲下来，因村里的路堵得厉害，水经常进到村民家里去。村民之间经常吵架，相互指责，没有人管……这便是村民上访的原因之一。

衣元良召集党员开会，在会上说："村没钱，搞个卫生、清理街道不用钱吧，我们党员干部带个头，行吧！"

请留意，这就是个从"清三堆"开始的事例。前面说过，全村党员包括衣元良在内共六人，发动群众，将村里的垃圾堆、粪土堆、瓦砾堆、柴草垛全部清理了。但是，村里没有下水道，雨季一来，山上下来的水还是会灌到村民家里。怎么办呢？衣元良自己掏钱为村中心街道做了一条泄洪地下管道。又"四处化缘硬化了村里的路面，拉上了路灯"。我没问从哪儿化来的缘。

衣家村这个新村部，是2012年才盖起来的，只花了五万元。其中原因，一是精打细算，二是"不少活自己动手干"。那五万元中，两万元是上级组织部给的，三万元是衣元良个人出的。村民说衣元良是"贴钱书记"。实际上，衣元良已经家和集体不分了，村里需要什么，没钱他就用自家的钱去办。

我在电视片《衣家村的路》中看到，83岁的杨淑兰说了一句"书记主任把自己的东西都撂上了"，说的就是村领导把自己的钱用到集体里来了。杨淑兰这里说到"主任"，村主任衣忠省是村里有名的能工巧匠，木匠、瓦匠、电工机械都是好把式，平时在外包工程搞装修，一天能挣二百多块钱。衣元良回村来了，衣忠省也放弃外出挣钱，回村成为衣元良的好帮手。

回村几年，衣元良把村庄的脏乱差治理了，把先前村民中的紧张关系理顺了。他运用自己先前做苹果买卖的经验，帮着村民把苹果集中起来卖到外面去，可是已经30多年的老树产量低，苹果长得小也没看相，卖价总是低。现在市场上走俏的都是新品种，村里的老苹果实在差距太大。谁都知道果树该换代了，可是更换新品种要一大笔资金，村里人几乎都没有。

衣元良讲了他自己的一个经历。他在自家的承包地里改种了樱桃，收成时上山采了80斤挑下来，路程有两公里，到家刚坐下来歇口气。妻子说："你抓紧拿去卖。"衣元良一生气，一脚踩进樱桃里，"卖卖卖，去卖啦！"

"为什么？"我问。

"老婆说的没错。我也知道樱桃保存期很短，要赶紧去卖。但那时候我满身大汗……我这个体力，都这样，老人怎么办？"

这已经是2015年。从回村到2012年把村部盖起来，过了三年。从村部盖好到2015年，又过了三年。衣元良感觉自己也算努力了，但是村庄贫困依旧。他用脚把一筐樱桃踩烂了，也不知是生谁的气。妻子过来收拾樱桃，把还好的捡起来，边捡边掉泪，妻说："你去歇会儿吧！"他这才感到有点对不起妻子。应该说，衣元良更多的心思都在村里，他的妻子作出了不小的贡献。

最大的问题还是路，还是水！

衣家村地势高，水位低，缺水非常严重。全村吃水就靠一口井，50多户人还要分四个区供水，每个区一天只能供水一小时，水就没了。天旱少雨的季节，就更缺水了。为了浇地，村里家家户户都挖湾、打井蓄水。湾很小，井很浅，蓄不了多少水。到干旱季节，根本就没水。某年大旱，为了救村民新栽的樱桃树，衣元良用自己的钱买了4000元救树的水，可是送水车卡在山脚下硬是上不了山。村民们眼巴巴地看着樱桃树旱死。

"2016、2017两年，我们村旱死了40%的樱桃树。"衣元良说，"我感到我们村再这样下去，要完了。三百多年的村，到我这一代，要完了。"

他说就在这时，亭口镇党委书记给了他一本《塘约道路》，说是烟台市委组织部给每个村支书发的，要求党支部把农民组织起来，办集体合作社。"我是2017年5月15日读的《塘约道路》。"衣元良把读这本书的日子记得这么清楚。

衣元良说："我看到左文学说'单打独斗没出路'，太对了！"

衣元良说："我感到我们村最大的问题不是路，也不是水，最大的问题就是单打独斗。"

"就像一束光照进心底，经历了长期摸索的衣家村眼前一亮，出现了一条合作化的光明道路。"这是《衣家村的路》里的一句画外音。它不是说衣元良眼前一亮，说"衣家村眼前一亮"，我以为这是写得准确而有深意的。

衣元良不光是自己读，他还组织党员村民集体学习，他把这本书又读又讲解给大伙儿听。他说："塘约人能做到的，我们衣家人为什么做不到！"

"老百姓组织起来的力量和不组织起来完全不同！"这是衣元良深切的体会。我感觉到了，眼前一亮的不光是衣元良，还有衣家村的很多农民。

4 追回青年时代的日子

"我们想干合作社的时候，在小广场开会。"衣元良说，"大家商议，怎么干。我就说，我们大家，宁可干穷了，不能等着穷。咱干还有希望，不干，什么希望都没有。"

但是，真正要重新组织起来也不容易。学塘约，衣家村也考虑过大家以土地流转的方式入社，但是村集体没有一分钱，无法给村民付土地流转费。而且，村民到合作社干活，每月给村民开工资，衣家村也没钱付工资。再说，衣家村这种现状，也没有哪个企业来这里投资。衣家村真是太穷了！那就做不了吗？

"我们穷，但我们有劳动力！"衣元良说。

"我们用劳动力入股，行吗？"衣元良说。

那么，怎么给劳动力计酬呢？党支部提出了一个方案：不分年龄，也不分强弱，一律按男工一天120元、女工一天80元计酬。村干部是劳力较强的，且相对年轻。年老的村民说，这样恐怕不公平。

衣元良说："我们衣家村就是一家人，我们村办集体合作社，就是要让老人、能力弱的人，让全村人的生活都好起来。谁都有老的一天，我们就把更老的人当作自己的父母来对待！"

工钱是这么定了，但眼下没钱支付，衣元良才"发明了工票"，待日后有钱了兑现。正因为这样一个经历，衣元良才说出："什么模式不重要，道路重要。我们学塘约，就要学他们组织起来，走共同致富的道路。"

2017年7月，衣家村党支部领办的合作社就这样成立了，全村57户有53户加入。合作社注册批准的时间是9月6日，名称是"一点园果蔬专业合作社"。

他们开始修路、修蓄水池、铺设输水管道……我感觉他们干的就是新中国早期兴修水利搞农田基本建设的事，便问："衣家村以前修过水库吗？"

"修过。"

谈起"农业学大寨那时",任谁都会突然看到,衣家村老人的话语和表情中仿佛瞬间就亮起一个别样的世界。

"在村西头,叫西岙水库。"

"怎么浇地呢?"

"还修了水渠呀!"引水到地里,种小麦、玉米,还有瓜果。"70年代还修了三个水塘,农田基本建设都搞好的。"……分不清哪句话是谁说的了,这不重要。他们就是当年的建设者,那话语里有他们的青春。

"那时候村里有企业吗?"我问。

"有的。"他们说村集体有鞋厂、榨油厂、粉房、育肥场……啥叫育肥场?养黄牛的。村集体还养猪养羊。"还有鞭炮厂。"衣元良说,"我就是装火药的。"

"衣家村小学,五个年级都有。"那时小学是五年制,有五六十个学生。"上学不用出村,不用学费。"村里有医疗站,两个赤脚医生。"看病也不用出村,不用交钱。"有合作医疗呀!现在村里没医疗站,也没小学了。"孩子去亭口中心小学读书,离这儿有15公里。礼拜一送去,礼拜五接回来。"用什么接送?"三轮农用车。"

"当年的水库,现在还在用吗?"

"1979年被洪水冲毁了,当时没修起来,以后就没人修了。"

"三个水塘呢?"

"1982年分田以后,水塘塌了,也没人修,废了。"

水利是农业的命脉。衣家村的水利,当年是集体力量修起来的。没有了集体,无力修复水利,衣家村就枯萎了。那以后,衣家村原有的集体产业和资产,卖光、分光,什么都没有了。

我到山上,看了他们建起来的高位蓄水池,深9米,直径有15米。这是用一块一块的石头垒砌后再用水泥加固筑成的。这样的蓄水池建了两个,分别在南岭和北岭。水从哪里来?他们打了两口深水井,其中一口井深达到355米。这些要有技术工、设备和施工材料。村里没钱,衣元良向战友借了

15万元，请了钻井的技术工。趁热打铁，大伙把以前废弃的三个水塘也修好了，还建了三个泵房，通过三级扬水，把水抽到山上的大蓄水池，用这水就可以浇果树了。

果树还是各家归各家，因土地没有流转。但2018年有三户老人把土地交给了合作社，他们都80多岁，做不动了。合作社收下这些土地，一亩地给一个股份，一股相当于2000元，目前也没钱分红。他们此举，表达了对村集体合作社的信任。

地还是各家的，修路会经过一些村民的果园。不论经过谁家，没有一家有意见，也没有一家讲条件，事先都把果树砍掉了。

山坡太陡，有的地方太窄，被山挡住了。

"把山移走。"衣元良当时就是这么说的。

现在他回顾："我们先在悬崖上打炮眼崩石头。有的悬崖高20多米，打炮眼的时候，我们用绳子一头系在腰上，另一头系在树上，吊在悬崖半空作业。有的地方要连放三次炮才能炸开。到最后，两米深的炮眼打了2300多个，用掉炸药两吨多。山路炸开后，全村能动弹的劳动力，上到80多岁的老太太，下到能搬小石块的小孩，都出动了。"

"所有的人，都是自带干粮。"有人补了一句。

妇女、小孩搬石头，手套的正面磨破了翻过来，继续用。有人把那两面都破了的带血的手套拍了照片，发到微信群里。衣家村在外打工的年轻人看到了，纷纷通过微信给衣元良"发红包"，说衣书记你拿去给大家买手套吧。

衣家村有个在山东省水利设计院工作的职工，名叫衣忠先，2017年回家过年，看到村里的老人们腊月还在山上修路的场面，非常感动。他把十万元放到衣元良手里："元良，咱老家人太不容易了，别的忙我帮不了，我捐点钱吧。"

衣元良说自己拿着那钱，心里暗暗发誓，不管多难，一定要让咱村振兴起来。

路修好了，村里男女老少都到山上去跟路合个影。村里有三个80多岁腿脚不好的老大爷也想上山去看，衣元良开车把他们拉到山顶。

是的，能开车上去了。

这是怎样的路？原先不到一公里长，半米宽的小山道，变成了一条宽5.5米、长5.5公里的环山路。为什么"环山"？要围绕着种植果树的山地，方便通往果园。不仅小轿车能开上去，中巴车也能开上去。沿途还砌起了平均一米高，长达三公里多的路边墙。随着修路，他们还在沿途路两侧种上了樱桃和晚熟桃（引进的新品种"晚红脆"），算起来已经有40亩2000棵果树，这可是村集体新垦植的40亩土地资产了。

这期间衣元良去申请节水灌溉项目，获无息贷款50万元。他们在山地果园铺设了56公里长的微喷滴灌管道，全村所有耕地智能微喷滴灌全覆盖。衣家村从此告别了"靠天吃饭"，硬是在缺水的山地，抒写着"绿水青山就是金山银山"的新历史。

三个老人到了山上，看风光、看果树、看滴灌……其中89岁的衣振起老大爷说："元良，没想到，我这辈子还能坐车到南岭顶上来看看咱村，要是我现在还能干，一定来跟你干。"

2019年夏季，山东烟台遇大旱，我在不少乡村看到路边就悬挂着抗旱的横幅标语。衣家村的果树因有水滋养而长势良好。但是，有的老人没等到长势良好的果树挂果，离去了。还是在《衣家村的路》这个片子里，衣元良讲到一个老太太，她从修路的第一天就来干活了——

　　那一个老太太75岁，叫冯翠英。那是夏天，特别热的天，她跟着咱干，那一天在工地上就晕倒了。看她晕了我说你去检查检查吧。第二天她要去检查了还说，元良，等这样……等我病好了回来还跟着大伙干。但是她到医院一检查，脑瘤，得做手术。手术做完以后，成植物人了。成植物人后，到今年四月去世了。咱感到内疚在什么地方呢？就说这些人，跟咱干这么长时间。到死这一天，也没看到咱把这个水搞好，也没看见把路修好。并且到现在，咱没有给人家一分钱的工资。她拿了工票，50多张工票。

我没有钱给人家。死了都没给人家兑现……

　　我听着衣元良的讲述，看着片子里冯翠英墓前用三块红砖支起来的一个象征性墓碑，还有她破旧的家，她修路时唯一的一张照片。照片上的冯翠英双手挥动铁锹，袖子挽到胳膊肘上，满面皱纹，满面笑容……我忽然想，衣家村这些五六十岁、七八十岁的老人们，这么努力地心甘情愿地跟着村支书衣元良干，就因为他们贫困，他们想脱贫致富吗？

　　为什么83岁的杨淑兰说"我使劲活，我活一天干一天活"，为什么75岁的冯翠英要去医院了还用她有些迟钝的话说"等这样……等我病好了回来还跟着大伙干"。不只是她，他们手里拿着工票，不在意什么时候能够兑现，甚至不在意能不能看到兑现……他们已是暮年，去修路是为了挣钱吗？满脸皱纹的杨淑兰说到"咱当社员"时，为什么有一种自豪感？

　　我好像忽然懂了，他们白发苍苍，在劳动中追求的并不是那不知何时能兑现的钱，他们每天晚上去队部拿工票，就像他们青年时到生产队去记工分……我好像看见了，他们想追回青年时代的日子。听着村部喇叭里播着那个年代的歌曲，他们脸上会舒展出笑纹，那里有他们的青春……如今老了，孩子们都外出打工去了。他们留守在贫困村里，他们在党支部带领下重新组织起来，他们要向儿孙证明，他们年轻的时候有过一个"战山河"的年代，修水库、修水渠，敢叫山河换新装，那是靠集体的力量干成的。集体解散了，山坡土地村庄又回到了他们祖父的年代。今天，他们又开始修建拦水坝、修建水库了。拦水坝用黏土夯实，下面是石头的……他们已经在新修的环山路边种樱桃、晚熟桃40亩2000棵，他们还计划利用修路新平整的土地再种8000棵，他们想把自己的山村变成花果山……但愿你不反对我写下："他们老了，但他们是一群有理想的人。"

　　我感觉，他们是想复兴从前那个集体主义的山村，不在乎自己还能得到什么，却想用自己最后的岁月，给儿孙留下一个靠集体力量可以改变贫困的模样。我看到，衣家村的变化不仅因为有衣元良，更因为有一群头脑里还保存着社会主义理想的老百姓。

5 人组织起来就好办

衣元良又在琢磨，把几十年前村集体有过的养殖业再搞起来。衣家村山林资源丰富，面积有 2400 余亩。保护山林生态，涵养水源，同时发展生态养殖，他想应该这样发展。这次，他看上了藏香猪。

藏香猪是我国唯一的放牧型占老猪种，主要以野卓、卓根、野果为食，对树木不会造成损害。藏香猪品质有"六个最"：猪皮最薄，鬃毛最长，猪肠最长，肉品中氨基酸含量最高，微量元素最高，脂肪含量最低。据估算藏香猪价格是白毛猪价格的五倍。

但是，藏香猪一直都在西藏和四川的阿坝州、甘孜州等地放养。山东的衣家村，适合藏香猪生长吗？这个项目是有风险的。可是，衣元良反复想，发展生态养殖，这应该也是衣家村的路；衣家村山高林密气温低，也可能是藏香猪新的家园。但这时的衣元良家里也拿不出钱了，他把自己在栖霞市的房子抵押借款 50 万元，通过战友从西藏买回了 102 头藏香猪苗。

2018 年的第一场雪刚刚飘落的时候，村里第一个养殖项目"藏香猪养殖场"迎来了第一批猪崽。这个日子是 12 月 27 日，这天雪下得特别大，货车开不上山，村民们就开着自家的三轮车一趟一趟往上运，从晚上八点一直干到第二天清晨，才把藏香猪安置到它们山上的窑洞里。

是的，合作社已经为它们在山上修好窑洞。山上只有一对老夫老妻住山里照料那群藏香猪。衣元良说，藏香猪很有组织性，从不走散，一群藏香猪里一定有首领。山坡上有大喇叭，放《猪八戒娶媳妇》的歌曲，猪就回来了。藏香猪在西藏，据说一头猪只能养到平均不到 100 斤。在衣家村的山里最多能养到 120 斤。到 2020 年底，衣元良告诉我的最新消息是："已经卖了100 多头，现在还繁殖有 300 多头。"

站在衣家村高高的山岭上俯瞰，盘山路环绕着的一大片地带格外葱翠，那就是他们种植着各种果树的园林，已然是真正的花果山。衣元良的理想是："我想把我们村搞成'种、养、游'三位一体的田园综合体。"

回首这些工程，他们原计划干三年。在悬崖上打炮眼崩石头最艰难那阵，衣元良说过"我们打的每一锤，都不会白打。哪怕干它十年，也一定要把这路修好"，没想到一年就修好了。

有人曾说他们"一年干了30年的活"，这话夸张吧。可是，这个多么穷的贫困村，年轻人都外出打工了，党支部带领着一群留守老人，没钱流转土地，没钱发劳动工资，即使想出了"发工票"的办法，工票发出去一百多万元了，村集体仍然没有能力给社员兑现。但他们愿意走集体化道路，他们把损毁了30多年的水塘修复了，又接着修毁坏了30多年的水库。他们给村庄所有的山地修了通车大道，给果树全部安装了微喷滴灌，这是前所未有的……有多少人干这些事？总共只有40来个劳动力，平均年龄65岁，一半劳力是妇女，阳光下一片耀眼的白发……这就是工地上每天的风景。

衣元良说："就这些人，干了这些事，别说别人不信，我也不信。"他还说，"但是，通过这两三年，我真正体会到了，把老百姓组织起来的力量太强大了，简直不可思议！"

当然，衣元良心里也有沉重的忧虑。

合作社里都是岁数不小的人，未来在哪里？

无数遍，他想到了自己的儿子。他从部队转业回来那年，儿子才六岁。此后，衣元良卖苹果培养儿子读书，是希望他将来去城市找事业的。儿子终于在上海搞软件开发工作了。这时的衣元良已经一心扑在村集体的事业上。他有移山造路的雄心，可是想叫儿子回来干村集体的事，感觉"这个弯对儿子来说，转得太大了"。他给儿子发去一条微信，委婉地告诉他："我们村部有电脑、有打印机、有电视录放机，什么音频视频的，这东西我不会，要年轻人来干。"

儿子回复了："爸，总是向你索取却不曾说谢谢你，直到长大以后才懂得你不容易。"衣元良说自己很久没掉过泪，但看到这条微信，他的眼泪在眼圈里打转。他感觉儿子这句话在心里已经有一些时候了。他有个预感，儿子会回来。

果然，儿子回村了。也许，打动他的不只是父亲，还有老家那一批白发苍苍的长辈。衣元良的儿子名叫衣凯霖，老人们隆重地欢迎了他。这样，衣凯霖就是村里最早返乡的年轻人。

但是，孩子的母亲感到吃惊！妻子说衣元良，你只要集体不顾家也就算了，怎么还把儿子也叫回来。我愿意相信，凯霖母亲这话，怎见得不是另一种赞扬。衣元良说，是儿子自己回来的。他还说过这样一句话："我始终认为，有集体的地方才是我们的家。"

看到衣元良把儿子叫回来，村里人更看到衣元良有长久的奋斗目标。我问衣元良现在的目标是什么，他回答："培养党员。"他说新发展了八个党员，现在村里一共有14个党员。"要增强党支部的凝聚力。"

接着，他若有所思，却也分明很有信心地说："人组织起来就好办。下一个30年，这条路能走下去。"

再看到村部里那张很大的办公桌时，我知道这铺着迷彩布的大桌里有衣元良的意志。这意志是他在部队里培养锻炼出来的。集体的观念，纪律的观念，当兵的性格，他都没有丢。

"我很庆幸。"他说，"我在部队里学的东西都找回来了。"

2019年3月1日，栖霞市召开推进党支部领办合作社千人大会。这个大会通过网络连线到全市各乡镇，组织集体收看的有一万多人。会上宣读了栖霞市委市政府《关于开展向亭口镇衣家村学习活动的决定》。衣元良在大会上作事迹报告，这是他离开部队后第一次在这么多人的大会上说话，心情激动。

此后，衣元良于2019年4月被烟台市委、市政府授予"劳动模范"称号；2019年6月被山东省委授予"优秀党务工作者"称号；2020年1月被山东省政府授予"齐鲁乡村之星"称号；2020年3月，被山东省委省政府授予"攻坚克难奖"先进个人称号。关于荣誉、攻坚、贡献，也是衣元良在部队里得到熏陶。他的理解是："荣誉，其实是精神，是奉献。"

同衣元良告别时，我曾问他，你现在最想实现的一个愿望是什么？他没有思索就告诉我："我想建个公共食堂，让全体村民都能吃上免费的自助餐。"

今天的衣家村，已呈现出合作社的老人们经营不过来的勃勃生机。一部分果树更新了，还有很多果树期待更新换代，一旦更新，拥有智能微喷滴灌设施的水肥一体化系统就能保障果树有很好收成；生态养殖的藏香猪已在山东栖霞苹果之乡一枝独秀，期待年轻人来扩大新项目；丰收的果实，在呼唤营销和加工产业。这个清代官府捕人都找不到的地方，如今交通可以直抵这儿的南岭北岭，这儿可以成为夏日避暑、冬日看雪的好去处……如此呈现的勃勃生机，只因留在家乡的老人们组织起来。年轻人为什么纷纷离乡去打工？因为各家各户在自己那几亩承包地里如何发挥积极性都拼搏不出生计与前途。为什么外面的公司能接纳他们打工？那每一个公司都是"组织起来"的状态——这就是秘密。

衣家村比塘约村更偏僻，靠几十个留守老人能在两三年间让贫困村发生天翻地覆的变化，我感觉这不是一个单纯的脱贫攻坚故事。他们不是在留守，而是一种坚守。那一片耀眼的白发，犹如冬雪和春雷，能唤起更多年轻人的勇气和热血情怀吗！

第六章

青年就是前途

　　数不清有多少大学生毕业后北漂、南漂没有回乡。本章写一个贫困村青年上大学前后的故事。他大学毕业后已经在省城办起公司，买房成家有了孩子，他在一个冬天回乡探亲，再次看到贫困铺满了家乡的白天和黑夜。这时，回乡的路比考大学走出去更难！父母都老了，村庄因知识贫乏更像个很老很老的人。差距，不仅仅表现在贫与富。城乡差别、科技文化上的差别都如此巨大。你的知识如何与之相处？读书是为了什么，为了逃离家乡？政府又为什么要扶贫，干部为什么下乡？这是一个阳光和风雨同时降临的故事。

1 一个大学毕业的回村青年

张凌回来了！

他会留下来吗？

眼里是漫山一片片高矮不齐的苞谷，枯黄的。他知道今年又是关键时候遇旱，靠天吃饭的苞谷没有收成，苞谷秆还那么凄凄地立在地里。这是2014年底，这是他的家乡。

家乡名叫箐口村，属毕节市大方县猫场镇。猫场镇还是明初奢香夫人主政时设的赶集乡场。大方那时候是贵州宣慰府所在地，奢香夫人是最高长官。她按十二生肖给辖区的大村设赶集日，有赶马场、赶牛场、赶虎场……虎猫同科，日久乡民觉得虎不如猫亲，把虎场改成了猫场。奢香夫人设赶集日使村寨有了商品交易的场所，设赶集日的大村也变成了镇。

张凌生于1985年，童年时跟一群"爹在外打工的"孩子玩。他长到八岁，娘送他去读一年级。村里有小学。小学有瓦房，一共两间，大约40平方米，分四个班上课。这是1993年了，小学校年久失修，一下雨，屋顶要用塑料袋（不是塑料布）补漏。下大雨，水漫进教室，张凌和同学们都穿着破解放鞋站在水里听课。老师也站在水里。

没有课桌。一块木板，两边架着砖头，课本就放在木板上。凳子是砖头垒的。在这环境里他读完了六年级，接着到猫场中学读了三年初中，再考到另一个乡的中学读了三年高中，然后奇迹般考上了大学。录取通知单，是去猫场赶集的亲戚带回箐口村的。那天，张凌还在山坡上跟爹一起拾掇苞谷地。

"张凌考上大学了！"消息传遍全村。箐口有八个自然村，那挺远的自然村也有妇女抱着孩子来看张凌，看他的大学录取通知书。

"我们张凌中状元了！"这可是箐口村开天辟地的事。

张凌的爸妈招呼着挤到屋里来的乡亲，家里的碗不够盛水招待客人，就用水瓢打水直接给客人喝。山里的狗也知道发生了喜庆的事，远远近近地跑来在屋里进进出出。

乡亲们走后，天黑了，张凌的爸妈发愁了，上大学要钱，缺钱咋办……爸妈早就存钱了，存啊存，存了多年，有两千多块钱了！在爸妈看来，这有好多钱了。可是通知书上说，学费要六千元！上学还要吃呀，上哪去找这么多钱？

"幺①……"爸的声音在黑暗中说，"不读了吧，咱读不起。"

次日天蒙蒙亮，张凌就坐在苞谷地里看天空。双脚踩在雨水里做作业的童年一幕幕闪现……还记得高考完了不敢想能够考上，马上回村到地里干活，可是……他惦记着日子，离9月开学不到十天了，他感觉没希望了，突然录取通知书来了，他眼泪都出来了。可是现在……家里有一头牛，卖了牛，家里耕地咋办？不行。再没有别的可以卖了。亲戚们也都穷。无论如何找不到这么多钱……太阳出来了，他还在苞谷地里坐着。

"幺。"妈的声音。他没有察觉到妈已经走到他身边了，"幺，好歹也念不少书了。别怕，打工去。"

他知道妈在家里什么都能干，什么都不怕。他也想到了打工，村里那么多人都去打工了。他站起来，跟妈回去了。

"张凌不去念大学，要去打工了。"

"为哪样？"

"没钱念。"

---

① 当地对孩子的称呼。

这消息再次传遍全村。村里人再次来到他家。最先来的是一个老太太，看去老，只有60岁。她拿出一个折叠得很小的东西，打开是一张十元的人民币。她拉过张凌的手，放到他手里："幺，带上。"

"我永远都记得她那天的眼神。"张凌说，她只说了三个字，是那种不容你不去念书的语气。他不知道她的姓名（后来张凌要在本子里补记上她姓名的时候，才知道她叫谢发秀）。

接着来的乡邻把五元、十元、三元……最多的30元，放到他家的一张破桌上。两天时间，乡亲们捐了2600多元。

读了这么多年书，就这两天，穷乡亲给张凌打开了一个从前没看到的世界。家乡，家乡，从那时起他再忘不了这是他的家乡！

仿佛不容你自己选择，仿佛这不是你自己的事，这是村里人要你去上大学！爸妈要重新考虑儿子的上学问题了。

爸说："猫场还有亲戚，再去借点，凑上。不行就卖牛！"

张凌有三姐弟，姐嫁人了。弟弟张梁出生于1990年，才读完初二。妈把小儿子叫到跟前："幺，你念书不如你哥，别念了。16岁了，你去打工供你哥上学。"

就这样定了。

离村那天，村里许多人都来送行。张凌穿一件妈洗得干干净净的衣裳，那是爸从猫场镇上的铺子里花19块钱买来的。

张凌告别家人和乡亲，踏上去读大学的路。山路两边，漫山的苞谷一步步留在身后。一路上，他泪流满面。

村里距离大方县城有65公里，他走到猫场镇，坐中巴到了县城；再坐大巴四个半小时到遵义。遵义有火车，他上了绿皮火车，没坐票，蹲在厕所间门口，火车走了38个小时才到北京。

他离家的时候，爸没卖牛。但他走后，爸就把耕牛卖了，养起两头母猪，让母猪下崽，卖小猪崽供他的生活费。弟弟也离家跟人去浙江打工，搞模具，不久右手被压碾，拇指、食指、中指都没了，无名指和小拇指也严重畸形。这件悲惨的事，他很久以后才知道。弟弟获赠了八万元。爸用这笔不幸的钱，除了继续给小儿子治手，就用于支持大儿子读完大学。

大学四年，他只回家一次，寒暑假他都去打工。看到弟弟那只残废的手，他落泪了，下决心今生一定要与弟弟同甘苦。

2010年大学毕业了，他找不到工作。睡过大街大单位的门洞，睡过地下通道。身无分文了，一连三天没吃饭了。不得不卖手机。他有个长虹牌手机，卖了80块钱，买馒头吃，喝自来水。喝着自来水，他想，读了一肚子书，现在比来上学时还穷。不行，不能让读的书荒废。继续找工作，找到了一家私企打工。

"北漂了一年。"他说不是没想过回家，可是回家能干什么。想到离家那年爸妈乡亲期望他要有出息的目光，他两手空空怎么回家？大学时他读物流管理，有一门课程《市场营销基础学》，他对其中的"借鸡下蛋""白手起家"很感兴趣。2011年底他回贵阳与贵阳的一个人合伙开了一家做营销策划和广告的公司。

"我是无产阶级，只能走这条路。"2012年11月他自己开了个独立的文化传媒有限公司，两年都没有挣到钱，"只是挣了曲折，挣到经历。"

但是，曲折、经历和磨难都是有价值的，因为贯穿了奋斗。应该说，大学所学是有用的，毕业后他进了更为有用的"社会大学"。张凌说他用了一种术语叫"饥饿营销"的方法，2014年1月12日，他的团队在遵义市凤冈县卖海尔电器，三小时卖了400多万元。13日，在兴义市又是三小时卖了400多万元。至此，他的"营销策划和广告"获得突破性成功。这一年把营销做到了省内外多地。他赚到了钱，用160万元在贵阳市买了房，还买了车。

这年12月26日，张凌把小车开回家乡来了。从猫场镇到箐口村还是泥巴路，天下雪了，雪化了路上都是泥泞。车开到距离村子还有七公里的地方，实在进不去了。只好打电话让村里人来帮忙。村民来了，来了一群。

雪停了，风呼呼地刮着山路两边林子里的树叶。崭新的小车和烂泥路，

14个小伙子，用绳子把小车拉进了村。

2017年9月，我初次到箐口村。站在它高高的山岗上，我想我看到了张凌那年的抉择确实难。我走过很多山村，第一次知道了不能用"漫山遍野"来形容这个村，因为它只有山，没有野。

全村最大的一块平地只有三亩，也只是相对平。没有河，也没有小溪。如果说有，从村外小路一个拐弯处看下去，能看到它在很深很深的山谷下，去山谷下挑水要走两个小时。这样我就理解了张凌说的："吃的水，还是屋檐水。"就是下雨时从屋檐下收集起来的水。

"漫山还是苞谷。"张凌说，他去看小学，"还是原来那么小，更破了。有210个学生，大部分是跟爷爷奶奶生活的。没有操场，没有图书室……"学生们看着他，没有一个人说话。

他捐了三万元给每个学生做一套校服，每人一个书包，还在学校一个小小的场地上捐了篮球架。全村70岁以上的老人有六人，他给每人1000元。这是他自从离家去读大学那一天起就放在心里的一个心愿。

村民们又兴高采烈地聚到他家，来看出息了的张凌和他的小汽车——这是小汽车头一回来到箐口村。远村的妇女也抱着孩子来了，许多狗又在屋里进进出出。

张凌渐渐感到自己的内心在倒海翻江。他记不清自己是不是想过大学毕业要返回家乡，乡亲们也没有希望他回乡的意思。他们还说，等张凌在贵阳买了更大的房子，张凌的爸妈、弟弟都可以搬到贵阳去住了。还有老奶奶对孙子说："好好念书，长大了像张凌叔，去贵阳买大房子。"

是啊，他已经在贵阳买了房，结婚，妻子也是个大学毕业生，孩子2014年7月在贵阳出生。他还能返回箐口吗？

箐口小学那些看着他没说一句话的孩子来到他的脑海，除了捐校服还能帮他们什么？村里还是非常穷，漫山都是枯死的没有果实的苞谷，水泥路还没有通村。夜雨一下，到处都是烂泥地。弟弟那只手还常常犯疼，半夜里用那只疼手敲打着床沿，那声音在静夜中一下一下撞击着张凌的心。此刻他的妻子和女儿在贵阳的席梦思上睡着了吧……这个只有虫鸣之声的村庄，直到2017年全村513户2019人，建档立卡贫困户就有238户853人，贫困发生率41.16%，而毕节全市农村的平均贫困发生率已经下降到13.2%……

读书是为什么？为了逃离家乡？

贫困铺满了家乡的白天和黑夜。

也许正因为贫困，因为家乡非常贫困，你可以不回来吗？

"想了三天，想透了。"张凌说。

2 精神不能荒凉

就这样，张凌决定回家乡。

回来干什么？

已懂做企业的张凌想，先要选择一个有经济效益的产业。读书告诉他，要善于利用优势发展产业。家乡有什么优势吗？箐口村附近以前有个硫黄厂，烧硫黄的烟往天上飘，天下雨降下来是酸雨。日久山上不长树，只长茅草。家乡既没绿水，也没青山。

书本也告诉他，微酸性土壤适合猕猴桃生长。接着发现，猕猴桃适应的海拔高度以1000～1600米为宜，箐口村山地的海拔在1500米左右，正合适。还知道了猕猴桃喜半阴环境，适合"寡日照山区"，箐口山地日照时间一天只有四小时左右，也合适。他还知道了，世界上消费量最大的前26种水果中，猕猴桃的综合考评名列前茅，被誉为"水果之王"。这些因素集合起来，他选择了种猕猴桃。我们也可以由此获得一个启发：重要的不是你有没有优势，而是你能不能把劣势转化为优势。

张凌家只有十来亩承包地，即使全部种猕猴桃，收益再好，也不是他回乡的理想。去动员伯伯、叔叔种："所有的资金我来投，你们管种管收就行了。"可是他们都不种。

"那东西能吃饱？"

"那就我种给大家看？"他不相信在村里组织不起人来，他去挨家挨户做宣传，终于组织起32户，种了270亩。

猕猴桃要三年才挂果。第二年还看不到收益，但木质藤本长起来了，漫山绿色。2015年夏，村民都惊诧：这东西在这里长这么好！还没挂果的绿色藤叶开始摇动村民的心。

"张凌做事，错不了。"

"人家做公司都赚钱的，还能亏了？"

2016年1月，村里扩种了300多亩。

这年8月8日，村里发生了一件事，村民张青祥的妻子被高压电电死了。供电局的高压线从村寨的房屋顶上过，张妻拿梯子到二楼天台上取物，那梯子是铝质的，碰到了高压线，瞬间就被电击身亡。这大不幸，农村人会认为是自己不小心所致。张凌说，高压线这么低从屋顶上过，没有保护措施，供电局有责任，要向供电局索赔。可是谁去找供电局？张青祥是特困户。没人去。

张凌看到了，贫困在他的家乡不只表现在缺钱少物，文化知识贫乏，乡亲和乡村距离现代社会都多么遥远。回村这些日子他已感到，村民知识贫乏不知保护自己不只是这件事，但这件事非常典型。高压电从民房屋顶上通过，线布得这么低，县城供电局的人也缺乏知识吗！瞬间失去妻子的张青祥原本是特困户，现在连丧事都不知道办。张凌和村民们帮着办了丧事，他对张青祥说："我去给你讨公道。"

张凌一次次去县里找供电局，花了两个月时间。最后一次，他带着张青祥去领到了赔偿的13万元。这件事更重要的是，县供电局由此对全县农村高压电进行了一次风险排查，对不合规的线路予以修改。而用电安全、饮水安全等防风险措施，是农村脱贫攻坚的一项重要内容，造成危害就会加深农民的贫困。

张凌带着张青祥讨回赔偿，全村都轰动了。所有人都说村里多么需要张凌这样的干部。可张凌是个"群众"，连党员都不是。2017年3月村委会换届。张凌被村民们选为村主任。4月初，毕节市布置学塘约经验。张凌去了塘约三次，第三次是带了32个农民一起去看的。箐口人说，这是要真学。

张凌说："我读《塘约道路》，看到'农民需要一个精神焕发的村庄'，非常感动！"他说细想自己的村，什么是穷村？有三点，一是人没有组织起来，二是产业没有选准，三是精神没有焕发。只要这三点没改变，这个村就不可能脱贫。

张凌说的三点，没有使用一个贫困数据，但他抓住了本质，看到了精神的重要。塘约村组织起来的标志是"村社一体"。张凌有办公司的经历，他与村支书李兴国商量：我们办个村集体公司，把全村人组织在公司里，办成"村企一体"。也就在这时，张凌听到市里要求办"脱贫攻坚讲习所"，他立刻就办了。村民太需要补充各种知识。这是毕节村一级最早创办的农民讲习所。

4月28日，张凌去注册了一个公司，取名"新梦想种植专业合作社"。箐口有八个自然村寨，九个村民组，每个组建一个合作社，另建一个养殖合作社，还建一个工程队和一个运输队。一个公司把这十个合作社、两个队，统一管理起来。村政还建了三个协会：基金会、老年协会、残疾人创业协会——由张凌的弟弟张梁把全村33个残疾人组织起来。

接着是人员分工。很特别的是：65岁以上的老年人，不分男女不再务农，能做事的负责带入学前的小孩（包括别人的孩子），搞清洁卫生。他们的工作，因"村企一体"统一核算而有劳动报酬。这使箐口村破天荒地相当于有了"托儿所"。

产业方面，扩大优选的种植品种：樱桃和李子。增加土鸡养殖和养蜂。在猕猴桃山地套种黄豆。猕猴桃需要氮磷钾，套种黄豆相当于给猕猴桃施氮肥。在张凌身上，人们看到，上学和毕业后继续自学都是有用的。不能让知识荒废，要让知识"落地"。

看到塘约村有"一建四改"，张凌回村订立了"三建七改"。"七改"第一点是改思想，依次是改厨房，改厕所，改沟渠，改道路，改圈舍，改炉灶，由新成立的工程队实施。与此同时学塘约"红九条"村规民约，箐口村订立了"红十条",也就是"十不准",合起来称"三建七改十不准"。

这些都经过村民代表大会讨论通过,并告诉大家一个原则:入社自愿,退社自由。结果,村民入社踊跃。我不禁想,其实农民思想并不保守,农民在涣散而无奈的贫困生活中已经期望很久,当有人召唤有人组织,就有人来集合。

再说"七改"的哪一项都需要先搞环境卫生。村里牛羊粪、鸡屎狗屎随地拉,雨天同烂泥混在一起,你不踩下去没别的路可走。一个环境卫生问题,在上过几年大学的张凌看来,它其实就是城市和贫困农村一道巨大的鸿沟。张凌组织搞卫生,搞了里里外外的卫生才能改厨、改厕、改灶,这个"配套工程"挺奏效,全村都发动起来了,小学老师称之"环卫风暴"。这年夏季,箐口村在猫场镇开展的卫生治理大评比中获得全镇第一名。

村庄环境发生变化,有人建议应该建个村寨大门,可是村集体经济还是"空壳"的,有人建议大家捐款修建。张凌起初不同意,后来想,左文学也曾经发动村民捐款修桥,这里面有一种"齐心协力",于是同意了。时值学校放暑假,在外读师范学院的大学生张涛回家,来捐一百元。家有大学生的属于建档立卡贫困户,村里说好不让贫困户捐的。张凌不收。可是张涛说:"我是箐口村一分子,有这份义务。"相持不下。张涛说:"我是我自己!你应该理解。"作为也读过大学的张凌,能听懂一个大学生的话,他收下了。这事传开竟有捐过钱的人来再捐,说是为孩子捐。

"你的孩子不是刚出生吗?"张凌说。

"那也是箐口村一分子。"对方说。

没想到这个头一开,陆续有父母来为孩子捐钱。当我看到张凌记录的捐款名册时,我不知天下别处还有没有这样的事情。我看到名册上,第一个2017年出生的捐款者名字是:张雨欣。表上2017年出生的孩子有九人。还有一岁半到三岁的孩子11人,还有学前班、幼儿园的孩子,以及从一年级到高三到大学的学生。还有两个在外省就读中学的学生,总共88人。最少的捐10元,捐最多的是个幼儿园的孩子,名叫张芷齐,捐了520元,据说这个数字的意思是"我爱你"。我不能不感动！重建一个有希望的家乡，这就是村庄的父母和爷爷奶奶对刚出生的孩子们寄予的期望！

就这样，三天捐了35600元。这些钱是不够的，这件事重要的不是钱。15天后，寨门高高地耸立在村前了。

"农民需要一个精神焕发的村庄。"这寨门已是箐口村民精神面貌的体现。孩子们知道这件事，从此进出村庄，知道仰望。即使将来读书读到远方，想起家乡的寨门，心中会没有波澜吗？

3 酿蜜模式

2017年6月22日，周建琨来到箐口村。张凌领着周书记登山爬坡看了将要挂果的猕猴桃，看了养蜂基地，看了村庄改造。周书记一路看着，一句话都没有说。

一直走到一个展板前。展板上呈现的村组织结构同常见的不一样，常见的把"党组织"标示在最上方，这个图把"党组织"放在中间，四周是村企一体的公司、合作社等。周书记看了一下张凌，似乎问：怎么想的？

张凌说："我们叫它'酿蜜模式'，中间这个是蜂王，蜜蜂都围绕着蜂王。蜂王代表党建引领，公司、合作社都在党组织的领导下，酿造甜蜜生活。"周书记微笑了一下，然后说："走了这么久，你不邀请我去你们村部坐一下？"

村部很小，挤在村民房子的中间。于是坐院坝。村民自己带凳子坐到院坝来了。张凌后来告诉我："村民来了70多人，周书记坐下来跟村民交谈了两小时十六分钟。"周建琨对张凌说："村部太小了，你要考虑建个大的，要有'阵地'。"

座谈中，张凌讲了目前有个困难，"村民组织起来，开始干事情了，但村集体是'空壳'的，没钱付工资。"

周书记说："跟大家商量商量，能不能借鉴以前生产队记工分的办法，先记上账，年底再给，看行不行。"

我且忽略周书记还讲了什么。张凌说他记得，周书记临走时对他说："你干得不错，换一种生活，农村是大有作为的地方。"

猕猴桃树在挂果了。

张凌开始筹措销售，并以"箐口"谐音去注册了一个"沁口"商标，用于箐口村产业的一切绿色产品。

第一批32户人的猕猴桃收获了，产量4.2万斤，四天就卖完了。"不够卖。"张凌说，销往北京、上海、浙江、山东，还有本地。我说，不够卖，为啥卖到那么远？他说："一个地方不多给，培育市场呀。"

初次挂果产量是最少的，但也获得32万元，除去成本，每户分到5600元。最让农民放心的是：这项产业是统一种植，统一管理，统一品牌，统一采购。农民搞种植养殖都愁卖，现在他们不用愁。分钱那天，种了猕猴桃的和还没种的都非常高兴。这算是尝到了"集体的甜头"。

"我们的猕猴桃特别甜，很好吃。"张凌告诉我。

"你是对自己的东西偏爱吧。"我说。

"不是自吹，我们拿去检测，箐口猕猴桃达到11个糖，一般的是9个糖。"他还说，"采购价，我们一斤卖8元，采购上万斤才7元，其他地方一般是5元左右。"

现在不用动员，猕猴桃又扩种到1200亩。产品还是供不应求。张凌在讲习所里算给大家听：猕猴桃第四年一棵树最低可以收10斤，每斤卖8块钱，一棵树就是80块钱。一亩地可以种70棵，就是5600块钱。过几年就到了丰产期，科技书上说，丰产期的最高纪录，一棵有产300斤的。我们的摘100斤没问题，那一亩地就可以卖出56000块钱。

我对这个数字不敢相信："确切吗？"

张凌回答："我们的猕猴桃，丰产期一棵树的产量，一般在100斤到220斤之间，我说摘100斤肯定没问题。"

现在农民对"张凌说的"，几乎都信。张凌说："猕猴桃的生命周期有

80年到100年，到丰产期，我们就好比把土地变成了'绿色银行'，每年收取的利息比银行高很多，本钱都在地里，能收成100年。"农民们听了，真是脸上笑开了花。

这好像是梦想，更是选准的产业、科学的种植技术和组织方式在这片土地上开花结果。我很想对他乡的农民兄弟说，看看土地有这么高的价值，在土地流转中要好好盘算盘算，是流转给哪个大户，还是流转给像箐口村这样组织起来的村集体。

这个大学生对新时代农民讲习所特别青睐，这是他可以把自己的知识传授给乡亲们的地方。村里有老太太把剪纸贴到讲习所来，它就像合作社社员的家。张凌对农民说，猕猴桃也是有公有母的，一棵公树，配12棵母树。授粉的时候，蜜蜂不帮忙，自然授粉不如人工授粉。最好的授粉期只有四天，要是你自己种自己的，你人工授粉忙不过来，就耽误了。所以我们还是要组织起来，集体干这件事。

一步步开拓前进的箐口村，成规模地扩展种植猕猴桃、樱桃、李子，以及养蜂、养鸡等产业，并同步推进村庄建设，其变化之大之快，让前去参观者感觉它像这片土地上的异类。

其实，这个深度贫困村发生的一步步变化，都离不开这个村寨的孩子去读书后返回家乡，还因为这个归乡的孩子及时地积极地响应市委号召，走组织起来共同致富的道路。

4　农村是大有作为的地方

2019年5月28日，毕节市委组织各区县主要领导和乡镇党委书记，在箐口村召开"践行塘约经验推进乡村振兴现场会"。会议用了整整一个上午参观了这个山村相当丰富的产业发展、人居环境整治、医疗卫生建设等，特别是参观了新建的小学。

也许没有别的建筑比这个崭新的小学更重要。从前的村小培养了一个张凌，今日村民比从前更加重视培养孩子们读书。箐口新小学面积1290平方米，与此同时还建了一个崭新的幼儿园。还有高高耸立的村部大楼已经建好，建筑面积也是1290平方米。楼内最宽敞的就是"箐口村新时代农民讲习所"，它是乡村农民大学校，夜晚上课的利用率很高。从幼儿园到这个讲习所，你或许会隐约感觉其中的联系。这天下午的现场会，就在这个新时代农民讲习所召开。

箐口村的变化还有，外出打工的农民回来了300多人。

"有家庭的基本都回来了。"张凌说。

他说"有家庭的"是指结了婚的，他们是上有老下有小的。这使箐口村留守老人、留守儿童、留守妇女的"留守生活"结束了。这是很了不起的事情。箐口村的变化再次证明，并不是这片祖祖辈辈耕种的土地不能承载子孙的生存，而是落后的生产关系、生产技术和经营方式，已经严重不能适应社会发展的需求，下决心从整体上去改变它，才会走向乡村振兴。

再说2017年6月，市委书记周建琨在箐口村见到张凌，长时间不说话只听张凌说，已在心里考察这个青年，回毕节就关心要培养张凌入党的事。这年6月，张凌成为党支部的"培养对象"。这以后，张凌被评为"毕节市最美村官""贵州省脱贫攻坚先进个人"，并获第十八届贵州青年五四奖章。2018年6月24日，张凌成为预备党员，一年后转正。2019年，张凌的事迹出现在为庆祝中华人民共和国成立70周年摄制的大型文献专题片《我们走在大路上》，在第十八集《脱贫攻坚》里。

2019年11月，张凌获共青团中央、农业农村部授予第十一届"全国农村青年致富带头人"荣誉称号。2019年底，箐口这个一级贫困村，在鞭炮声中整村脱贫。

这里写的只是一个张凌回乡的故事。张凌大学毕业后也有过"北漂"经历。数不清的农村青年，上大学后也会在校园里为"自由、民主、平等"而激动，毕业后宁可北漂、南漂也没有回乡。"乡下没有可投档的公司。"

创业的雄心也曾鼓舞着年轻的心，但是农村青年绝大多数缺创业资金。也有勇士尝试，失败多于成功。我还注意到，很多北漂、南漂中的农村大学毕业生已经大龄尚未结婚。其实，即使城市户口大学毕业的女青年未婚的也很多，这已不是"光棍村"娶不到媳妇的故事。

即使在城市找到工作，也总是处在不断跳槽的打短工岁月。房价高得惊人。中国人多认为有房才有家，买不起房，家就在路上被放逐……谁不想有爱情和理想，可是不得不去追求金钱。这个社会并不是没有财富，他们就是社会财富的创造者，但横亘在眼前的贫富差距已不是秘密。城市车灯如流，你在城市的马路上寻找前途，哪里是我的家？

终于在东部城市找到打工的地方，你开始住合租房或地下室。你签的应聘合同在公司的档案柜里，作为被雇佣者你是否在重新体会"自由、民主、平等"的含义。某个焦虑的夜晚你失眠了，灵魂在城市和遥远的家乡小路上游荡……这是做梦吗？你在黑夜中醒来，可能惊悚地感到，人身即使有个租屋可住了，灵魂没地方住。

确实，很多贫穷的山村青壮年劳动力都外出打工了，家乡缺少能够致富的产业。但是谁去做？产业需要科学技术，需要产销对接，需要组织形式等多要素。父母没读过很多书，许多父母鬓发早霜，腰伸不直了。要等父母们在乡村兴办起能致富的产业，再回乡就职吗？张凌没有等待家乡有了好产业才回乡。我还想起，同是青年，毛泽东当年在师范学校成立新民学会，同学们相约去法国勤工俭学，毛泽东到上海码头送同学。有人说：真可惜，润之这次没去。毛泽东说："革命不可能等到你们归来再着手。"[1]

那时的中国，外患侵凌，内政混乱，人民的悲惨痛苦都达到最深重的程度。毛泽东那一代青年投身改造中国的事业，不是没有艰难。"恰同学少年，风华正茂"，这是毛泽东在最黑暗的年代写下的诗。

青年就是责任，青年就是前途。仅看长征，那就是以20岁左右的农村

---

[1] 〔美〕R. 特里尔：《毛泽东传》，河北人民出版社1989年版，第58页。

青年为主体的故事。不是不会失败，也不是没有失败。

"雄关漫道真如铁，而今迈步从头越。"这是诗。

"苍山如海，残阳如血。"这也是诗。

那是一代中国青年背负着民族的希望，把苦难上升为诗！

张凌的故事并未结束。今天的箐口村是他的作品。把作品写在大地，与人民共呼吸。"换一种生活，农村是大有作为的地方。"张凌能听懂周建琨书记这句话。这句话和这个故事，都离我们不是很远，但要体会它的宽阔并不容易。

在毕节，受到党组织关注培养的青年不止张凌。周建琨在干部会上说过："现在脱贫攻坚任务艰巨，正是识别干部的最好时期。"以下是他反复说的：我们要在脱贫攻坚中善于发现人，培养人。优秀的青年，没有职务，也可以在工作中用起来。当然，培养要时间。今天的张凌，已是村党支部书记。

毕节近五年，考上大学的青年有289541人。如果有更多一些大学毕业生返回家乡，那会有怎样的景观？毕节推行了"选聘高校毕业生到村任职计划""三支一扶计划"。这"三支一扶"是选用大学毕业生到农村基层从事支农、支教、支医和扶贫工作，并用政策去实施以下"四关怀"：

政治关怀，拓宽一线干部发展平台。

经济关怀，提高一线干部收入水平。

人文关怀，解决一线干部后顾之忧。

精神关怀，增添一线干部工作动力。

2018年，全市有94名驻村干部被定向招录为公务员。这批被激励和使用起来的全是青年。同年8月7日，《贵州改革情况交流》第105期刊发了《毕节市"四关怀"激励脱贫攻坚一线干部担当作为》，省改革办并报中央改革办、省委、省人大常委会、省政府、省政协领导同志。

再说毕节2017年还有一件不多见的事——开展"寻找老支书精神"的活动。张凌在讲习所里请本村第一任党支书李兴文讲课。他惊讶地发现，已经93岁的老支书讲"我们那时候",词语里还有"战天斗地""艰苦奋斗""团结一心"……大家从老支书的神情中还能看到他年轻时代的身影。

说的是"老支书",听到的却是他们青年时代的故事。过去的一百多年,我们这个民族有多少熠熠生辉的青春故事,把那些被遗忘的宝贵精神找回来,依然是我们今天创造新生活的源泉。

5 袒露青春壮丽的划痕

我还记得,我初次去访问恒大集团派到毕节来支援脱贫攻坚的队伍,我刚进门,青年们以列队齐唱《到人民中去》迎接我,我瞬间就感动了——因为他们和他们的歌声:

> 想想从哪里来
> 才知该到哪里去
> 村前的老树
> 山中的小路
> 溪水潺潺你是否已忘记

恒大是世界500强企业之一。恒大集团无偿援助毕节市110亿元用于脱贫攻坚,还先后派出2856名员工到毕节参加脱贫攻坚战,他们全部是大学或以上学历。

他们到毕节支援脱贫攻坚要三年,要住宿在乡和村,全是自愿报名。首批先锋队赴毕节之前,总指挥姚东曾说明不要"女生",想出种种理由阻止女员工报名,说大山里很多蚊子,还有很多蛇,不能洗澡。"三天不洗,你会臭起来。你去了也会回来的。不如不去。"但是,有三名"女生"坚决要来,就来了,没有一个打退堂鼓。

当大部队集中到广州总部,从广州出发是乘专列,在列车上就学唱

《到人民中去》。他们到达贵阳火车站，全员在车站广场列队宣誓："毕节不脱贫，我们不收兵。"声音震动苍穹。接着高唱《到人民中去》：

> 明白到哪里去
>
> 才懂把谁放心里
>
> 父母的教诲
>
> 故乡的期许
>
> 炊烟袅袅你是否又想起

他们中有不少就是来自全国各地的农民孩子，他们自己的家乡也还贫穷。多少年了，没有集体唱过这样的歌。火车站广场很多人围着听他们放声歌唱。歌声回荡在车站广场的上空。他们唱得把自己感动，不少人热泪盈眶。

当天，大巴车把他们直接拉到乡拉到村。两千多男女青年，仍然没有一个人打退堂鼓。我看了他们进村入户，再次筛查核实建立的贫困户档案。那样细致，文字照片清清楚楚，那是他们离开大学后的课程，接受再教育。

"蛇！"一个女生真遇到蛇了。跑！跑了几步，发现蛇没有追来，她停住了，转回身，并且走上前去，用手机拍下了那蛇，然后发在微信群里。

"看，这是什么？"一个女生被马蜂蜇了，胳膊上肿起很大的包，色彩鲜艳，也发在微信群里。大家纷纷祝贺她"中彩"！

我去看了他们为整体搬迁的特困农民建起的安居新房。我目睹了分房的胜景，山里来的贫困农民排着一行行队，排最前面的农民把手伸进一个大纸箱去摸出一个乒乓球，球上写着房号，那就是他的新居了。

我无法描述农民们那样的高兴。我注意到一个六七岁的男孩，父亲让他去纸箱里摸，摸出一个橘红色的乒乓球，接着换到了一串钥匙。我想去问问这个孩子的心情，不料这个孩子非常紧张，一直躲我，把钥匙抓得紧紧的。

"他怕你拿走他的钥匙。"他父亲说。

于是我看到，迁住新居也是孩子心中的渴望。

我与恒大青年队员座谈，感受到了他们人生的这段经历对他们非常宝贵。这里说的"非常"，真是不寻常。大学毕业后到恒大求职，恒大的工资比较高，那就是他们投奔恒大的愿望。到公司上班，平日里都要考虑怎样给企业赚钱。现在来毕节，不要考虑赚钱，只考虑怎样把钱花出去，花在贫困农民身上。当然，"一分一厘当思来之不易"，这是公司要求的。

此前在公司上班，各忙各的业务，各奔东西。如今在毕节，一同深入村庄农户，一起给农民培训技术，指挥部时常也会组织学习，组织汇报各自负责的工作进展情况。在这环境里，有男女青年相互爱慕，恋爱了。这里的恋爱比学校里发生的更实在。

"你是怎么想着要来的？"我问一个女青年。

"我想将来带回去一个更好的自己。"我听懂了，她不是随口说的，她的回答里有她过去的生活经历。

那是一天晚上，我在大方县与他们座谈。一个已经当母亲的队员告诉我，孩子放假时，父亲把刚上一年级的女儿带来了。扶贫队员与贫困户都有"一对一"结对子帮扶。女儿忽然说："妈妈，我也可以帮助一个孩子吗？"

母亲看着女儿，自己感动了："可以。"

于是女儿选择了一个还没读书的小男孩："我就选他。"女儿回去了，把自己的玩具装了一箱，让爸爸寄来了。还有她的压岁钱也寄来了。

第二次又去看他们时，我想再听他们唱那支歌，他们在场的全体站起来又唱了。这一次，我感觉我听出他们的歌声中已有更丰富的心灵的声音。坦率地说，我听得再次热泪盈眶。歌声中有我自己的家乡，有我插队的村庄，还有我熟悉的《少年中国说》。后来我在一次有他们在的讲座上，给大家播放了另一支歌。

2016年拍摄大型纪录片《长征》时，剧组采访了49位百岁左右的老红军，年龄最大的106岁。《长征》制作完，也播完了，摄制组感到还有不少采访来的老红军镜头没用上，心里不安，于是会聚起来配上了这支题为《召唤》的歌。

你听，"袒露青春壮丽的划痕"，这在唱什么？长征就是成千成万青年的故事，无论男女都曾衣衫褴褛，斑斑血痕。"祖国召唤，勇敢的心！"不是吗？在列强侵入，祖国被撕裂，同胞被屠杀的年代，并不是谁都能踏上征程。今天他们都很老了，老得只有微笑的力气了，但是，没有丧失深情！请听：

> 远方的路深深回忆
> 盛开的鲜花年年想起
> 天上的云不愿离去
> 我们的心没有忘记
>
> 抹去岁月寂寞的浮尘
> 袒露青春壮丽的划痕
> 用心灵和心灵燃烧热血
> 有一个声音在召唤我们
> …………

奋斗不可能没有艰苦。假如青春留下壮丽的划痕，那是生命中值得骄傲的年轮。先辈用热血换来的新社会，怎么会变成很多很多人在苦思冥想中都只为自己，在那些大肆挥霍的地方，青春竟能堕落到"娱乐至死"……今天的祖国，依然有贫困在召唤。我相信恒大两千多名来毕节参加扶贫的青年，最重要的收获是他们自己体会到的"灵魂在接受洗礼"。

无论一个张凌，还是恒大两千多扶贫青年，都给我以切实的教育。让我重温一个也许并不深奥的道理：一切艰难中的民族，要振兴，说到底都需要一代勇敢的青年。不论什么年代，心里有人民，青春有壮丽的划痕，脚下就有诗篇，青年就是前途。

第七章

一个人的精神内部

"讲进步不要忘了党，讲本领不要忘了群众，讲成绩不要忘了大多数，讲缺点不要忘了自己，讲现在不要隔断历史。"这是一个工人写在1960年全国劳模大会签到簿上的话。今天读着，感觉这话就像来自天上。其实，那是当年来自基层的声音。写下这话的人叫王进喜。王进喜是在新中国当上石油工人的时候才开始学识字的，不久他写在签到簿上的字，句句是真知灼见，是了不起的思想，是智慧。

铁人王进喜的故事，同这一章有什么关系吗？这一章里的林贤，是烟台又一个被镇党委找来担任村支书的人，镇党委为什么找他？他来了，为什么是这样做？我怎么理解他的所思所为呢？我相信，他在红领巾时代接受的教育，还有他在解放军部队里接受的教育，并没有在他的精神中消失，那照耀过他灵魂的光芒依然是他今天服务于群众事业的源泉。

1 一个领导班子瘫痪八年的村

衣元良的经历还提示，人民解放军的确是一所大学校，像衣元良这样受过部队教育的退役军人是农村中的宝藏。衣元良的故事在烟台不是孤例。以下这个故事，是又一个转业军人被镇党委找来当村支书的故事。

这个村叫东院头村，隶属烟台栖霞市蛇窝泊镇。村支书林贤生于1957年，1975年在镇高中毕业后回村，同年底参军。他到北京卫戍区当通信兵，两年后入了党，在军营11年。1986年转业到烟台卷烟厂工作，2003年碰到"关停并转"，卷烟厂1000多人只留了46人，林贤下岗了，要去自谋职业。他在这个厂干了17年。他的工龄是从参军起算的，下岗"按工龄一次性买断"，他拿到了30万元补贴，用这钱同四个人合伙办了一个公司。2011年3月，蛇窝泊镇党委书记王旭胜和镇长徐海勇一起来找林贤，商请他出来担任东院头村党支部书记。

"不可能。"林贤笑着说。

他说得很坦率，因为自己办公司已有八年，公司干得好好的，怎么可能去当村支书呢！而且，他早就不是农村户口，不算东院头村的人了。他觉得镇领导弄错了，怎么会找他。镇党委书记告诉林贤，你办公司八年了，东院头村领导班子瘫痪也八年了。

林贤仍然觉得这是与自己无关的事。他礼节性地听着。镇领导告诉他，东院头村有300多户，880多人，党员38个。但村里有几个帮派。选村主任，2000年选了第一届。刚选上，当晚就吵起来了。镇党委去调解了。但以后村两委一直不和。直选是三年一选。到第二届，班子选是选成了，但村两委还是互相顶着，班子实际上瘫痪。第三次换届，镇里去了14个干部，准备充分听大家意见。可是，开大会，没人说话，就没选成。开党员大会也是这样，党员也有几派了，也没人说话。林贤暗想，这样一个是非之地，自己就是没办公司也不能去呀。

镇长恳切地对林贤说，你是老党员、转业军人，人缘好，能力强，你看你办公司办得多好。东院头村是你老家，你就去干几年吧，把这个村的班子带起来。

林贤说，我很早就离开村子了，我一直没干过农活，实际上对农村不了解，对人也不了解。我肯定不合适。

镇长说，你了解你们村，你的公司就在你们村洗石子嘛。

原来，镇里去了解过，林贤办的栖霞市恒发石子厂，那石子是修高速路用的，需要用水洗。东院头村南面有个水塘和一块荒滩，林贤回村跟村里商量，付点钱就用起来了。

这第一次邀请，林贤抱定自己不合适，没太往心里去。两位领导也说，你先考虑考虑。临走留下一句："我们是真心实意的。"

这以后镇领导接二连三找过他，都很恳切。林贤不禁有所考虑，还做了些调查。"村里大的帮派有七个，小的不算。"林贤考虑了半年，还是没答应。

一天，镇领导又找他："你一心都在石子厂里，你再不同意，镇里要停你的电，不让你在这里洗石子了。"领导说这话态度是很好的，但林贤感觉，领导是急了。林贤也笑着说："我不干书记，你不能不让我干厂啊！"

这一次，领导说得很具体，期望他出面带起一个班子，一届三年，一年到镇政府开三次会。没什么特别要求，你当书记，村里有领导班子，情况就会好起来。怎么就任？考虑到这个村选举的复杂性，可以不参加选举，避免又出现选不上的情况。镇党委可以直接任命。林贤心想，只要选不上，这事不就了了吗……他说："不能直接任命，还是要选举。"镇领导说，还是直接任命好。林贤则坚持不能直接任命。于是达成：林贤作为候选人，参加党支部选举。

9月的一天，东院头村参加选举的党员36人，市组织部门和镇里来了一批干部。林贤还跟村里若干要好的朋友打招呼"不要选我"。但结果是34票选了林贤，只有林贤自己和一个党员弃权，这个弃权的党员就是林贤打过招呼的朋友之一。

大家鼓掌，领导们都笑笑地看着林贤，表示祝贺！

现在怎么办，还能不当这个村支书吗？

2 家乡的月亮河

2017年5月，我第一次去烟台就去过东院头村，那次见到林贤，他第一句话就对我说："塘约道路得到肯定，对我们鼓舞太大了。"

我问为什么？他说，他们也把农民组织起来发展集体经济了，但是担心被认为走回头路。现在好了，可以大胆走了。

林贤被选上后，从2011年9月到10月中旬，他什么都没干。"不知道从哪里下手。"他说。但他不能不考虑了。他是1975年底去参军的，对本村，头脑里主要是参军前的记忆。记忆最深的是小学……"我们村小学有将近200个学生。"他说村里还有个电影队，他高中毕业回乡，村里安排他去学放电影。他跟着电影队培训了三个月，接着就当兵了。

"那时村里还有什么？"我问。

他说有医疗站，有果园技术队，还有机械队、建筑队。因为村里很重视他这个高中毕业生，曾经问他想去哪个队，他那时特喜欢电影，就选择了电影队。

现在打量眼前的村庄，似乎这时才感觉到，他去参军之前，村庄比眼前的热闹多了……那时村里有1200多人，现在只有800多人。那时村里有粉坊、磨坊、油坊、豆腐坊，有拖拉机，"25匹马力的有三台，12匹马力的有三台。"还有播种机、抽水机。有个占地五亩的大水塘，用75千瓦的电机带动水泵往山上抽水。水泥管直径50～60厘米，管道有三公里长，山上种的苹果全都能浇上水。水塘不止一个，有五个，有三亩多的、两亩的、一亩的。所有这些都是集体的。但是，现在都没有了。

"水塘都毁坏了，电机没了，管道也被人挖了。那石块，30公分厚，60公分长，20公分高，家里盖房子很好用，都被人扒光了。还剩那个五亩的水塘是个光秃秃的大坑，各家到坑里再挖坑，蓄点水，用小水泵抽水，接小水管往各家的地里浇水。实际上，没抽多少水，水就没了。"

除了当兵前的乡村记忆，就是到部队后接受的教育。一个人要发挥作为，他头脑里储存的深刻记忆就是他的重要资源。上学和当兵的岁月是他精神的基础，转业后的17年他是公有制工厂里的一名共产党员，下岗后与人合伙办公司，主要是学习怎么做企业闯市场……现在，怎么说也是党组织把他放到这个岗位上，让他为村民着想。可是，从哪里开始呢？他确实还需要有个适应过程。这个过程有一个月。

"从搞卫生开始。"他想好了。

家乡有一条小河，从村中间通过。河最宽的地方有十四五米，最窄的地方六七米，全长1400米。这条河有个很美的名字：月亮河。"我去当兵的时候，河里还有鱼有虾，水特别清。"

可是2011年秋天，他被选上村书记的时候，"这河里堆满的垃圾，最高的地方比河两边的路面还高。河两边的村民平时不走桥了，直接从垃圾上走过去。"

"那怎么走？"我问。

"在垃圾上踩出来的路呀！"

"怎么会这样呢？"

他说分田后，村里的事慢慢没人管了，村民起初把自家的垃圾往河边倒，水会把垃圾冲走。后来河里有时有水，有时没水。一年一年，这垃圾在河边越积越多，慢慢就把河填满了。遇到下大雨，水还会把垃圾冲得满村都是。大家都觉得这是个问题，可是谁也没有能力改变。

这是又一件村民们都希望做，个人又做不了的事。

林贤就决定从这里做起了。谁去做呢？他召集党员开会，支部共有38名党员。他说，要把村里的事干好，要靠全体党员带头。他主张"约法三章"，全体党员共同遵守。哪三章？三次不参加组织活动和义务劳动的，退党；不起先锋作用的，退党；不帮助群众的，退党。看起来这三章区别不大，大家同意了。

接着，林贤召集党员和复退军人会议，村里有37名复退军人，有的人既是党员也是复退军人，党员加复退军人共50人。林贤这样做，是军队教育对他的影响。很久没有开过这样的会，据说大家群情振奋，都同意清理这条河里的垃圾。

这时候村里没有一点集体经济，也没有做发展集体经济的事，但是，东院头村在党支部领导下，"重整山河"开始了。

林贤用的是他办那个石子厂的设备和资金，他调来了两台挖掘机、铲车，调来了八轮的工程车，村里的党员和复退军人们干了一周的义务劳动，拉走了250多车垃圾去掩埋，垃圾量达3000多立方米。

"怎么会有这么多垃圾？"我问。

"30年的垃圾！"林贤说。

我确实感到震撼。这是我住在都市想不到的。但想起衣元良治村干的第一件事也是清理堆积几十年的垃圾。再后发现很多村庄在开展精准扶贫中，干部驻村整治村容有个"清三堆"的说法。这里再重复一下：贵州毕节农村提的"治八乱"，也是以清垃圾、清粪堆、清脏水横流为主。

农村的现实教育我，让我从内心里尊重那经历过坎坷，仍然在为公众事业辛苦工作的人们。农民各顾各的经济基础，是滋长自私的温床。一个村庄，是不能缺少有组织的管理和建设的。

3　为什么更愿意干这个

"我们感觉，林贤组织清理月亮河的垃圾，就像当年北京清理龙须沟，虽然规模没那么大，意义也不小。"

烟台市委组织部的干部这么看。这个看法让我感到，清垃圾、搞卫生，其实是一件很不简单的事。新中国成立之初，一项重要工作就是从搞卫生开始的，被称为"爱国卫生运动"。

月亮河一疏通，党支部立刻有了威信，党员和复退军人也很受大家尊敬。村里还建了五个很大的垃圾箱，有专人管理。此后对月亮河综合治理，月亮河又有清清的河水了。

趁这股劲，党支部又组织搞村庄的路面硬化，修建了一个能坐五六百人开会的文化广场，建了篮球场，还修建了村头另一条河上的一座桥。没钱，发动捐款，三天捐了13万元。规定贫困户不捐，80岁以上老人不捐。但还是有五个80岁以上老太太每人捐了100元。林贤个人先捐了两万元，后来"垫进去600万元"。所谓"垫进去"，名义上是将来集体有钱后再还给他。

村庄面貌焕然一新了。现在的问题是，林贤做企业本人有积蓄，把自己的钱这样"捐进去""垫进去"，其他村能复制吗？这些只是村庄环境基本建设，村庄没有集体经济是不行的。怎么发展集体经济？这是林贤日思夜想的问题了。以下是林贤口述，可以更直观地体会他当时的见闻、思索和选择。

那是2012年11月，中央在开十八大，我们镇党委书记王旭胜、镇长李卫国带了七个村支书，还有镇干部，共16人，去外地看那里专业合作社和土地流转的情况。他们那里土地都是流转给专业合作社、大户、家庭农场、龙头企业。专业合作社都是个人牵头办的，有五个身份证就可以办一个合作社。土地流转费从一亩500到1000元不等，不过只有一个养泥鳅的公司，给了1000元一亩。我当时想，很少有一家10亩地的，就算10亩，按1000元的价，一年才一万元。这一家最少有三口人吧，平均只有3000多元，他能脱贫致富吗？我很怀疑。怎么能使农民真正脱贫，不是使有能力的人脱贫，要使缺能力的、老弱病残的脱贫。

中午吃饭，我们镇长让我们表态，回去怎么干。大家都表态了。我没有表态。镇长说，你为什么不表态。我说，我还没想好。我们回到家的时候，党的十八大还在开。

十八大闭幕后第五天，我们开了村两委会，讨论由党支部来办集体合作社，行不行？大集体模式能挣钱吗？我说，如果让我单干，我也不行。我组织一批人办公司，不是挣到钱了吗？要是不办集体的合作社，村集体没有经济，村里还是什么事都干不成。我们讨论了整整一天，最后决定下来，办集体合作社。

第二天，组织村民讨论，一个月里大小会开了十一次。村民多数同意了。但我们还要有上级支持，我给镇党委汇报了，镇党委认可。可是我们去注册，工商局不让注册，说个人牵头注册专业合作社可以，注册集体合作社没这个模式。我真是想不通，为什么党支部办集体合作社不行，个人牵头办就行。没办法，只好注册了个果品专业合作社，但实际上我们办的是集体合作社。

就这样，集体合作社办起来了。

有村民对林贤说："你这么干，不怕撤职吗？"

林贤笑了："撤了就撤了，我本来也没想干。"

我听了想，可能正是这种"不怕撤职"，才更加实心实意地去做对老百姓有益的事。林贤说，村民听他这么说，问他打算干几年。他说一届三年，我就干三年。村民说，那不行，你只干三年，我们就不入这个社了。林贤说，那你们想让我干几年。村民说最少15年。林贤说，那我干着看吧，尽量干下去。林贤的妻子不同意了："说好了的，就干三年。怎么能说话不算数。"林贤对妻子说："别着急，让我把这个头开起来。"

可是，林贤的心完全投入到村合作社了。

我曾问他为什么？他说："我感觉我更愿意干这个。"

为什么更愿意干这个？一个人自小接受的教育，恐怕是影响深远的。在林贤的精神结构中，他少年时接受的新中国的教育，青年时在解放军的熔炉中接受的教育，是不能忽视的。

再说全村耕地面积1800多亩，村合作社吸收了流转土地不到300亩，去田埂、地界，整成一片，立刻就变出三百几十亩了。还修整道路、水渠，修复了水塘，看起来就跟林贤去参军之前的土地一样，林贤感到挺有成就感。

30年前分承包地时，老书记留了25亩，后来也分下去了，但说好不是承包地。现在林贤把地收回来，就是集体的家当。人民公社时期村里有个水电站，后来废弃，卖给了一个村民。这村民到外地去了，电站的旧房子倒塌了，废墟上长满了荒草。这地点占地有8亩。林贤用6万元把它买下来，在废墟上建起了一座引进的生物菌肥厂。以下，再听听林贤口述：

我们重新选种了红富士优良品种，按种植有机苹果管理。施肥就是用我们自己生产的生物菌肥，比有机肥还好。用滴灌，水肥一体化。节水60%以上，肥的利用率提高20%～30%。我们不用化学农药，用中草药。什么中草药？有除虫菊、车前草、川连、百部、苦参，还有烟草的下脚料等，提纯为液体，喷雾。还用太阳能杀虫灯。除草，我们成片的土地使用机械，一台机器一天一人工作100亩。如果用人工除草，100亩要用120人。喷药，一台机器一天一个人能喷100多亩。用人工喷，一个人开三轮车，一个人压喷雾器，两个人拿喷杆喷，4个人干一天干不到10亩。而且，喷药的时间要尽快全面覆盖，拖的时间太长，灭虫就起不到效果了。施基肥，我们也是用机器。人工，一天两个人最多干五分地。用机器，一天四个人干80亩。为什么四个人？一个开车的，两个装肥的，一个配肥的。一家一户干，差太远了，而且干得腰疼、腿疼、胳膊疼。机械化减轻了农民的劳动强度。其实，这些，我们村几十年前就有，你忘了？我去当兵以前，村里就有机械队。现在更进步了，机械化、标准化、水肥一体化。降低了劳动力成本，降低了水、肥和农药（生物防治）成本，土地就增加了效益。

前年有一家出口公司找到我们这里来，把我们的苹果拿到烟台商检局去检测，零检出。就是没有一点农药。他们订了12个货柜，一个货柜4万斤。我们现在一斤苹果的成本一般是一块钱，最多的时候达到一块一毛。我们给中间商一级果的价格是7元钱，直径八厘米的一级果。我们的价格是个体农民苹果价格的两倍以上。我们现在准备上一个苹果深加工厂，苹果肉做果汁果脯，果皮做面膜，果渣做肥料，我们的生物菌肥厂用得上。我们的生物菌肥现在很畅销。

2019年6月，我再去烟台时，正逢东院头村召开合作社分红大会。我在别处采访，没去参加。这天，烟台市委组织部长于涛就坐在台下的群众当中，目睹了这次分红。我看到了她发给我的照片，村民们坐在阳光下，人民币堆砌在台前，像一道河坝。我没细问这天总共分了多少钱。

后来于涛告诉我："土地入股的一亩地可分5050元，现金入股的一万元能分到5000元，收益比烟台任何一个企业的一项投资都要高。"她说看到村民拿到钱的兴奋喜悦，她的眼泪涌出来。这天，我还得知分红所得最多的分到4.1万多元，户主柳玉亭，他家就老两口，都超过60岁了。

烟台市委"两新"组织工委副书记吕永杰告诉我，东院头村合作社还创建了全市第一个农村信用互助机构，就是在合作社里面设信用互助部，解决发展生产需要资金的问题。

林贤说，我们这个信用互助部对村民也很有好处，农民分红得到的钱，可以存我们这儿。银行一万元存一年得100多元利息，存我们这儿一年得400多元利息。

我记起插队的时候，农村里都有生产大队、供销社和信用社，这是农村中配套运行的体制。现在东院头村这个合作社，是生产、供销、信用三位一体的合作社。这是个值得重视的经验。

4 不可或缺的支持

吕永杰还告诉我：2019年4月，林贤被评为烟台市劳动模范；同年的"七一"表彰，林贤被评为山东省优秀共产党员，接着在"八一"表彰中被评为山东省优秀退役军人。

我写出这些不是要罗列林贤的荣誉。多年来，我从媒体上看到报道的模范人物，常常只见这个人如何杰出，其实任何杰出者都是离不开上上下下的支持的。一个优秀支部书记的出现，除了自身素质非常重要之外，上级党委的发现、培养和支持，具有非常突出的作用和不能忽视的职责。这个意思，在本书第四章里已讲到，这里借衣元良和林贤的事例，再次讲述。

你看，衣元良、林贤，都是镇党委领导去发现和动员，把他们选到岗位上，也是在烟台市委组织部加强党建，要求党支部要把农民组织起来的环境中得到支持，大步走出来的。

林贤办起集体合作社是2013年初了，当时只做不说，可以放手做是在烟台市委组织部引导阅读《塘约道路》之后。李天浩副部长介绍说，按时间算，东院头村的合作社是十八大后烟台第一个由村党支部创办的集体合作社。我去烟台时，市委组织部开座谈会，已经让林贤给大家介绍经验。

2019年6月我再去烟台，林贤告诉我，我们村附近有四个村：院头窑、禾家庄、西山、水晶波。市委组织部要我们"先进带后进"，镇里组织我们五个村的干部开了两次会，各村都很响应。我们这五个村要准备成立党总支了，还讨论将来条件成熟了办合作联社。李天浩副部长告诉我："到6月，像东院头村这样的村集体合作社已经有1200多个。"

这时，做这些工作就不止烟台市委组织部的干部了，我看到县区组织部的领导和干部，以及乡镇的组织委员，对基层情况都很熟悉。比如带我采访林贤的是市委组织部一个普通干部张强，他生在黑龙江省齐齐哈尔市的一个村里，上初中时随父母到山东，2012年到烟台市委组织部工作。我完全没想到，这个市委组织部的普通干部，不只是对基层干部熟悉，他对全市发展经济的大事，特别是对"党支部领办合作社"，都相当熟悉。

我在毕节注意到宣传部对创办农民讲习所，宣传大党建统领大扶贫，以及从助推创办村社一体合作社到党支部领办村集体合作社，均产生了很大作用。我在烟台，是第一次这样清晰地看到，组织部的工作对于培养造就优秀的村支书，对于引导"党支部领办合作社"，如此重要！

通过发现、培训、选拔、任用和持续支持基层干部，从而加强党在农村中的领导；通过具体引导和推进"党支部领办合作社"，从而把分散耕作的农民重新组织成共同致富的有力集体。这一定是一件历史性的大事。

这里归纳一下，某个村支书特别优秀，可使该村"一枝独秀"；上级党组织的正确引导和弘扬，才有英雄辈出。我走过许多村庄，一再感到，一个村发展如何，与村支书直接相关。一个村有没有好书记，上级党委和组织部的工作负有重责大任。

第八章

驻村第一书记

习近平主席在2019年新年贺词里说："我时常牵挂着奋战在脱贫一线的同志们，280多万驻村干部、第一书记，工作很投入、很给力，一定要保重身体。"全国开展精准扶贫以来，涌现很多优秀驻村干部、第一书记。很多地方主要是对贫困村增派驻村第一书记。毕节根据自身艰巨的脱贫攻坚任务，对贫困村和部分非贫困村共派出2181名驻村第一书记。这些书记下去后经受实践检验、组织督查，发现乏力者迅速"换将"，留下来并持续在一线转战的均相当优秀。这里讲的"转战"是指所驻村脱贫后立即被派往另一个贫困村去主持攻坚。这里记述的只是我采访到的驻村书记之一。

1 一个名叫龙滩的村子

开展精准扶贫以来，全国各省市都选派干部到贫困村担任驻村第一书记。派去的是否能够胜任？许多干部长期生活在城市，对农村缺乏了解，派去的第一书记在政治素质、吃苦精神、工作能力等方面都立刻受到严峻检验。

贵州省到2019年先后有4.3万名第一书记和驻村干部去一线，实行"轮战"制。所称"轮战"，由省市县三级组织部门经深入调研、分析研判，按照"保持稳定、应换尽换、接续轮战"原则，鼓励干得好的接续战斗，对作用发挥不好的必须调整，力求"派上最能打仗的人"。在毕节艰巨的脱贫攻坚战中，陆续涌现出许多优秀的驻村第一书记。以下只是我遇到并采访的一个。

他叫李大奎，1982年出生，是毕节市人民政府办公室的一个副科长。2016年3月，他在乡村工作已有16年，调到市政府办公室上班只有18天。第十九天，他就被派到七星关区千溪乡兴荣村任驻村第一书记。2017年4月，他又被派到贫困程度更深的威宁县新发乡龙滩村任驻村第一书记。

新发乡是毕节全市18个极贫乡镇之一，地处两省三县接合部，海拔最高达2680米，最低1250米，切割纵深极大。从毕节市区到龙滩村，车要走五个多小时。2017年4月初，李大奎带了换洗衣服、塑料脸盆、洗漱用具、碗筷，还有市政府准备的绿色铺盖，乍一看，像个20世纪50年代派到村里来的干部。

村支书叫曹顺友，57岁，笑容满面地站在村口迎接李大奎，把他领到了村部。这村部当地人还称它"村公所"。进到里面，他看到空空荡荡的，连个办公桌都没有，有一把用木棍和泥巴做成的"泥巴椅"，有几把破凳子，还有竖起来的空心砖头。

"平时开会就在这里吗？"他问。

"还有站着、蹲着的。"曹支书笑着，满脸弯弯的皱纹。

这间房面积20多平方米，有一个电线牵挂着的电灯。毕节强调要扩建"村阵地"已有三个多月，这地方还没有开始。

支书说："就住这里吧。平时来村里做工的民工也住这里。"李大奎后来告诉我，村支书不识字，人非常好，公正。到村第一晚，大奎是在村公所打地铺过的。这晚他失眠了。

第二天，他返回毕节市政府办，用他的话说是从"娘家"拉来了办公桌椅（经领导批准）把村部武装起来。随即建起了值班值守、说事议事、代办服务等制度。日后他体会说："驻村驻村，这'驻'的地方有'讲究'，哪怕它之前破烂不堪，也要把它打理成这个村凝聚人心的脱贫攻坚总部。"

接下来是了解村情，包括了解邻村。最初他了解到，这个与云南接壤的山村，石漠化严重，耕地总面积2204亩全是旱地，其中山地坡度大于25度的有1280亩。土地破碎瘦薄，多数土层厚度不到5寸。冬长夏短，年平均气温15℃左右。全村3个村民组1182人，劳动力450人，其中外出打工215人，建档立卡贫困户106户537人。

他驻村头三个月回过四趟家。在这里没有领导盯着你，但你的任务会盯着你。他需要自觉地融入村两委班子，融入党员和群众。所以此后村庄发生的变化，不是他个人的成就，而是组织起凝聚起干部群众共同攻坚克难发生的变化。在这一章里，为减少篇幅，我着重记述方法，现集约表述：

2016年底，龙滩村贫困发生率45.2%。到2017年底，贫困发生率降到18.8%，人均可支配收入从2016年的4100元增加到7100元。2018年贫困发生率继续快速下降。怎么做到的？

李大奎说：第一步就是"组织起来"。

他下去的四月份，正逢毕节部署"学习塘约经验"和创办"脱贫攻坚讲习所"。大奎就利用办讲习所开群众会。

他毕业于毕节师范学校，18岁到赫章县水塘堡乡草子坪小学当乡村教师，26岁起被乡政府抽来搞乡村工作。他有讲课经验，又有乡村语言，在讲习中农民喜欢听。这虽然重要，但令我刮目相看的是他在驻村工作中运用的"四听法"。

他说现在都提倡精简会议，但农村的封闭并不只是自然环境偏僻，农民多年分散劳动，缺少会聚交流，这是更大的封闭。面对这种情况，有一种会一定要多开，就是群众会。

"开这个会，重要的不是讲，而是听。"

"怎么听？"

"有四听。"

"哪四听？"

"一是国家有什么惠民政策，讲给群众听；二是怎么发展，听群众的；三是有困难怎么解决，听群众的；四是效果如何，听群众的。"

我不禁想，为什么人们抱怨开会多，是领导讲不好吗？关键的原因，恐怕是只有领导讲，群众有话没机会讲。"四听"主要是听群众说。大奎发现群众不是不会说，也不是无话说，一旦说开就形成了交流讨论。

"农民讲习所不是宣讲所，好就好在可以充分发挥'群众说'，大家'听'。"他说他在听群众说的时候就想，我们常说群众观念落后、内生动力不足，这是不对的。农民想发展的愿望是最强烈的，只是势单力薄、苦无门路。大家这么一讲，内生动力就起来了，也解决了所谓"干部急、群众不急"的问题。

他还发现，有很多问题并不是上面来了领导才解决，而是在集中交流、互相启发中迸发出集体智慧，农民自己解决的。大家看到了集合起来的力量，发展的信心就大增。

还有一种听，他称之为"龙滩夜话"。

晚饭过后，只要他住处的灯光亮着（他时常也会到村民家中去聊天），就有三三两两的党员、群众来找他聊天。也有"不便在会上说的话"，个人来找他说。

在他之后，威宁县下派的扶贫队员朱绍永也与他一起住在村部。还有一个扶贫队员曹德国是本村人，住在自己家里。他们也常常参加这个"龙滩夜话"。人多了，屋里坐不下，就搬到外面。村民捡来柴火，燃起篝火，大家聊得更热烈了。大奎把这种"龙滩夜话"编了个顺口溜："有事好商量，无事拉家常；龙滩怎么办，大家说了算。"

他说："人人可以参与，来去自由，想说就说，想笑就笑。这种自发的聚会，在基础设施建设、产业发展、村庄环境改善、民生服务等许多方面，解决了很多以往不好解决的问题。"

这两种会，突出的特点都在于"听群众说"，最大限度地将个人面临的困难转化为集体面对的问题。如此集思广益，正是重新培育集体意识的温床，这就是具体地把群众组织起来的方法之一。不只是方法，你认真听，常常会有惊人的发现和平凡的感动。

2 一个村庄的蓝图

乡村振兴，国家有规划，省市有总体布局，县乡有谋划，一个村即使穷，也要有蓝图。

有不少驻村干部认为，上面安排什么，我们就落实什么，村里干不了的，我们帮助干。可是，这个村庄适合干什么，不适合干什么，如果没有一个整体规划和实现方法，你怎么干？

龙滩村党支书不识字，但他心里不是没有梦想，村民也不是没愿望。你是组织选派来的第一书记，要融入村支书的心里去，融入村民的炊烟暮色中去，去和他们一起绘村庄的蓝图。

李大奎体会，第二步是"尊重选择"。

那就要有东西让农民选，提供讨论和选择的内容就在蓝图里了。龙滩村还有林地1400亩，牧草地1280亩，荒山荒坡1000亩。这些资源能怎么用起来？"蓝图"里出现了三个结合：长短结合、互补结合、农旅结合。

长短结合：村两委将全村土地全部统筹起来，长效的发展软籽石榴2000亩；短平快的在石榴林下交替种植辣椒、小黄姜、白及、大蒜、茄子、四季豆，以短养长，力争尽快实现增收。

但是，选择新产业，只在讲习所里向农民介绍，不够，要"眼见为实"。这就需要带群众去看。于是带农民到云南会泽考察软籽石榴，到毕节七星关、纳雍、金海湖考察蔬菜和养蜂。

互补结合：在长短结合的基础上发展养蜂，待石榴挂果后，逐步缩减林下短种植，发展林下养鹅和鸡，形成"蜜蜂授粉、鸡鹅锄草、果花供蜜"的互补循环生态产业体系。

此外，龙滩村有可渡河、底拉河沿村流淌，村民可自愿合作在两岸种杨梅和红玫瑰葡萄，在河岸石崖上有土的地方种玛瑙红樱桃，实现四季"瓜果飘香"。

农旅结合：龙滩村与云南接壤，土地贫瘠，自然风光却能鸟瞰峡谷丛林，有"龙滩四奇"：清水布依、绝壁画廊、双河会吻、神树奇石。在前两个"结合"的基础上，开拓农旅结合。

大奎说："我们并不是想当然地去做旅游，这里的布依文化很古老、很神秘，我们要把它挖掘出来。"

这"三个结合"并不是同时进行。第一个"结合"2019年6月完成，第二个"结合"2020年2月完成，第三个"结合"2022年8月完成。"三个结合"的共同特征都是发展绿色产业。

蓝图中的这些产业选择不是坐在村部里想出来的，而是与村民共同踏山水、攀悬崖，用脚走出来的。"三个结合"的发展目标经过了党员和村民代表大会讨论、修改，最后通过。

请留意，这里的"尊重选择"，包括尊重农民选择单干，还是选择合作，或者选择集体。

我曾在别的地方与一村民交谈。我问，为啥没去干活。他说没事干。我说，听说这里种西瓜可以卖钱。他说："卖不出去，都烂了。"村干部悄悄告诉我，他是有智力障碍的。言下之意不用跟他多说。我不禁暗想，单家独户的山里农民，种什么都很难把产品卖出去，这样的事不是普遍得像树叶一样吗？

我走了全国20多个省，耳闻目睹的贫困户都是单干状态，没有例外。他们种也难，不种也难。千难万难都难在他是孤立的农民，千真万确被阻隔在市场之外。贫困户要走出贫困，都需要经历这样的选择：选择单干，还是选择合作或选择集体。我看到龙滩村的驻村书记，是在引导农民选择产业的过程中自然而然地发生了如下选择：

没发展出新产业，肯定无法脱贫。正是规划出新产业，交由群众集体讨论，于是大家都面对着共同的难题：资金短缺，技术匮乏，单家独户力量薄弱……怎么办？需要合作，需要组织起来，这就是放在大家面前的抉择了。

这时学塘约，塘约村支书一句"单打独斗没出路"引起大家共鸣。又通过群众会探讨组织方式，结果就是村民集体选择了：拥护村两委把村里的土地、林地等资源全部统筹起来，成立村社一体合作社。

龙滩村的"村社一体"与塘约村略有不同，这里村民不论选择哪一种产业、以什么形式经营，都可以成为社员，享受合作社的技术服务。原则是共同遵守全村议定的"三个结合"布局。

他们的分配方式，是集体讨论后认为合理的分配结构，共同点是都保障了集体经济的不断增加，这里忽略详情，只介绍：村民可以自由选择以资金、以土地经营权或以劳力折资入社入股，除了村集体经营的，还可以多人抱团联做，也可以家庭经营，统一于服从村社一体合作社的规划和管理，合作社负责技术指导和销售，每个项目都根据各自的特点建立利益联结。

探索中的合作经营机制，降低了经营成本，增强了产销效能，提高了农民的组织化程度。从个人来看，通过合作形式组织起来，每个成员在相关事务中有了明确的生产和生活目标，这就使村民人人有事可干。

在龙滩村的村社一体合作社里，农民通过多种形式组织起来，即使个人种养什么，都能通过村集体的供销功能卖出去，这才真正激发了农民方方面面的积极性。更可喜的是，这个过程是在组织形式中克服自私意念，树立集体观念，共同发展，利益共享。

可以确切地说：群众自主选择的合作，融会了农户的集体智慧和相互间的协同能力，弥补了资金、技术等方面的不足，这在龙滩村实施产业结构调整、决战脱贫攻坚中起了重要作用。

还可以确切地说，由于发展绿色新产业，在品种选优、科技运用、开拓新的销售方式等许多方面，讲习所培训农民的工作，桩桩件件都发挥了不可或缺的重大作用。

"驻村就是白天走、干、讲，晚上读、写、想。"这是大奎对自己驻村工作的一句简述。以下，我继续忽略他做了什么，介绍这个驻村书记的"想"。

3 到政策中去

李大奎说，在脱贫攻坚中，干部作风总体更实，但也有相当部分乡村干部存在"基层机关化"问题。他说的这个问题，有他目睹并且惊讶的不少事例，我这里忽略。他个人体会，认为打赢脱贫攻坚硬仗，扶贫干部应该坚持"四个去"。

第一个是：到政策中去。

周建琨书记在市委常委会上充分肯定了驻村书记李大奎的"四个去"，特别赞扬了他发现的"到政策中去"。

周建琨说："党和国家制定的政策，各级党委和政府制定的政策，有很多惠民措施。我们各级干部就是要让政策落地落实。这个驻村书记用心研究，发现很多地方没有用好用足。"周建琨要求干部们要用心研究这个问题，这是我们非常重要的工作。

李大奎怎么发现这个问题？首先在于他晚上的"读"，并对照村里的情况认真研究。当他发现大好的惠民政策，很多地方没用足，不少干部对政策不熟悉，甚至不知道，他大吃一惊。

"再强的帮扶干部，再好的项目，也赶不上国家一项刚性惠民政策。"他还说，"真正用心驻村，绝不可能没事干。"

他配合村两委，将现有的扶贫政策、惠民政策，一一对照每户农民，每家贫困户的实际情况，去力争用好用足，这就忙得不亦乐乎。他举例说，帮助全村高中（中职）以上的28名学生全部兑现教育资助，帮助三名贫困户大学生申请助学金，帮助两家贫困户兑现医疗保障报销及救助，60周岁以上266名老人养老保险金全部帮助核查兑现到位，还申请了五户困难救助，80户危改配套三改全部完成，65户224人低保应保尽保，争取落实了石漠化治理1300亩、退耕还林700亩补助金，通过"10＋N"就业扶贫公益岗位在贫困户中落实了三名护林员、四名保洁员、三名护路工、一名护河长等。通过惠民政策返还给全村222户农户的资金达到434.6万元。"两不愁三保障"等核心内容都包含在现有惠民政策中，扎实落实好现有政策，脱贫任务就完成了不少。

当然，要做到这些并不容易。

李大奎还说："要去团结乡干部。"

我听了感到新鲜，问他什么意思？

他说要去拜访乡里的"七站八所"，因为惠民政策的落实，项目的争取都要通过他们。要去跑乡合医办、社保办、民政办、扶贫办、党政办、农业服务中心、危改办、林业站、教管中心等部门。给农民讲政策的好处，农民知道了，但农民不懂怎么写申请，不会填各种表。怎么办？要是没人帮他填写申报，这些好政策就"搁浅"了。

从村里去乡里申报办理这些事情之前，要帮群众写好申请，那可不是十人八人，要填很多很多报表。然后还要不厌其烦地去跑，要把自己训练得很恭谦。躺在龙滩村的夜晚，想着明天还得第N次向乡里出发，他感觉自己像个"上访户"了……听着他的叙述，我感觉这大约是把自己融入了农民的一种体会吧。龙滩村去乡里有18公里，村民去一趟乡里不容易，有托他代购物品的。他看村民有这需求，就主动去收集"需求"，这样他去乡里为村民落实政策、代办事项，连同代购代送物品，把自己搞得像一个乡村"快递"。

"这些看去是小事，也是要做的。不然，群众觉得你大项目引不来，小事情也办不了。"他说这样做还有一个好处，会对下一步脱贫验收中最难的"群众满意度"很有帮助。

他说的"群众满意度"，包括非贫困户在内的满意度。现在扶贫力度大，得到帮扶的贫困户，综合状况可能比有些非贫困户还好，这就会出现一些矛盾。验收要考察非贫困户的"满意度"，这本身是要求扶贫工作要兼顾全体村民。毕节提出的"大扶贫"正是覆盖全体村民的。李大奎的工作是贯彻了"大扶贫"。

"到政策中去"不只是学习宣传政策，仅把政策告诉群众是不够的。我也理解了这个驻村书记"白天走、干、讲，晚上读、写、想"里包含着多少艰辛的工作。与其赞扬他一人的艰辛，莫如说，更多县乡干部们要负责任地把惠民政策送到村，落实到百姓家，而不是躺在文件里，也不是光靠驻村书记去跑。

4 一个驻村干部的多种角色

李大奎讲的第二个"去"是：到农民中去。

这似乎不陌生，但有很多生机勃勃的内容。比如去访问"五老一少"。

"五老"指老党员、老村干、老干部、空巢老人和寨老，"一少"即留守儿童。村里的老党员，青年时代有过"激情燃烧的岁月"，如今在脱贫攻坚如火如荼的时候，驻村书记去找到他，会把他的激情重新唤起，他们能给村里做很多工作。

"五老"熟悉这片土地，通过他们可以了解到很多村情民意。还有访问能人、退役军人。他说他是龙滩村106家贫困户，16名"五老"人员，24名村民自治管委会成员家中的"常客"。

第三：到土地中去。

一方水土养一方人，农民对土地的深情无人可及。不深知土地，就不能开发适合的新产业，也不容易理解农民的选择。这个部分大家不陌生，我忽略。

第四：到市场去。

这个部分有许多新内容。李大奎说："农业的根在农村，但农业的果，大量在城市。我们很关注农村，忽略研究城市。"这里的"城市"指吸纳农产品的最大市场，也就是"农产品价值端"。

"农民是最辛苦的生产者，却处于农产品利益分配的最底层。一个产品从农民手里到达消费者通常要过五关：收购商→物流→批发商→二级分发商→消费终端。剩给农民的利润，除去种子、肥料的费用，就没几个钱了。而且风险全在农民，一旦出现烂市、天灾绝收、受骗，成片的男女老少坐在地里哭，那凄厉的哭声，只有天听到……"这样的场景，他在多年的农村工作中见过多次。我不禁想起小时候课文里读过的《蚕妇》："昨日入城市，归来泪满巾。遍身罗绮者，不是养蚕人。"

怎么帮助农民改变这种状况？李大奎与驻村工作队去搞市场调查，建立了"近、中、远、储"四级市场销售保障体系。

近距离，联络"校农结合""店农结合"与乡场集市销售。中距离，与六盘水、威宁、毕节的农产品贸易市场建立合作关系。远距离，与长沙、广州、成都、重庆等城市建立保底销售关系。储，新建了冷库和辣椒烘干厂，防止蔬菜滞销腐烂，便于冷藏外运，或加工成干椒、姜片、蒜片，降低种植农户的风险，提升产品附加值。在这个过程中，李大奎和工作组成员到处替农民与人讨价还价，半夜睡在运送蔬菜的车上。

细看这"四个去"，其实就是最大化地把资源组织起来：到政策中去，用好政策资源；到人民中去，用好人力资源；到土地中去，用好自然资源；到市场中去，用好商贸资源。

"内生动力"是现在用得很多的词。农民的内生动力怎么产生？李大奎说，只要实现这八个字："有事可做，有利可图！"

李大奎的"读、写、想"能想出这些，是他特别聪明吗？也许不是，是他真的用心为农民着想。还有"走、干、讲"，使他实践出真知。

随后我了解到，他1982年生在赫章县水塘堡乡新都村，父母都是文盲，家里曾经有八年（在过年的时候）杀不起一头猪。他七岁丧父，母亲支撑他读完师范学校，整个读书岁月都十分艰辛。如今能帮助贫困村民做事，他说这是自己的幸运。

如今李大奎一家四口分三地生活：女儿在毕节读书，妻子赵庆在赫章乡下工作并照顾年近80岁半瘫痪的婆婆，他自己在威宁驻村。龙滩村在2018年12月脱贫出列。

他已经不是小学老师，更不是师范生，我在他的一篇驻村体会中读到这样的文字："在这个新时代激情燃烧的岁月，当我们背上行囊奔赴偏僻的山村，似乎回到了阔别的家乡……"这仿佛熟悉的学生时代的字句令我想，他少年时在学校接受的向上教育，一定是支撑他奋发图强的源泉。我再次感到，人生在这样向上的教育中，如果未被苦难淹没，则苦难就是一笔财富。

李大奎的驻村工作受到了乡党委、县委和毕节市委的重视，2018年6月22日他被推选参加全省村党组织书记、第一书记抓党建促脱贫座谈会，随即在"七一"表彰大会上被评为"全省脱贫攻坚优秀村第一书记"，并在大会作交流发言。

回看这个驻村书记，我感觉他有多种形象在我脑海里打转，教员、文书、快递员、技术员、上访者、菜贩子……一定意义上，反映村庄的正常运转离不开这些角色，而靠他自己是不够的。

从龙滩村的脱贫历程也可见，"党的领导"和"村民自治"是振兴乡村最重要的两大方面，体现的正是党群关系。增派第一书记是加强党的领导，开群众会重在"听群众说"，尊重群众选择实质是村民自治。村民自治是激发群众"内生动力"的源泉。

5 转战又一村

前面说过李大奎到市政府办公室上班只有18天。现在龙滩村脱贫了，大奎在乡村工作就超过20年了，他可否在贵州推行的"轮战"中"轮休"一下呢？2019年6月初，他又被派去新发乡的另一个深度贫困村——松发村。

通常，文章写到他接到任务又奔赴新的战斗，就可以打住了。可是，我停不下来。追踪采访，再次体会到：如果没到毕节，真的不知乌蒙山深处的贫困有多深。

松发村距离威宁县城110公里，距离乡政府所在地13公里，也是个两省三县交界地。由政府实施的通村路应该是水泥硬面路，但2019年还是土路（还没修完），通组路到各个寨子就到头了，即俗称的"断头路"，看到它就体会啥叫"偏僻"了。

全村966人，彝族、布依族占49%。精准扶贫开始时，建档立卡贫困户100户459人。2019年未脱贫的还有43户158人。

"全村35岁以上讨不到老婆的29人。结过婚，老婆走掉的另有11个。"这是大奎的调查数据。我问全村外出打工的有多少，他说总数210人，属于贫困户的120多人。

"这个村能长草的地方都分掉了。"大奎说。

"什么意思？"我问。

"不仅分了承包地，山林、荒山都是分掉的。砍柴、割草的地方都分到户了。"

村公所是新建的，有260平方米。村里还有个早年建的卫生室，有个女村医，叫张玉兰。此外没有别的公共设施。大奎驻村建了全村第一个公共厕所，也是这个村有史以来第一个分男女的公共厕所。建成之日是2019年7月28日，总共花了近两万元，其中的冲水设备是大奎自己掏钱买的。

村里狗很多，有些是野狗，没主人的。不注意会被狗咬。去农民家的路还是泥巴路，雨一下，稀泥同猪、狗、鸡的粪便混在一起，稀烂稀烂的又脏又臭，蚊虫满天飞。

大奎去访问村民。有一对老夫妇年龄都75岁了，他们有三个儿子，老二老三外出十多年了没有音信，大儿子在本村不管父母，说他有两个弟弟在外打工，打工有钱，他们不管，我为什么要管？有一对父子，父亲壮年时老婆跑掉了，儿子已经40岁了还是光棍儿。有个名叫英贤的农民，这名不错吧。他早上起来人就是不清醒的。为啥？喝酒喝的。他吃低保多年了。拿到低保金就买酒。那种勾兑的酒，一斤就两三块钱。喝了头疼，一天到晚都头重脚轻。这样喝对身体伤害很大，一般40多岁就丧失劳动能力了。人家看英贤也就这样了。可是他才39岁。他就是老婆跑掉了的。

"你去他家，他不喊你坐，也不叫你走。你说什么，他都没什么反应。"大奎说的不是哪一家，是他去农民家走访遇到的常态。他还说，"路上走，村里人互相见着也不打招呼的。"

"为什么会这样？"我问。

大奎说，他从那表情里就看到了失望，深度失望。

"但是，村里有个83岁的老党员，1937年出生的，名叫罗文学。只要听说党员开会，他拄着拐杖就来了，说党支部要干什么，一定要通知他。"

从这个83岁的老党员身上，也能看到中国共产党在这么偏僻的山村里曾培养过这么忠诚的共产党员。我曾问大奎，这个村的人失望，一直都这样吗？

大奎说这是由于多年来党组织涣散。我问怎么涣散。他说前两任书记、主任出问题了。有一个还判了刑，前任村支书被免职留党察看。村里共有14个党员，大部分都在60岁以上。

"现在有村党支书吗？"

"下派的。"他说新支书叫安宇，赫章县农村人，1986年出生的，在安顺学院毕业，2013年考到威宁县新发乡村镇规划站工作。2018年3月，前任书记被免职，安宇就被派来当村支书了。

之前有没有驻村书记？有。县里的一个科级干部。组织上督查驻村干部，在"轮战"中把他换下来。李大奎就被派来了。

有个叫石柱的农民曾问大奎："我为什么不能吃低保？"

大奎说："因为你的收入已经超过贫困线了。"

这个农民是个杀猪匠，他说：你知道吗，我不管刮风下雨都要去物色猪，买回来，要放在家里育肥。要杀的那天夜里四点起来烧水，六点后宰好，七点送到乡畜牧站检疫，八点之前要到市场。把好肉都卖给别人，剩下的杂杂碎碎拿回来自己吃。我赚这么一点辛苦钱养家糊口，刚刚够上你们的脱贫线。他们一天到晚什么事也不干，喝酒晒太阳，到月底就问：我工资来了没有？你们政府就是照顾这样的人，他是懒汉，还是酒鬼，你们为什么还给他吃低保。我们这样的人，什么政策也享受不了……这个杀猪的农民说得很激烈也很伤感！

大奎说："只有共产党不会放弃这样的人，要帮助他，给他希望。"大奎说的不是大话，他从很多眼睛里看到了失望。拯救失望！这是扶贫极其重大的工作。

我再次想起我插队的名叫火爬山的自然村，只有13户人，我是第十三户。生产队只有储粮的仓库和村庄的创始人（已经卸任的老队长）家有瓦房，其余全是茅草房。我住的地方是生产队原先放肥料的地方，清空了，放上一张木床就安置了我。我们这个自然村耕种的全部是山坳田，够穷的。但是，在我亲历的插队岁月，我们村没有一个懒汉。农民为我做的木质扁担，他们拿去试肩膀，说能挑200斤，够了。实际上我最多只能挑180斤。我们的队长能挑250斤。我知道，在那个大搞农田基本建设很远的山垅田都种满双季稻的年代，是无法产生懒汉的。我并且理解了，"懒汉"一词，其实是1949年以前的漫长岁月里，社会对那些无田无业去给富人打工都没人要的穷光蛋的称谓。

今天，村庄里有贫困农民被称为"懒汉"了。看"懒汉"一说的历史迁变，耐人寻思。我感到，认为农民干自己的事才更有积极性的说法，已经有很多实践可以检验，能够教育我们了。你看这个村"能长草的地方"都分到户了，该最能激发积极性吧。可是，这个村的贫困还只是缺钱吗？其实，即使你有很大的发财积极性，还是会受个人能力限制的，很多人会困于单干赚不到钱，陷入贫困。那个农民有杀猪的手艺，而且勤劳，生活水准也才刚刚超过脱贫线，如果家中有个意外，会立刻跌到贫困线下。再看大户，哪个不是雇了到他那里打工的农民才发达和比较发达的。

"砍柴、割草的地方都分到户了。"这个村分得这么彻底，农民各顾各，人与人缺少交往，人与人冷漠，那是怎么产生的？

"这样的村是不是应该整体搬迁啊？"我问。

"整体搬迁，贫困发生率要达到50%以上，松发村还差一点点。"大奎告诉我，这个村列入零散搬迁的有22户，愿意搬的只有4户，18户不愿意搬。这就是现实。

"女孩子能嫁出去的都嫁出去了，有的去打工就不回来了。"村庄里男女比例严重失衡。那个名叫英贤的农民已经娶了妻，妻子跑了，他还有什么希望吗？木讷，对一切都无所谓，只有喝酒把自己麻醉。冷漠之下，这个村庄有什么生气？如果不是精准扶贫，不少贫困农民会无声无息地过早死去。

面对这严酷的现实，我们能体会到"精准扶贫""不能落下一户一人"，有多么重要吗！我再次想起红军在毕节扩红，那五千毕节子弟为什么会跟红军走？红军都是穷人，为什么跟共产党走？因为共产党像火炬点燃了穷人的希望！

"2020年就在眼前了，这样的村，能按时脱贫吗？"我问。

"天塌下来，地陷进去，我们也要完成任务。"大奎说。

这话像豪言壮语。从哪里做起呢？

"首先要让他看到希望。"怎么点燃希望？大奎和村支书安宇商量，加强党组织的领导，统一村两委思想，立刻着手修水泥连户路，让户与户相通起来，更要去打开一扇让他们看见希望的窗，最有效的途径，其实就是组建村社一体的合作社。大奎对"村社一体"有独到的理解和方法，他不求全村人都参加，但可以通过多种形式把全村人的利益和劳动连接起来。而且，他心中有数，就做得很有耐心。

在党支部领导下，村两委成员带头入集体合作社，接着让最初建档立卡的100家贫困户——不论已经脱贫还是没有脱贫的——全部入社。先流转50亩地种蔬菜，干起来。干活的第一天，除了干部，只有一个社员来上工。第二天来了两个社员。松发村和龙滩村相隔只有三公里。第三天，大奎从他原先驻村的龙滩村调来了六个人帮带松发村的人一起干，犁地、起垄、打坑、施底肥、盖薄膜等，已经脱贫的龙滩村人用的是新技术，干得轻车熟路，但带给松发村农民的不仅是种植技术。这天松发村来了八个社员……不久，每天有四五十人干活。

最后，让我把截至2020年夏，松发村已经出现的变化写在这里作为结尾吧。松发村已有集体经济90万元，还用30多万元买了一辆冷藏车，运送他们种植的蔬菜。

我看到，深度贫困与深度失望几乎是相连的，比物质贫困更严峻的是精神贫困。几十年间遗失最多的其实是自力更生、共同致富的精神。扶贫不是给钱给物就行，确实要首先点燃贫困农民生命中的梦想和希望。

第九章

怎样看待"穷棒子"

毛泽东曾经带着世界上最穷的队伍，办成了世界上最伟大的事。以至西方人常问："毛是怎么做到的？"我看最大的秘密就是：毛泽东看到了"穷棒子"的伟大力量。有人说"毛泽东不懂经济"，在我看来，毛泽东是世界上最伟大的社会主义经济学家。

在没有战争的年代，我国亿万人民投入的脱贫攻坚战，为消除贫困所作的努力遍及一切穷乡僻壤，是我们民族走向乡村振兴的伟大壮行。我看到很多扶贫干部辛苦敬业，但也常听有人讲起扶贫对象总说如何落后愚昧。还有经济学家称之"无贡献率人口""低端人口"。我不禁感到这里也有个值得重视的问题。无论过去和现在，怎样看待"穷棒子"，说到底是心的深处能不能真正看到"人民"的意义。一旦看到今天的贫困农民仍然是改变自己命运和振兴乡村的伟大力量，我们的整个思想感情、工作状态都会发生很大改变。

1 回首红军时期的穷棒子

毛泽东是世界上第一个喊出"人民万岁"的人。早在1925年2月，毛泽东和杨开慧一起到韶山去创建农村党支部、开展农民运动的时候，"农民万岁！""农会万岁！"的口号就写在"红绿告示"上，贴在土墙、树干上了。毛泽东在《湖南农民运动考察报告》中使用了"红绿告示"这个原汁原味的农民话语，因为那时候农民还不熟悉"标语"一词。

从来只听说"皇帝万岁"，农民也能"万岁"？喊这话，不要杀头吗？这是令无数人惊心动魄的啊，所以《农友歌》唱道：

> 霹雳一声震那乾坤
>
> 打倒土豪和劣绅哪
>
> 往日穷人矮三寸哪
>
> 如今是顶天立地的人哪

这就是组织起来的农民体会到了自己的力量。毛泽东从发动湖南农民运动开始，到带队伍上井冈山，发展出中央苏区根据地，都是紧紧地依靠广大穷苦人民，也就是依靠"穷棒子"。

红军为什么要长征？党史已写得很清楚。这里只说，就在中央苏区日益缩小的危急时刻，已被排除在最高决策层外的毛泽东写下："真正的铜墙铁壁是什么？是群众，是千百万真心实意地拥护革命的群众。这是真正的铜墙铁壁，什么力量也打不破的，完全打不破的。反革命打不破我们，我们却要打破反革命。"[1]

毛泽东不是鼓信心而已，这是他坚定的真理性认识。

毛泽东早在1928年10月就写出《中国的红色政权为什么能够存在》，文章揭示，井冈山的红色政权之所以能够存在，最重要的原因并不是凭借山势险要，简单说，不是因为有山林，而是因为有人民。

毛泽东还写下，红色政权在白色政权的包围中能够存在并且发展，"还须有一个要紧的条件，就是共产党组织的有力量和它的政策的不错误。"[2]

"政策的不错误"，今天看，这个认识仍然是振聋发聩的。党的领导人所犯的错误给中国共产党自身造成的巨大损失，是敌人用几十万重兵来围剿都做不到的。

中央红军离开苏区有八万六千人，湘江血战五昼夜，锐减到三万余人，鲜血染红了湘江。民间留下一句话："三年不饮湘江水，十年不食湘江鱼！"这只是漫长征途的一个悲壮开篇。付出巨大牺牲的不只是红军。中央苏区145个村庄被完全摧毁，70多万人惨遭杀戮。

"苍山如海，残阳如血。"这应该是毛泽东一生中最悲壮的一句诗。那是在贵州，红军二渡赤水，击溃黔军堵截部队，毛泽东登上娄山关，看到晚霞染遍苍山，犹见无数红军战士苏区人民的血……"苍山如海，残阳如血"就这样写出来了。

毛泽东也有无限感慨难以言说，只化作诗句："西风烈，长空雁叫霜晨月。霜晨月，马蹄声碎，喇叭声咽。"那弥漫着冰霜的早晨和夜晚，马蹄与军号都在哭泣啊！但是，莫为惨痛的牺牲而震惊，莫为遍野的积尸而伤心，毛泽东接着写下："雄关漫道真如铁，而今迈步从头越。"

这就是毛泽东。毛泽东的伟大，正是能看到"穷棒子"的伟大力量，

---

① 《毛泽东选集》第1卷，人民出版社1991年版，第139页。
② 《毛泽东选集》第1卷，人民出版社1991年版，第50页。

并能组织起中国的"穷棒子"去解放自己。

"穷棒子"的力量究竟有多大，比较一下依靠"精英"的蒋介石为什么会垮台，大约能获得一种新印象。

美国记者白修德的切身体会算得上是深刻的。白修德是他的中文名，他生于美国，毕业于哈佛大学，抗战时期任美国《时代》周刊驻重庆记者。他曾获普利策新闻奖，访问延安后与贾安娜合作《中国的惊雷》①，出版后影响很大。

他在《中国的惊雷》中曾写道："我本人的哈佛学历在中国比在波士顿更吃香。后来我组织了一个中国的哈佛俱乐部，其中有一大批蒋介石重庆政府中的官员，即使在华盛顿的肯尼迪政府里也找不到这么多哈佛毕业生。"

这是他在重庆的经历。他写道："我过了一年才发现，国民政府中任何一个英语流利的高级官员都同自己的人民完全脱节。而且对本国人民，甚至对重庆这座古老城市都一无所知，要想找他们了解一点中国的真实情况完全是徒劳的。"

他还写下："在亚洲，甚至在世界上任何一个地方，没有哪一个政府像重庆的国民政府那样彻底地被'美化分子'所渗透。也没有哪一个政府（也许后来的南越政府除外）如此彻底地被美国的理念、援助和指导所毁灭。就整体而言，并不能说这个政府中的男男女女们是被美国人所招募的，更确切地说他们是一群美国理念和方式的追随者。"

他还认为，这种渗透是从政府最高层，从总统开始的。宋美龄毕业于美国威尔斯利女子大学，她说服蒋介石信了基督教。宋子文是哈佛硕士、哥伦比亚大学博士，孔祥熙有欧伯林大学和耶鲁大学的双重学位。外交部长、教育部长、新闻部长等都毕业于美国大学。正是这些亲美精英、美国硕博构成了蒋介石政府的要员。为什么这么多亲美精英组成的蒋介石政府要员，会

---

① 白修德，贾安娜：《中国的惊雷》，英文版出版于1946年，中译本有新华出版社1988年版。

使国民政府走向倒台?

再看中央苏区第五次反围剿失败,仅仅是王明、博古几个到过苏联留学的人和一个共产国际派来的军事顾问李德,由于脱离中国实际,就使得中央苏区和红军几乎招致覆灭。红军已经走在长征路上了,那就只能去纠正错误,争取从死里面踏出一条生路。贵州遵义,就是党和红军纠正错误的圣地。

2016年我参加了中央电视台《长征》纪录片的创作,任电视总撰稿,这使我本身受到深刻教育。在整个摄制过程中,我们最感欣慰的是,这部纪录片的第一主角是毛泽东。从长征开始到遵义会议,就是一个把毛泽东和以毛泽东为代表的中国共产党人实事求是的正确路线找回来的历程,也是中国共产党在最艰难的岁月、最危险的时刻,集体选择了毛泽东的过程。

为什么依靠亲美精英的蒋介石失败了?

为什么依靠"穷棒子"的中共胜利了?

我们今天能不能从中发现一点什么呢?

并不是知识无用,而是看起来很有知识的"精英"高高在上,看不起穷人,势必脱离社会实际也背离大多数人利益。以此看,知识也是有"立场"的,如税收、法律都有鲜明的立场。违背多数人利益的政权,以及脱离社会实际的知识精英都只会导致强权倒台。近几十年把美国理论搬到中国来的"精英"们对中国大众造成的严重伤害,应能引起全国警惕了。

当年的红军来到毕节衣衫褴褛,比贫困的毕节农民更贫困。毕节人不仅支持粮草,还送子弟五千人当红军。为什么?红军在那样的艰难中,为天下穷人的解放去奋斗牺牲,心志如日月在天,老百姓看得见。穷苦人民不能让这支军队被消灭了,才不惜以自己的所有,包括亲生骨肉去补充它。

论贫困,当年参加红军的五千毕节子弟,比今天的毕节贫困户更穷!就是这些一路上补充到红军队伍的"穷棒子",不断发展壮大,最终赶走一切帝国主义,建立了新中国。

2 知识也是有立场的

2013年我写了《人民观》一书，在群众路线教育实践活动中，中宣部《党建》杂志社把这本书推荐给党员干部阅读。我在《人民观》里介绍了1919年7月毛泽东写的《民众的大联合》[①]一文。这篇文章没有收入《毛泽东选集》，但可以看到1919年夏天毛泽东思索的轨迹。

这里主要讲一下我从青年毛泽东这篇文章中收获到的两点认识：一是关于强权，二是关于知识的立场。

先讲第一点。从中可以读见，26岁的毛泽东已有博读群书的世界视野。他在文中分析西方列强讲的自由，"一言蔽之"，不过是"由强权得自由而已"。那我们怎么办？"用强权打倒强权，结果仍然得到强权。"这里讲的"强权"，含义也是压迫平民的东西。那么，这种"强权"是我们要的吗？

他认定"强权"不是个好东西，若努力于自己也发展出强权来对抗强权，也不是好东西。他认为对这一切强权，我们"都要借平民主义的高呼，将他打倒"。这里的"高呼"，反映1919年的毛泽东还只是考虑用"呼声革命"反对强权，要到1920年才进一步认识到只有"呼声革命"是不够的。但是，1919年的毛泽东站在"平民主义"的立场，已有自己明确的选择，他认识到"由强权得自由"的主义，是会夺走平民自由，有损平民利益的。他选择的就是他这篇文章标题上写的"民众"，选择同人民大众站在一起！这个立场，毛泽东终身没有改变。

比较一下，蒋介石选择了精英，这就选择了失败。

强权、强势，是不是会夺走平民的自由和利益？在我国今天也能看到，

---

① 1919年7月14日，毛泽东任主编和主笔的《湘江评论》在长沙创刊问世。创刊号上刊登了署名"泽东"的《创刊宣言》。毛泽东所写《民众的大联合》在《湘江评论》第2、3、4号连载。

在精英得势的地方，以权钱之强，乃至知识之强，致工人农民等普通群众于卑微的现象，已不鲜见。

接着讲第二个认识。青年毛泽东在《民众的大联合》中揭示了西方列强为什么强，人数少的贵族资本家凭什么剥削人数多的平民，指出那剥削的手段："第一是知识，第二是金钱，第三是武力。"

他说，贵族资本家占有教育的特权，一般平民没机会受得，于是生出智和愚的阶级。贵族资本家把金钱叫作"动的财产"，把土地、机器、房屋叫作"不动的财产"，想出种种法子使大量的金钱流入田主和工厂老板的手中，替他们做工的广大平民只有很少的收入，于是生出富和贫的阶级。贵族资本家有了知识和金钱，便设军营练兵，设工厂造枪，还几十师团几百联队地招募兵员，平民就更不敢作声了，于是生出强和弱的阶级。

那时人们多认为，富与穷是命中注定。或者认为，人家富裕，那是因为他们有权有势有文化。毛泽东指出，所谓智和愚的阶级、富和贫的阶级、强和弱的阶级，是贵族资本家制造出来的。人数少的贵族资本家其实是用了联合的手段来剥削和压迫平民，而平民人数这么多，也应该联合起来，同贵族资本家抗争。在欧洲有一派就是这么做的，"这一派的首领，是一个生在德国的叫作马克思"。

毛泽东此文的语言非常通俗，力图使平民凡识字者就能看懂。我注意到毛泽东揭示资本家剥削的手段，"第一是知识"，他已看清资本家占有教育特权创建的经济学，是资本主义经济学。即使穷人千辛万苦供养一个孩子去读书，毕业了，这个孩子头脑里的经济学知识就是资本主义经济学，是用来服务于资本家剥削平民的。

我们可以认为，$1+1=2$这样的自然科学知识是没有立场的，只是掌握这知识的人有立场。但是，资本主义经济学和社会主义经济学，作为知识，这知识本身就是有立场的。

此刻，我想起周建琨1978年考上大学，没教科书，大学老师翻译西方经济学，刻钢板印刷成册做教材。那西方经济学正是资本主义经济学。或许也可以说，从知彼知己的意义看，西方经济学也不是不可以学，马克思的《资本论》就是研究西方社会及西方经济学等学问，才揭示了资本剥削劳动人民的秘密，它显示的则是人民立场。但如果把西方经济学奉为金科玉律，用来改造我国的社会主义经济发展，那会发生什么？

我由此看到，说"毛泽东不懂经济"，其实是拿西方经济理论来衡量社会主义经济建设。事实上，经济学与法律学等社会性学科的知识体系均有鲜明的立场。多年来也有人拿西方的（特别是美国的）法律学为标准，来衡量和修改中国法律。甚至，属于自然科学的医学、生物学，受到资本侵蚀乃至技术垄断，也是有立场的。

关于知识和人才，几十年来都有普遍的声音赞扬美国是世界上最重视知识和人才的国家。你看美国在中国大学生中选优，录取你还给你奖学金，这不是美国重视人才的明证吗？

我在2000年出版的《智慧风暴》①中写有一节《美国人设置的中国教育成果收割器》。以下内容是当年书中就写下的。

教育是需要投资的。不仅国家投资，更有数不清的家长省吃俭用，不惜一小时投资几十几百元，长年累月为孩子请家教；为了让孩子上"重点"，不惜一次拿出几万元。真是举国办教育，全民掏腰包！从幼儿教育开始，把中国孩子里的尖子一步步送进北大，送进清华，送进了各大学。这是一个拓荒、播种、耕耘以至把孩子们培养成才的过程。

美国不必对中国教育付出的巨大代价做什么，不必拓荒、播种、耕耘，中国人已经把尖子人才培养好了，并且经由遍布中国的教育、考试、筛选工作把尖子集中到大学，特别是重点大学。美国人只需在中国设置一个"中国教育成果收割器——托福"，轻轻松松就把中国教育培养出来的尖子收割

---

① 该书曾获第八届中共中央宣传部精神文明建设"五个一工程"奖。

走了。

年年如此。岁岁如此。

《智慧风暴》所写的第一人物是被誉为"当代毕昇"的中国两院院士王选。王选曾写道："从事电脑研究开发的最佳年龄是20岁到40岁，一大批优秀的中国人把这段黄金年华贡献给了美国企业。"我在2000年出版的《智慧风暴》中这样写下：

> 呜呼，从前先贤说"师夷长技以制夷"，如今变作"刻苦读书以事夷"？中国的教师那么辛苦，父母那么辛苦，学生那么辛苦，就为了给外国资本输送我们的最有创造力的孩子？就为了使外企的科技含量、有生力量更加精悍，然后杀回马枪，把我国企业内的父母打得更加落花流水，下岗纷纷？呜呼，这难道不是一幅"现代文明图"吗？我难道有什么特别的心肠，能不感伤吗？

以上是20年前写下的。近几年情况怎样？据《清华大学2018年毕业生就业质量报告》显示，清华赴美留学生中，毕业后选择回国就业的只有约19%，即八成以上留在美国。这讲的是清华，我国大学生出国留学整体的情况怎样？据《2019中国留学白皮书》显示，中国留学生毕业后即选择回国的只有28%，不到三成。我并不是要论赴西方留学无益，从容闳、詹天佑到钱学森，已有几代中国留学生回国作出辉煌贡献。我曾经采访过的新中国早期归国的科学家，他们几乎都经历过美国朋友这样问：

"中国那么落后，你为什么要回国？"

"我的祖国落后，我怎么能不回去！"

今日中国，少年赴美赴英留学的达至空前规模。中国留学生里被称作"天才"的也不乏其人，天才回来了，天才又走了……走的理由，还是那句"国内不重视人才"。

这是一句多么熟悉的话。几十年来，西方的和中国的那些看美国万般好，看中国怎么看怎么不好的人，共同的特征都是说中国不重视人才，知识分子被下放，几千万知识青年上山下乡，扼杀摧残人才等。

3 知识与才华的人类意义

共产党领导的中国，不重视知识和人才吗？

你已读到的衣元良、林贤、张凌、李大奎，都曾经是在山沟沟里的本村读的小学。我也是在乡村小学读到小学毕业。这都因为新中国成立后就开始把小学小到村。与此同时，新中国开展遍布城乡的扫盲运动，还把有线广播通到几乎一切穷乡僻壤，使不识字的农民也能通过听广播增长知识。

这里的区别，根本区别——

美国重视知识精英。

新中国重视把文盲培养成有知识的人。

近几十年，美国用很少的奖学金把中国国民投入巨资培养的拔尖人才一茬一茬收割走，之后大多数留在美国，能为美元帝国创造更多财富，并有能力发展出世界最强的军事。

回看一下，百年前青年毛泽东揭示的，西方列强为什么强，人数少的贵族资本家凭什么剥削人数多的平民："第一是知识，第二是金钱，第三是武力。"你看是不是？

毛主席说过"卑贱者最聪明"，他深知真知灼见来自实践，"穷棒子"一旦掌握文化知识，就有无穷的创造力。新中国号召知识分子到农村去，到边疆去，到祖国最需要的地方去。因为那里是最缺少文化知识的地方，也就是最需要知识人才的地方。

新中国成立之初，从海外归来的那一代科学家同普通士兵一起去戈壁大漠住地窝子，才在那么艰苦的岁月创造了"两弹一星"。同新中国一起长大的那一代很多人，也把青春投入祖国的大漠荒原，你听听这支歌：

迎着晨风迎着阳光

跨山过水到边疆

伟大祖国天高地广

中华儿女志在四方

哪里有荒原

就在那里生产棉粮

哪里有高山

就在那里献出宝藏

这是那个时代真正有过的事。在没有战争的和平年代，成千成万有知识有文化，从而更有能力为自己谋利益的知识人才，到更艰苦的地方去奉献青春和才华。如此规模甚巨的事，中国历史上不曾有，西方国家从古至今都没有。这不仅是那个前无古人的短暂的时代仅有的事，也是那片阳光岁月中真正有过的时代精神。

你若不愿有那样的精神，反对那样的时代，你追求什么？

"精致的利己主义者。"听过这句话吧。不论这是批评谁，这句话的评判力称得上鞭辟入里，是揭露到灵魂了。

我再次体会到了，知识与才华皆如器，具有工具的特征，一切工具都可以用来做好事，也可以用来行凶作恶。因而在一切知识和才华之上，都需要有能够制止其跋扈乃至侵害他人的东西，这种东西就是人类的良知良能。

工具是可以用金钱购买的。美国用奖学金收割中国人才，你仔细看看它的出发点、目标和效果，实质是对工具的重视。

新中国重视的，包括把文盲培养成有文化知识的人，并号召有文化的人去帮助缺文化知识的人，这里看不见知识和才华的跋扈，这是力图使知识为人类造福。知识与才华在这里才绽放出光辉照人的人类意义。

再说数以千万计的知识青年上山下乡，多年来是被不少知识精英所控诉和尖锐批判的。我作为知青之一，也该把自己亲身体验到的写下来。

我是1969年1月去闽北山区一个叫胡巷的村庄插队。那里没有公路，也没有电灯。我参加了我们村组织的开山炸石修电站工程，一年后村里有了电灯。过几年，我参加了修公路，公社组织的，沿途各村农民参加。天蒙蒙亮，大队部的高音喇叭播放歌曲，就像集结号，农民们出发了。一直干到太阳下山，在渐渐入夜的暮色中归来。又一年后，我们村有了通往公社的公路。

在修电站和修公路中，知青搞测量，计算石方和土方，将知识应用于工地，成为骨干。干得最多的还是农田基本建设。秋收刚结束，"三改"就开始了，改田、改路、改沟渠。从村前的"平洋田"到"山垅田"，在中间开一条水渠，渠边是机耕路，两边高低不平的田地修建成平平整整的。寒冬腊月，踩着冰碴子下田。工地上红旗飘扬，一直干到过年前夕。

大规模平整土地，平整的是几千年传下来的土地。农业有农忙农闲，千古如此，此时农闲消失了。为什么要这样做？多年后我才知道，我国可耕地约占全球可耕地的9%，要解决占世界22%人口的吃饭问题，这是个巨大的难题。我去插队时正大面积推广双季稻。夏季"双抢"就是抢收抢种。天不亮我同农民一起去收割稻子，天大亮时挑一担谷子回到晒谷场，吃了早饭再去插秧。不仅把水稻扩展到两季，还在冬季再种一季小麦。还在田埂上种植"田埂豆"。改土造田，修路修渠，没有铲土机、没有推土机，都是一锄一锄挖出来、一担一担挑出来的。所谓"寸土万担泥，双肩挑日月"。那时我所在的生产大队没有闲散人员，没有无事可干的时候，只有干不完的事。还记得农民曾说："干得最辛苦的这些年，让你们知青赶上了。"

回想起来，日后那些喋喋不休地说"大锅饭养懒汉"的人是些什么人呢，我再次看到，看同一事物是有不同立场不同眼光的。有人看农民就是自私、无知、愚蠢的，看不起农民，却以自己的自私度量他人，认为农民只有为自己的利益才会释放积极性。毛主席在1958年写下："卑贱者最聪明，高贵者最愚蠢。"①

我插队八年，最后三年当了大队会计。我知道我们大队有砖瓦厂、碾米厂、养猪场，是集体企业。生产队里有耕山队，耕山队里主要是老人，搞副业增加集体收入。

靠着集体经济，我们建起了村庄历史上第一座水泥钢筋加石头的拱桥，从此农民到对岸去劳动再不用撑竹排。还建起了大队部，容得下全村人看电影。大队部里有条椅，从此农民们看电影不必带凳子。我们村还盖起了砖木结构的小学，有教师宿舍，还有了村里第一座砖木结构的小学校厕所。上述工程都是我在村里主持建设的。所有这些，都是有集体经济才能做成的事。

我招工回城后，曾多次返回插队的村庄去看农民朋友，看到农民各顾各，抱怨说现在防治病虫害太难了。为什么？他们说张三家打了农药，李四家没打，你打了农药也是没用的。我去田间看，看到有些水利设施坏了，没人去修复。先前方方正正的大田里，分田承包后筑起了很多田埂，荒草遮掩了从前的机耕路……我不知该怎样描述。

还记得早先没电灯的日子，在那油灯摇曳的晚上，我们的吉他也曾伴着我们的歌声在我们的住处响起，那就是这片土地千年不曾有过的旋律……那时刻，我们的屋里屋外都坐着不同年龄的贫下中农。我们唱的有不少是苏联歌曲，那些歌曲并不颓废，比如《小路》《喀秋莎》，那歌曲里有在艰苦岁月中的向往，甚至有奋斗。

我们也唱昂扬的歌，"雄伟的天安门，壮丽的广场，第一面五星红旗升起的地方……"那时刻不只是我们知青唱，是在小队部的电灯光下教农民唱。我们还在小队部里给大家读报，在村庄的土墙上出墙报，还同农村青年一同排练节目庆祝国庆……还有，我们青春期在乡村发生的恋爱故事，我们

---

① 1958年5月18日，毛主席在中共八大二次会议上印发安东机器厂试制成功30马力拖拉机的报告上写的批语。收入《建国以来毛泽东文稿》第7册，中央文献出版社1992年版。

的双唇也曾热烈而真实地吻上乡村异性青年的双唇……即使我们自身的处境并不从容，但我们带去的城市文化，对乡村往昔的文化和生活所产生的冲击，是乡村以往的文化所不曾达至的。当我们从那片土地上撤退的时候，也曾使那里的农民，尤其是乡村男女青年感到犹如失去一个时代。

我们回来的时候，不是凯旋。

社会从未对我们的归来留下"凯旋"之类的字眼。

我们是去接受再教育的。但是，我们也把我们的知识和青春播种在那片土地上了。应该说，中国数以千万计的知青，牵动了那个时代千万父母心的少男少女，把青春植入农业国的土地，使我们这个犁下有深土的民族，在多方面孕育出新的文明因素，使那些土地上远远多于知青的人们也萌生出创造新生活的愿望。

所有的凯歌都是用热血和青春去铺排出音符。

我们没有凯歌，但我们付出了热血和青春。

多年过去后，我们中许许多多人会发现，我们的青春岁月并未蹉跎。汉语中蹉跎的含义指虚度光阴，任由时光流逝却毫无作为。我们中许多人发现自己还是从那片土地、那片岁月中获得了极其深刻的教育。同新中国一起长大的一代青年，整体上成为最理解国情的一大群体，同最基层的农民有深厚感情。吃得起苦，有责任感，这是一代知青共同的人生品质。

回顾我自己的知青岁月，我非常感谢毛主席让我有那片岁月。这不是我当年体会到的，是插队归来几十年后才逐步体会到的。我在那八年岁月里至少培养了吃苦能力，人在漫长的一生中如果没有吃苦能力，生活就会是一堆悲伤，会沉溺在抱怨中唉声叹气一事无成。人生的困难是始终与生命同在的，克服困难收获喜悦，才是人生的常态，人生的大意义。我会郑重地告诉我的子孙后代，我和农民相处的知青岁月，是我一生中最宝贵的财富。

由此我确认，共和国历史上的知青岁月，那是新中国缔造的千万儿女，到农村去，用青春与农民共同谱写的一支歌，一支世界上前所未有的歌，一支壮丽的歌。

4 为什么农村要办工商业

"农村要办工业吗？"我国东西部至今都有村干部这样问。他们说，年轻人大多数出去了，村里怎么搞工业？

请想想，1840年中国的大门被英军炮火轰开时，整个中国就像个"大乡村"。乡村振兴，在那时就摆在中国人面前了。只有发展出现代工业，才能不被列强所灭。百年抗争告诉我们，唯有独立自主，才能大力发展工业。新中国成立，这个时机到来了。

1953年9月25日，《人民日报》正式公布了毛主席提出的过渡时期总路线，即逐步实现国家的社会主义工业化和对农业、手工业、资本主义工商业的社会主义改造。简称"一化三改"。这一化，就是要逐步建成社会主义工业化国家。三改，是要改变农业、手工业、资本主义工商业旧有的生产关系，从而解放生产力。特点是社会主义工业化和社会主义改造同时并举，体现了发展生产力和变革生产关系的有机统一。

为什么要这么改？因为建立一个全体人民当家作主的国家，坚持平等、正义，才更有利于人民发挥出内在的奋斗力，比西方列强用资本强权强势雇佣劳动者的方式更有优势，这是我们能够从落后的农业国去追赶西方工业国的理由。

新中国这么做，还因为接受了马克思主义的指导。

马克思在《1848年至1850年的法兰西阶级斗争》这部书中也讲到了农民，指出在资本主义条件下，"农民所受的剥削和工业无产阶级所受的剥削，只是在形式上不同罢了。剥削者是同一个：资本。"[1] 这里的资本，是指用以雇佣劳动的资本。马克思还讲到"劳动权"，指出："劳动权就是支配资本的权力，支配资本的权力就是占有生产资料，使生产资料受联合起来的工人阶

---

[1] 《马克思恩格斯选集》第1卷，人民出版社2012年版，第526页。

级支配，也就是消灭雇佣劳动、资本及其相互间的关系。"①这里讲，劳动者要支配资本，要消灭的是雇佣劳动的资本及其相互关系。这里的劳动者不是指个人，是"联合起来的工人阶级"，含义是劳动者共同占有。恩格斯将马克思的这一论说概括为"生产资料归社会占有"的基本原理。

恩格斯在1895年3月6日为马克思《1848年至1850年的法兰西阶级斗争》一书所写的《导言》中特别指出，由于"生产资料归社会占有"这一基本原理的提出，使得这部书具有"特别重大的意义"。因为它"第一次表述了一个使现代工人社会主义既与封建的、资产阶级的、小资产阶级的等形形色色的社会主义截然不同，又与空想的以及自发的工人共产主义所提出的模糊的财产公有截然不同的原理。"②这个原理就是，无产阶级要将原属于资产阶级占有的生产资料改变为归社会占有。

新中国要建立的社会主义，是马克思、恩格斯所说的社会主义。1954年9月15日，毛主席在第一届全国人民代表大会第一次会议上致开幕词《为建设一个伟大的社会主义国家而奋斗》，其中就说"领导我们事业的核心力量是中国共产党"，"指导我们思想的理论基础是马克思列宁主义"。③

2013年12月，习近平总书记在纪念毛泽东同志诞辰120周年座谈会上的讲话中说："毛泽东同志毕生最突出最伟大的贡献，就是领导我们党和人民找到了新民主主义革命的正确道路，完成了反帝反封建的任务，建立了中华人民共和国，确立了社会主义基本制度，取得了社会主义建设的基础性成就，并为我们探索建设中国特色社会主义的道路积累了经验和提供了条件，为我们党和人民事业胜利发展、为中华民族阔步赶上时代发展潮流创造了根本前提，奠定了坚实的理论和实践基础。"④

习近平总书记还明确指出："任何时候都不能动摇高举毛泽东思想旗

---

① 《马克思恩格斯选集》第1卷，人民出版社2012年版，第478—479页。
② 《马克思恩格斯选集》第4卷，人民出版社2012年版，第381页。
③ 《毛泽东文集》第6卷，人民出版社1999年版，第350页。
④ 《十八大以来重要文献选编》（上），中央文献出版社2014年版，第691页。

帜的原则，我们将永远高举毛泽东思想的旗帜前进。"这为我们正确认识毛泽东主席的伟大贡献，坚持毛泽东思想的指导地位指明了方向。

至此可归纳一下，新中国建立的社会主义制度，就是要使全体劳动者成为新中国的主人。新中国一穷二白。毛主席曾评介王国藩的"穷棒子"合作社："我看这就是我们整个国家的形象。"新中国就是要靠全体人民"穷则思变"，去建设工业化的国家。

应该说，那个年代在我的记忆中并非空白。我生于20世纪50年代，1969年去闽北农村插队。我在乡村听到农民们说起五六十年代的往事，并不像后来很多文章批判的那样。

"土高炉呀，遍地开了花……"那是中国乡村曾流行的一支歌。大炼钢铁，只有滑稽吗？你没法怀疑那熊熊的炉火里有渴望富强的真诚愿望，从未经历的生活里有新鲜的喜悦，同土地打了几千年交道后忽然经历别样的劳作，身心都有一种苏醒……那种创造新生活的愿望在新中国成立之初就开始了。

20世纪50年代，我国农村经历了三次大变革：土改、合作化和人民公社化运动。那真是春秋战国以来土地私有制后"三千年未有之变局"，一家一户男耕女织的劳作方式发生了天翻地覆的变革。没有大理想大勇气，那是不可思议的。

若干年后有关成功与失败的讨论经久不息，但走过那片岁月的农民依然保持着自己的记忆，那种组织起来的劳动，在夜校里边学识字边学怎么造土高炉，得到的陶冶并不只是炼钢铁。我听过农民笑呵呵地说起某人跟某人在炼钢炉前"相好"的故事，那就是乡村男女青年在集体劳动的岁月里破天荒地恋爱了。

那是我们的爷爷奶奶、父亲母亲，在他们的青春岁月里一片有梦想的奋斗生活。亿万人民投入的社会实践，不能简单地判为毫无价值。到改革开放时期，那些最早去创办企业的农民，多有当年炼钢炉前的积极分子。

中国曾经学苏联，可是，苏联成立的是集体农庄，中国为什么不叫集体农庄而叫"人民公社"？毛主席说"人民公社好"。因为人民公社将不只是搞农业，还要搞工业，搞商业，搞成农工商综合体。

1958年12月10日，中共八届六中全会通过《关于人民公社若干问题的决议》。决议中指出："人民公社必须大办工业。公社工业的发展不但将加快国家工业化的进程，而且将在农村中促进全民所有制的实现，缩小城市和乡村的差别。"[①]

这就是毛泽东心中的远景，实现它还有艰难的道路要走。三年困难时期到来，中国农业基础设施薄弱的问题更加凸显出来。这个问题前面已讲到，简言之就是农村还必须经历一个搞好农田水利基本建设的阶段。国家继续坚定不移地发展大工业。农业"以粮为纲"。毛主席号召"农业学大寨"。学什么？学自力更生，艰苦奋斗。农村也一片火热，农业一天天向好。

北京市城郊经济研究所原所长张文茂先生是我非常尊敬的学者，他对毛主席讲的农村要办工业，对合作经济与集体经济有何区别，对人民公社等，都有系统的调研和深邃的认识。我最早是从他长期调查研究所得的数据里看到，1949年以前中国也建有水库，其中大型水库六座，中型水库17座，小型水库1200座。新中国前30年大中小型水库建有8.6万多座，还有几百万个塘坝、无法胜数的排灌渠道。与此对应，从1949年到1978年的30年，我国农地灌溉面积从2.4亿亩增加到6.74亿亩，增幅超过200%。

根据国家统计局数据：1970年全国粮食总产2.3996万吨，人均289.136公斤；1978年总产3.0477万吨，人均316.614公斤。这意味着我国粮食生产水平已基本达到自给自足，具备了向社队企业拓展、在农村发展工业的基本条件。

1975年10月11日的《人民日报》，头版头条以通栏大标题发表《伟大的光明灿烂的希望》，副题是"河南巩县回郭镇公社围绕农业办工业，办好

---

① 《农业集体化重要文件汇编》下卷，中共中央党校出版社1981年版，第117页。

工业促农业的调查"。文章在头版占了三分之二,其余部分转到二版。头版右边还配发了评论《满腔热情地办好社队工业》。文章分四个小标题展开,分别是:公社要办工业,公社能够办工业,公社办工业的道路,社队工业作用巨大。这四个小标题的主题词就是——公社办工业。这意味着在农村办社队企业,发展工业的时机已经到来。

从1975年10月到1976年9月,这是毛泽东生命的最后一年。他还惦记着我国农村要通过发展工业,成为农工商综合体,惦记着缩小城乡差别、工农差别,实现共同富裕。

今天看塘约村,它也在努力朝一二三产业结合的农工商综合体发展。如果仅仅停留在单纯的农业耕作上,是不可能走出贫困的。这是一条基本经验。

了解了我国农村走过的艰辛之路,奋斗之路,就能理解2016年4月13日周建琨在塘约村召开露天现场会时为什么这样说:"毛主席六十年前倡导的,当时还未能实现的远景,我们今天完全有条件有能力去实现。"[①]

5　走组织化的农村市场化发展路子

习近平早年著有《摆脱贫困》一书,初版于1992年7月,书中29篇文章和一篇《跋》,是他1988年至1990年任福建宁德地委书记期间写的。

宁德地区九县有六个是贫困县。《摆脱贫困》第一篇就是《弱鸟如何先飞》,这是一篇"闽东九县调查随感"。我初读,心想:"弱鸟先飞"源自成语"笨鸟先飞"吧,但习书记不用这个"笨"字。民不笨,只因贫困现在还"弱"。为什么弱?

"闽东走什么样的发展路子,关键在于农业、工业这两个轮子怎么转。"习近平在此也讲到了工业。工业这个轮子缺乏,或者不强,就跑不起来了。

---

① 王宏甲:《塘约道路》,人民出版社2016年版,第92页。

他接着说了"小农经济"……

> 小农经济是富不起来的，小农业也是没有多大前途的。我们要的是抓大农业。这就是说，在农业上，"靠山吃山唱山歌，靠海吃海念海经"，稳住粮食，山海田一起抓，发展乡镇企业，农、林、牧、副、渔全面发展。

这话写得很明白，农村要发展乡镇企业，农、林、牧、副、渔全面发展，也就是今天讲的"田园综合体"。

或因曾经插队七年，习近平对农村脱贫的艰巨性是深有认识的，所以他说要有"滴水穿石"的精神。文章写道："脱贫是一项长期艰巨的任务，要有打持久战的思想准备。扶贫先要扶志……"这是在1988年讲的。他还从"弱鸟"讲到了"鸿鹄之志"。

他还写道："当干部就不要想发财，'莫伸手，伸手必被捉'。"这使我们理解到，他担任总书记后为什么大力开展反腐倡廉，而且"老虎苍蝇一起打"。

书中有一篇《干部的基本功》，讲"贫困地区干部要付出更加艰辛的劳动"。他说："贫困地区的发展靠什么？千条万条，最根本的只有两条：一是党的领导，二是人民群众的力量。"这都是书中写着的，以下是原文：

> 领导的威信从哪里来？靠上级封不出来，靠权力压不出来，靠耍小聪明骗不出来，只有全心全意、尽心竭力、坚持不懈为人民办事，才能逐步地树立起来。领导要有水平，水平从哪里来？水平来自对客观规律的认识和掌握，而规律性的东西，正是蕴藏在广大群众的实践中。因此，要提高领导水平，就要眼睛向下，善于从群众的实践中汲取营养，获得真知。所以，无论是从发挥党的领导作用，还是从调动群众积极性这两方面说，都要求我们

的各级干部始终同广大人民群众保持密切的血肉联系。这就是干部的一项十分重要的基本功。

在这篇《干部的基本功》里，习近平提出：既要做"廉吏"，又要当"勤官"。他讲"鞠躬尽瘁，死而后已"的诸葛亮，要求自己做到"不使内有余帛，外有赢财"；司马光"欲以身殉社稷，躬亲庶务，不舍昼夜""于物淡然无所好""恶衣菲食以终其身"。他写道："以毛主席为代表的老一辈无产阶级革命家都是廉政与勤政的楷模。我们各级干部一定要向老一辈无产阶级革命家学习，努力做到'廉不言贫，勤不道苦'。"

从书中可以读见青年习近平博读的痕迹。中国古代文化，志士和智者，给过他深厚的滋养。当他出现在世界视野中的时候，他常引述中国先人的智语，诸多表述凝聚着他对中华文明的崇敬和文化自信，也满怀热望地携带着要求干部读点历史，学习中国优秀传统文化的倡导。

他还写到了黄炎培希望"中共诸君"能够找出一条新路，跳出历代统治者从艰苦创业到脱离群众的周期率。他说："毛泽东同志当即回答，我们已经找到了新路，我们能跳出这个周期率，这条新路就是民主，走群众路线。只有让人民来监督政府，政府才不敢松懈。只有人人起来负责，才不会人亡政息。"读此可知，为什么十八大后就开展了群众路线教育实践活动。

这是一本谈地县党政工作的书，书中有一篇《提倡"经济大合唱"》写于1988年9月。那时媒体有许多声音在说"党政分开"。习近平在跟干部们说，每支乐曲都有它的主旋律，主旋律是歌的灵魂。一个地方的工作也有主旋律，就是社会主义经济建设。"经济大合唱"得有总指挥，地方的总指挥就是这个地方的党委、政府。他强调党委领导是总指挥，"大合唱"要讲协调，讲配合。"否则，党委一个调，人大一个调，政协一个调，政府又是一个调，'杂花生树，群莺乱飞'，这个地方的'歌'肯定唱不好。"

这本书重点是讲脱贫，其中有一篇谈集体经济的文章《扶贫要注意增强乡村两级集体经济实力》，写于1990年4月。

> 我强烈地感到：在扶贫中，要注意增强乡村两级集体经济实力，否则，整个扶贫工作将缺少基本的保障和失去强大的动力，已经取得的扶贫成果也就有丧失的危险。

这是习近平写在全文第一自然段里的话。他接着写下他调研得来的详细数据：

> 据我了解，在全区120个乡镇中，年有资金30万元以上的只有20个，占17%；10万元至30万元的有73个，占61%；10万元以下的有27个，占22%。在全区2083个行政村中，村级集体经济实力在5万元以上的只有105个，占5%；2万元至5万元的只有217个，占10%；2万元以下的村却有1761个，占85%。约有一半以上的行政村连正常的财务开支都难以维持。

这些数据显示大部分行政村集体经济"空壳化"的程度已经很严重，正是这严峻的现实使习书记在全篇的第一段话里就写下"我强烈地感到"。

"为什么乡村集体经济实力会出现弱化现象呢？我认为，主要是近几年我们在指导思想上忽视了乡村集体经济实力的积累和发展工作。在有关脱贫致富的宏观决策中，没有把发展集体经济实力摆到应有的位置。"这里，习近平已讲到"有关脱贫致富的宏观决策"有缺欠，接下来就直言"农村在实行家庭联产承包制时"存在的问题：

> 特别是一些农村在实行家庭联产承包制时，没有很好地理解统一经营和"归大堆"的区别，放松了"统"这一方面，需要统的没有统起来，不该分的却分了，其结果是原有的"大一统"变

成了"分光吃净",从一个极端走向另一个极端。在有些地方,合作化以来积累起来的集体经济实力的绝大部分化为乌有,幸存下来的集体经济实力也失去发展的基础与动力。

面对这个局面怎么办?当时的地委书记习近平在他的职权范围内,首先是要给干部们讲清楚怎么看待这个问题。他写道:"有的同志说,只要农民脱贫了,集体穷一些没有关系。我们说,不对!不是没有关系,而是关系重大。"习近平的文章很少用感叹号,这里铿锵一声"不对",再加感叹号,出言斩钉截铁。

为什么不对?习书记说,理由是:一、加强集体经济实力是坚持社会主义方向,实现共同致富的重要保证。二、发展集体经济实力是振兴贫困地区农业的必由之路。三、发展集体经济实力是促进农村商品经济发展的推动力。四、集体经济实力是农村精神文明建设的坚强后盾。这四点都坚定地强调:要加强发展集体经济实力。

2001年7月,习近平的另一部著作《中国农村市场化建设研究》在人民出版社出版,其中提出:要走组织化的农村市场化发展路子。在这个题下,他这样写道:

市场经济是一个波涛汹涌、漩涡丛生的汪洋大海,要在大海中畅游,就必须具有高超的游泳技术,否则就会葬身于大海之中。正如马克思在《资本论》中所说的那样:"商品价值从商品体跳到金体上,像我在别处说过的,是商品的惊险的跳跃。这个跳跃如果不成功,摔坏的不是商品,但一定是商品所有者。"在经济体制转轨时期,特别是在社会主义初级阶段,由于我国农村与城市的二元经济结构特征显著,城乡差距很大,小农经济的历史文化传统在农村中积淀深厚,农民的文化、科技素质不高,许多农民不懂和不适应市场经济,特别是当前我国农业基本上还处于家庭土地承包的分散经营状态，自给性和小而全的特征明显，经营规模小、生产粗放、竞争能力弱，这时如果硬将农民推向市场，让农民个人去自生自灭，只能使许多农民"呛水淹死"，这种结局非但无助于农村市场化的建设，反而会延误农村市场化建设的进程。[①]

2001年，习近平任福建省委副书记、省长。从这篇文章中可以看到习近平对我国当下很大的城乡差距，对处于"小农经济"状态的农民被推向市场后的艰难，看在眼里，深切操心，并积极思考建设性途径。文章接着写下：

> 西方发达国家发展农业市场化的实践也充分证明，只有将农民充分组织起来，才能使农民尽快安全、顺利地进入国内外市场，并能够有效地降低进入市场的成本，提高农产品的市场竞争力、市场占有率。组织农民是我们党的独特优长，这就要求各级党委、政府在发展社会主义市场经济中，学习借鉴西方发达国家组织农民进入和占领市场，不断提高农村市场化建设水平的经验，立足于中国农村经济和社会发展的具体实际，充分发挥党和政府善于组织农民参加革命和建设的独特优势，切实对农民进入市场负起"扶上马，送一程"的责任。[②]

广州大学副校长、哲学博士、博士生导师徐俊忠对习近平这一思索曾这样与我交流，他说："中国农村，前30年，有集体化的体制优势，但没有市场环境；改革开放以来，有市场环境，但缺失集体化的体制优势。习近平提出'要走组织化的农村市场化发展路子'，实际上可以看作是对前后两个

---

① 习近平：《中国农村市场化建设研究》，人民出版社2001年版，第204—205页。
② 习近平：《中国农村市场化建设研究》，人民出版社2001年版，第205页。

阶段积极成果的继承和发展。"

徐俊忠是我深为尊敬的学者，他本人青年时回乡参加渔业生产劳动，当过渔业大队干部。1976年8月在渔村加入中国共产党，是国家恢复高考后的首届大学生。他的著作有《历史、价值、人权——重读马克思》，重要论文有《恩格斯与跨越"卡夫丁峡谷"问题》《毛泽东社会主义建设道路几个问题再探讨》《政治自由的意义及其限度》等。近年他的长篇论文《探索基于国情的组织化农治战略》和《关于新中国的政治文明与政治类型》等，都是现实关切颇深的作品。他对习近平提出的这个思路的见解，我是重视的。

面对当下农村分散耕种的现状，习近平提出"要走组织化的农村市场化发展路子"，这是强调了应该组织起来，组织起来是为了更有实力地走向市场。

关于阅读《摆脱贫困》，我与周建琨有过简短的交流，知道他对书里讲的：最根本的要靠党的领导和人民群众的力量，要加强发展集体经济实力，坚持共同致富……以及习近平总书记当地委书记期间重视下去调研，掌握那么多数据，都给他留下牢固的记忆。我感觉，一个地方市委书记通过阅读了解总书记在地方工作时的经验和思考，看到总书记早年工作以来一以贯之的思想，对周建琨在安顺和毕节开展工作都是很重要的。

6 武陵山腹地

2015年初冬，我在贵州农村初次看到墙上贴着的"精准识别"标准，还不清楚什么是"精准识别"。那时刻，我感到自己离我自以为还比较熟悉的农村远了。也在这时我才知道，"精准扶贫"是习近平总书记于2013年11月3日在武陵山腹地十八洞村提出来的，我于是去武陵山腹地走访了十八洞村。

武陵山片区是我国14个集中连片特困地区之一，跨渝、鄂、湘、黔四省市，包括71个县市区3600多万人口。这里的湘西州有85万贫困人口。我到那里访问了当初把总书记迎进家里的第一户苗族人家、参加接待的驻村第一书记施金通，还有驻村精准扶贫工作队长龙秀林等人。

十八洞村在湘西土家族苗族自治州花垣县排碧乡，是个苗族贫困村，全村993人，人均耕地只有0.83亩，2012年人均纯收入1400余元，比遭大洪水袭击之前的塘约村更穷。

2013年11月3日下午，在十八洞村梨子寨前等着迎接总书记的只有三人：湘西州女州长、花垣县排碧乡党委书记和十八洞村驻村第一书记。在这里迎接是因为十八洞村只有梨子寨前有一块较大的空坪，可以停上几辆车。

驻村书记施金通告诉我："总书记来，村里人都不知道，多数人都下地做事情去了。总书记走在村子里，村里人都没有反应过来，还是州长用湘西普通话给老百姓提醒了一句：'乡亲们，总书记来看望大家了！'她带头鼓掌，老百姓才鼓起掌来。"

在十八洞村，总书记从水、电、路，到教育、医疗，以及一年的收成，一一询问。就在这个村庄，面对着葱茏的青山和这里的干部群众，总书记提出了"精准扶贫"。

为什么要"精准"？怎样才能"精准"？它的意义是什么？怎么落实？第二天，县委书记罗明来了，就在十八洞村梨子寨开现场会，商议怎样落实总书记的指示。大家都很激动，都想为帮扶这个村子出力。接着，住建部门来帮修房子，水利部门来接自来水，卫生部门来建厕所，农口来帮修建厨房……各种建筑材料很快把小小的十八洞村堆得路都堵了。这样搞行吗？

"这样做是不可复制的。"县委书记罗明说。

县委及时纠正了这种帮扶方式。精准扶贫贵在"精准"，这意味着有大量细致的工作要做。首先必须有一支"精准扶贫工作队"。这个建议从多渠道汇集到县委书记这里来了。

2014年1月22日下午三点，花垣县赴十八洞村精准扶贫工作队在县委书记办公室成立。这是全国第一支精准扶贫工作队，一共六人，都是经过"精准挑选"来的。

队长龙秀林，这就是全国第一个精准扶贫工作队队长。驻村第一书记就是施金通，也是全国第一个精准扶贫驻村书记。这支工作队第二天一早就进驻十八洞村。

不久，村里有议论，觉得县委不够重视，总书记都来了，派个工作队也不派个县级领导来，至少也要财政局、扶贫办的领导来，才有资金有项目。有人说："这个工作队没带钱来，也没带项目来，最多带一张嘴来。"这是说扶贫队长龙秀林只是个县委宣传部的常务副部长。

可见这第一支精准扶贫工作队有相当艰巨的工作要做。这毕竟是从未做过的工作，眼前任务是迫切需要跟群众搞好关系，才能入户调查，硬任务是要在过年之前把贫困户精准识别出来。

这就需要造表登记，要拍出照片。于是，给贫困户建立档案就出现了。还需要调动全县干部与全县的贫困户结对帮扶，一张小小的"结对帮扶责任卡片"也在十八洞村诞生。这就是全国最早的"建档立卡"。

第一个负责给贫困户建档立卡的工作队队员叫龙志银，他因"工作认真、细致，写东西快，文字功底深"而被选到这支工作队来。他告诉我，建的第一个贫困户档案，户主叫龙先进，62岁，是个残疾人。这就是实施精准扶贫建档立卡之始。

所建的第一个档案，第一张卡片，户主都是龙先进。我看了这个档案，他的妻子叫石有英，59岁。他家原有六口人，长子一家三口分出去了。现在两老跟二儿子一起过。用当地的话说，二儿子还没有"脱单"（没娶媳妇）。档案内最早的填写时间是2014年3月4日。

就在2014年3月，习近平总书记参加全国两会代表团审议时强调，要实施精准扶贫，瞄准扶贫对象，进行重点施策，进一步阐释了精准扶贫方略。当年全国组织了80万人进村入户，共识别贫困人口8962万，对每一家贫困户建档立卡。

2015年10月16日，我看到新华社报道习近平主席在2015减贫与发展高层论坛上的主旨演讲中讲道："40多年来，我先后在中国县、市、省、中央工作，扶贫始终是我工作的一个重要内容，我花的精力最多。"习主席在这里使用了"最"，我意识到了，总书记这么说也是希望党的干部们要把更多精力用到这里来。

此时我注意到，十八大闭幕后，习近平总书记下农村第一站就到河北阜平革命老区，进村入户看真贫。此后他每年国内考察的第一站都是贫困地区：2013年是甘肃特困地区，2014年是内蒙古民族地区，2015年更把扶贫工作作为调研重点，第一站是云南，第二站是延安。几年间走遍了全国集中连片特困地区，提出"精准扶贫"后，又于2015年6月在贵州提出"六个精准"[①]；同年10月在减贫与发展高层论坛上提出"五个一批"[②]……所有这些并非偶然，正是习近平在长期工作实践中注重调研，逐步形成的内涵丰富、思想深刻、逻辑严密的扶贫思想体系。

从此，扶贫从"大水漫灌"转向"精准滴灌"，不仅仅是方法上的改变。为精准到"不能落下一户一人"所做的努力，已然是彻底的扶贫。我国面对存在的贫富差距，开展"精准扶贫"的政治意义、理论意义和实践意义，都极其巨大。

今天的贫困户，换句话说也就是"穷棒子"。毛泽东曾经带着一支世界上最穷的队伍，办成了世界上最伟大的事。西方人常问："毛是怎么做到的？"我看最大的秘密就是：毛泽东看到了"穷棒子"的伟大力量。怎样看"穷棒子"，其实折射着一个人的"人民观"。说到底，也就是怎样看待人民。一旦看到今天的贫困农民仍然是改变自己命运和振兴乡村的伟大力量，我们的整个思想感情、工作状态都会发生很大改变。

从"为人民服务"到"以人民为中心"，呈现着一脉相承。从"精准扶贫"到"人民至上"，习近平主席还在2019年新年贺词中说："人民是共和

---

① 扶贫对象精准、措施到户精准、项目安排精准、资金使用精准、因村派人精准、脱贫成效精准。
② 发展生产脱贫一批、易地搬迁脱贫一批、生态补偿脱贫一批、发展教育脱贫一批、社会保障兜底一批。

国的坚实根基，人民是我们执政的最大底气。"凝神静思，这里面是有大智慧的。

7 群众的意义

2017年我去了祖国东南西北的不少乡村，看到了乡村正在起变化，即使在遥远的边疆，变化也不只是它的外部形象。

新疆伊犁是我少年时就听过的名字，那是林则徐曾经被流放的地方。这个夏天，我去了伊犁，才知道清政府在平定准噶尔之乱后，就把这片西域辽阔的土地更名为新疆，并在伊犁设立了"总统伊犁等处将军"，作为新疆最高行政和军事长官。如今伊犁是全国唯一的副省级自治州。

7月30日这天，已经是傍晚，伊犁哈萨克自治州尼勒克县乌赞乡党委书记还拉我去一个村看他们犊源合作社办的养牛场。乡党委书记叫移三泰。没错，他就是姓移。

"这个合作社在搞改良牛的品种。"他说。

这也是我陌生的事，我随他去看。他说："这件事，农牧民个人做不了，只能由合作社办的养牛场来解决改良品种问题。"

"是村合作社吗？"我问。

"是呀，村集体的。"

你瞧，在这遥远的地方，重建村集体合作社，也是从农牧民个人做不了的事情开始的。

"那村集体和个人是什么关系？"我接着问。

"我们把扶贫资金给村集体合作社搞改良牛品种，然后安排到贫困家庭去户养，也可以寄养在合作社的养牛场。"

我听懂了，农牧民有愿意加入合作社的，也有不愿加入的，都凭村民选择。但更好的品种是杂交的改良品种，这件事乡里支持村集体去做。这是一个从农牧民"各管各"向合作方式转变的时期，有多种形式正在精准扶贫中被创造出来。

今天尼勒克县的许多村干部，还担当着把贫困户庭院里种的蔬菜瓜果运到市场上去卖的任务，然后把卖蔬菜瓜果的钱如数交给贫困户。我曾问村干部："做这件事，村里提成多少？"

"怎么要提成？"他们感到不解。

我被问住了。"不要提成吗？"对方说："这是干部应该做的事呀！"我于是看到，这个边远地区的干部，还保留着令我想象不到的完全投身于为群众，为贫困户服务的传统。

我还去了新疆博尔塔拉蒙古自治州。博尔塔拉，蒙语意为"银色的草原"。它地处中国西北缘，北部与哈萨克斯坦共和国接壤，边界长达380公里，有"中国西部第一门户"之称。

当我踏上博尔塔拉，少年时的记忆就像蒙古草原上忽然出现的马蹄声向我奔驰而来，我感到了激动……我生长在福建，少年时从历史书上看到西域，那是多么遥远的地方啊！唐诗说"西出阳关无故人"，出了阳关就是西域。阳关就够远了，西域那月氏、匈奴、乌孙所在的地方更遥远得多。从前汉武帝派张骞出使就是要他去联系月氏，夹攻匈奴。张骞之行的深远意义，还在于开拓了后世闻名海内外的"丝绸之路"，开启了汉族与西域多民族的文化交融。现在我到的博尔塔拉，就是当年月氏所在的地方。

一天傍晚八点多钟了，太阳还在西边的天上，天空非常蓝。我到一个村子，州委组织部的干部告诉我，村干部都在村部里等我了。我到那里看到有20多人："这个村有这么多干部？"

"附近四个行政村的干部都来了。"一个干部说。

我顿时就感动了。州委组织部的干部说："他们想跟您座谈，听听您讲内地是怎么搞精准扶贫的。"

那天，我的前面是一个很长的桌子，他们20多人竟然一长排坐在我对面。我这边只有我和州委组织部、宣传部的干部，就三个人。这让我感觉不习惯。我说："既然是座谈，就坐过来一部分人吧。"可他们不，仍然与我面对面坐着，看着我。

我看到了什么？我看着他们专注的眼神，看到了把心用在扶贫上的一批边疆农村基层干部。在这遥远的边疆，我同样看到橱子里整整齐齐地摆放着的贫困户档案，有200多册。

博尔塔拉最著名的往事，就是察哈尔蒙古族官兵的"西迁"和蒙古土尔扈特部的"东归"。这儿的蒙古族人有着悠久的爱国传统。座谈中给我印象最深的是，他们说，村子前方，看得见的连绵的山，就是国境线。从前集体化时期，有特务从这里偷越国境进来，都会很快被抓住。现在州委在精准扶贫中，安排贫困户在边境线上配合巡视，也使他们有固定的收入。

"农牧民组织起来走集体化道路，有利于守护边防，保卫边疆。"这是他们真切的声音，真实的渴望。

我在全国很多地方看到干部们想各种办法，让一家一家的建档贫困户都有产业。比如新疆伊犁尼勒克县，有的村负责给每个贫困户孵出小鸡，养到半斤重，这样存活有保障了，然后给每户发统一的数量，还给每户建好了统一的鸡圈。我看到大车把雏鸡运到贫困户的家门前，贫困户到大车旁边来领鸡，兴高采烈。

新疆的阳光格外强烈，那天不知怎么有一笼鸡跑出来了，干部们在村路上追鸡，把自由乱跑的鸡都抓回来，干部和司机都满头大汗，还洋溢着笑容。

很多地方都有这种扶贫模式，试图让每个贫困家庭都有"产业"，这还是几十年一贯的"一家一户"思路。也有另一种情况，尼勒克县的维吾尔族人有养鸽子的传统，有的村办起种鸽场，培育良种鸽子，鸽子长得比较大了再安排到贫困户去家养，然后村里的专业队去收鸽子蛋，集中推向市场。

我看到各地很多干部在为贫困户增加收入想办法，农民群众在这个过程中也打开眼界，发生很大变化。也有的变化我不知该怎样形容，下面这件事发生在十八洞村。

十八洞村的扶贫工作队队长龙秀林告诉我，他们驻村后首先要给村里解决电的问题。村里原先有电，但线路太旧，经常停电。重拉电网要立水泥电杆，有的电杆要经过农民的承包地，只是要在那地里挖一个能立一根水泥电杆的洞，农户向你要钱。你说政府不是不给钱，政府在修从十八洞村通往外面的大路，花很多钱，这电杆这电线都是政府出的钱。现在要在这地里立一根电杆，要占一个跟斗笠差不多大的地，要多少钱我们没有这个预算。但是尽快更新电网，是县里给我们的任务，能不能先让我们立个电杆，我们同时打报告申请这笔经费，行不行？按说，应该行。可是，有的农户就是不让。

"这承包地是我的，不给钱，不能动。"

为什么？是群众很不讲理吗？想想解放战争期间，农民"最后一把米，送去作军粮；最后一尺布，送去作军装"……这可不是一支歌谣而已。今天的农民怎么啦？

"不能怨农民。我们要检讨自己，我们脱离农民太久了。"我听到十八洞村的扶贫工作队队长龙秀林这样说，我很感动。

许多边远山村，没有集体力量就没有谁能修一条可通拖拉机的路，这个村就存在封闭状况。一户农民守住他承包地里斗笠般大小的一圈"土壤"，要你按市场经济规则付费，不能说他没有道理。但是，这已经不是一个村庄的封闭，而是一户人就是一个封闭的堡垒。

十八洞村精准扶贫工作队的努力，终于赢得了全村人民的信任，特别是他们经过细致的工作，精心组织的"相亲会"——组织十里八乡甚至外县外省的中青年妇女到十八洞村来"相亲"。相亲会载歌载舞，热闹非凡。一次一次的耐心工作，终于使一批大龄未能"脱单"的汉子有了媳妇，并为村庄添了人口。这让十八洞村父老和青壮年感动不已。因之我看到，精准扶贫的大意义不仅是脱贫，更是赢得人民群众信任，是凝心聚力。

关于群众，毛主席说："群众是真正的英雄，而我们自己则往往是幼稚可笑的，不了解这一点，就不能得到起码的知识。"①

毛主席讲的"群众"，是组织起来的人民。没有组织起来，只是"一盘散沙"，是没有"群众"的。关于"群众"，关于"人民"，关于"组织起来"，是毛泽东思想最核心也是最博大的一个世界。

今日脱贫攻坚，不只是做减法，更在做加法，使更多党员干部重温"初心"，使党的十八大后开展的群众路线教育实践活动在精准扶贫中结出最大果实。为什么要坚持共同富裕？当穷人过不下去时，富人也就过不下去。共产党的奋斗目标，深具人类意义。

---

① 《毛泽东选集》第3卷，人民出版社1991年版，第790页。

第十章

还有一颗会感动的心吗

上一章讲到怎么看农民和贫困农民，是不是也有个怎么看干部，怎么看理想、立场和信仰的问题。她的职务，是容易让人想到"铁娘子"的，可她常常被感动甚至泪流满面。她曾这样评价她的部下，"我有一群优秀的同事"，说能与他们共事，"是我此生最大的幸运"。她用上了"最大"一词，我想这是她把党支部领办合作社看作是她一定要去做的大事，因为这件事里有她的信仰。这件事的难度在于，了解组织部工作的人都知道，组织部是搞党建、管干部的，不是搞合作社的，你怎么去干预农村经济工作呢！她的同事因此认为，烟台市党支部领办合作社得以推开，关键是在市委的领导和部署下，会集了多个职能部门的合力，以及各级党委部门的支持。

1 认识于涛

在烟台，这一切是怎么发生的？笼统地说一句是组织部牵头的吗？任何异乎寻常的事，总有人领头去做。我的工作告诉我，不能"只见事不见人"。我不能不注意到烟台市委常委组织部长于涛。几年跟踪寻访，我以为，如果没有于涛，烟台也会有林贤这样的村支书悄悄地发展着集体经济，但今日烟台出现渐有燎原之势的"党支部领办合作社"，同这位组织部长是有关系的。我这样说，不是要讲于涛的成就，我更关心的是她为什么会这样去做。

于涛是 2016 年 6 月从山东省莱芜市调到烟台市任职的。一年后，烟台农村干部"两委"换届时，她提出，选任党支部书记不能只看"能人"，要"好人＋能人"。怎么才叫"好人"？她说："现在看来，应该是能带领大家发展集体经济的人，绝不能是能压住老百姓的人。"

为什么把发展集体经济看得这么重要？很多年来，组织部门培训干部说的是培养"致富带头人"，几乎没人提"集体经济"。在许多人观念中，组织部门管党员、管干部、管人才，不是管经济、管农业的。但于涛认为，党组织要管共同致富，那就要倡导集体经济。这不是组织部门职责内的事吗？

她说从调研的情况看，过去很多地方是先选村委会，动静很大，选完村委会，村里盖章、评低保都是村委会的事。党支部的作用无形中被消解，支部书记形同虚设。这不行，应该先选好党支部书记，配好班子，在党支部领导下选村委会。于涛提出的措施受到烟台市委和基层干部的支持，2017

年的农村两委换届工作按此展开了。这为烟台此后开展党支部领办合作社，打下了一个有力的组织基础。

但继续想为发展集体经济提供支持，还是有很大的困难。我问困难主要在哪里？她告诉我至少有两个方面：一是组织系统内部，包括一些县区的组织部长也不认可。她说，这些都是能说真话的好同志，主要是习惯上认为我们组织部门管选好干部就可以了，不要干预农村经济工作。如果去管，还会被认为有猫腻。二是组织部门管人不管物，光靠组织部门支持是不够的，还需要多种职能部门支持。

有人对她说，你在城市里长大，你不懂农村。这话，她不是听一次两次，听多了……有一天，她反问道："我是'城三代'，你们是在农村中成长起来的，是农民的儿子，比我更了解农村。你们没看到很大的贫富差距吗？村集体经济空壳，党支部在农村中有什么威信？村庄怎么治理？很多问题，都需要党组织去管起来，你们没看到吗？"

她说自己是"城三代"，意思是从爷爷到她，三代都是城里人了。她的老家在山东威海乳山县海阳所镇水头村，乳山是发生过很多抗日故事的地方，新中国著名长篇小说《苦菜花》的故事背景就在这里。她的爷爷1944年加入共产党，新中国成立后在山东省政府工作。她的父亲少年时跟随父母进了城，她生在济南。

早先她在莱芜市当组织部长，双休日常一个人去乡下进家入户了解情况。农民问，你是干什么的？"我是党校的老师，来搞调研。"她知道自己不了解农村，她是来补基础课的。到烟台后，随着推行党支部领办合作社，她跑了更多村。

"她心里想的跟别人不一样。"她的部下说。

"怎么不一样？"我问。

"人家都说我们组织部有管干部的权。她说，咱们得想想那些没有话语权的农民。"

于涛生于20世纪70年代初。她记得小时候在屋里玩闹，妈妈说，"爸爸在读书。去，到院子里玩去。"这让她打小觉得，读书是一件很神圣的事情。家里从简易书架到后来宽大书房里的四壁大书橱，全是书。这氛围熏陶她从小爱读书，长成姑娘了，直到现在从不化妆，很少添新衣，不逛商店逛书店。

初中时，她读《庄子》，极欣赏那种"独与天地精神往来而不敖倪于万物"的态度。大学时也读卢梭、叔本华，更多的是读马克思的辩证唯物主义。再后喜读《史记》。走上领导岗位后，所读最多的是管理类、经济类和政治类的书。2017年3月，她突然从媒体上看到俞正声说到《塘约道路》，又找《人民日报》来看，看到确实有肯定《塘约道路》的评论。这是本什么书？"我得找来看看。"书买来，连夜看。"一晚上没睡觉，到凌晨看完了。"以下是她写在一篇文章中的文字：

> 书中最打动我的是一个叫王学英的妇女。那年她35岁，丈夫去世，四个孩子，大的不到十岁，小的不到两岁，还有六万多元债。这日子还有法过吗？就在2016年，甘肃省有一个贫穷的母亲杀死四个亲生骨肉之后，喝农药自杀死亡。如果没有合作社，也许王学英也是相似的命运。她说，丈夫去世后，没有一个亲戚朋友到她家里做过客。世上有很多人，可她经常感到只有她一个人。叫天天不应，叫地地不灵。多亏村里办了合作社，她有了稳定的工作，欠人的钱还清了。她说："我现在什么都不怕，就怕合作社解散了。"这本书我一夜读完，王学英的话让我在深夜流下眼泪。我下定决心，办合作社，让所有农民都像王学英这样过上好日子！

她还写下："在推行党支部领办合作社的过程中，我结识了一批人民学者。《塘约道路》是点燃星星之火的第一根火柴。"

为什么这么说？因为在她心中，走村入户看到的贫富差距，村集体薄弱甚至"空壳"状态；几十年来农民自耕自收，有事要盖章找村主任，不知党支部有什么用；换届选举，同村民有关的是选村主任，有人想方设法拉票甚至发生贿选，而村党支书常常选不出来，以至有的党支部也出现"空壳"状态；宗教组织，甚至邪教组织在农村争夺群众……党的组织部就是管党建的，农村基层党组织的号召力、凝聚力是党的执政基础。所有这些亟待解决的问题，在于涛心里就像堆积的干柴……塘约村冲出困境，不就是党支部领着村民重走集体化道路吗！所以，这个夜晚，犹如有一根火柴点燃的星星之火，照亮了她要去走的道路。

第二天，她马上安排买了一批书，让组织部门的同志先看。"我们买了好几批。"最后全市各县区组织部门人手一册，全市党支部书记、驻村书记人手一册。

她在同一篇文章还写下："此后，在推动党支部领办合作社的不同阶段，都有专家学者来调研指导。"给她印象最深的是，2019年10月中信改革发展研究基金会理事长孔丹一行19人来烟台召开"党的领导和乡村振兴"现场研讨会。

同年12月，中国政策科学研究会、中国社科院、中信基金会、北京大学习近平新时代中国特色社会主义思想研究院召开"乡村振兴与发展农民合作社"研讨会。于涛被安排作了《组织起来，实现乡村振兴》的发言。会上，"党支部领办合作社"得到大多数专家学者的肯定和支持。

我所认识的最早对烟台实践给予大力支持的学者，有山东省委党校的戚桂锋教授。我第一次去烟台，他就全程与我一起调研，一路上我们同烟台组织部门的干部共同探讨的问题就是：经济发达地区如何学塘约，如何发展集体经济，如何加强党在农村中的领导。此后戚教授在各种场合不遗余力地支持烟台实践。

多年来我也体会到了，一大批长期关心农村、农民的学者，以他们对党和人民的忠诚所从事的研究，很宝贵。特别是他们对坚持共同富裕方向的奋斗者的支持，很重要。

综上我约略看到，于涛自少时喜读书，当上领导干部后重视调研，认定应该做的会去实践。在实践中也注意审视做得对还是不对，哪些需要改进，可以怎样进一步推进，因而也注重与有关专家学者探讨，向多方学习。

2 我有一群优秀的同事

这是于涛说的。她还说："到烟台工作认识这么多优秀的同事，能与他们并肩战斗，是我此生最大的幸运。"她用上了"最大"一词，我感觉，这是她把党支部领办合作社看作是她一定要去做的大事。

她说她最初提出这个设想的时候，大家毫不掩饰心里的顾虑，但是一旦下了决心，大家就毫无保留地去做。"把我脑子里粗线条的构想，一点点变成切实可行的方案和实践。"

"没想到烟台市组织系统有这样的执行力。"这是一位老领导对于涛说的。

她讲起同事，让我感觉"感情"这种东西仿佛是看得见的。"我的同事们大都是农民的孩子，一步步走上科级、处级岗位。他们做这件事，那种义无反顾，常常让我动容。"

我从于涛和烟台组织系统干部们的工作中感觉到，于涛非于涛，她自小读的很多书，古往今来那些杰出者的智慧和毅力，都是她的精神导师，也是她的"同事"。

前已讲到的李天浩是于涛说的"同事"之一。他毕业于山东师范大学。2017年任烟台市委组织部副部长，分管全市基层党建工作。李天浩性情温和，说话的语速总是不徐不疾，但回顾"党支部领办合作社"这件事是如何做起来的，他不无激动，他说那种不容易，还是超出了大家的想象。

他回顾说："2017年4月11日，市委组织部下文要求全市党组织把学习塘约经验作为一项内容，但在讨论能不能推广的时候，多数人认为：缺少左文学那样的支部书记，行不通。"

吕永杰也是于涛说的"同事"之一。2017年5月，我应邀去烟台，跑了五县区的九个村看了不同形式的合作社。组织部又让我给全市2000多名党员干部介绍塘约，还组织了一个座谈会。在这个会上，有位干部站起来提出不同看法，就是吕永杰。

吕永杰毕业于青岛化工学院，2014年起他在烟台市委组织部组织三科任科长，负责农村领域的党建工作。他说："'三农'问题很多。这么多年，那么多人探索，还是在原地打转转，一个'村社一体合作社'就改变了？不可能吧。"

那是我第一次见到他，听懂了他不是说塘约村不可能，而是说用来解决"三农"问题不可能。我感觉这是一种关注大局的思维。我问为什么不可能？他说："现在的干部都没有搞集体经济的经验。集体这条大船，牢固不牢固？要是人都上去，大家会不会一条心？现在很多人是自私的，要是上去了不出力，还想占集体的便宜，会好吗？"

"那你觉得一家一户好吗？"我问。

"一家一户，受了灾，或者产品卖不出去，找不了政府。你叫我上船，如果大船出事，能不找政府吗？"

这时于涛说："是要有风险意识，要注意防控风险。"我感觉到于涛是在保护她的部下畅所欲言。会上提出不同意见的不止吕永杰一人。于涛一直微笑着认真听，大家都说得很充分。

"地都分光了，什么资源都没有，怎么发展集体经济？"

"要慎重。宁可不搞，也不能让村背上大包袱。"

"弄不好，就可能弄个大窟窿。"

"过去村办企业，村村点火，户户冒烟，亏损了还不上贷款。很多村到现在，债还没还。"

"要是发展了，也很难避免村干部贪污。小官巨贪。"

"农民各扫门前雪，其实不错。"

这些都是不同意见。有的干脆说："烟台不是贵州，没必要学。"参加座谈会的都是市县区委组织部长和部分乡镇村的书记。于涛是倡导学"塘约"的人,听着这么些不同意见,她怎么办?她继续说:"是要规避风险,选择项目的风险,经营的风险,干部腐败的风险。"

这时又有人说:"现在有能力去发展集体经济的村支书太少。"问题又集中在:缺少左文学这样的村支书,学不成塘约。但是,在这个会上,村党支部书记没有提不赞同意见的。东院头村支书林贤发言,极力说党支部领导办村级合作社好,不一定全体村民都参加,但是要办村集体合作社。

林贤这段话其实很重要,但没有引起更多注意,因为当时大家的注意力是在塘约的"村社一体"上。什么是"村社一体"?《塘约道路》中写道:"全村实现了'一清七统'。一清是集体和个人产权分清了。七统是:全村土地统一规划,产品统一种植销售,资金统一使用管理,村务财务统一核算,干部统一使用,美丽乡村统一规划建设,全村酒席统一办理。"[1]这是村集体合作社。大家此时关注的,一是有没有可能做到像塘约那样,二是有没有必要做到像塘约那样。

还有村支书说:"看了《塘约道路》,感觉看到一束光。"

于涛说:"一束光很宝贵,就是星星之火,别让它熄灭了。"

会后,于涛跟我说:"这个座谈会,实际上所有市县区的组织部长都提出质疑。一方面我知道你说的是对的,一方面我不能说他们错。不管他们说什么,我都不能说他们错。因为现在很多部门都认为,组织部不是管经济的,你瞎吆喝什么。我要和我们这些组织部长一起干下去,就要跟他们在一个战壕里,我不能走得太前面。没有他们,我一个人是干不了的。"

我说:"我理解。"

李天浩副部长告诉我,后来于部长跟我们说,如果把有没有一个优秀的村支书作为前置条件,没有左文学就办不成,那这件事就没法做了。这个思想认识必须解决。

---

① 王宏甲:《塘约道路》,人民出版社2016年版,第64页。

他说，于部长说就像雷锋不是天生的，战争年代很多不识字的农民加入革命队伍，后来成为军长师长，任何一个好的带头人都不是从天上掉下来的。《创业史》里的郭振山，《塘约道路》里的左文学，一开始都是忙活自己发家致富，都是在上级党委的引导下才成长为自觉服务于群众的典型。我们一定要走出"好的带头人可遇不可求"的认识误区。

李天浩说，2017年6月6日，组织部召开全市基层党建工作重点任务推进会，继续要求学习塘约村建立合作社发展集体经济的做法，结合烟台实际，探索我市发展集体经济的有效模式。

吕永杰给我讲过他"认识转变的过程"，他说那是在"于部长让我们去开展调研的过程中"。调研发现，烟台作为发达地区，工业领先全省，但农村集体经济薄弱，2017年村集体收入5万元以下的有2100个村，占32.6%。就这点很少的集体经济，还是靠吃资源，靠简单发包租赁。不少村完全没有集体经济，已经习惯"等靠要"。集体经济"空壳"，党在农村中的领导和基层治理也近于"空壳"……组工干部都知道，经济基础决定上层建筑。搞党建可以不问经济基础，高高在上搞教育吗？这项调研，让组织部的中青年干部看到了自己工作的阵地在哪里。

于涛说："我们也不光是去调研经济，不能把群众的贫困简单看作是经济问题。我们的工作不能跟人民脱节。"这项调研，也让组织系统的干部们看到自己工作的责任和意义。

接下来，于涛布置去基层遴选班子强的村搞试点。李天浩下去，发现衣家村已经不声不响地干起来了。"塘约村能做到的，我们为什么做不到！"村支书衣元良一句话就打动了李天浩。

通过调研，共选择了11个村作为试点。2018年7月7日至8日，烟台用两天时间开了一个现场观摩会，看了11个点。这里面就有衣家村和东院头村。观摩会对大家都很有触动。组织部的干部们会后还反复说起主持会议的烟台市领导在会上说的三句话："精神可嘉，办法可学，效果可期。"

现在，林贤曾经说的和他实践的得到了重视，即发展集体经济不一定起步就"村社一体",但一定要发展集体经济,村支部可根据实际情况先组织愿意入社的农户办合作社。

为便于推广,市委组织部在推行过程中总结编写了《烟台市村党支部领办合作社操作实务30问》,先是下发,后于2020年5月由党建读物出版社出版发行。书中第一问"如何认定党支部领办的合作社",表述的基本做法是:"由农村集体产权制度改革后成立的股份经济合作社代表村集体注册成立农民专业合作社,党支部组织村集体和群众以土地、资金、劳动力等入股,明晰村集体与入社群众股权。"

股权各占多少?"村党支部领办的合作社,集体持股比例原则上不低于10%"。以此看,这是村集体和入社农民共有的合作社,包含集体经济成分和合作经济成分。这么做的目标,烟台市委组织部表述为:"建立集体和群众经济利益共同体,通过抱团发展适度规模经营、提供集约化服务等,实现村集体增收和群众致富双赢。"

至此,被认为是烟台推行党支部领办合作社历程中打通的第一个节点,标志是:统一了市委组织部干部的认识,也可以说是会聚起第一支力量。有人说,这是组织部被组织起来,整个工作状态不一样了。

3 市委推动百村示范

现在可否全面推开?不行,还有很多人认识不到位。李天浩建议,先搞个"百村示范"。于涛说:"行。"这样,组织部的干部们又下去,同县乡的组工干部共同遴选。

与此同时,还有一项工作要立刻做:要有一个可供操作的实施方案。不能光靠一张嘴讲意义,发展集体经济还需要政策支持,包括相应的发展资金支持。可是,组织部不是管经济工作的,没有提供资金支持的功能,甚至多年来也没有支持发展集体经济的相关政策。怎么办?

"有支持合作社的相关政策。"于涛说,"我们要去寻求有关职能部门支持。"但是，这项工作确实不容易。组织部门来商谈这项工作，几乎每个部门都觉得这不是组织部门的事。

好吧，我们来看看，组织部是干什么的。

组织部的主要职能是党的组织、干部、人才队伍建设。具体说，组织部的主要职责有：组织建设，干部工作，人才工作，干部教育培训，干部监督，老干部工作，公务员管理等，其中每一项都有很多工作，涉及很多方面。比如组织建设：主要负责在党的基层组织建设、党员教育管理、党员发展、党费管理、党的工作制度、党内生活制度等方面，进行指导、组织、管理，提出意见建议等。

再看干部工作：主要负责领导班子和干部队伍建设（公务员队伍建设）的宏观管理，包括管理体制、政策法规、干部人事制度改革等方面，都要去规划、研究、指导，对领导班子换届、调整、任免等提出建议。

不一一详述了。组织部门有很多工作，但确实没有去推行村党支部发展集体经济的工作。具体到组织部的领导，没有人要求于涛去做这件事，是她认为"我们有责任去做"。她的同事们怎么说这件事呢？

"我们说是去'挤政策'，像挤牙膏那样。"吕永杰说。

"你是说一点一点地挤？"我问。

"牙膏快用完的时候，里面没多少了，仔细挤，还能挤出一点来。"

"在一切可能的地方，都挤得比较充分了。"李天浩说。

我接着问，要到哪些部门去"挤"？他们说主要有八个部门：市财政局、市农业局、市国土资源局、市供销社、市金融办、市商务局、市税务局、市农机局。

"都支持吗？"我问。

"你看文件就知道了，都支持！"我听了他们的回顾，感到应该写下那支持中有过的情感波澜。

组织部的人来干什么？不是来为自己要好处，是来为村集体，为农民讨政策的。要是他们不来，谁会来？我们还有一颗会感动的心吗？八个部门很多人都感动了，帮着一起"挤政策"。也只有他们对自己部门的工作熟悉，有他们的支持，才可能"在一切可能的地方，都挤得比较充分了"。

走到这一步，市委组织部将八部门的工作会集起来，起草了一个百村示范实施方案，向市委报告。

2018年7月20日，烟台市委书记张术平主持召开市委常委会会议，研究通过了《关于在全市开展"党支部＋合作社"发展集体经济百村示范行动的实施方案》。7月26日，该文件以市委办公室名义印发。

是的，此时称"党支部＋合作社"，这就是烟台开展党支部领办合作社至为关键的一个文件。至此，由烟台市委组织部主动开展的这项工作，上升为市委领导和部署的中心工作。看一下这个"实施方案"，文件第一段就写道：

> "党支部＋合作社"即党支部领办创办合作社，是指由村党支部成员代表村集体注册成立农民专业合作社，村集体以集体资金、资产、资源等入股，把党员群众组织起来，把资源集中利用起来，发展适度规模经营或提供集约化服务，实现村集体和群众双增收，促进乡村振兴。

文件写出的"主要实现形式"，列有五种：

1.党支部领办创办土地股份合作社。

2.党支部领办创办农业生产经营服务股份合作社。

3.党支部领办创办旅游股份合作社。

4.党支部领办创办置业股份合作社。

5.党支部领办创办合作社入股龙头企业。

文件写出的"扶持政策"，分列九项。

第一项是"财政扶持政策"。明文写道："市级财政设立发展村级集体经济专项资金，向100个示范村专项列支1000万元，连续扶持3年；各市县区加大涉农政策资金统筹整合力度，列支专项村级集体经济发展资金，县级财政每年至少为每个示范村配套20万元。各级财政投入到村资金、部门帮扶资金等，应作为村集体资产入股合作社。"在这段话的后面还特别加括号写上责任单位：市财政局、市农业局、各市县区。

后面每项政策都有具体内容，也都写上责任单位。以下只列政策名称，从第二项开始依次是：

土地利用政策。

供销合作政策。

金融支持政策。

商务服务政策。

税收优惠政策。

农机购置补贴政策。

农业扶持政策。

智力支撑政策。

由烟台市委办下发的这个"百村示范行动实施方案"，给出的一系列政策支持、资金支持，是对这项工作的关键性推动。这个文件的下发，相关扶持政策的出台，标志着这项工作现在是市委领导的多部门参与的中心工作。这应该是一个经验，没有市委的领导和各部门的大力支持，这项工作是推不开的。

10月26日，时任中央组织部巡视员、组织二局副局长张金豹来烟台调研，看到烟台市委办的文件中已经写到"党支部＋合作社"即党支部领办创办合作社，建议把"党支部＋合作社"直接改称"党支部领办合作社"。烟台欣然接受。

2018年11月20日，山东《大众日报》头版刊发《支部带着群众干　群众跟着支部走——党支部领办合作社强村富民的烟台实践》。这是"党支部领办合作社"一词第一次出现在媒体。

从2019年起，党支部领办合作社连续两年纳入烟台市"三重"工作：重点工程、重点项目和重大事项。

2019年1月31日，烟台全市组织部长会议召开。这个会议被认为是会聚起第二支力量，标志是，统一了市县区组织部长的认识。你会不会觉得有点奇怪，市县区组织部长到这时候还有思想不通的吗？原因是：组织部长比别人更知道组织部是干什么的，因而也更不容易理解这件事。

于涛在这次会议上讲："我们正在探索一条组织部门深度参与乡村振兴提升组织力的路子。我们又快又好地完成了新一轮村两委换届，仅用75天就完成了6441个村的换届任务，比往届用时缩短了四个多月；并首次实现所有村党组织、村委会都换届和所有村都配备党组织书记的历史性突破。信访总量比上届减少46%，没有发生一起群体性事件。"

李天浩告诉我，这个会议第一次提出：把党支部领办合作社作为农村党建工作的总抓手。我由此看到，烟台市委组织部做这件事，其实仍然是从党建出发。

但是，推广还是难。烟台此时党支部领办的合作社还只是一小部分，而且还需要巩固和提升。有同事说，"于部长有点着急。"这着急是优点还是缺点呢？组织部的干部目睹了于涛一个县一个县地去跟县委书记讲这件事，书记们都表示赞同。真正去做还要靠村支书。在县委书记和村支书中间还隔着乡镇党委书记。于涛又去与许多乡镇党委书记交谈。乡镇书记也表示要去推广。但现状是，有的乡镇做得风生水起，有的乡镇很多村民甚至没听说过。

2019年4月8日市委组织部在市委党校办了一个全市乡镇党委书记培训班，于涛去讲了一课，被认为是会集起第三支力量，标志是：打通了乡镇党委书记的认识，其中最打动人心的是于涛对书记们连续发出的十七问。

4　十七问

那是一个上午，天气晴朗。

于涛所作专题辅导的题目是《提升组织力促乡村全面振兴》。听课对象都是乡镇党委书记。她讲的第一个问题是：对党支部领办合作社怎么看？首先从现实看，她说"这是问题倒逼的结果"。她归纳烟台存在的问题是："集体穷、支部弱、群众散、产业衰、合作社乱。"她是展开说的，以下我将简述。

集体穷。烟台全市6441个村，2018年集体经济收入能达到10万元以上的村只有1000多个，而苏州经济薄弱村的标准是集体经济不足两百万元。同是发达地区，差距巨大。烟台即使有些村有集体收入，大多靠简单租赁吃资源，还有很多村没有集体经济。今天究竟还要不要发展集体经济？有人说，只要农民富了，有没有集体经济无关紧要。这句话，本身是谎言。你们看看普通农民，富吗？为什么要扶贫？村不强则民不富，只有发展壮大集体经济，才能为乡村振兴提供有力支撑。发展壮大村级集体经济已经到了非抓不可、非抓好不可的地步！对这个问题应该坚定不移，否则就不是一个合格的党组织书记。

支部弱。实行土地承包制后，农业生产经营权、劳动产品支配权回到一家一户，村缺少集体经济，党支部也失去号召力。党群关系越来越疏远，甚至出现对立。有的农村经济组织与党支部"争影响"，党支部的影响越来越弱。报刊上也宣扬"乡贤治村"，有学者说国民党是"城市有党，农村无党"，农村靠乡绅治理。那么今天的农村还要不要党支部？国民党最大的问题就是脱离农民群众。我们今天的农村党组织没有组织力是不行的，密切党群关系是共产党的执政基础，必须巩固。

群众散。一家一户的分散经营割断了群众与集体的联结纽带，弱化了群众本来已有的集体意识。人心散了，想问题、办事情，只关心自家的"一亩三分地"，只要权益不要义务，对公共卫生都不管不顾。群众是需要组织的，过集体生活的群众跟关起门来自己过的群众，完全不同。你们知道，我们烟台有个大海阳社区，它那里就像个小型的共产主义社区，在党组织领导下，群众精神焕发，甚至有80岁的老人自愿去照顾不能自理的70岁的老人。单打独斗的农民，不能植根于集体的土壤，其实就没有乡村这个家园，是孤独而悲伤的。党组织把人民组织起来，才能产生巨大的社会力量。

产业衰。农村"空心化"、人口老龄化、农业边缘化、农作物品种老化，这些问题都十分突出。很多青壮年外出打工，大量土地撂荒，这样的问题不应该出现在我们烟台。烟台苹果享誉全国，但是单干几十年了，苹果树龄普遍老化，很多没有更新。老品种单一，产量降低，大有被新疆、陕西赶超之势。怎么办？必须实现产业升级。但是，一家一户，这几乎是不可能实现的。一方面，村里的留守老人没有这个精力和能力，而且要改良土壤，加上更新品种，这就需要投入大量资金，老人只能做一天算一天，做不动就拉倒。另一方面，换新品种，三年不结果，农民没收入，怎么养家糊口？所以靠一家一户进行品种升级是不可能的，只能眼睁睁地看着这个产业衰落下去。而且一家一户作业，机械化程度低，劳动效率低下的问题无法解决。要改变现状，唯有靠集体的力量，走规模经营这条路。

合作社乱。合作社是中央大力提倡的，连续十六个中央一号文件都对发展农民合作社提出了要求。习近平总书记指出："农业合作社是发展方向，有助于农业现代化路子走得稳、步子迈得开。"[1]但是，这些年涌现的农民专业合作社在发展中暴露出不少问题。比如被资本利用，成为跑马圈地、谋取利益的手段；很多是仅由几个人组成而少有贫困群众参与，上级的扶持资金被少数人享有；有的合作社只是为了获取国家政策补贴，达到目的后就不管了，成"空壳"社；有的合作社成立只是为了完成上级下达的任务指标，没有实质性运转。2018年11月，《半月谈》发过一篇文章，题目是《80%以上合作社沦为空壳？乡村振兴莫让形式主义带歪》，你们可以上新华网看看，

---

[1] 见2016年5月25日新华社报道，习近平总书记在黑龙江考察，5月24日在抚远市玖成合作社同当地干部群众的交流。

触目惊心！2019年2月，中央农办、农业农村部等部委已经联合部署，决定在全国范围内开展"空壳"社的清理整顿工作。所以说，合作社是发展方向，但过去发展中存在的问题也是非常突出的。如何能够充分发挥优势、解决乱象，这是摆在我们面前的一个严峻问题。

于涛讲的这五方面问题是环环相扣的。一家一户的个体耕种，缺少集体经济，村集体必穷。村集体穷，党支部无号召力，必弱。如此人心必散，产业也因此而衰。缺少党的领导，合作社乱象环生。"党支部领办合作社"就是有效的解决办法。

于涛接着从理论讲，新修订的《中国共产党支部工作条例（试行）》明确提出："村党支部要组织带领农民群众发展集体经济，走共同富裕道路。"现在，如果村党支部再不去做这件事，就是失职缺位。接着从理论上讲明，为什么提倡党支部领办合作社，而不是资本领办合作社。

从成效看，她详细讲了烟台已经取得的成果，其中讲到一批村支书令人鼓舞的具体事例。

从外部评价看，她讲了中央组织部、中央政研室综合局、中国合作经济学会等部门的有关领导来烟台调研后的看法，讲了目前已有新华社《内部参考》《人民日报》《农民日报》《大众日报》等媒体对烟台这一实践的报道。

以上全部是她说的第一大点：怎么看？接着讲第二大点：怎么干？对此，她讲的第一步是"思想发动"。她说："思想上不'破冰'，行动上就不能'突围'。"正是在"怎么干"这个问题上，于涛先是说做这件事是职责所在，不能置若罔闻，不能你说你的、我干我的，无动于衷。然后她有个停顿，接着就发出一连串问，组织部的干部后来在整理录音时发现有十七问：

目前，全市推行党支部领办合作社的村已经达到800多个，占全市行政村总数的八分之一。那么在座的各位党委书记可以扪心自问：在这800多个村里，你们任职的乡镇占了几个村？能把群众组织起来，振臂一呼就跟党支部走的村你有几个？你在这项工作中是主动作为还是消极应付？你是走在了前列还是落在了后面？有些地方没动静，问原因，回答说："群众积极性不高。"这真是一个完美的借口。先别说群众，你自己的积极性高不高？你的认识到不到位？你在宣传发动群众方面做了哪些具体工作？全区的会议开没开？培训研讨做没做？外出学习搞没搞？扶持政策出没出？这些工作都没做，连乡镇的同志、村书记都不知道，群众怎么能知道？干部不深入群众，不做深入细致的思想工作，老百姓怎么能知道合作社的好处？作为领导者，你自己都不积极，不去做宣传群众引导群众的工作，群众怎么可能一上来就能认识到？单纯依赖村庄自我觉醒、自我发展，你不主动作为，听之任之，有也可无也可，怎么可能推得动？继续靠惯性往前走，乡村能在你手上实现振兴吗？作为农民的孩子，作为一级书记，看着农村的现状你能坐得住，你能无动于衷吗？

她问到此，停下来，台下鸦雀无声。

怎么干的第二步是讲"操作实施方面"，有丰富的详细内容。

第三大点讲"要注意把握的几个问题"。我发现，她讲到此处还有不能忽略的五个问。她是这样说的：现在一些人主张土地私有化，我觉得匪夷所思。公有制是社会主义的根本经济特征。在社会主义阶段，私有制还会在相当长的时间里存在，但是——

> 如果私有化成为方向，那不是又回到解放前了吗？
> 不是又会出现地主和贫雇农吗？
> 那共产党和资产阶级政党还有区别吗？
> 那还是共产党的初心吗？
> 真要那样，为了新中国而牺牲的烈士们能答应吗？

　　最后她说："同志们，组织把我们放在了乡镇党委书记的位置上，是信任，是责任，更是考验。党支部领办合作社是市委交给我们的一份使命，同样也是一份期待，这是造福群众的大好事，是个良心活。希望大家抓住机遇、乘势而为，留下一片赤子心、干出一番新天地，谱写好乡村振兴齐鲁样板的烟台篇章！"

第十一章

乡村振兴不只是乡村的事

　　读书改变贫穷，古今都这么认为。我没想到，在毕节看
到很多"因学致贫"的人家。还有很多是"因医致贫"，后一
种"医疗市场化盈利驱动"更无异于掠夺般地导致"因病致
贫"的农民更加贫困。我由此看到脱贫攻坚不只是农村的事。

　　农民韩孝禄的打工生涯不可谓不勤劳，他的妻子在家乡
种承包地，还租种他人的承包地，还开荒，她年年岁岁洒在
地里的汗水，男人都比不上。这个家庭在承包地里拼不出前
途，去打工也没有出路。为什么？另一个问题是，我国离乡
去打工的农民有两亿，绝大多数是青壮年农民。乡村振兴是
需要青壮年的。看柳青的《创业史》，书里的梁生宝买稻种一
心一意为集体，曾感动很多人。回看新中国70年，我越发感
到，我们要对当今优秀的事物满腔热忱地赞扬，还要把我们
曾经非常优秀的事物找回来。

1 因学致贫

韩孝禄家住毕节市纳雍县居仁街道家猫社区，这街道原名王家寨镇，距县城有15公里。这些年县城"长大"，城镇快连起来了，先前的镇改成了街道，家猫社区看去还是一个村。

韩孝禄家有五口人，夫妻俩和三个儿子。韩孝禄生于1960年，是文盲。妻子李隆仙比他大一岁，有初中文化。2018年27岁的大儿子韩刚大学毕业已有三年，22岁的二儿子韩永读到大三，20岁的小儿子韩锋读大二。按城里人看来，这个家庭有三个大学生，真棒。但他们是绝对的贫困户。

"没有过过一天好日子。"韩孝禄这句话，说的是他们家二十多年的状况。"他们家一直很穷，不是不勤劳。"乡邻说，"只要有一分半厘，都拿来供三个娃读书了。"

20多年前，他们一家与喂养的几头猪一同住在不到20平方米的两间茅草房里。1998年冬天，七岁的大儿子带着两岁的弟弟在家门口用苞谷草和干树枝烧火烤，不料把茅草房连同家里的一切全烧光。全家人只好暂居在六伯家。1999年，韩孝禄拿出存下的1200元，还向亲戚借了800元，盖起了三间平房和两间瓦房，总面积有65平方米。此举可见这个家的领头人韩孝禄是个不被困难吓倒，有志气也有能力的汉子。

虽然家里除了锄头、箩筐之类的农具，几乎是空空荡荡的，但农具在空荡荡的屋子也摆放整齐。电灯孤单地悬在屋里，没有别的电器。有两张木床，夫妻一张，三个儿子一张。还有一张用木板和树桩搭起来的桌子，桌子是用来摆放一家人共用的碗碟瓢盆的，吃饭各人端着碗吃就行了。有一个小窗户，上面钉了一层油纸遮风挡雨，所有这些都在诉说着这个家庭在困境中的奋斗。

1999年，长子韩刚上学了。韩刚读到初中时，二弟、三弟也上了小学，三兄弟全年的读书支出最少需要1000元，全家人一年的生活费用最低需要6000元，就是说一年需要7000元收入才能勉强维持。

夫妻俩认定，只有通过供养孩子读书，才能改变贫穷。读到初中的韩刚也知道这道理，读书很勤奋。村里有人劝，"读完初中就可以了"。他们夫妇都坚定地让孩子上了高中。韩刚上到高中时，三个孩子读书的费用和生活费，已经需要一年两万元以上。

韩孝禄一不识字，二没技术，三没有出过远门，但他知道家里只有两亩承包地，无论如何都折腾不出三个孩子的读书费用和全家人的衣食，还有欠人的钱要还。从1999年起，他就跟村里的几个人外出打工了。

2　你回来啦

那时候外面的歌手在唱："外面的世界很精彩，外面的世界很无奈。"这歌听起来仿佛优美，也感伤。韩孝禄去外面的世界打工，也有期望。他们扛着背包走了四五十公里到了一个叫水城的地方，再坐两天两夜的慢火车才到浙江。由于不善沟通、胆子又小，到浙江的头几天找不到事做，带的钱却快用完了，只好减少吃饭，饿着肚子去找活干。

终于找到一家砖厂，老板看他们走到穷途末路的样子，算是收留了他们。给他们的活是搬运砖块，包吃住，工资按半年计，共600元。600元实在太少了，可是已经找了很多地方了，不能就这样空手回家呀！他们同意留下来干。韩孝禄在那里干了两年，寄回家2000元。当时全家一年需要六七千元支出，他寄回家的钱实在是不够。他决定重找一家工厂。

2002年腊月二十七，离大年仅剩三天时间，全国火车站都在涌动"民工潮"，韩孝禄已经两年没回家了。他仍然从一个陌生城市到另一个陌生城市去找工做。这次他去浙江沙湾的永益玩具厂，厂长只让他"露了一下膀子"，就录用了。

他被安排去搬运食材，还搬砖块，工资按月计，起先300元，后来涨到700元。他在这个厂干了八年，共寄回家4万元。他自己每月只留下50元零用钱，可是寄回的钱与逐年上涨的家庭开支相比，差距还是很大。怎么办呢？

"靠他老婆。"村里人说。

孩子读小学、初中的时候，都是住在家里。他的妻子李隆仙照料三个孩子的生活，并耕种两亩承包地。因土地少，收成少，她还开荒开出三亩地，令村里人敬佩不已。

她种的承包地，地与地之间的距离，最远的有五公里，走一个单程就要一个多小时。这些土地都是缺少水利设施的贫瘠土地，遇到气候好的年成，五亩地加起来能收2000斤苞谷、300斤豆子、3000斤马铃薯，仅够家里人吃和喂两头猪。如果年成不好，还得花几百元买些粮食来贴补。

一个女人种五亩地就够她累了，但为了多有点收入，从2001年起，她还向村里人租了两亩地来种。地租是按收成对半分。种地最费力的是翻耕，家里喂不起牛，又没钱请人犁地，这个母亲就带着放寒假的三个孩子，用锄头挖土。冬日里的翻土，田野上一片寂寥，看不见几个人，但天野间零星耕种的农民，都看见李隆仙一家人在地里排成一行，一锄一锄地挖着板结的黄土。

高原的风呼呼刮着，天空从来没有鸟儿飞过。一锄头下去，冻结的土地上只有一个白印迹。母亲和儿子们的双手都起了血泡。村里人说在外打工的韩孝禄："有家，却是没有家。"

为什么这么说？他外出打工竟然十年没有回过一次家。

你没看错，这个农民外出打工，天天想家却十年没回家。

他不想家、不想妻儿吗？可是，家里人要吃要穿，孩子等钱上学，他是一家之主，必须去找钱……我不禁想，如果韩孝禄是个军人，入伍十年没回家探亲，那该是立过功的军人了。在他打工的第十年，他所在的玩具厂不知何故要倒闭关门了。他与十多个同乡领了最后一个月的工资，还想再找点事做，可是没找到，只好回家。

春节临近，家乡和妻儿也近在眼前了，韩孝禄流泪了，不是因为阔别十年将要回家而激动，因没钱给妻儿买点礼物而悲泣。

终于回来了，这是韩孝禄出门打工十年第一次回家。

1999年他外出打工，那年39岁，如今49岁了。

那是过年的前一天，是个深夜。他像当年出门步行到水城那样，这次还是从水城步行四五十公里回到家乡。他是摸黑走进村子的，终于看到了自己的家，十年前的新房已显得破旧了。

他开始敲门，刚敲第一下，屋里的电灯就亮了。

这几乎把他吓一跳。

接着就听到了前来开门的脚步声……门开了，是妻子！十年阔别，终于见面了。妻子只说了一句"你回来啦"，泣不成声了……我不知道他的妻子那一刻是怎么想的，十年岁月瞬间就浸泡在那无声的哭泣中了。在我看来，这是一个英雄归来。

一个与贫困顽强搏斗的英雄！

他没读过一天书，不识字，没技术，没资金，遇到改革开放私人可以当老板的年代，他只有"一露胳膊"让老板录用他去搬砖块。除此，他还有梦想，有志气，为了让下一代去读书改变贫困，他能把自己的生活连同生命中的一切欲求都压制到最低点。这个男人，连同他的妻子，他的孩子们，为改变贫困所进行的拼搏，算得上一个典型吧！

爸回来了，孩子们都起来了。

他离家那年，最小的儿子才一岁，现在11岁了。

家里还是那盏悬在屋中央的电灯，没别的电器。小儿子站在母亲和两个哥哥的身后，对陌生的父亲还有一种怯生生的感觉。昏黄的灯光在他们的身后，父亲对小儿子说："你走过来，让我看看。"

这是他们家2008年初的一个夜晚。丈夫回来了，爸回来了。可是这次回家过年，他只住到正月初五，又踏上了外出打工的路。有什么办法呢？待在村里没有活可以挣出钱来。妻儿都劝他多住两天，他只有那句话："等不起，你们读书更等不得。"

3 渐渐衰老的父亲母亲

至此，你可注意到，本文不只是在讲"因学致贫"。韩孝禄的打工生涯不可谓不勤劳，如此打工，如此艰苦，有前途吗？

这次，他去了浙江宁波一家私营啤酒厂做搬运工，月工资1000元。做了五个月，寄回家里4500元，他自己一个月仅用100元。由于年龄逼近50，他已经吃不消每次要扛一二百斤货物上楼。他又另找了一家制鞋厂给成品鞋上包装盒，每月也有1000元工资。他珍惜这份工作，做了三年半，寄回家三万元。

2012年高考，长子韩刚考取江西新余赣西科技职业学院建筑技术专业。从这年9月入学起，每年学杂费至少要一万元，生活费6000元，还有临时的一些学习费用难以细算。这一年，二儿子上了高中，三儿子上了初中。读书的费用骤涨，在韩孝禄夫妻看来就像一座大山把他们压得喘不过气来，但他们没有退缩。

又过一年，韩孝禄去了苏州一家开关垫片压件厂。这里实行计件工资，保底工资600元，完成一个计件奖励一毛钱。韩孝禄的工作是站在一台两米高、一米宽的冲压机前，右手按启动键，左手放金属片压制成型，再拿出来装箱。韩孝禄手脚不怎么灵活，但一天从早忙到晚，月工资能挣到1500元左右。为了挣更多钱，韩孝禄想改变自己的手不灵活。怎么办？"别人用一只手取件，我用两只手轮流取。"这一招还真有效，头两天计件量提高了不少。可到了第三天，连续干了几个小时后，右手取件时慢了点儿，食指瞬间就被砸断了。

韩孝禄被送到苏州瑞华医院住院治疗了15天，那是他50多年来第一次住院。他那只完好的粗糙的手，划过医院的白被单发出嗦嗦的响声。他一连划了几下，听那嗦嗦的响声，才知道自己的手这么粗糙。但他担心的却是那只纱布包住的手——不知道医生到底有没有把他的断指接上。要是接不上，肩膀现在已经没有从前的力气了，手指又没了，以后怎么办？

终于知道了，手指接上了。医疗费是厂里去结的，他不清楚到底是多少。从医院出来，他没有得到任何补助，工厂说他是"违规操作"。他被厂里"劝返"了。

这是韩孝禄第二次回家，时间是2013年9月27日。

这一次离家四年半，回家的原因是回来"疗伤"。

这时大儿子在江西上大学，二儿子和三儿子也到有初中和高中的镇上去租房子读书。每个月的开支都不能断，断了这书就读不下去了。韩孝禄没有打工，这就断了收入，怎么办？

"我去借点钱吧。"妻说。

韩孝禄没有说话。他在家已经待了一个多月了。要是不借钱，孩子就没书读了；要是借钱，今后怎么还？而且，能借到吗？

妻出门去了。

妻把钱拿回来了，居然拿回来31200元。

韩孝禄看着那钱，心惊胆战，不知道妻子怎么借到的。

妻告诉他，向六哥、八弟、大姨妈、二姨妈借的。她说趁着还没过年多借点，把三个孩子年后读书要用的钱都借来了。韩孝禄眼泪簌簌地流下来，他不知道自己怎么变得这么容易流泪。

妻子看起来比他坚强。实际上，亲人们把钱借给她，也有着对她非同一般的敬佩。如果说韩孝禄"有家，却是没有家"，他的妻子这十多年就像"守活寡"。可是亲戚们从没听她说过半句苦。亲戚们把钱借给她，也包含着对他们家三个儿子出去读书的支持和希望，相信这是一个有希望的家庭。

借钱是要还的。那几万元让韩孝禄更加感到自己肩上男子汉的责任。在借到钱的第三天，他就要再次出远门去打工。妻子流着泪劝他再住几天，让手指好利索了再走。他还是坚决地走了。这次他返回了在那里"断指"的苏州工厂。他是想来找点事做的，但厂长怕他回来"找事"，不见他，找个管理人员把他打发走了。

走投无路了。

这次是一个陌生的"背篼"对他说："就干我们这个吧！"他花四十块钱买了一个旧背篓、一把绳子，当起了"背篼"。

肩上的力气不够了，手指也不灵了，现在要靠脊梁。

背篓每天像一座山压在他的脊梁上。这是一种很累的"苦力"。每个月有2500元左右的收入，吃住自己想办法。为减少生活费用，他与来自安徽、云南、甘肃的三个"背篼"一同睡在一个菜场旁边的地下通道里。三人合伙买了一把折叠伞、一条毛毡子，还有锅碗瓢盆。每天清晨收拾起来堆放在一个角落里，晚上回来铺开做饭吃，然后睡觉。因在菜场旁边，帮摊主干点活，摊主会给一些卖剩的菜。日子就这样过，每个月各项费用加起来共花500元左右，每天的生活费用不到20元，一个月能寄回家2000元。

当"背篼"四年，他的腰再伸不直了。

这四年他回过三次家。第一次是2014年春节。第二次是2015年9月大儿子毕业回家、二儿子考取毕节市医学高等专科学校护理专业。第三次是2016年9月小儿子考取辽宁省锦州市渤海大学电子信息工程专业，将去远方读书。他每次回家，在家里都没有待过十天又外出打工。

这期间，妻子李隆仙的身体也每况愈下。长年劳累，她患上了风湿、腰肌劳损、手脚僵硬等综合性劳伤病，种地力不从心了。2012年，她不得不退掉租种了12年的两亩土地。自家的两亩地则由于常年被煤水浸泡，连草都不长，也种不出粮食了。

三个孩子都读到了大学，都能理解"青春"的含义。父亲母亲，从青春岁月到弯腰弓背，是三个孩子深深的记忆。家乡的土地，从他们出生起就是荒凉而萧索的，看不到几个人在地里干活，村里的青年都像他们的父亲一样，去远方打工了。

韩孝禄的打工生涯称得上是与贫穷搏斗，他的妻子李隆仙不仅种承包地，还租种他人的承包地，还开垦荒地！她年年岁岁洒在田地里的汗水，男人都比不上。难道这一户农民没有发挥出他们的积极性？可是辛劳几十年，你看到了没，这个家庭在承包地上拼不出前途，去打工也没有出路。

这并非个案。能干如左文学，高中毕业后也曾梦想从打工闯出一条路，在北京打工半年觉悟到"这不是前途"，于是回村种药材、养猪、养牛，终于在拼搏中认识到"单打独斗没出路"。

看看那么多打工者的生存状况，想想那呕心沥血地去推行创办村集体合作社的勇士们，以使农村青壮年能在家乡就业，过夫妻团圆日子，能不为之感佩吗！

4 大学毕业向何处去

在大学，偶尔会从电脑的老电影里看到20世纪六七十年代的农村土地上红旗招展，农民们干活热火朝天，这让韩刚兄弟这个年龄段的大学生感觉陌生而新奇。大学里，那些很有名的教授在批判那个让大家"共同贫穷"的年代。

"可是，我们今天富裕吗？"

这是他们反复想过的问题。家乡的山上也会长毛栗、刺梨等野果，韩刚兄弟从读小学起就在星期天上山去摘野果，然后拿到街上去卖。他们摘卖野果能挣到一百多块钱。

上初中时，他们给那些家中只有留守老人的人家挑水，给每家挑两挑水，能挣五毛钱。把钱攒起来就能去买教辅书。虽然国家有了"两免"政策，免学费、免学杂费，但教辅书是要买的，那里面有很多考试卷子。要想考上高中、考上大学，就得买那些教辅书。买教辅书的费用，高过减免的学费和学杂费。

韩刚上大学后，同宿舍的同学喊他一起打球、一起聚餐，韩刚再三推辞不去，同学便渐渐与他疏远了。韩刚很想去，只因没有运动鞋和运动服，也没钱参加聚餐"AA制"。他每天早餐都是两个馒头、一杯豆浆，不超过两块钱；中餐和晚餐，每餐不超过四块钱。每天都是这个标准。

光靠节约也是不够的。韩刚加入了学校红十字会，除了参与各种公益活动外，每月可得到30元钱的劳务费。他还加入了学校环境卫生护卫队，周末参与修剪草坪、打扫球场，课间擦黑板、打扫教室卫生等，每个月能挣50元钱的劳务费。此外，他还到学校附近的小商品城打零工，包装小商品，然后送到指定的地点。跑两公里远的一趟路，有5元左右的收入。

2015年6月底，韩刚毕业了。离校的头一天晚上，一位甘肃的同学塞给他一个盒子，对他说："其实我知道你为什么不和我们去打球。做个纪念吧！"韩刚打开盒子，看到里面是一双全新的阿迪达斯牌球鞋。他眼泪出来了。这位同学叫夏朗平，甘肃平凉市灵台县人。这双鞋，韩刚没穿，带回家送给了将去上大学的三弟："我没有体育课了。"

终于大学毕业了，韩刚就是村里的新闻，是大家关注的对象，全家人希望的前途。韩刚也在奔向前途，他参加过公务员考试，没考上。2015年他走上了父亲韩孝禄走的路——外出打工。

他在浙江一家建筑设计院做了两年的广告牌检测，月薪2000元至3000元。因城市生活开支大，他基本没存下钱来。2017年2月，他辗转到江西某市的一个电脑城打工，月薪也是3000元左右。他多次给母亲说："我一定寄钱回来还读书时欠下的债。"可是一直都没寄钱回来。韩刚已经27岁，还没女朋友。父母为他着急。母亲给他说过多次，劝他"赶紧找一个"。他说："钱都存不下来，谁愿意嫁给我？"

韩永、韩锋陆续上了大学，家里经济负担又骤然增加。早在2013年，韩孝禄一家就被列入扶贫对象。两个孩子接着上大学后，政府仍按扶贫政策给予持续支持。每个大学生可申请到6000元困难助学贷款，还可获得每年4830元贫困助学补助。这些钱，他们家都用上了。父母打工务农的收入，也用上了。仍然不够，家里又陆续向亲戚借了四万多元。

2018年，离过大年还有五天时间，韩孝禄告诉妻子："不回家过年了。"理由是："钱都不得，别浪费车票钱了。"

长子韩刚也打电话告诉母亲："我不回来过年了。"理由是，"电脑城不放假，春节这几天做活动，生意正好，我想多找点钱。"

韩永和韩锋自上大学后，就同哥哥一样想方设法让家里少一些负担。韩永课外去学校附近一家粉面馆帮忙，假期就外出打工。今年寒假他去深圳打工，也说不回来过年了。韩锋在学校每个月的生活费控制在500元以内，最大的心愿是想有一台笔记本电脑。这个心愿，一家人都无法满足他。已经开始工作的大哥韩刚多次表示要给他买，也还没买成。

韩永和韩锋毕业后会不会也像韩刚现在这样，没人知道。

父亲和母亲还要"分居"多久，没人知道。

能够知道的是，2018年春节，他家五口人在四个地方过年。母亲李隆仙和三子韩锋在家。父亲韩孝禄、长子韩刚、次子韩永，天各一方。

再说教育。我曾写过《智慧风暴》《新教育风暴》，那时做过不少调研，了解到1949年中国学龄儿童入学率20%，全国人口中的文盲高达90%。新中国成立，国家并不富，家庭贫困的学生也很多，但读书有助学金。国家把小学教育扩展到村，农村孩子入学率大幅度提升。上大学是免费的，其中师范、石油、铁路、航空、邮电等大中专不仅免收学费，还给学生发工资。20世纪五六十年代大学里的农村户籍学生几乎占到80%，没有哪个工农子弟会因为读书读成贫困户。这是教育面向工农兵的体现，也体现了党和国家致力于缩小城乡差别的决心。

2008年全国高考人数首次超过一千万，但农村孩子上大学的越来越少。北京大学中国社会科学调查中心发布的一份报告显示，在农业户口的居民中，有大学本科学历者占0.7%，初中以上的不足20%，在非农业人口中，对应的比例分别是 12.3% 和 85%。《广州日报》2009 年 1 月 24 日报道的另一项调查显示，城市拥有高中学历的人口是农村的 3.5 倍，拥有中专、大专、本科、研究生学历的人口，城市分别是农村的 16.5 倍、55.5 倍、281.5 倍、323 倍。

为什么农村孩子读到高中、读到大学的越来越少？

为什么城乡孩子受教育程度差别会这么大？

几十年来，被无数人诟病的"应试教育"，造成不必要的学习难度，是致使很多农村孩子读书"跟不上"而离开学校的重要原因。与"应试教育"伴生的大量"教辅书"和"课外补习"共同形成的市场利益链，锁住了家长和学生。农村贫困生特别经不起剥夺。"教育产业化"把教育变成赚钱的生意，把克服种种困难最后冲进大学的一个个农村孩子的家庭，变成家徒四壁、负债累累的贫困户。这就是"家有读书郎，就是贫困户"的原因。

再看韩孝禄夫妇。

韩孝禄 20 年在外打工，回家与妻子团聚的日子不过一个来月，他真是意志坚定，毅力超强，够吃苦，够卖力的了，可是为什么收入那么少？我们不能不再次想起马克思发现的"剩余价值"的秘密。

在家乡向土地扒粮的李隆仙，耕种之辛苦一点儿也不小于在外打工的丈夫，她简直就是女中豪杰。可是她一个女子单门独户地耕作，付出的劳动成本很高，收获很少。

韩孝禄夫妇，不辞一切劳苦，不惜一切代价，千方百计供孩子读书，而孩子们也克勤克俭、刻苦攻读，最后全部考进大学。他们也无异于冲破"重重封锁线"，冲进大学之门的英雄！

然而，读书读到越高越会读成贫困户，读完了也不一定改变贫困，农村还有多少人会像韩孝禄一家这样去拼搏？受教育程度，在城乡差距越来越大。

所幸是，毕节在精准扶贫中把读高中、上大学就作为精准识别的标准之一，帮助所有去拼搏上大学的农村家庭实现最后的冲刺。只是，大学毕业后向何处去？我曾想，那些大学毕业的农村孩子为什么还苦苦在城市里漂泊？是读了大学看不起农村，不愿回去？

"回乡吗？"他们中很多人不是没有考虑过，而是要面对很多客观的难题，还有自己的主观情况。20世纪六七十年代，不仅有非农村人口的知识青年上山下乡，更早就有大学毕业生"到农村去，到边疆去，到祖国最需要的地方去"。那里不仅有一个火红年代的倡导，而且确实有一大批响应者。

> 我们年轻人，有颗火热的心，
> 革命时代当尖兵。
> 哪里有困难，哪里有我们，
> 赤胆忠心干革命。
> 不怕千难万险，不怕山高海深，
> 高举革命的大旗，
> 巨浪滚滚永不停永不停。
> …………

这歌声里有一代青年真实的豪迈。那个年代，后来被很多著名和不著名的"精英"讥讽和批判。那些被认为"觉醒"的文章，将"人人为自己"传播得如此普遍。今天不得不认真分辨，知识不等于精神，利益也不是情感、不是胸怀、不是意志。而精神、情感、胸怀、意志，这些并非知识多寡、分数高低所能衡量的品质，却是战胜人生困难最可宝贵的东西。

韩孝禄夫妇艰辛地培养孩子读书，令人尊敬。三个儿子大学毕业后去务工，韩家脱贫，并建起200平方米的两层小楼。

张凌曾说："回乡的路比考上大学走出去的路更难。"是的，但看看张凌回乡是怎样地被需要，或许人生不必囿于"我需要什么"，也可以想想，被需要其实是人生最大的需要。

5 因病致贫与因医致贫

因病致贫，是当今贫困户档案中最常见的致贫原因。但深入调研，造成特困与返贫的不仅是"因病致贫"，更大因素是"因医致贫"。此现象很普遍，不能忽视。

他们所患的病虽不同，但每到一个医院，一系列检验是"必须"的。从县医院到地市医院再到省城……都必须经历重复而又重复的检验。农民卖猪的、卖牛的、卖血的、卖房的钱都快用完了，背着一大摞检验报告单，像进京告状般来到北京询问更高级的医院在哪里？我曾见一个西北农民带着儿子到北京治病，他背了一袋馍来，自己每餐吃白开水配馍，馍吃完了就到病房外的垃圾桶里找食物，那里有住院者丢弃的食物……最后，他在那所大医院的垃圾桶前痛哭，孩子没了，他拿钱换来的这一大摞片子和报告单还舍不得扔掉……

一批贫困户已经脱贫"达标"了，一场病就返贫了。在建档贫困户中，2017年毕节"因病返贫"的占返贫总户数的58.41%，2019年仍占56.25%，令乡村干部感叹如此"返贫"，真难控！

这是"医院病了！"难道无药可救？

我国医疗卫生有过比今天的贫困地区都困难得多的时期。新中国成立之初，穷、传染病滋生，像流血的伤口那样敞露在农村。全国婴儿病死率为200/1000，孕产妇病死率1500/10万。这是什么概念？这是一亿个育龄妇女怀孕生产，要死亡150万个母亲。新中国迫切需要解决人民健康问题。

新中国确定了"面向工农兵，预防为主，团结中西医，卫生工作与群众运动相结合"四大卫生工作方针。建立了覆盖到全国的县级防疫站和公社卫生院，许多人受培训参加到公共卫生事业中来；通过爱国卫生运动，控制住了疟疾、血吸虫病等主要地方病的传染源，消灭了性病；通过注射多种预防针，使人们免受天花、白喉、肺结核、脊髓灰质炎、麻疹、百日咳等传染病的侵害。

到1965年，毛主席看到城乡医疗卫生人员与资源的配置出现很大差距，在"六二六"指示中指出"卫生部的工作只给全国人口的15%工作"，严厉批评"卫生部不是人民的卫生部，改成城市卫生部或老爷卫生部，或城市老爷卫生部好了"。毛主席还说："现在那套检查治疗方法根本不适合农村。培养医生的方法，也是为了城市，可是中国有五亿多农民。"最后几乎是喊出来："把医疗卫生工作的重点放到农村去嘛！"

此后"赤脚医生""合作医疗"在农村涌现。全国形成了集预防、医疗、保健功能于一体的县乡村三级卫生服务网络。城市和解放军医务人员经常下农村巡回医疗，高等医药院校毕业生70%以上分配到农村。全国五万多个人民公社把先前的卫生所发展成卫生院，农村基本上实现了"小病不出村、大病不出乡"。

论改革，新中国"预防为主"而非"治疗为主"的方式，是在西方医疗模式已经影响全球的大背景下，针对中国广大人民的实际需要所进行的改革创新，被世界卫生组织推崇为"以最少投入获得了最大健康收益"的"中国模式"。

新中国在1951年就建立了对国家干部和大中专学生提供的公费医疗制度。1951年还建立了劳保医疗制度，为企业工人和职员承担全额医疗费用，并为职工家庭成员承担50%的医疗费。随着农村合作医疗制度的建立，到20世纪70年代末，中国已成为世界上拥有最全面医疗保障体系的国家之一。

那时的医务人员是怎样的？以下是我自己少年时印象深深的记忆。我的父亲在1957年被县卫生局派到一个叫徐市的小镇去创办卫生所，任所长。我的母亲是助产士。为了改变乡村很高的母婴死亡率，卫生所办起了"产院"，动员远远近近村庄里的孕妇来产院生孩子。早晨醒来，看到床头一张纸条写着"带妹妹去食堂吃饭"，我就知道父亲被急诊叫走了，母亲连夜下乡了（乡下又有没送来产院的妇女生孩子难产了）。

卫生所变卫生院后，我的父亲是院长了，人们仍然叫他"王所长"。父亲比母亲更经常下乡，迄今我梦中的父亲仍然是头戴草帽、裤管绾到膝盖的形象。那时候，父母拿固定工资，没奖金一说，他们不必为从医赚钱费脑筋，只想着如何能把病人的病治好。他们还经常组织群众大扫除，这也不是赚钱的事。

想想1949年中国婴儿和孕产妇的死亡率，想想我在那儿长大的小镇20世纪50年代还流行的多种传染病，我看到了父母在那个年代繁忙的意义，明白父亲母亲在那里度过了他们一生中最有意义的青年时光。写下这些，不因为这是我父母的往事。那个年代的医生护士们都是这样工作的。

我是在经历很长岁月后才理解，一个健康的社会，需要的远不只是"经济建设"，人民体格健康起米，精神奋发向上，新中国造就出一代意气风发的人民，这是最重要的建设。

新中国成立之初制定的医疗卫生事业四大方针废止后，变成"医疗为主"，而且"医疗"迅速向大城市转移。先前的"小病不出村，大病不出乡"就像一个遥远的神话，今天的农村青年已经难以相信。

2003年非典最严峻的时期，我在中宣部、中国作协的支持下到疫区调查采访，后来写出一本书《非典启示录》。正是那次调查，我看到中国所有城市在非典面前都暴露出轻忽公共卫生和偏重医疗的倾向，县乡村曾有的三级防疫网已成瓦解状态，这种瓦解带来的灾难，远超非典带来的灾难。

为什么？当预防为主被忽视，当各地防疫站也要靠自己去"创收"来补贴工薪，边远地区就有很多农民没打预防针，甚至在发某病致残致死之后，也不知道如果早打一支预防针就可以终生不得此病。我们天天说要重视科学技术，但科学技术在防疫方面已经取得的成果，有很多没有惠及那些穷乡僻壤的孩子。传统的传染病在那些"医疗资源薄弱"的地方，在农村孩子和成人身上找到肆虐的场所，这是造成大量贫困户的重要原因之一。

2003年非典给了我们严厉的教训。这一年进行的第三次国家卫生服务调查结果显示，79.1%的农村人口没有任何医疗保障，农村一些地区的贫困人口中三分之二是由疾病所致。国家因此开始在农村重建医疗保障体系。

那年采访，我为许许多多的医护人员感动，曾写下："历史上还没有哪一种传染病像非典这样如此集中而猛烈地攻击医护人员，主治医生倒下了，护士长倒下了……一批又一批的医生护士继续与亲人告别，奔赴抗疫前线！整个民族都在呼啸阵阵的抗疫救危中奋起。我们这个民族，每每就在危难中从许许多多平凡的人们身上发出耀眼的光芒，使更多的民众在热泪盈眶中经历灵魂的洗礼，发现自己身上也有高尚的呼应。"

那时，人们对冒着生命危险救死扶伤的医生护士多么崇敬！可是非典过后不久，就出现了"医患矛盾"，乃至出现中国数千年文明史上从未有过的"医闹"，这是什么原因？

真正的灾难是：医疗市场化是制造"不必要的检验"和"过度医疗"的温床，盈利驱动与专业垄断结合，导致"因医致贫"的不只是农民。当一些不必要的检验和治疗手段被视为常规，医生护士患病也不能幸免。

近几十年中国医学主要是从美国引进医疗检验设备、药品和配套技术，形成一系列按美国方式来发展医疗的模式。美国模式是医疗器材和药品制造商主导的，科技发明的检验设备不断人为地制造出检查需求，从而制造出巨大的检验市场和不必要的治疗市场。当美国医疗模式统治中国的医疗体系，中医中药屡被贬为不科学遭排斥，不但难以继承，而且不断丢失了深厚的传统优势，这对中国的损失、对人类的损失都是巨大的。

2020年抗击新冠肺炎疫情，我国医生护士奔赴抗疫前线救死扶伤，再次受到全国人民至高的崇敬！疫情过后，通行在医院里的"过度检验"和"过度医疗"，能在人们对医护人员的敬爱和期望中改善吗？如果医院工作仍以创造更多的经济效益为成就，如果医护人员的收入仍然同他们"创造的效益"挂钩……非典过后出现的"医患矛盾"就会重新登场。

多年前，我听文怀沙先生在讲课中说："一个地主用土地欺负人是可耻的，一个资本家用金钱欺负人是可耻的，一个知识分子用知识欺负人，也是可耻的！"我听了感到震撼，但还难以想象，怎样"用知识欺负人"呢？现在我清晰地看到，"过度检验"和"过度医疗"就是活生生地用知识欺负人！

而且，这已经不是个人行为，而是一个多么巨大的群体行为。医院的"创收"同医护人员的收入挂钩，能把人灵魂深处最丑恶的东西勾出来。正是这种情况在撕裂红十字精神，在撕裂患者和医者原有的亲切关系。

中国医生自古受人尊敬，华佗、扁鹊、张仲景、孙思邈、李时珍……我相信，中国医生自古广受社会尊敬一定不是只有这些苍生大医，而是有广大医生群体继承着"治病救人为己任"的伟大传统，才有我们民族普遍尊敬医生的群体意识。可以说，在我们民族的历史上，医患关系就是亲人关系。

当医患关系破裂成"医闹"，对双方造成的伤害都多么巨大。自古广受全民族尊敬的医生，若失去人们心中的崇高地位和自尊，是整个民族的损失，这是每个医护人员和我们大家都应该去捍卫的。我们伟大祖国的医疗卫生事业是公益事业，不是赚钱的产业。

6 脱贫攻坚中的医疗保障

2017年6月23日，习近平总书记在山西省太原市主持召开深度贫困地区脱贫攻坚座谈会，他在概括深度贫困的特征时讲到"三重"："即低保五保贫困人口脱贫任务重、因病致贫返贫人口脱贫任务重、贫困老人脱贫任务重。"在"三重"中，讲到"因病致贫、患慢性病、患大病、因残致贫占比达80%以上"，是最严重的一大群体。因此，习近平总书记还说："在深度贫困成因中，需要特别关注因病致贫问题。"

毕节市委贯彻习近平总书记在山西座谈会上的讲话精神，周建琨根据毕节存在的具体情况，对"阻止因病致贫"过问得很具体。他说过一句大家印象很深的话："贫困户本来就特别脆弱，更经不起疾病的打击，政府要更细致地帮扶他们。"此前，毕节已经建立了基本医疗保险、大病保险、医疗救助"三重保障"。这是在"看病贵"这个问题上予以救助，群众指出的还有"看病难、看病乱、看病远"等问题。

毕节印发《毕节市落实健康扶贫工程指导意见的实施方案》《关于再次

要求认真核查确保建档立卡贫困人口全部参保的紧急通知》等文件。在这里，除了制定多重医保救助的政策外，还把"健康扶贫"作为一项工作重点，这是试图从源头防范，涉及保健防病，规范医疗，制止医疗乱象等作为。在这同时，依照精准扶贫建档立卡的方法，对精准扶贫对象建立一户一卡的健康扶贫档案，进行精准识别对象身份、精准落实健康扶贫措施，精准实现医疗服务保障。

针对"看病难"，毕节为建档立卡贫困患者建立：在市内定点医疗机构住院先诊疗后付费结算的机制，实现"一站式"信息交换和即时结算。

在实施多种医疗保障救助的环境下，为规范医疗行为，防止小病大治，制止过度检验、滥开大药方，赫章县又率先设"三道关卡"，试图阻断"看病乱"。一是诊疗关，二是审核关，三是资金关。

其中的审核关有"五查三对"机制。五查是：查病人，查病情，查病历，查处方，查检验单。三对是：核对病历医嘱和处方，核对病程记录和检验单，核对处方、医嘱、病程记录、检验单与费用清单。

资金关的设立，是为了防止资金管理使用上既当"裁判员"又当"运动员"，推行"财政部门管账不管钱、银行管钱不用钱、合管中心用钱不见钱"这一独立建账、钱账分离、封闭运行基金管理模式，确保资金安全。

上述作为，意味着把医疗部门团结在脱贫攻坚的战场，凝聚医疗工作者和其他相关领域人员，共同开展大量细致的工作。

针对"看病远"，导致农民群众生小病、花大钱、费工时的"高成本就医"，赫章县还推行以"一小时县乡健康服务圈"和"三十分钟乡村健康服务圈"为主要内容的医疗保健服务圈建设。这是一项了不起的建设，它不仅为困难群众省钱，更在于出现了一定程度的医疗新风。

近年来，赫章全县共投入资金三亿多元，建成县人民医院综合大楼、县医院门诊综合楼、县妇幼保健院，对26个乡镇卫生院进行标准化建设，新建或改扩建453个村级卫生服务室，努力朝着让村民实现"小病不出村、常见病不出乡、大病不出县"的方向去奋斗。

但是，特困地区一般就是医疗设施落后，常见病、重病的多发地区，病重转诊的情况目前还是很多。2017年毕节就在全国范围实现了城乡居民医保与大病保险跨省"一站式"就医结算与全国九省207家定点医疗机构就医"联通"，经转诊即可享受直接诊疗结算服务。

这不只是方便建档立卡贫困户。毕节讲"大扶贫"，它为帮助贫困户而创建的制度性措施，有许多惠及城乡全体人民，从而提升整个地区的健康水平。毕节所做的种种努力，在他们力所能及的范围几乎是尽穷县所能而无微不至了。毕节制止本辖区内滥开大处方的检验和医疗乱象能起到一些作用，但无法抵挡大城市大医院普遍的过度检验和过度医疗。

精准扶贫要做到的"三保障"之一是基本医疗有保障。由于全国贫困村致贫返贫占比最高的因素是"因病"，做好基本医疗保障极其重要。毕节下决心给全市所有行政村建医疗所，配备医护人员，且必须是正规医疗卫生院校毕业的医护人员。不是阶段性的配备，是为村庄配备永远不走的医疗设施和医护人员，以保障"小病不出村，及时就医"。毕节有3704个行政村，哪里去找这么多医护人员，要做到这一点，非常不容易。

毕节做到了，在2020年秋天到来的时候。

毕节为所有行政村配备的医护人员超过了8000人。

这是毕节历史上前所未有的事。

怎能做到，怎么保证可持续？近几年，毕节加大对建档立卡贫困户中初高中毕业生的扶持力度，推选他们到卫生院校学医，并为他们返乡就业创造条件。可以说，这是对新中国医疗卫生事业面向"工农兵"的继承和发扬。

第十二章

合作经济与集体经济

这是两种有区别的经济。合作经济是人们自愿合作组成的一种合作成员个人所有与合作成员共同所有相结合的经济形式。有利于改变一盘散沙般的小农经济。合作经济可以是贫弱联合，也可以是强强联合。前者较易于通往集体经济，后者可致弱者更弱。社会若普遍强强联合，易走向两极分化。这是所以要加强党的领导的原因。当前烟台的"党支部领办合作社"，村集体以资金入股到农民专业合作社中去，这是村集体和入社社员共有的合作社，包含集体经济成分和合作经济成分。毕节学塘约"村社一体"合作社，其中也有"合股联营"，含合作经济成分。在推行"党支部领办村集体合作社"中，毕节明确规定务必吸收所有贫困户，实行强弱联合，强调按劳分配为主，含更多集体经济成分。认识合作经济与集体经济的异同，也就认识了合作化和集体化。在党组织领导下，如何把发挥集体优越性和个人积极性结合起来，团结更多人共同致力于乡村振兴，是当前现实的课题和任务。

1 蓬莱有个槐树庄

"在推行党支部领办合作社的过程中，我结识了一大批村党支部书记。在我心里，他们真的就是英雄。有情怀，有思想，有无穷的创造力。"这是于涛写下的一段话，用了一串毫无保留的好词，这是用情感、用立场写下的。

"我和他们中的很多人是微信好友，做决定的时候总要听听他们的意见，才觉得心里踏实。他们也喜欢跟我商量村里的事。能得到他们的信任，我觉得很光荣。"我能体会于涛写下这些的时候，就像感激她的同事一样感激这些村支书。

2019年6月13日，烟台在蓬莱成立了一个乡村振兴学院，于涛前去参加揭牌仪式，顺道去了槐树庄。车到近前，看到村支书李军腿上打着石膏、挂着拐在指挥群众干活。

"于部长，您又来了！"李军挂着拐迎上来。于涛看着头上冒汗的李军，眼泪一下又掉下来了。

蓬莱古称登州，素有"仙境"之称，"八仙过海"的传说出自这里。槐树庄在蓬莱的丘陵山区，是个贫困村。村支书李军生于1982年，这个年轻支书对集体经济的热衷令于涛刮目相看。

2018年，李军参加烟台市委组织部举办的一个培训班，回来后立刻召集村两委成员开会，第二天就组织村两委成员和部分村民代表去栖霞、福山等地参观学习。此时村集体没钱，李军是用自己的钱去支付一应费用。

村集体没钱，土地早分到户了。缺地，项目没法落地，怎么办？"开荒！"李军说，"去造新的耕地。"

想象一下，祖先很早就开垦出的耕地，如今就在村民手里，村集体没钱流转土地，党支部决定组织人马去开荒造地，这件事还是有点壮怀的。地处丘陵的槐树庄荒山多，只要肯花力气，还是能开垦出坡地的。他希望多一些人参与进来，可是很少人响应。李军便带着村干部和几个党员进山搭窝棚，住山里垦荒。

渐渐，加入的人多起来。村里79岁的老党员李宝忠也来给大家送水。"我干不了重活，给大家送点水吧。"那是缺水的荒山坡，李大爷送来的水是这里很需要的。

两个月，他们开出一条宽三米、长1500米上山的路，还开出近百亩坡地，填平一个废弃的采石巨坑，修整成50余亩耕地。李军说："组织部一直鼓励、支持我们干下来。"于涛说："像李军这样的年轻村支书，在缺资金、缺土地的困境中，通过开垦荒山把群众组织起来，对我们开展的工作实在是很大的支持。"

2018年6月，李军拿到了"烟台市槐念农业专业合作社"的营业执照，这看起来是农民专业合作社，实际上是党支部领办的含有集体经济成分的农民合作社。这个合作社发展了150亩富硒地瓜、花生，还有跑山猪养殖项目。

槐树庄有村民452户1001人。为带动村民入社，村两委成员带头入股，36名党员全部入股，联户党员挨家挨户宣传发动，有207户村民加入了合作社，占到村民总数的45.8%，吸纳村民股金38万元。合作社制定了"三统一"制度：统一物资采购，统一技术指导，统一销售渠道。这些都是重新组织起来，走合作化道路必需的举措。当年秋天，150亩荒山产出的第一批农产品销售一空。

第二年，为提高农产品附加值，合作社与威海某食品加工企业合作，开发了芥末花生、海苔花生、紫薯花生等产品，价值提高了五倍。与此同时，利用山上野生蒲公英等发展传统野菜制茶，推出"槐念"品牌蒲公英茶、车前草茶、苦菜茶等特色农产品。

据介绍，两年间，槐树庄合作社通过开垦荒山、流转土地，种植大樱桃等各类经济作物两千余株，丝棉木等绿化树种5000余棵，红薯、花生、苹果150余亩，实现纯收入40余万元。集体有了积累，就开始为村民办事：安装太阳能路灯50余盏，栽种绿化苗木30000余株，硬化道路2500平方米，整治河道400余米。新建的文化广场、娱乐设施，让这个沉寂多年的山村热闹起来。"以前天一黑，路上哪还有人啊，现在大伙吃完饭都喜欢出来走走，到文化广场里坐着聊聊天。"

槐树庄也有建档立卡贫困户，李宝福是其中之一。他说："以前种地不挣钱，出去打工又被拖欠工资，折腾几年都挣不到钱。现在把土地流转给合作社，在合作社干活，收入稳定，日子肯定会好起来。"

还有一个贫困户，户主叫李加林，他家门口有一棵近百年的金丝槐，曾经有人出一万元购买，他不卖。现在他找到李军说："如果村里的建设需要，可以把它移走做景观树。我捐献了，也算我为村里作点贡献。"

槐树庄驻村第一书记邹剑说："村里硬化文化广场的时候，正赶上农忙，村民都在地里为苹果摘袋。我们担心没有人来，没想到大喇叭一喊，一下子就来了20多人，一上午就完成了600多平方米的硬化。"

李军说："干支部书记从来没有这么有成就感，群众很支持我们的工作。实践证明，很多农民是愿意走合作化道路的。"

我听到槐树庄这个村名时，就想起少年时看过的一部电影《槐树庄》。它上映的时间是1962年，那时我还小，对这部电影实际上是看不懂的。如今找来看，才知这影片多么好！

影片讲槐树庄在共产党员郭大娘的带领下，从土改到走向合作化的历程。这个历程充满了同各种困难的斗争。贫农李老康因老婆病重，孩子多，把分来的土地卖给中农李满仓。老共产党员刘老成满足于眼前的单干生活。李满仓一心想发家致富。农村中出现了贫富两极分化现象。刘老成的儿子刘根柱和郭大娘的儿子郭永来都参加了抗美援朝。战后刘根柱复员回来，给郭大娘带来了不幸的消息，郭永来在朝鲜前线牺牲了。种种困难没有把郭大娘压倒，反而使她更坚强。刘根柱违背父亲刘老成的想法，参加了合作社。经过时间考验，合作社的优越性显示出来。贫农李老康入社后，生活好转。集体力量克服了自然灾害，入社的农户越来越多，合作社由初级社走向高级社。可是身为共产党员的刘老成依然在社外。父子关系越来越僵，实质是走合作化道路还是走私有化道路的矛盾冲突。刘根柱找支部书记郭大娘帮助，郭大娘去做刘老成的思想工作。刘老成认识到错误，加入了合作社。郭大娘全心全意为群众、走合作化道路的决心是赤诚的，合作化在人们心目中扎下了根。影片的结尾是：1958年槐树庄成立了人民公社，郭大娘接到去北京参加群英会的消息。

槐树庄党支部领办合作社初见的成效，就像从前电影里的槐树庄党支部带领群众办合作社，优越性显示出来。今日槐树庄的变化虽不惊人，但通过"开荒"再出发的故事还是很典型的。

2 大户陈家不是一个大户

于涛说的"结识了一大批党支部书记"，这"一大批"里，李军是年轻的村支书，陈松海是资深的村党组织书记。陈松海从任村支书到村党总支书记，再到村党委书记，已担任大户陈家党组织书记37年。

大户陈家不是一个大户，是个已有六百多年历史的村。据村史馆里的记载，明洪武四年，有一陈姓人家从成都移民来山东招远金岭镇南面的无人地带垦荒定居。初来时两代单传，到第三代有四兄弟。祈人丁兴旺，在清中期给小村取名"大户陈家"，沿用至今。

我在这里看到整个村庄就在连绵起伏的花果山中，遥想当年陈家人就是在连绵起伏的荒山开垦。今日大户陈家全村500余户1470人。我是2017年5月初次到这里，得知2016年全村总收入达1.6亿元。全村实行免费医疗、免费教育。村民六十岁以上每年安排体检两次。孩子考上高中、大学有奖励，一般是一万元。路灯、广告灯牌通宵亮。家家户户自来水免费。每年过年给村民发福利，要花120万元。

"我们村没有富豪，也没有穷人。"陈松海说。

2019年我又去了大户陈家。这个村是"村党委领办合作社"，它有一系列探索性成就值得很多村庄学习。这里，我仍然想说，不管学什么经验，一定不能忽略组织者、领导者的作用。那些杰出的成就，总是有领导者把群众的力量发挥出来。

这个村的成就，有陈松海任村支书之前村庄已有的经验，更有陈松海的继承和开拓发展。陈松海生于1957年，1975年高中毕业回乡务农。那时村里有八个生产队，他在第一生产队。

"我父亲是末代生产队长。"陈松海说。

那时没暑假，有麦假、秋假。读高中时，每逢麦假、秋假，他回来就帮父亲管理生产队，被老书记陈瑄看上了。1975年，他回乡就被任命为大队团支部书记，1976年入党。这期间，村支书陈瑄带领挖书房圈大井，团支书陈松海带领挖老鼠尾青年大井，这都是当时村里重要的水利工程。

"村里需要你这样有文化的人。"老书记并非只看中他的干劲。1976年10月，县里要抽调村干部去"农业学大寨工作队"协助工作，老书记就推荐陈松海去，这是要培养他、锻炼他。1977年底，陈松海回来已是大队党支部副书记。1983年他就担任了村党支部书记。

"土地承包，我们村是一半一半。"

"怎么叫一半一半？"

"分口粮田给农民，解决吃饭问题。留一半地，发展果园。"

这是老书记主持办的。这里该介绍一下1956年担任村支书的陈瑄，那年代有很多像陈瑄这样的村支书，默默无闻而辛苦敬业地领着群众建设家园。那时农村的集体主义精神多是在兴修水利中锻炼出来的。在陈瑄带领下，仅一个大户陈家大队，经25年奋斗，到1981年修整出大寨田860亩，修建小水库11座，建扬水站八座，修筑土坝三座，挖水渠5800米，砌水渠2000米，挖隧道190米，打大井十眼，疏河道1300米，修河坝300米，硬化路面3000米。六百年的大户陈家村在这25年里，荒滩变良田，山地变水浇梯田，崎岖小路变机耕路，农业机械达到30台460马力……忽然要"土地下户"，那农业机械怎么办？还要不要集体呢？陈瑄书记按多数农民意愿，给村集体留了一半的土地，这里有老书记的理想和很多村民的期望。这个理想和家底在1983年交给了陈松海这一代。这年陈松海才26岁，在1983年这个关键时期，他能不负期望吗？

"村里农民想去干啥都可以了。"陈松海一接任就面对着人员流失问题。人大量流走，还怎么领导群众？也有人动员陈松海："你也可以自己去办公司呀！""你办公司，村里没人能比你强！"社会在宣传和表彰去办公司的"改革者""企业家"了。

那是人们可以用另一种结构去安排自己明天的年代，很多人以空前的冲动，去寻找在他们看来自由度更高的金银岛、冒险岛。陈松海留下来是经过抉择的。老书记的信任，村民中存在的对他的期望，能抛弃吗？不能啊！

他相信依靠集体力量，可以大有作为。当然，眼前青壮年劳动力正在出走，能人在踌躇满志地办个体企业……这是一个要同脱离集体的力量争夺群众的时期。陈松海第一步成立了一个果园公司，将1500亩地种上苹果，这使村里的生产劳动继续存在，并由村集体安排。

大户陈家有一个大队粉丝厂、两个油坊、三个铁匠铺，这是集体企业，要坚持它们的集体性质就要改造扩大，否则是守不住的。1984年陈松海决心发展食品加工，提议办"招远市大户陈家龙口粉丝公司"，没想到他的提议在村支部会投票表决时被否决。原因是不同意用村集体尚存的七万元去扩建粉丝厂。陈松海认为，利用原有的基础条件去发展才是目前最可行的办法，但现在他只能自己想办法向外借钱来干下去，如此用了一年时间，改成了半机械化的粉丝厂，由之前的年产30吨扩大到500吨。

也是从1984年开始，陈松海决定每年正月初十起在村里举办农民运动会，有篮球赛、短跑长跑赛、象棋赛，还有插秧比赛、扭秧歌等。

"村里有个能坐七八百人的会场，自带凳子的那种。"陈松海说，我们在正月十五接着举办文化节，把周边县的剧团请来演出，我们组织本村文艺爱好者排练的节目也在文化节演出。文化节有四天，每年一度。还在年终评比好媳妇、好婆婆、好家庭。

所有这些努力，都是为了把村民凝聚起来，把集体留住。

这样，村里出去的人不到10%。

1984年冬，为办油漆厂，陈松海带村干部去哈尔滨、沈阳考察。为节省开支，在滴水成冰的沈阳，他们睡在地板上过夜。当沈阳油漆厂的领导到大户陈家村来谈合作协议时，村里接待条件差，陈松海把客人安排到县招待所住宿，自己则悄悄地在招待所的走廊里坐了一整夜。

1985年春，大户陈家终于在20亩荒山和十亩河滩地上，用72天时间建成了"招远辽沈油漆化工厂"，6月8日顺利投产。8月19日，台风袭击招远，西沟水库漫堤，刚投产的油漆厂面临被冲毁的危险。

"誓死保卫油漆厂！"由于村集体还在，陈松海带领干部群众手挽手拉起两道人墙阻挡洪水，用沙袋加高坝堤，保住了工厂。这个厂在1989年发展成"招远三联化工有限公司"。

以油漆厂为依托，他们接着向农药领域进军。1989年，他们的化工厂生产出"三唑锡"后，遇到销售难题，当年亏损270万元。这对于经过几年奋斗已有起色的集体经济几乎是灭顶之灾，但是，在党支部领导下，依靠集体力量，走出了困境。

发展工业，需要人才，陈松海最可贵的经验是注重培养本村人才。他忘不了当年村支书陈瑄是怎样信任他培养他的。1985年，陈松海把高中毕业生陈建和、胡岩莉送到山东化工学院去深造，把陈安庆、陈香菊送沈阳和天津等地培训。从1987年到1993年，还选送20名青年到山东化工学院、莱阳农学院进行专业对口培训。一批接一批送出去，如果没有集体经济，就不可能供他们去读书培训。一批接一批归来，他们成为发展本村工业的中坚力量。实际上，这就是"自力更生"的培养人才方式。在这基础上，他们也从天津化工学院、山东大学招聘优秀毕业生来企业工作。

1991年1月，大户陈家成立了招远三联化工集团公司。到2009年底，集团公司辖三联化工厂、三联交通工程公司、三联远东化学有限公司、三联南海林苑、山东翔禾药业有限公司。有固定资产1.7亿元，本年实现利税667万元。2013年12月与北京一家科技公司合作，成立"烟台宁远药业有限公司"，这是一家集研发、生产、销售于一体的高科技企业。

这期间，大户陈家在2007年盖起了一座能坐1200人的剧院，每年举办本村春节晚会。晚会结束散场后，剧场内干干净净的，没有果皮、瓜子皮等丢弃物，这是很令人惊叹的。

这个剧院也放电影。我在这个剧院访问时，看到这个剧院的宣传栏里陈列着培训员工的内容，得知这剧院还是春节期间对村民和各企业进行多种培训上大课的场所。届时，远远近近都有别村的青年前来参加培训，培训是免费的，目标就是提高所有参加者的文化素质。

回头看，大户陈家特别值得我们重视的，是它在农田基本建设完成之后，特别看重集体力量，最重要的工作是留住集体，在坚持土地集体所有制的基础上，马不停蹄地发展工业，才有村集体继续发展的前途。

3　一个合作社孵化百名农场主

有了办工业的经验，用以搞农业，就感到现有那些土地不够操作了。大户陈家的土地曾经是"分一半留一半"，现在他们琢磨要把分下去的那"一半"也集中起来。2013年底，大户陈家成立了一个"大户庄园农业专业合作社"，听起来像个庄园主搞的大户庄园，这个合作社却是大户陈家党组织领导创办的。

村党总支动员村民把分到他们名下的那些土地入股到合作社，规定2000元现金或一亩地为一股，村集体企业和村集体分别拿出51万元和20万元入社，村两委成员和党员第一批入社，用他们的话说"以村党委的决心换村民的信心"。2014年流转了首批600亩土地，陆续带动了153户村民以土地、资金、劳动力等入股加入合作社。

这是村集体与入社社员共有的合作社，是包含集体经济与合作经济的混合经济。也可以说，这种办法是把发挥集体优越性和个人积极性结合起来。接着陆续从农民手里流转土地1200亩，像搞工业建设那样，对土地进行农业现代设施建设。

"一个手机，一个泵，就能浇几百亩果园。"在他们的一号泵房里，水管员陈晓斌正用手机操作，给果园输送水和肥料。他说："我们完全告别了大水漫灌，实施水肥一体化精准滴灌。"

我问这是哪里的技术，陈晓斌回答是引进以色列农业"物联网"技术。陈松海书记补充说："不仅节水节肥，还能增强土壤微生物活性，减轻病虫害。"我一边听着介绍，一边想起我插队时参加的农田基本建设。眼前我看到，他们正是在老一辈农民大搞农田基本建设的基础上，进行农业现代设施建设。我一再感到了，大户陈家了不起在于留住了集体，才得以继承前辈业绩。

再走一步，大户陈家看到周围村庄分散耕作的土地效益差，甚至撂荒，就流转了周边13个村的1.2万多亩土地，规划成20～90亩的种植片区，同样进行现代农业设施标准化建设，然后以每亩1500～2000元的价格对外分包给农场主经营。2014年改造的第一批600亩地，吸纳了33名农场主。

"我们拿到的土地，都是村里统一改造过的，现代设施齐全，拿到地，就能直接经营，非常省心。"于庆武是首批农场主之一，他承包了18亩地。

"成本低，风险低，收入高，而且稳定。"说这话的农场主叫曲云鹏，他是外村人，承包了21亩葡萄园，7亩苹果园。

像于庆武、曲云鹏这样的农场主已有一百多户。

为什么说风险低，收入高，而且稳定？

大户庄园合作社规定前两年免收土地承包费，同时制定统一田间管理的标准化要求，在耕作、销售等环节提供全程跟进服务。为保障产品储存和销售，合作社建了两千吨冷风库一座、300吨粮食加工生产线一条。我还看到，合作社有一套他们称之"365天360度无死角智能化监控平台"，管理人员可通过平台远程查看果树生长状况。合作社与中科院有关部门联手研发的"大户庄园安全农业云"系统，每个农场主都可以在电脑和手机视频上追踪苹果、葡萄种植管理的全过程，还能实现消费者指定认购某块葡萄产地的葡萄。每年的水果成熟季节，大户庄园开展网上认购活动。"水果还没下树，已经订走了。"

由于大户陈家流转了周边13个村的土地，都加以现代化改造，我在这片土地无论驱车还是步行，看到的村落都处在漫山遍野连绵起伏的花果山中，感觉不到村庄之间的界线。

我看到的各种果树和葡萄都是改良的新品种，多是低矮形，苹果伸手可摘，一行行整整齐齐，果实累累。看到这些，我就理解了这里的水果为什么未下树已被订走。据介绍，这些新品种不仅产量高，品质好，也方便机械化操作。

"水果怕冰雹，挂果的时候，来一场冰雹就完了。"陈松海按了一处电钮，只见地边伸展出大棚那样的顶盖，把果树全都保护在下面。它的棚顶是帐篷那样很结实但又不是很重的材料。不用时是收起来的，一旦升起，果树都像住在帐篷里。我见识少，这是我第一次看到这样的保护果树设施。

水果新品种，大都来自大户陈家一座巨大的现代农业科技园，引进的新品种要在这里进行试种和本土化改造，科研人员是大户陈家自己培养的和聘用的。

所有这些，都是合作社管理下的农场主可以共享的。

所有这些，如果没有集体经济基础，都是做不成的。

这是大户陈家党委领导下的合作社，这一个合作社孵化管理着百名农场主。这是我所见过的很独特的发展方式。

大户陈家不是只有这样一个合作社，它的企业集团还有多个工业产业。

它农业产业的固定员工有二百多人，工业产业员工七百多人，服务业员工一百多人。有研发团队，其中有博士、有海归人才等本科学历以上的占七分之一。研发人才的薪酬收入是党委书记的六倍以上。

蓦然回首，这里不论学历多高的人才，都在当年那个"高中毕业回乡的农村青年"领导下。这当然不是他一个人的能力，他是如此地继承了老一辈艰苦奋斗的成就和共同致富的理想，接续发展出二三产业。

2014年起，逐步把分下去的土地通过"流转"全部收回来，还有一个因素是——"改天换地那一代农民老了"，陈松海认为应该让前辈农民安享晚年，把他们的承包地流转回来，保障他们土地入股获得稳定升值的分红报酬，同时让土地通过现代化改造发挥出高效益。这是把六百年的大户陈家，在当今切切实实地做成了"农工商综合体"。

"每一步都非常艰难、非常快乐、非常有意义。"陈松海这样说。每一步，陈松海都是有思考的。"千斤担子众人挑。"他认为大户陈家做到这样，在众人，不在他个人。

他1975年高中毕业，在社会主义建设年代接受的教育，形成的思想，与日后"精致的利己主义"是不同的。陈松海继承下来的，无疑对振兴乡村具有非凡作用。

"分得太过，人唯利是图，一个村庄会被毁了。"他说。

他是经过多年的观察和思考，才决定把分下去的土地流转回来，按现代化标准打造好了再分到家庭经营。严格说，这一次不是分，是根据社员自愿的原则，自愿认包自主经营。这是尽力做到了：统分结合，把握有度。

我两次去大户陈家，看到它不断前进的显著变化，目睹这花果山连着村庄，沥青路、石板街，青砖灰瓦白墙，到处可见栽种的花草绿树，河道打造成水体，传统胶东民居与现代建筑交辉。一处建筑上写着一副对联："小桥小河流水人家，大和大美大户陈家。"我感觉这就是一个振兴中的乡村。

早先，我在大户陈家的现代农业田园中走着的时候，就特别期望毕节的村干部到大户陈家来看一看，来学他们的农业科技。随着对这个村的认识不断加深，我以为烟台的很多村，包括那些已经办起党支部领办合作社的村，都值得来大户陈家村取经。不仅学他们怎么办合作社，特别需要学他们运用集体经济和集体力量，马不停蹄地办工业，办成农工商综合体，并在这个综合体中强力注入科学技术。而且，不要忽略了他们注重培养本村人才，从而在此基础上，靠本村人才去鉴别和引进人才。

应当注意到，今日党支部领办的合作社很多还主要是在农业或农产品加工领域，必须发展工业。即使目前还没有工业，也要用发展工业的思维去发展现代农业。把合作社办成农工商综合体，才可能真正巩固和发展集体经济，走向乡村振兴。

4 听从大多数农民的需求

2019年6月6日，烟台召开全市乡村振兴暨脱贫攻坚工作推进会议，市委书记张术平提出"全面推广村党支部领办合作社"。此后，张术平书记又先后在全市党的建设暨警示教育大会、履行全面从严治党责任和抓基层党建工作述职评议会议、全市重点工作攻坚动员大会、全市乡村振兴现场会等多次会议上，对党支部领办合作社作出安排部署。

2019年12月24日，中共烟台市委组织部、市科学技术局、市财政局、市农业农村局、市商务局、市文化和旅游局、市市场监督管理局、市地方金融监督管理局、市供销合作社联合社等九个部门联合发出《关于印发〈关于促进村党支部领办合作社高质量发展的实施意见〉的通知》。

时隔一周，2019年12月31日，中共山东省委组织部、中共山东省委农业农村委员会办公室、山东省扶贫开发办公室、省发展和改革委员会、省科学技术局、省司法厅、省财政厅、省人力资源和社会保障厅、省自然资源厅、省农业农村厅、省市场监督管理局、省地方金融监督管理局、省供销合作社联合社，以及国家税务总局山东省税务局等十四个部门联合发出《关于印发〈关于推动村党组织领办合作社工作的指导意见〉的通知》。

只要看一下发出上述通知的山东省14个部门和烟台市九个部门的名称，就知道省市对这项工作的支持有多么大。

2020年10月21日，中共中央组织部办公厅第125期《组工信息》刊载《山东烟台市全面推进村党支部领办合作社》，第一自然段写道："烟台市坚持以党的建设引领农业合作化道路，推动村党支部站到集体经济发展第一线，探索以组织振兴带动乡村全面振兴的有效途径。目前已有2779个村党支部领办合作社，34.5万名群众入社，带动集体增收3.9亿元，群众增收超过5亿元。"

烟台全市有6441个行政村，行政村小，一般是一个自然村就是一个行政村。按全市已有2779个村党支部领办合作社算，占全部行政村的43%。

我以为烟台党支部领办合作社的显著意义，正在于它是市委组织部自觉开展的。革命战争年代，宣传群众、组织群众、武装群众，建立工农革命政权，才成就了中国共产党的伟大，取得组织起来的中国人民的胜利。组织部门的工作并非只管党员和干部，应继承密切联系群众的光荣传统。如果只管干部和党员，会脱离群众，而脱离群众就很难选好干部。烟台市委组织部自觉地将组织工作推进到党建引领农业合作化道路的前线，是新时代组织工作的重要开拓。

回看2017年5月，我在烟台听到的"落水说"还记忆犹新，三年多过去，烟台党支部领办合作社已有燎原之势。此前的2016年11月，为什么那么多地方的党组织赞同塘约，还有那么多关心农民的专家学者支持塘约，并不因为塘约有多大的经济成就，而是那里的党支部把农民组织起来走共同富裕的道路。作为发达地区的烟台，为什么要学塘约？也不是因为它的经济，而是因为它的精神。

毕节市有937.76万户籍人口，外出打工人口高达250多万（这是贫困地区特征）。烟台市常住人口713.8万，其中外来人口50多万（这是经济发达地区特征）。毕节和烟台，一个在西部，一个在东部；一个是贫困地区，一个是发达地区。两个大市几乎同时开展学习塘约经验，从试点推行到全市推进，都在走合作化道路和发展集体经济方面取得显著成就，同时有家庭农场等多种经济形式并存，这样的局面，或有普遍意义了。

两地的实践都证明，在党支部领导下，把农民组织起来走合作化道路，发展壮大集体经济，不仅在贫困地区可推行，在经济发达地区也可推行并同样需要。共同点是加强党对农村工作的全面领导，坚持共同富裕发展方向，这是绝大多数农民的需求，也是走向乡村振兴的必然要求。

第十三章

两个百分之百

从前读《史记》，读到："盖世必有非常之人，然后有非常之事；有非常之事，然后有非常之功。"这话给我留下非常记忆。当今毕节市委决定全市百分之百行政村必须创建村集体合作社，必须吸收贫困户百分之百加入村集体合作社。这两个百分之百，在当今大约算得上非常之事。为什么要这样做？毕节自推广塘约"村社一体"合作社以来已有三年，有几十万户农民的经历可证，党支部领导创办村集体合作社是脱贫攻坚最好的途径，将贫困户全部吸收进村集体合作社是最彻底地贯彻"一个贫困群众也不落下"。这两个百分之百，也是巩固脱贫攻坚成果和保障脱贫不返贫的必要举措。

1 妈妈别走

2019年2月15日是农历正月十一，我收到周建堃发来的一条微信《春节后上演"生离死别"：爸妈外出打工，女儿狂追200米哭瘫倒地》。微信有图有文，文中说，农历正月初七是节后上班第一天，在贵州省黔东南州榕江县加退村，几个年轻的爸爸妈妈扛着大包小包走出村，要去打工。这时几个孩子一路狂追出村，撕心裂肺地哭喊着："妈妈别走——"一个女孩狂追两百多米哭瘫在地，父母们只好停下来。

爷爷奶奶和两位支教老师也追出来了，他们是来劝阻孩子的。孩子的小手紧紧地拉住妈妈肩上编织袋的绳子，希望能留住妈妈。可是要去打工挣钱的妈妈没办法留下来，只能掰开女儿的小手，把孩子交给爷爷奶奶。

支教老师抱着那女孩，女孩使劲想挣脱老师的双手，背部露出来了，她里面只有一件单衣，就是农村人说的穿"空心棉袄"。女孩撕心裂肺地哭着，哭声中有一种恐惧。是怕母亲这一去就要一年吗？为什么只喊"妈妈别走"？村里谁的妈妈去打工再也没回来，孩子们是听说过的……可是，没有任何办法能阻止这场别离。

父母们扛着行李，渐渐远去。爷爷奶奶和老师紧紧地抱住孩子，不让他们再追去。孩子们失望的哭声变得像一条细细的溪流……这场别离被支教老师用手机拍下来了，并在文中写下："被撕裂的母爱和乡愁，仿佛看到了小时候的自己。"

莫非老师小时候也有相同的经历？农民去远方打工的历史已有几十年

了。这场别离不是发生在毕节，但毕节每年春节后也要上演无数这样的别离。周书记发来这条微信，没写一个字，但我看到了一个市委书记心中非常柔软的地方。

我看完微信回过去："看了非常心酸。创造在本乡本土能够就业的生存环境，让打工浪迹天涯的父母能回来同孩子团聚，才叫生活。这实在是各地党委的重责大任。"

他回过来："是的，乡村振兴首先是人的振兴，没有人的回归，没有青壮年群体的存在，不可能有真正意义的乡村振兴。"

不久我又去毕节。两天后才见到从乡下回来的周书记，交谈中知道他心里一直活跃着"从脱贫攻坚向乡村振兴的衔接"，这里凝聚着习近平总书记对毕节试验区工作所作的重要指示：

> 现在距2020年全面建成小康社会不到三年时间，要尽锐出战、务求精准，确保毕节试验区按时打赢脱贫攻坚战。同时，要着眼长远、提前谋划，做好同2020年后乡村振兴战略的衔接，着力推动绿色发展、人力资源开发、体制机制创新，努力把毕节试验区建设成为贯彻新发展理念的示范区。

总书记做出上述指示的时间是2018年7月18日。现在是2019年3月的一天，周建琨刚从威宁县回来，给我讲了几件事。

新发乡农民张某，他的两个儿子都出去打工，脱贫了。大儿子于是娶媳妇，生了孩子。这时一大家人还能合住。接着二儿子也娶了媳妇，这就要分家了。无房可分，成了无房户，这家人就不符合脱贫标准，返贫了。

大儿子婚后有了孩子，起初没出去打工，更穷了，不得不再出去打工。这就出现留守妇女、留守儿童了。那个村子跟云南山连着山，大儿媳妇看这么边远的地方，留下孩子出走了。大儿子只好回来照看孩子，这就成了特困户。二儿子看嫂子跑了，不敢出去打工。分家后的两家人加上父母，这就是三家新增贫困户。

同村还有个农民张某，他有两个女儿，一个儿子。两个女儿出嫁了，儿子出去打工，也脱贫了。儿子随后娶了媳妇，生了四个孩子。当父亲的要养家，只能再去打工。不料有了四个孩子的母亲也丢下孩子离家出走。父亲回来带孩子，这就返贫了。七口人的生活怎么办？不得不再去打工。现在两老带着四个孙子，这就出现了留守老人和留守儿童。

这是在脱贫攻坚战中出现的返贫，这也是毕节重复而又重复的故事。"你看，"周建琨说，"他们家里都人丁兴旺，已经脱贫了，也没有遇到旱灾水灾，突然就返贫了。"

对这个情况，我们都不会问为什么。因为我们都清楚，农村要建成农工商综合体，而我们很多村庄至今还是传统农业，太单薄，这是我们面对的现实问题。即使贫困户按现行脱贫标准脱了贫，还是很脆弱。如果没有乡村振兴，很难巩固脱贫成果。

这几年，毕节空前的脱贫攻坚力度，使乡村建设有显著进步，已有几十万人返乡。但是，还有200多万人口在外，这俨然是一支劳动大军。眼下，奋力帮扶贫困户达到脱贫指标也许不是最难。最难的是，能不能吸引大多数青壮年回来，以脚踩着家园故土的感情，建设自己的家乡！

对毕节来说，这就是巨大的人力资源。怎么开发？不是喊几句就能回来的。怎么使家乡的土地能够承载着大人和孩子有欢乐的生活。这是攻坚中的坚中之坚，是真正"最硬的骨头"！

"妈妈别走——"孩子凄厉的哭声，留在这个冬季的村口，也留在了这位市委书记的心中。

我走过毕节很多乡村，看过不少母亲出走后的孩子由爷爷奶奶和父亲照看，我才更加感到，世世代代其实是妈妈维系着一个一个的家庭。妈妈在，这个家庭就有力量抵挡寒风，就会在困苦中也有笑容。

2 乡村现实的鞭策

打工，这不是一个需要回避的话题，却是需要面对的现实。经济学家说，中国农村有两亿多"富余劳力"，即剩余劳力。剩余了干什么？去打工。于是打工成为解决剩余劳力的办法。

城市建高楼大厦、高速公路、立交桥、大工厂，以及在流水线上，最苦最累的活总是农民工干的。没有"百万劳工下深圳"，哪有深圳崛起。没有中西部大量农民工去东部打工，也不会有沿海城市的快速发展。在我们看到东部城市日新月异的时候，不能忽略了农民工的艰辛和伟大的建设力量。

2006年我写过一本《贫穷致富与执政》，主要讲浙江慈溪的变迁。当慈溪市有一百万人口时，在慈溪市注册的外来打工人员有70万。慈溪是个县级市，难道慈溪市不仅没有富余劳动力，还缺少70万打工人员？

当塘约村1400个劳动力竟有1100个外出打工，30%的土地撂荒，那千余外出打工者叫"富余劳力"吗？我所走过的西部荒凉的"空壳村"，中原腹地的"空壳村"，不需要劳动力？

哪一个家乡不需要青壮年建设？哪一个家乡不需要全面发展？所谓"我国农村有两亿多富余劳力"，不是一个伪命题吗？农民为此承受的代价是，一代一代长大的青壮年出去了，无可避免的荒凉，悲伤地留在村庄。

2017年8月，我去内蒙古乌兰察布市察哈尔右翼后旗（简称察右后旗），看到更多人整户整户去远方打工。察右后旗是半农半牧旗，全旗总人口22万，有9万人口在外打工。初听，令我惊讶！继而得知，蒙古族人外出打工与汉人不同，他们有带着帐篷赶着牛羊迁徙的传统，既然是去远方谋生，他们就像举家迁徙那样全家都走了。可是，他们早已建立了定居的生活，为什么又走向"举家迁徙"？他们已经有房子了，不能带着房子去打工，也不能赶着牛羊去打工。

风呼呼地吹着察右后旗的草原，蔚蓝的天空清丽明亮，像洗过的一样。五星红旗在政府、学校和很多建筑上格外鲜艳地飘扬。我看着那些人去房空的建筑，它们几乎都荒废或半倒塌了。一个旗9万人口出走了，他们去哪里，他们举家在那些打工的地方怎么居住，怎么劳作生息？我不知道。

我知道察右后旗有一座大会堂，整座建筑呈圆形，宛如一个巨大的蒙古包。它耸立在一座山上，雄伟而艺术，十分壮观。在察右后旗，我走访了白镇绿洲村、乌兰哈达苏木前进村、贲红镇温家村和大六号镇丰裕村，看到这里也在学塘约发展集体经济，产业发展也呈现出可喜的前景。我知道察右后旗2017年还有贫困户4858户，贫困人口9991人。全旗2700多名干部，每人都有包乡包村包户的脱贫攻坚任务。旗委组织部在旗党建网开辟《感悟塘约不忘初心》专栏，发表乡镇书记、村支部书记的学习体会和具体做法。他们的种种努力给我留下深刻印象。

但是，那远去的9万人如今过得怎样？没有人告诉我。他们说，整户整户离乡去打工，在内蒙古草原不是察右后旗独有。

2018年春，我在福建某地也看到类似情况。

友人邀我去看一个古村落，说那里有废弃的石臼、石磨、石水缸。我去了。这个村庄只剩下30多个不愿离去的老人，青壮年男女和孩子都走了。在一废弃的大户人家门前的地面上，我看到一块四四方方的大砖，有小四方桌的桌面那么大。同去的友人告诉我："这是落轿石。"

你可以想象，这户人家，抬进抬出的轿子，就在这落轿石上起落。走进去看，里面很大的天井里长着荒草。墙脚上长着的绿苔斑斑驳驳地向上延伸到墙头。厅堂两边房间的窗户上有镂空的窗格。厨房里真有石头的大水缸，而且是一大一小两个。厅堂的正中间竟还停着一辆锈迹斑斑的破自行车。主人为什么要弃这个家而去，他们很穷吗？

我在这个村庄还看到一块石碑，上面依稀可见"合乡禁碑"四个大字，碑文是端端正正的楷书条款，这是乾隆年间的"乡规民约"。这个村庄的水井、牌楼、砖墙，村里道路中间的石板、层层石阶，破旧倒塌的房屋和后院，都能告诉我们这个村庄曾经有过繁荣的时期。这里不是自然条件很差的西部贫困地区，这里冬天树木也长着绿叶。这儿的农民为什么要弃家园而去？

深入去看，严重的问题不只是大量青壮年劳动力外出。留在农村种地的主要是老年人，老年人体力弱，种地更依赖除草剂、农药和化肥。土地日益板结。农田已罕见田螺、泥鳅。我曾听一位老中医说，从前治某种顽固性疾病用某种草药很见效，那草药在田边就有，现在找不到了。土地对化肥的依赖像一个最大的"吸毒者"。受农药污染的土地，又怎能长出健康的食物？坚持"绿色发展"，已是全国迫切需要。

更严峻的是，村庄已罕见种地的青年农民。许许多多外出打工的农村青年只有见过父辈种地的记忆，自己没有种地的技能。老一辈农民故去后，农村谁来种地？这个现象是如此普遍，若视如未见，岂不如同掩耳盗铃。我想起林则徐曾上疏道光皇帝，极言禁鸦片之刻不容缓，"若犹泄泄视之，是使数十年后，中原几无可以御敌之兵，且无可以充饷之银"。

我眼前看到的这个村庄，荒草茂盛。它不是我在甘肃、青海、西藏看到的土地，它就是昔日标准的南方鱼米之乡，怎能荒凉成这个景象！

"他们离乡去打工，其实是去城里找组织。"一位知青同学说，"农民单干了，没组织了。他们去打工的公司都是有组织的。"

我把同学这话复述给周建琨书记听。这话或许也唤起他自己插队的记忆，但他没回应我这句话。他说起现在农村有很多农民合作社，也把部分农民组织在各自的小合作社里，但是下去调查，很多是空壳的。"我们正在做一次全面排查。"

一个月后，我看到了毕节市县联动排查的数据。

截至2019年4月28日，毕节全市有15568个农民专业合作社，这都是注册录入"贵州省新型农业经营主体信息系统"的合作社。除经营不善已经停办的，其中无农民实际参与的有1537个，无实质性生产经营活动的有5114个，共有7701个"空壳"社。

此前，2018年11月新华社《半月谈》发表《80%以上合作社沦为空壳？

乡村振兴莫让形式主义带歪》。2019年2月，中央农办、农业农村部等部委联合部署，决定在全国范围对农民专业合作社开展"空壳社"的清理整顿工作。这是全国的情况。毕节排查，"空壳社"占到49.47%，也很惊人。

周建琨说："农村的事，还是要加强党支部的领导。"

怎么加强？现在是2019年5月了，毕节尚未脱贫的建档立卡贫困户还占全省的40%以上。他感到了时光的追逐，乡村现实的鞭策。在这个夏天到来之前，他需要做一个抉择。

3 非常之事

从前读《史记》，在《司马相如列传》中读到："盖世必有非常之人，然后有非常之事；有非常之事，然后有非常之功。"这话给我留下非常记忆。

现在，周建琨面对着这个同贫困搏斗依然严峻的战场……我已一再感到，如果没来毕节，如果不是来了很久，我肯定无法想象这乌蒙山腹地的贫困程度有多深。我曾经在青海、西藏连续采访七个月，在藏族、蒙古族、回族、哈萨克族、撒拉族、土族等多民族人民家中做过客，被那里的艰苦震撼。毕节不是某个贫困程度也很深的较单一的少数民族地区，这里有四十五个少数民族，星罗棋布般居住得那么散。善良、吃苦，是他们世代相传的基本品质。正因为偏僻、隐蔽，路难行，峡谷难攀越，红军长征中的"鸡鸣三省会议"[①]就在云贵川三省交界处的毕节鸡鸣三省村召开。今天我已陆续看到全国各地的脱贫攻坚任务或完成或已近扫尾。自精准扶贫以来，毕节已有几十万贫困人口脱贫出列，但到2019年春，未脱贫人口还占贵州全省的40%以上。怎么能够不拖后腿，能以什么非常举措攻坚制胜？

也可以说，世有非常之事，必有非常之人。再深究，这人为什么是这

---

① "鸡鸣三省会议"完成了遵义会议已作出决定而尚未完成的中央最高层的调整和分工，是以毛泽东同志为核心的第一代中央领导集体开始形成的重要标志之一。

样而不是那样？这就要追寻到一个人精神与情感的成长，乃至性格与毅力的形成。坦率说，我不止一次暗自钦佩贵州省委的领导们在2016年冬天，果断地把一位"老市委书记"放到毕节来。

"特别喜欢看革命的书，写英雄的书。"这是他平时无意中说到的。我以为那就是他青年时精神上至关重要的成长点。他是在贵州省贵定县盘江公社插队时考上贵州财经学院工业经济系的，那已是1978年。他读了四年本科。这期间有一个地方对他影响很大。

"新华书店就在贵阳的'大十字'，现在那里做成广场了。"他说那时候他没钱买书，星期天上街就是冲新华书店去。《林海雪原》《红岩》《野火春风斗古城》《苦菜花》……都是那时候看的，一看一上午，看到要去找饭吃了，就记住看到哪一页，很不舍地放下，下次再来接着看。

书里有很大的世界，书中很多人物的坎坷、磨难、挫折和奋斗，占领了他青春岁月丰富的体验，培育出同情、惊叹、愤怒、悲伤、感慨、敬佩等种种情感和价值取向。

前面说过，他从安顺市委书记任上调来毕节，不久提出"大党建统领大扶贫"。2017年4月全市推广塘约经验，首轮选了350个试点村（县级84个、乡镇级266个）。市委发出《关于学习践行"塘约道路"助推"大扶贫"战略的实施意见》，同时发出七个配套实施的子方案。这些文件共同的声音就是：在党组织领导下，以"村社一体"方式建立合作社，并创办脱贫攻坚讲习所去宣传群众、组织群众，推动发展集体经济，实现合作共赢。

2018年4月召开"回头看"现场会，评出了年度十个优秀试点村。本年试点村扩大到1585个。可喜的还有，全市集体经济"空壳村"基本清零，虽然有的村只有两三万元，但有了发展集体经济的意识，就是进步。

这是个探索发展的时期，试点村的差异也很大。毕节有"村两委领导创办"和"党支部＋合作社＋企业＋农户"等多种方式。不少"党支部＋"的合作社，农民承包地集中流转给企业，企业支付流转费获得经营权，掌控着包括安排生产、经营、销售和分配的大权。那么，这是"党支部领导"还是"资本领导"？周建琨感到"党支部＋"的提法不妥，应该强调"党支部领导"。他说："我们要吸收资本，要团结一切力量，但不能丧失党支部的领导权。"

2018年10月，中共中央印发了《中国共产党支部工作条例（试行）》，明确要求："村党支部全面领导隶属本村的各类组织和各项工作，围绕实施乡村振兴战略开展工作，组织带领农民群众发展集体经济，走共同富裕道路。"周建琨对照毕节情况，感觉自推行"大党建统领大扶贫"以来，推广塘约"村社一体"，是这样去努力的。

不久，中共中央于2019年1月印发《中国共产党农村基层组织工作条例》，规定："村党组织书记应当通过法定程序担任村民委员会主任和村级集体经济组织、合作经济组织负责人。"

这里讲到两种经济组织，一是村级集体经济组织，二是合作经济组织，后者是农民专业合作社。就是说，村党组织也要去领导农民合作社。这才叫党组织全面领导本村"各类组织和各项工作"。周建琨看到了大量新的工作。

毕节推广"村社一体"合作社，试点村已扩大到1585个，但毕节有3704个行政村（社区）。面对中央农办等部委要求对农民专业合作社开展"空壳社"的清理整顿工作，怎么整顿？除了清理"空壳社"，全市还有几千个在运行的农民专业合作社没有党组织领导，还有更多没有任何合作经济组织的散户……重要的还是建设！这时，有两个"百分之百"在周建琨脑海里犹如惊涛拍岸般冒出来。

百分之百的行政村必须创建村集体合作社。百分之百的贫困户必须进入村集体合作社。但是……这是"一刀切"吗？这样可以吗？有哪些好处？

4 必由之路

现实中，农民专业合作社基本上是"强强联合"，贫困户基本上是无人与他们"合作"的弱势散户。塘约经验告诉他，塘约村最乐意入社的是村里

30%的债民。带头入社的村干部与贫困户"强弱联合",共同致富的特征立刻显现。如此,首先把所有贫困户吸收进村集体合作社,一定有利于所有贫困户脱贫。

毕节推广塘约经验已有三年。2019年春又评出十个优秀试点村。已有箐口、木寨、镰刀湾等一大批试点村提供了可行经验。再思总书记指示的"着力推动绿色发展、人力资源开发、体制机制创新",周建琨认定:只有党支部去领导创办村集体合作社,才能最充分地把群众组织起来,也有利于吸收外出的青壮年劳动大军回来,这就是最大的人力资源开发。习近平总书记在浙江说"绿水青山就是金山银山",要大家保护环境,绿色发展。我们毕节,要在喀斯特地貌的荒山上造青山绿水,造花果山。要实现这些,做好脱贫攻坚与乡村振兴战略的衔接,就要有相应的体制机制创新。

至此他体会到,总书记讲的"新发展理念",以及做好脱贫攻坚与乡村振兴战略的衔接,是个完整的体系。做好"衔接",也才能巩固脱贫攻坚成果。要做到这一切,最有效的途径就是坚持"大党建统领",全市推进党支部领办村集体合作社。

那么,还等待什么?

"村党组织书记应当通过法定程序担任村民委员会主任和村级集体经济组织、合作经济组织负责人。"他反复读过思考过新修订的《中国共产党农村基层组织工作条例》。

如果村党支部没有这样去做,不是失职缺位吗?

如果市委听之任之,不闻不问,不是失职吗!

全市3704个行政村,务必百分之百地推行党支部领办村集体合作社,一个村也不能落下。务必吸收百分之百的贫困户进入村集体合作社,这其实是贯彻"一个贫困群众也不能落下"最彻底的举措。

就在脱贫攻坚战如火如荼地进展的时候,毕节有很多脱贫了又返贫的事例。可以肯定,已脱贫的农户,甚至非贫困户,如果现在还是没有加入村集体经济组织的散户，到2020年后，有不少人转眼就会返贫。"到那时候，如果返贫陆续出现，我们对得起谁？"周建琨说。

从推广塘约"村社一体"合作社以来，毕节已有几十万户农民的经历可以证明，党支部领办村集体合作社是脱贫攻坚最好的途径，也是巩固脱贫成果必不可少的组织措施。那么，毕节有条件做到全市推进吗？

毕节开展"大党建统领大扶贫"九个月后，正逢党的十九大召开。十九大召开的第二天上午，习近平总书记到贵州省代表团参加讨论。总书记很关心毕节，贵州省委安排了周建琨汇报，周建琨在汇报中讲了毕节农村党组织建设情况。

他说："大量青壮年外出打工，农村中党员少，而且年龄普遍老化，有些支部最年轻的党员超过60岁了。我们注重了在农村中发展党员，尤其是青年党员。今年已发展农村党员2145名，同比2016年增长237.78%，全市农村党员达到11.04万人。在这基础上，我们把党支部建到村民组，村里建党总支。这就形成了党总支连支部、支部连小组、小组连党员、党员连农户的基层党组织机制。目前已有20个农村社区建立了党委，505个行政村建立了党总支，下设党支部1553个。我们用这种办法筑牢党组织在脱贫攻坚一线的战斗堡垒。周建琨还汇报了，发展产业方面我们也注重把党支部建在产业链上，注重党支部领导创办合作社，发展集体经济，避免垒大户。"

习近平总书记听了汇报，说道："党的根基在基层，一定要抓好基层党建，在农村始终坚持党的领导。"

以上，央视《新闻联播》当晚做了简要报道。据此可知，毕节发展农村党员，把党支部建在村民组和产业链上，这为党支部领办村集体合作社和领导农民专业合作社，打下了组织基础。

我还听周建琨说过，红军转战毕节期间，领导建立了八个区，195个乡村的苏维埃政权和95个游击队，毕节成为当时的"三省红都"。他赞叹："在边远、闭塞、贫穷，多民族农民居住这么散的乌蒙山区，当年能把农民这样组织起来，太了不起了！今天，我们有什么理由组织不起来？"

5 全神贯注

2017年10月19日，党的十九大召开的第二天上午，习近平总书记对贵州全省工作讲出的一个评价，贵州省的干部们都深受鼓舞。总书记是这样说的：

> 五年来，贵州认真贯彻落实党中央决策部署，各方面工作不断有新发展。综合实力显著提升，脱贫攻坚成效显著，生态环境持续改善，改革开放取得重大进展，人民群众获得感不断增强，政治生态持续向好。贵州取得的成绩，是党的十八大以来党和国家事业大踏步前进的一个缩影。[①]

2019年初夏，傅立勇告诉我，周书记给他布置工作，要求他先带人下去调研，让事实说话，为全市推行党支部领办村集体合作社做准备。周书记自己也下乡去了。

傅立勇是毕节市委副秘书长、政策研究室主任、改革办常务副主任。"这是需要相关扶持政策的，你们在调研中先拿个初步方案出来。"周建琨在向政策研究室布置工作。

2019年6月29日，贵州省委召开第十二届第五次全体会议，通过《关于深入推进农村产业革命坚决夺取脱贫攻坚全面胜利的意见》。文件在"规范提升合作社"题下写着"大力推广塘约村、大坝村等'村社合一'成功经验，所有村都要在村党支部领导下因地制宜建立合作社，所有贫困农户都要加入合作社"。周建琨看到这一部署，非常欣喜。如此，毕节该做的就是坚决执行省委、省政府的部署。

---

① 《习近平在参加党的十九大贵州省代表团讨论时强调 万众一心开拓进取把新时代中国特色社会主义推向前进》，新华网2017年10月19日。

2019年8月，中共中央印发《中国共产党农村工作条例》，规定："乡镇党委和村党组织全面领导乡镇、村的各类组织和各项工作。"再次强调"村党组织书记应当通过法定程序担任村民委员会主任和村级集体经济组织、合作经济组织负责人"。

毕节市委马上召开常委会议、组织中心组学习领会中央在不到一年内连续出台三个关于农村工作、农村党组织工作条例的重大意义，部署推进党支部领办村集体合作社。

以下是有关操作层面的内容。

成立了以市委副书记张翊皓任组长，市委常委组织部长石永忠和市政府分管副市长李玉平任副组长，市委组织部、宣传部、农业农村局、民政局、扶贫办、市场监管局等部门负责人为成员的工作领导小组，下设办公室。各县相应成立领导小组及办公室。市委改革办成立"实施方案"起草小组，向30余家单位和10个县区征求意见。

2019年9月27日，市委全面深化改革委员会审议通过《关于深入学习"塘约经验"推进党支部领办村集体合作社助推脱贫攻坚的实施方案》。

方案下发后，让大家耳目一震的目标是：全市百分之百的行政村必须创办党支部领办的村集体合作社，必须吸收贫困户百分之百加入村集体合作社，积极吸收自愿入社的非贫困户。整合财政扶持、土地利用、供销合作、金融支持、商务服务、税收优惠、农机购置补贴、农业扶持、智力支持、就业扶持等各方面资源，加大对党支部领办村集体合作社的扶持力度。

明确牵头单位：市委组织部、市农业农村局。责任单位：市发展改革委、民政局、财政局、市场监管局、扶贫办、供销社等29家市直部门和十个县（自治县、区）。这是举全市上下之力来推行党支部领办村集体合作社。

务必做到三个确保：确保村集体有可持续发展的产业，确保贫困户脱贫，并确保2020年后不返贫。

这期间，按工作部署，要求市委常委结合各自工作实际深入基层，面对面听取干部群众意见，形成调研报告。10月18日，市委召开调研成果集中交流会，这是在脱贫攻坚衔接乡村振兴战略的关键时期，一次非常重要的分工调研和成果共享。各常委均做了交流。周建琨在会上交流了《关于村党组织领办合作社的调查与思考》。市长张集智交流了《关于聚焦"一达标两不愁三保障"确保按时打赢脱贫攻坚战的思考》。

周建琨的调研报告中，第一个大题目是"村党组织领办合作社的重要意义和面临的严峻形势"。我读见时，心中不禁严肃起来，心想今天有几人会在这个题中考虑到"面临的严峻形势"。

此题下第一点是"意义十分重大，需进一步深化认识"，第二点是"经验弥足珍贵，需进一步坚定信心"，第三点是"问题短板突出，需进一步保持清醒"。意义和经验这里不讲了，我讲一下"问题"，原文如下：

普遍存在的问题主要有以下几个方面：

一是村党组织不强。主要表现为带头人弱。全市村党支部书记文化水平普遍偏低，初中及以下学历的占比达31%；发展意识不强，不懂经营、不善管理，组织群众、发动群众、造福群众的能力不足，像箐口村张凌那样既有发展意识和能力，又有为民谋利情怀的人少之又少，说明各地对基层党组织带头人的培养严重不足。

二是利益联结不紧。有的村合作社被资本利用，"挂羊头卖狗肉"，成为（资本）跑马圈地、谋取利益的手段，村党组织沦为资本中介和代言人；有的合作社仅由少数人发起，少有群众参与，上级优惠政策被少数人独享，"富老板不富老乡"；有的合作社只为套取政策补贴，享受资金项目的扶持，不拿政府补贴根本不愿带动贫困户；有的合作社利益联结机制不合理，资本占大头，形成"大户垄断""大户控制"。

周建琨接着讲的问题：三是运行机制不畅，四是干部作风不实，五是县乡统筹不力。其中指出"特别是部分村干部，有利的事自己干，无利的事留给村集体"，"对'垒大户'等问题也没有及时给予有效的监管和指导"。

这是坚持问题导向，全神贯注地投入到解决问题，做好工作的状态。紧张的工作中时光飞快，2020年到来，全球性的新冠肺炎疫情加重了毕节脱贫攻坚的难度。此时急需出台一个具体指导乡村干部如何领办合作社和规范运行的可操作性文件。市委副书记张翙皓主持起草工作，市委组织部、市农业农村局负责起草，他们在春节期间，在抗疫期间，向基层征求意见，反复修改，在2月23日晚完成送审稿。毕节市委于3月6日，印发《毕节市党支部领办村集体合作社运行管理办法（试行）》。

其中有一项决定让干部们耳目为之一震：投入到村的各类项目，除《必须招标的工程项目规定》所规定的项目外，资金在400万元以下的项目，可不经过招投标程序，报乡镇和项目审批的部门备案并在本村公示后，由党支部领办的村集体合作社实施。

以往此类项目都以招投标方式由外来包工队承揽，毕节改变先前做法，支持村集体合作社发展。在深化改革中创造性地开展工作，往往就是认真地去解决存在的问题，才会别开生面。

2020年7月9日，中央全面深化改革委员会办公室以第26期《改革情况交流》印发了《贵州毕节创新推进党支部领办村集体合作社》，分送：中共中央办公厅、国务院办公厅；中央全面深化改革委员会委员，各专项小组组长；各省区市全面深化改革委员会，中央和国家机关各部委。8月，中央政策研究室《学习与研究》在"'四个全面'战略布局"专栏刊出《贵州毕节积极推动党支部领办村集体合作社》。

第十四章

党支部领办多种合作社

2020年7月23日，习近平总书记在吉林省四平市梨树县考察调研时说："走好农业合作化的道路，我们要总结经验，在全国不同的地区实施不同的农业合作化道路。"这个新闻报道经中央电视台播出后，给农村中正在探索新时代合作化道路的广大干部群众巨大鼓舞。党支部领办村集体股份经济合作社和领办村集体合作社，都是新时代新型集体经济组织的主要形式。按新修订的《中国共产党农村工作条例》要求，村党组织还应该领导合作经济组织。共同的特征都是在党组织领导下走共同致富的道路，另一个重要特征就是在合作基础上的村民自治。党的领导和村民自治是辩证的统一，同等重要。这是相信群众、相信党的完整体现，是以人民为中心的生动体现。

1 龙塘村的两个百分之百

龙塘村早先是大方县最边远的村，距大方县城70公里。划归百里杜鹃管理区（县级机构）后，它仍处于三县交界地，是个一级贫困村。

"一年去县里开一次干部会。"村支书李大均说。

李大均生于1962年，在龙塘村读完小学后到戛木乡中学去读到初二。他当了17年村党支书。交谈中，他不止一次说到自己文化低，村里很需要高水平的年轻人。给我的感觉，这不是谦辞，是务实。看他做出的事，我感觉他判断是非利弊的能力、学习能力、操作实施的能力都很强。

2017年毕节开展学塘约，他去了两次。那是真心实意想学，回来就认真学发展集体经济。龙塘村辖八个村民组，801户2578人，建档立卡贫困户201户703人。龙塘村在毕节第一个做到了：全村农户百分之百加入了村集体合作社，农民承包地百分之百入股到村集体合作社。

毕节市委要求的两个百分之百，是所有的村要创办村集体合作社，所有贫困户要入社。龙塘村做到的两个百分之百，是全体村民入社，全部土地入社。这不是一件容易做到的事。

由于村民是以入股的方式将承包地全部交给村集体统一经营，村集体便不必像别处那样支付土地流转费，村民则是以全力支持集体发展的状态，一次性把30年的经营权彻底交给村集体。这意味着全体村民把自己的长远利益同村集体的发展捆绑在一起了，大家只有努力去发展生产，群策群力，集体发达大家才能分享到更多利益，这就叫共同致富。

实现了村民全入社，土地全入社，龙塘村还得以做到资源全整合，产业全链接，管理全统一。每个"全"都不简单。比如龙塘村共有耕地2900亩，土地所有权、承包权和经营权都统一到村集体，就是实实在在地巩固了农村土地集体所有制，村里以每亩地4.14万元折价，就是1.2亿元。我曾问，为什么按一亩4.14万元折价。李大均说，政府在我们这里征用一亩地就是这个价，那我们村集体的地就值这么多钱。龙塘村接着将林地、荒山、藏酒洞、酒店、游泳池等评估作价达1.41亿元。那么村集体资产至少有2.61亿元。这就是他们说的"资源全整合"。这是全体村民共有的资产，是龙塘村同任何外来企业做合作项目的资本和底气。

龙塘村因此成立了一个村集体股份经济合作社，此外还有七个党支部领办的合作社。上述"资源全整合"的资产，就是村集体股份经济合作社的资产。这么做的政策依据是什么？

2016年12月26日颁发的《中共中央国务院关于稳步推进农村集体产权制度改革的意见》，一开始就写道："为探索农村集体所有制有效实现形式，创新农村集体经济运行机制，保护农民集体资产权益，调动农民发展现代农业和建设社会主义新农村的积极性，现就稳步推进农村集体产权制度改革提出如下意见。"

为什么要"保护农民集体资产权益"？就是要防止被外来的和个人的资本侵吞。文件接着在"重大意义"题下写着："农村集体产权制度改革是巩固社会主义公有制、完善农村基本经营制度的必然要求。"这些文字都明明白白地写着：是为了有效实现集体所有制，巩固社会主义公有制。那么农村集体有哪些资产？文件写明有三类资产：资源性资产、经营性资产、非经营性资产。原文如下：

"农村集体资产包括农民集体所有的土地、森林、山岭、草原、荒地、滩涂等资源性资产，用于经营的房屋、建筑物、机器设备、工具器具、农业基础设施、集体投资兴办的企业及其所持有的其他经济组织的资产份额、无形资产等经营性资产，用于公共服务的教育、科技、文化、卫生、体育等方面的非经营性资产。这三类资产是农村集体经济组织成员的主要财产，是农业农村发展的重要物质基础。"

我国每个行政村都可以根据中共中央国务院这个文件，对村集体资产进行整合评估认证。这就是村集体股份经济合作社的资产，属全体村民所有。去巩固它并发展壮大，就是捍卫农村集体所有制，也就是巩固社会主义公有制的农村经济组织建设。

回顾一下，塘约村的"七权同确"就是这么做的。因为这样做了，塘约才得以全村实现"一清七统"。再看龙塘村学塘约，在"管理全统一"上做到：对合作社管理人员和社员骨干统一培训、统一管理，对产品质量统一标准、统一检测，对产品销售统一定价、统一渠道，对经营收益统一提取、统一分配。对项目论证、财务村务统一把关、统一审核。

你看，这里有十个统一。这就是村社一体的合作社。由于有了统一领导、整体规划，就为龙塘村党支部领办七个专业合作社准备了很好的组织基础。龙塘村做到这些，还有个重要因素。

2 独特的新时代农民协会

走进龙塘村，一座看去只有三层的大楼宽阔高耸，大门窗大玻璃，给人的感觉是——只在县城才看到这种造型的建筑。楼顶上高高地立着"龙塘村新时代农民协会"十个红色的大字。这是我多年来第一次看到有个村这样打出农民协会的牌子。

我问："为什么是农民协会？"

李大均说："我看《塘约道路》里面说，要把农民重新组织起来，我也不懂得怎么组织，听老年人讲以前有'农民协会'，还有老电影上看的'农民协会'，我们跟大家商量，就把农民协会办起来了。"

我感觉到李大均善于学习（他甚至吸收了近百年前湖南农民运动的经

验），而且能无拘束地自主创造。他办农民协会，没想让别人学他，也没具体模仿谁，只想解决本村的问题。

塘约村有个"老年协会"。龙塘村的农民协会管理的事务要多得多。它有六个分会：产业发展分会，议事监督分会，纠纷调解分会，红白理事分会，环境卫生整治分会，文化宣传分会。这六个分会，每个分会都有实实在在的乡村事务。六个分会，把村里方方面面的人物都组织到乡村事务的管理工作中来，堪称村民自治的典范。这本身是一种高妙的组织起来，把村里各种人才的积极性调动起来，事情就好办。

"学塘约，第一步学了搞卫生。"李大均说。

我想起毕节和烟台的很多村都是从"清垃圾"开始的。李大均说的龙塘村情况，看来也是这样。几十年来，龙塘村到处是垃圾堆，在没人住的地方堆得高的有七八米，那是两层楼高了。更多的是随便乱倒、乱抛的垃圾，基本上是靠风吹、靠水冲、靠火烧才减少堆积。除了垃圾堆，还有破砖堆、粪堆等，臭烘烘的。龙塘村有酿酒的传统，酒香和臭味混一起的味更说不出是啥味，自己难闻，来龙塘村采购酒的人也难闻，很影响酒的销售。

怎么改变？村里成立的环境卫生整治分会就起作用了。他们创立了一个"十户联评"机制，定期组织卫生大评比，每期评出十户"贤惠人家"给予奖励。在倒数第一名的家门上挂"黑牌"。查出卫生脏乱差问题的农户，务必在24小时内搞干净。否则纳入"黑名单"管理（学塘约的"红九条"与"黑名单"）。这一招真灵。2019年12月，龙塘村被中央农村工作领导小组办公室、农业农村部、中央宣传部、民政部、司法部联合评为"全国乡村治理示范村"，获得一块亮闪闪的铜牌。

再说龙塘村酿酒的历史，可追溯到朱元璋派兵入云贵追剿元朝余部那个时期。据村民口口相传，明军曾屯兵龙塘，有江西籍随军匠人把酿酒技艺带到这里，与龙塘传统酿法结合产生了龙塘古法酿酒技艺。六百多年来，龙塘村民一直沿用这古法酿酒，用的酒糜俗称"土药子"，由酒药花、白刺花、香麦、苦荞、野丹参等16种植物构成。一百斤粮食酿酒不到30斤，质量很好。

近20年来，村里有人用当地人说的"化学酒粬"酿酒，100斤粮食可酿出55斤酒，质量比古法酿造的要差很多，但都说是"龙塘古酒"，这就损害了龙塘古酒声誉，也损害了按古法酿酒的村民利益。可是，这样的村民越来越多，都是单干，谁能管谁？还有做"黑酒"的五六十户。这样下去，村民之间的矛盾日益扩大，龙塘村的酒业也会被毁。有什么解决方案？

只有党支部领办村集体合作社，把村民的酒业统管起来，统一标准、统一材料、统一酿法、统一销售，才能拯救龙塘古酒。在这过程中，龙塘村的"产业发展协会"起了很大作用。这是在党支部领导和村民自治相结合的努力下，全村142家酿酒户全部加入了党支部领办的酒业合作社。"龙塘古酒"有了统一的商标，2019年产量90多万斤，产值1000多万元。我去参观了他们的洞藏酒库，是个溶洞，冬暖夏凉，恒温13℃，分六个区，可藏酒十万斤，现有藏酒五万斤。

有了这些，他们接着就做到"产业全链接"。比如将酿酒与种植养殖业链接，酿酒产生酒糟，酒糟养猪，猪粪作为果园、花园的肥料。又将农业与旅游业链接，打造了采摘果园、玫瑰花园、生态茶园，继而将观光旅游链接民宿。现在看看，这个三县交界相当偏僻的地方怎么搞旅游，有谁会来呢？

前面说过，龙塘村今属百里杜鹃管理区。"百里杜鹃"本身是个延绵百余里的杜鹃花原始林带，拥有世界杜鹃花五个亚属的全部，最奇特的是一棵树上开出不同颜色的花，达七色之多。还有地球上已知最大的杜鹃花王，树龄千年，一树繁花万朵，人称"独树成春"。每年春夏有两个多月花期，一百里杜鹃花漫山遍野七彩缤纷，是世界上最大的天然花园，现为国家5A级景区。2007年毕节以此地为中心，将大方和黔西两县最远的乡划出七个，成立一个百里杜鹃管理区（正县级机构），龙塘村就在那时从大方县划归百里杜鹃新区。

龙塘村有了村集体合作社后有了底气，看"百里杜鹃"已经把各地游客吸引到这方土地上来了，那就可以考虑做"花区之外"和"花期之外"的文章。当然这也要有一定的魄力。

龙塘村喀斯特地貌上的荒山，种庄稼并不合适，因为没有树木和植被，雨水冲刷会加速水土流失。但可以种经果林，也可以种玫瑰花。玫瑰属灌木，高大的玫瑰可高达两米，且耐旱耐寒。也可种茶，茶树为常绿灌木。

于是，党支部领办的农业合作社种植了2200亩果园，除去200亩是与毕节东田生态农业有限公司合作，两千亩都是本村独立经营，成片种植了李、梨、玛瑙红樱桃、猕猴桃、红桃、香桃、板栗。其中九百亩就是在荒山上开垦出来的，这就是在喀斯特地貌的荒山上造花果山。

合作社又同康泰农业发展有限公司合作，种植了五百亩玫瑰花园，其中食用玫瑰四百亩，观赏玫瑰一百亩。玫瑰花从5月开到11月，有六个月花期。同时配套建设户外露营、婚庆摄影、玫瑰加工厂。食用玫瑰丰产期每亩可年产1000斤鲜花，烘干有100斤干花，批发价为百斤万元。还将继续开发提炼食用玫瑰原浆和制作鲜花饼、玫瑰糖、玫瑰酒等玫瑰系列产品。合作社又同百里杜鹃管理区的瑞禾集团合作，种植了515亩茶园。

由于龙塘村每一寸土地都集中到村集体合作社经营，不存在流转给外来企业的情况，龙塘村对土地有充分的自主经营权，以上两个都是龙塘村党支部领办的合作经济组织。

农旅结合链接了玫瑰花园、采摘果园等，还得让人来了有地方吃住，村集体建起了"天溪雅苑度假酒宿"。龙塘村有一条河，河水为两岸高山流来的山泉，清澈见底。此河原本无名，现在叫它"天溪"，"酒宿"就是有吃有住的意思。龙塘村又与毕节东田公司合作，建起了22栋钢架结构的旅游住宿小楼。每栋小楼两层，面积70平方米，上下三个卧室加一厅一厨一卫一阳台，里面设施完备、整洁温馨。还配套建了一个1500平方米的游泳池。在这偏僻的山村，看了漫山遍野的玫瑰花，蓦然又见一个清澈地映照出蔚蓝天空的游泳池，真感觉是到了世外桃源。

这个项目带动了39家农户改造装修自建房屋发展民宿，也归入合作社统一管理。于是，党支部领办的这个合作经济组织总床位有610个。2019年8月开始营业，接待游客1000多人。2020年受疫情影响，4月才恢复营业，到9月接待游客已超过3000人，仅此一项的综合收入达到150多万元。

现在看一下龙塘村党支部领办的七个合作社。

1. 工程队。一个村庄要发展，这样的农民工程建筑合作社都是需要的。党支部领办，集中全村相关人才，这一合作社也是比较容易办的。塘约村也是从组织建筑队开始，至今，工程建筑是塘约村的支柱产业。龙塘村的工程队目前有106人。

2. 农业队。种植高粱、玉米（约三分之二用于酿酒），种植和管理果园、茶园、玫瑰花。

3. 酒业，280人。

4. 商贸小超市，这是完全由村集体办的供销合作社，这也是每个村集体都可以办的，是一定会盈利的。它不仅方便村民，游客来了可购物。里面有本村合作社经营的蜂蜜、茶叶、大米、玫瑰系列纯天然产品，也有体现当地民族文化的旅游商品。可以为顾客办理电商，快递到全国各地。

5. 旅游酒宿，管吃管住（合作）。

6. 515亩茶园（合作）。

7. 500亩玫瑰园（合作）。

与龙塘村隔河相望有个中塘村，那里种植了千亩月季。龙塘、中塘都隶属黄泥乡。在百里杜鹃管理区党工委和黄泥乡党委的支持下，龙塘中塘两村共同组成"花田酒肆"景区，已被批准为国家3A级景区。

李大均告诉我，现在来龙塘村观光的人，听说我们村2017年以前集体经济是零，村办公楼外面也被垃圾包围，里面办公桌上都是灰尘，手一按五个指印，人家都不相信。他自己回想，那种贫困和脏乱差也好像就在昨天，甚至还能闻到那种刺鼻的味道。

我感觉大均书记的这个说法很有意思，记着2017年前后的显著变化，会更珍惜走集体化道路。龙塘村2019年全村脱贫，同年被评为全省"乡村振兴示范村"。村庄大部分新产业还在生长中，但已显出农工商综合体的雏形。我感觉这个村还有未被认识的成长因素。

3 党的领导和村民自治

村支书李大均多次谈到他自己文化低，村庄非常需要高水平的年轻人。我感觉他说得诚恳而迫切，因为村里新开发的玫瑰园、茶园、果园以及扩大发展的传统酒业，都有"接二连三"地开发深加工，建工厂、走市场的问题。有很多新知识要学习，确实需要新一代年轻人来把产业做大做强，把家乡建设成更有文化品质的大花园。这里仍然有他的梦想，有迫切去实现的愿望。

他说自己能力不强，那龙塘村这些变化是怎么做出来的呢？并不是一句学"塘约经验"就能解释。我知道很多开展学塘约的地方有很多人说，我们这里缺左文学那样的村支书，学不了。那么李大均是"左文学"吗？

我曾与百里杜鹃管委会主任骆丽红、管理区党工委组织部长彭婷，还有黄泥乡党委书记彭石有过交谈，看他们对龙塘村那种熟悉和关心，我知道不能忽略上级党委对龙塘村这个边远村寨的大力支持。但一定还有达成今日龙塘村变化的重要因素，我再次想起他们的"新时代农民协会"。

龙塘村的红白理事分会有50人。起初是学塘约制定全村统一的宴席标准，避免攀比铺张浪费。随着游客的到来，他们承接了游客接待、酒席办理，还参与民宿运营，参与采摘果园、菜叶、花卉的种植管理，保障游客来了玩得开心，吃得满意。他们就成了旅游酒宿合作社的一部分。

文化宣传分会，听起来感觉跟发展产业没啥关系吧，分会长赵理是个女青年，负责村里的一应文化宣传工作，用好大喇叭、建好文化墙，办好讲习所，还组织文艺宣传队。游客来了，给客人表演具有当地少数民族特点的文艺节目。这支队伍也就成了服务于旅游酒宿合作社的一部分。

议事监督分会，在龙塘村具有特别重要的意义。他们对全村产业发展规划的合理性和可操作性开展评审，在项目实施过程中进行监督，保障每笔资金用在刀刃上和资金使用公开透明。他们参与民主评议全村重大事项，通过调查、评议、质询三种监督方式，确保每项政策公平公正公开，每个项目都在阳光下运行。他们还督促协会成员尽职尽责，为龙塘村经济健康发展、村容整洁、村风文明持续保持良好局面而工作。

纠纷调解分会，主要由村里德高望重的寨老族老组成，李大均亲自担任分会会长。他们协调邻里关系，解决村里出现的各种纠纷，几年来做到小事不出组、大事不出村，全村零上访，为村庄的和谐发展作出重要贡献。

李大均说自己能力不强，那么谁强呢？我不禁想起汉高祖刘邦曾说："论运筹帷幄决胜千里，我不如张良；论抚慰百姓供应粮草，我不如萧何；论领兵百万决战沙场，我不如韩信。"那么刘邦凭什么打败项羽建立汉朝呢？因为他会用人吧。这个联想或许太遥远……但是，龙塘村的新时代农民协会，还令我想起毛泽东的《湖南农民运动考察报告》。

毛泽东在文中写的第一个小标题是"农民问题的严重性"，第二个小标题就是"组织起来"。文章中具体写了组织起来的农民在乡村中做了14件事。这些事包括把牌、赌、鸦片都一概禁绝，丰盛酒席也被禁止，还禁放鞭炮和三眼铳，禁杀耕牛，还清匪，还办农民学校，成立合作社等。

"特别是消费、贩卖、信用三种合作社，确是农民所需要的。他们买进货物要受商人的剥削，卖出农产要受商人的勒抑，钱米借贷要受重利盘剥者的剥削，他们很迫切地要解决这三个问题。"毛泽东写道。

还修道路，修塘坝。"这也是农会的一件功绩。没有农会以前，乡村的道路非常之坏。无钱不能修路，有钱的人不肯拿出来，只好让它坏。略有修理，也当作慈善事业，从那些'肯积阴功'的人家化募几个，修出些又狭又薄的路。农会起来了……不久时间，许多好走的路都出来了。"毛泽东在1927年春写下的这些内容，我们今天读着并不陌生。

"龙塘村新时代农民协会"这十个鲜红的大字高耸在龙塘村最大的一座楼的楼顶，是龙塘村最大的一块牌子，看来也是村支书李大均心里最看重的一个农民组织。

李大均说自己文化低、能力弱的时候，他的部下也在场。把自己放低若愚，部下的聪明才智便涌现。2017年办集体合作社后，强调党建引领，龙塘村党员发展到38人。现在活跃在农民协会里的骨干比村委会干部多得多，且大部分是党员。能把这么多人的能量发挥出来，我感觉李大均不简单。所谓"成熟的稻穗头是垂得最低的"，大约是这样吧。龙塘村虽小，我相信那里面也有他们的张良萧何与韩信，我不知他们是谁，且把这个农民协会会长和分会长的姓名列在这里，以志尊敬。

龙塘村新时代农民协会会长由村支书李大均担任。

议事监督分会，会长吴道江，副会长李喜华。

产业发展分会，会长李大均，副会长廖斌。

环境监督分会，会长李瑞立，副会长李喜斌。

红白理事分会，会长李运奎，副会长侯尚义。

文化宣传分会，会长赵理（女），副会长刘方明。

纠纷调解分会，会长李大均，副会长高德友。

我想应该认取，把农民组织起来，首先把村里各种人才组织起来，使他们因参与到村里的各种工作，发挥出自己的作为，而体验到生命的光华，这非常重要，非常高妙。

龙塘村的迅速进步，是党支部领导和村民自治相结合的典范。我在这里看到了，要搞好一个村，不一定非得有左文学。有一颗公正之心，能激发调动很多人共同工作的积极性与创造性，就有很多好支书。

4 白马村与东桑西移

织金县熊家场镇有个白马村，这个村的党支书是位女子，2019年我去白马村时，她脚受伤了，拄着拐杖。这年她59岁，名叫张龙敏。

"我们村以前有三个农民专业合作社，养鸡、养猪、养牛，后来就剩一个养牛的。"她说2017年毕节推广学塘约，她心里一下就亮起来。

村主任叫张健，比张龙敏小六岁。全村有38名党员，先开党员大会，集体学习镇里发下来的《塘约道路》。再入户去宣传，光靠嘴说不够，要去看。于是组织了58名群众代表，党员38人也全部去，包了大客车浩浩荡荡去塘约。

白马村有八个村民组，820户2508人，建档立卡贫困户105户444人。有彝、苗、汉三个民族，少数民族人口占60%。参观回来就召开大会，让大家报名参加集体合作社，当天报名106户。看看名单，贫困户全报了名。最初，合作社选择种姜、大蒜、辣椒。"销路出问题，失败了。"张龙敏说。

2018年春，熊家场镇党委书记谌业勇来白马村，向他们推荐了"种桑养蚕"。几千年养蚕织丝都是江南的事。贵州高原能干这事吗？我曾问谌业勇书记怎么想到这项目，他说某次去南方开会听说"东桑西移"，广西搞起种桑养蚕了。因浙江土地金贵，种桑不划算。"广西搞了，毕节行吗？"那就去调研。在谌书记帮助下，联系到广西懂种桑养蚕的人，张龙敏和张健去与他们见面。又通过上网查资料，懂得桑当年种，当年可长到一人多高。当年采桑就有收入，在广西养蚕基地，农民卖桑叶一公斤一元钱。一亩地头一年可采桑3000斤，第二年可采7000斤。种桑一次可用30年，成本头一年投入约1500元，第二年投入200元就够了。养蚕卖茧收入就更高。什么样的地可以种桑？

"有土的地方就能种。"张健给我介绍的时候，已是结合毕节情况了，"种桑抗旱力强，随便扦插就能活。除了水田不能种，陡坡、深谷都能种。不用浇水，雨水就足够。"

"桑叶最不能打灭虫药。"张龙敏说，"如果有农药残留，蚕宝宝会被毒死。我们这里是高原冷凉气候，不容易长虫。"

谌书记说："这个村的支书、主任团结，号召力强。选他们做比较容易成功。"我看到白马村的产业选择和发展，也是有上级党委支持的。

就这样选择了种桑养蚕。他们与江凝蚕业有限公司合作，这是一种独特方式：双方各自建蚕房，分开独立经营。对方负责提供技术、蚕种；合作社流转一千亩土地给对方，部分村民到对方经营的桑地去务工，对方支付土地流转费和农民务工费；村集体也种桑一千亩。分开经营是为了有利于自主发展。

白马村重视外出学习，又组织了30多人去广西学习，回来就干。组织社员种桑。建蚕房五栋，十个车间。采桑叶计量，一斤三角钱。采得最多的女工一天能赚200多元。这就是组织起来集体状态下的劳动分工。

一切都在学习中，三年迈出了三步：

第一年，学会种桑养蚕，并将蚕茧全部卖出。此前最担心的是养出蚕茧后卖不出去怎么办，于是与合作方签订协议，由对方以每斤蚕茧十八元的保底价全部收购。

第二年，把蚕茧直接卖给广西的缫丝公司，每斤价格可达25～28元。这年学会自主销售，收入提高了30%以上。

第三年，建蚕丝被厂，派人再去广西学习，购进设备，回来自己把茧变成丝，做成蚕丝被，收入再稳定翻倍。

在毕节，从幼蚕到结茧28天。不到一个月就可以变成钱。一年可以养十期，卖十次。这的确挺诱人。实际上，从种桑卖叶就可以赚钱了。第二年就有村民自发种桑，把桑叶卖到合作社，一公斤青叶一元钱，由此发生了一系列先前想不到的变化。

一是桑叶增多，养蚕就增多，集体蚕房不够用了，合作社社员可利用家里的空间家养，这是男女老少都能干的话，极有利于人力资源开发。可见选准一个有前途的产业，农民自己会积极地推动这个产业发展。

二是养出的蚕茧全部由合作社收购，统一外销，这打通了种养和销售，打通了山村和外界，更打开了干部和群众的眼界。

三是听说了种桑至少要一万亩才有规模建抽丝的生产线，那样会更赚钱。可是本村种桑不够。但是，周围的村庄第二年就有农民种桑把桑叶卖给白马村。"这是个打破'村自为战'的机会。"村主任张健说要抓住这个机会。干部们主动去与周边几个村联系，告诉他们卖桑叶赚钱不多，加上养蚕才更赚钱。于是达成协议，白马村负责教他们养蚕，并负责收购全部蚕茧。蚕茧这东西不像蔬菜水果，不会卖不掉烂了。既然白马村保证，你产多少，我就收多少。这个产业各村也容易接受，就相继做起来了。

四是听说广西的蚕茧可抽出900米丝，白马村的蚕茧可抽丝1200～1300米！这让他们难以相信，可这是从广西的缫丝厂透露出来的，他们自己还不清楚怎么去检测，但感到了这里面学问大。

五是第三年周边有四个行政村的集体合作社发展种桑养蚕，所产蚕茧全部卖给白马村合作社。这促使他们在2020年就建蚕丝被厂，做成了蚕丝被。

令人意外的还有，与白马村合作的江凝蚕业有限公司也把他们产的蚕茧交给白马村合作社帮助抽丝，不是卖茧给白马村合作社，是让帮助加工成丝，江凝公司支付加工费。

"蚕丝被怎么卖？"我问。

"一斤蚕丝一般358元。三斤的蚕丝被价格在千元以上。"

"好卖吗？"

"我们这里的蚕丝被供不应求。"张龙敏说。

白马村做这个产业前后才三年，目前也还在"学步"阶段。2019年底白马村全村脱贫，人均纯收入10500元，村集体经济达到100万元。白马村荣获"全国乡村治理示范村"荣誉。由于女支书张龙敏带领妇女们（大部分是留守妇女）全部参加到种桑养蚕业，白马村还被评为"省级巾帼示范村"。

在白马村采访，我也有不少新发现。白马村党支部领办的合作社，起初是贫困户全部加入，接着有接近贫困户的"边缘户"加入，达到60%的农民入社。不久，没入社的看那能力弱的入社后都干得不错，收入不少，于是纷纷入社，现在入社农户已有90%以上。

"那没入社的是什么情况？"我问。

"都是出去打工多年没回来的。在村里的百分百入社了。"

"村里还有多少人在外打工？"

"还有50%劳动力在外面。"

"这跟90%以上入社……是啥关系？"

"在外面打工的都是青壮年，他们的父母在村里入社了。"

由此可见，推行"村社一体"，做不到一开始就有全部农户入社不要紧，最重要的是党支部要去领办集体合作社，首先把贫困户全部吸收进来。记住"低门槛，易起步"，如老子说的"天下难事必作于易"，从容易做起，大家见到好处就纷纷加入了。

还能看到，单家独户能种菜种果，养猪养鸡，但干不了种桑养蚕。种桑养蚕是要有众多人参与的，它天生适合集体运行。白马村还有荒山草坡3500亩尚未开发。这是他们的潜力。熊家场镇有18个行政村，有多么大的潜力！桑树耐旱，易种易活。党支部领办的合作社带领社员去开荒山种桑，桑树不需浇水，靠雨水就够，长起来还起着蓄水保土的作用。这就是在喀斯特地貌的荒山上造青山，这是多么壮观的绿色发展。

熊家场镇已有多个行政村搞了种桑养蚕，他们在技术上、组织上都还需要上级党组织的帮助。如果在上级党委领导下，各村党支部领办的合作社组成合作联社，进一步办起丝绸厂，必有更绚丽的景象。

离开白马村后，我得知毕节搞种桑养蚕产业的还有纳雍县、大方县、七星关区的不少村，其中纳雍的勺窝镇17个行政村种桑已达到1.66万亩，与这个产业有利益链接的农户达9944户3.59万人。贵州省农业农村厅的桑蚕专家、省农科院蚕业研究所的研究员曾到勺窝镇调研，认为勺窝镇养出来的蚕茧多为5A级以上，丝长在1300米以上。据勺窝镇干部介绍，勺窝产的蚕丝最长的有1700余米，达到6A＋。这是由于这里种植的桑叶蛋白质含量非常高，是地理因素的天赐。并非勺窝一镇如此，而是毕节有着相近海拔冷凉气候的地方均有此优势。

"上有天堂，下有苏杭"，江南自古被认为是天生的丝绸之乡。丝绸之路光耀千秋。今见贵州毕节所产蚕丝绝佳，倘使大规模发展，毕节有一天竟成享誉全球的新兴丝绸之乡，那是怎样的景象！此前途值得毕节人重视。

第十五章

乡镇党委统领合作社

　　塘约村脱颖而出，在于解决"一户农民的单打独斗"问题。毕节全市推行党支部领办村集体合作社后，如何解决"一个村的单打独斗"问题，上升为主要矛盾。换句话说，这时发现，当行政村普遍有了集体合作社后，如何解决"一个村的单打独斗"问题，是具有普遍意义的新问题了。这促使"乡镇党委统领合作社"应运而生。毕节走到这一步，意味着推行党支部领办村集体合作社，走上了一个更高层次的阶段。乡镇党委书记、县委书记也由此凸显出更关键的领导作用。新中国的历史上，领导修建红旗渠的县委书记杨贵，领导治沙的兰考县委书记焦裕禄，都是在农民走上集体化道路后出现的光辉榜样。走好合作化道路，发展壮大集体经济，已是新时代发展的必然要求，是乡村振兴的热切呼唤。

1 鸭池镇的"两包一干"

2020年8月21日，七星关全区党支部领办村集体合作社现场推进会到鸭池镇观摩。我在这个镇所见所闻，出乎意料。

"不能把集体合作社办成村支书的合作社，也不能办成大户的合作社。"只听他这句话，我感到要对他刮目相看了。

他叫谢永贵，鸭池镇的党委书记。他于1981年出生在七星关阿市乡草坪村，白族人，家有六姐弟，他最小。读完初中，他考进贵州省黔南民族行政管理学校。那是一所培养少数民族干部的学校。我相信在这个行政管理学校读的三年，对他日后产生了不小的作用。但他自己对这个"中专"并不重视，2001年毕业后跟几个朋友去办一个叫"明天"的民办学校。三个月后他不干了，回家同母亲一起种地。

"为什么是同母亲一起种地？"

"我父亲是老赤脚医生，还当过15年村支书，当到53岁才没当，但还给人看病。没证。来我家找我爸看病的不断，主要是儿科和骨科。镇卫生院院长的小孩病了，也来找我爸看。"

在他的叙述中，我知道了他们家的承包地全是坡地，那种石漠化的旮旯地，有13亩。2002年，他又参加了一次考试，考乡镇干部。仅七星关就有1700多人参加考试，大专毕业生和中专毕业生一起考，录取80人。他以第十七名被录取，分到七星关最边远的田坎乡去工作。半年后，由于这个乡的学校缺老师，他被安排到田坎乡中心校去教初三的数学和化学。

当时乡里规定，学生中考考上500分的，老师就有奖励。整个乡镇只有一个初三班，29个学生。他教的那个学年，中考达到500分以上的有16个学生，按规定该奖励他4000多元，那相当于他当时一年的工资。但是乡里没钱，未能兑现。此后乡中有了新老师，他回乡政府驻村包村。2005年3月，七星关区面向全区事业单位考调16个干部，12男，4女。有300多个干部参加考试。他得知这个消息时只剩一天的复习时间。去不去考？去。考试成绩出来后，78分以上的可以参加面试。他就是78分，以最后一名参加面试被录取。此后他在政府部门工作了13年，2018年1月被任命为鸭池镇党委书记。这年他37岁。

现在看一下鸭池镇，有户籍14011户64679多人；贫困户1391户5593人。有26个村，1080名党员，36个基层党组织。

这是个大镇。这个镇的工作从哪里突破？

谢永贵是个善于学习的人，也可以说他有善于考试的特点，他教的初中生也考得不错。这特点其实就是善于抓重点和要点。有一次，他在大会上听市委书记周建琨强调，中央农村工作条例规定乡镇党委和村党组织要全面领导乡镇、村的各类组织和各项工作。目前我市党支部领办村集体合作社普遍推开了，但是水平相差很大，已经办起来的能不能稳固发展，还没办起来怎么帮他们办起来，现在是乡镇书记们发挥更大作为的时候了。

他就是镇党委书记，该怎么发挥作为？他想到，村集体合作社要有好的发展，前端要选好一个能盈利、可持续、能做大的产业，选准了有远大前途，选得不对付出的代价也会很大。后端要做好销售，做不好，损失会更大。好产业，一般是有一定科技含量的，这就需要培训农民。除了做好销，还应该做好供。村干部的阅历、眼界和能力参差不齐，每个村集体合作社都要选择好做好这些，是很不容易的。想到这些，他的头脑就亮起来了。

善于考试的人，有个本领是善于把要点概括为极简的几个字。谢永贵把做这件事的全部工作概括为四个字：两包一干。

"两包"是包前端和后端。即成立党委领导的镇合作总社，以统筹的方式，把前端的产业选择、资金筹措、技术服务、规范管理和终端的市场销售全包了。"一干"是村级合作社管实施，就是干。

现在看一下他们的组织形式。

鸭池镇有镇党委统领合作社领导小组，党委书记谢永贵任组长。下设工作专班。党委副书记邵兵，党委委员、副镇长、武装部长翟强，党委委员、组织委员张和奎，纪委书记韩明等分别担任各工作专班负责人。

目前设有五个专班。项目开发专班，资金资源统筹专班，技术培训专班，市场开发专班，运营管理专班。负责每个专班的党政班子领导成员"不仅动口，更要动手"。

看一下工作流程。

以产业选择为例。采用村支部提议和项目开发专班建议相结合。在村集体合作社提不出合适项目的情况下，项目开发专班要负责帮助产业选择。所选项目都需要提交给合作社社员代表大会商议，再提交专班调研。专班要考虑技术、资金等方面有没有能力保障，以及对效益、风险等方面进行综合评估，提出意见，最后交领导小组决议。

后端统筹市场开发，流通环节是最大的领域，它包括产品深加工和包装销售。在为村级合作社统购包销方面，市场开发专班联络了辖区内三所寄宿学校、三个中型生产企业、一个监狱，给总数近两万人的食堂供货；同七星关区两个农贸批发市场和六家超市，以及一家专门给"北上广"供货的销售公司签了农产品供货协议。此外，鸭池镇在七星关区的五个点建有冷库。这些都是市场开发和服务设施保障。统筹运营管理方面，设有专门的财务监管机构，对所有村一级集体合作社的财务、分配进行指导和监管。

镇党委统领合作社专设办公室，有专职干部在此上班，分工包括：技术、资金、市场、财务等。

改革开放以来，广东很多企业是"两头在外，中间在内"，即前端利用外资和技术，后端产品销往海内外市场，前后两头都掌握在外资手里，中间靠国内打工仔去干。这种方法被大量复制到各地，前后两端都依靠外来"龙头企业"，农民在中间打工，龙头企业实际掌控着全部经营权。

现在很多"党支部＋龙头企业＋合作社＋农户"的模式，农民也是在中间打工，党支部只是在协同龙头企业流转土地、组织农民去打工。握有实际经营权的龙头企业，掌控着整个经营过程的主导权和最大利益获得权。

也就是周建琨在调研报告中所批评的，"有的村合作社被资本利用，'挂羊头卖狗肉'，成为资本跑马圈地、谋取利益的手段"，结果是"富老板不富老乡"。党支部领办村集体合作社就要克服上述弊端，要真正保障群众利益和村集体利益。

鸭池镇的"两包一干"，由镇党委组织的领导力量和技术力量承担起两头，为村级合作社解决了以往"两头在外"的问题，使中间去实施的村级合作社拥有完整的权益。"镇党委统领"的这种工作承担，是为全镇村党支部领办的合作社提供服务。投入工作的党政领导和工作人员，不得分村集体合作社之利，真正体现"为人民服务"。

试想，在战争年代，如果只号召各游击队或各部队自己去找消灭敌人的目标，如何能有整体的大规模的胜利？如果只靠农村党支部各自去领办合作社，寻找产业发展经济，也不容易快速形成大规模效益。可以说，鸭池镇的"两包一干"是重要进步。

这种进步基于毕节在全市推进党支部领办集体合作社，是在这个基础上，看到各村发展水平悬殊，问题短板突出，鸭池镇的创新就在这个背景上应运而生。鸭池镇由此成立镇党委统领合作社的总部，统领党支部领办村集体合作社26个、村集体股份经济合作社26个，以及党支部领办农民专业合作社23个。

鸭池镇的"两包一干"不仅有"党支部领办"，更有镇党委"统领"。它有利于全镇党支部领办合作社整体较高水平地稳步推进。它是毕节艰巨的脱贫攻坚战逼出来的一项重要的体制机制创新。鸭池镇经验，已跨越了塘约一个村"村社一体"的阶段，在新时代合作化道路上又迈进了一步。

2 大方县的合作联社

几乎同时，大方县在十个以猕猴桃产业为主导的乡镇分别成立了十个乡级猕猴桃产业"合作联社"，并在此基础上组建了大方县的县级合作联社。

大方的创建与七星关的创建有何区别？

七星关鸭池镇党委统领合作社有类似从前"人民公社"对所属各生产大队的领导关系，大方县十个乡镇的乡级猕猴桃"合作联社"，是按同质产业联合起来的。在此之上建立的县级合作联社，其"合作化"程度不只是一个乡镇之内的合作了，是十个乡镇猕猴桃产业的联合体。

大方在县级"合作联社"还成立了县猕猴桃产业总公司。考虑到将来的发展不局限于大方一县之范围，该公司注册为"贵州绿野猕猴桃产业有限公司"。张凌出任公司总经理。

还记得张凌吗？那个大学毕业后回到箐口村的青年。如今他仍是箐口村党支部书记。还记得2019年5月毕节在箐口村召开的现场会吗？张凌对猕猴桃的产业选择，从前端的技术培训到后端的产品销售，都由本村"村企一体"合作社经营，这给大家留下深刻印象，也促进了全市特别是大方县猕猴桃产业的发展。

一个更具普遍意义的新情况是，塘约村党支部解决了"一户农民的单打独斗"问题，但如果只停留在这个阶段，就会遇到"一个村的单打独斗"问题。

毕节推广塘约"村社一体"已有三年多，进而全市推行党支部领办村集体合作社。这时单一党支部领办合作社发展规模小、经营实力弱、市场竞争力差等问题，在毕节普遍显现出来，并为毕节提供了将去率先解决的历史性机遇。

在毕节推行党支部领办村集体合作社的过程中，大方县调整了不能胜任的村党支部书记28名，培育574名农村后备干部充实到村两委班子，345名村党组织书记、91名党组织副书记根据法定程序担任党支部领办合作社的理事长。这样的"战地调整"不是小事，在乡村是惊心动魄的。

大方县在合作化路上迈出的新步伐，是明确的县级统筹，三级联动，建立了"统一产业规划、统一资金筹措、统一技术服务、统一风险防控、统一品牌营销"的"五统一"运营模式。

乡级"合作联社"也是在县委统领下，由凤山乡党委书记李春阳最先发起，十乡镇党委书记以相同的形式相继组建。李春阳是彝族人，1979年生于大方县东关乡田坪村。19岁在师范学校毕业后曾回东关乡一个叫"大寨"的小学当教师。此后任过大方县委办公室副主任、理化乡乡长，2016年被派到大方县凤山彝族蒙古族乡担任党委书记。他对乡村的熟悉以及在县委办公室工作过的经历，都在这项三级联动的工作中发挥了作用。

三级联动办合作社，有助于做实做强村集体合作社的规范化发展，这是筑牢基础。突出党支部领办的主导地位，突出群众的主体地位，这是基本原则。

怎么保障群众的主体地位？突出按劳分配。

坚持按劳取酬为主，按资分配为辅，这非常重要。

多年来形形色色的合作社，几乎都是讲资本、资源、股金，农民在其中打工的工钱，同种子、化肥等物资一样列入成本，扣除这些成本的盈利拿来分配，因而都是按资分配。这是西方经济学的分配方式，被国内外无数的新老经济学家传授给我国形形色色的经济组织。

西方经济学是市场经济学，新中国建立的经济学是政治经济学。这是两种立场不同的经济学。前一种建立在资本主义制度上。后一种建立在社会主义制度上，所称"政治"的含义是要消除和防止贫富两极分化，保障共同富裕。对这两种经济学，站在不同的立场有不同的看法，会分别对它们持赞同或反对的态度。

西方市场经济学的特征是按资分配，不把人的劳动看作是创造财富最重要的财富，而看作是同种子、农药、肥料一样的东西，是生产成本，不能进入分配。如此，资本的所有者才能完整地占有劳动者在生产过程中创造的剩余劳动价值。

现在，大方县三级联动的合作社，极其宝贵的是高扬按劳取酬为主，按资分配为辅，即高扬社会主义分配原则。请看大方县2020年7月15日制定的《大方县党支部领办村集体合作社准则（试行）》第五章《分配原则》，这个原则不仅仅适用于上述猕猴桃产业的合作社，并且适用于大方县所有的党支部领办合作社。我照录如下：

第十六条　村集体合作社总收益实行以按劳取酬为主，按资分配为辅，即第一次分配为按劳取酬，按劳取酬后剩余收益再进行按资分配。其中，总收益是指除去相关生产资料投入后全村产业产生的收益。

第十七条　"按劳取酬"指由党支部领办村集体合作社统一按照工时支付相应劳动报酬，包含产业基地劳动报酬和村公益事业劳动报酬。产业基地劳动报酬指由村党支部统一组织群众从事产业基地工作所产生的用工报酬；公益事业劳动报酬指由村党支部统一组织群众从事公益事业所产生的用工报酬。劳动报酬具体金额按照当地用工市场价核定。

第十八条　鼓励村集体合作社探索"工票"制，即对参加劳动群众按照当地用工市场价标准发给工票，工票可作价入股，也可用于在党支部创办供销合作社或道德积分超市购买生产生活物资。

第十九条　按资分配是在按劳取酬分配后按照产业发展生产要素投入比例进行分配，即按集体股份和投资股份比例分配。

我曾目睹他们县、乡、村三级领导干部在县委办公楼一间会议室里的讨论，我感觉他们坐在一起创造这个文本，是在捍卫农民群众的根本利益，在捍卫劳动者作为主人的地位。

"不能光靠资本搞个产业，农民才去就业。我们要创业，靠劳动创造价值。"李春阳这样说。是啊，多少年来农民打工就业，资本判定农民低廉的劳动力价格，加强农民的卑微。在毕节的大环境里，大会小会强调党支部要"领着群众一起干、一起闯"，而不是"沦为资本中介和代言人"。怎样才叫"领着群众一起干、一起闯"？大寨陈永贵领着群众改造"七沟八梁一面坡"，毕节海雀村村支书文朝荣领着群众在荒山上种树，就是永远的榜样！塘约被赞扬为"新时期的大寨"，也是靠"自力更生、艰苦奋斗"这个劳动者的根本，而不是靠资本。毕节喀斯特地貌上还有很多荒坡，怎样在喀斯特地貌上造绿水青山，不只是山的呼唤，已有村庄创造出山峦起伏的绿海弥望。看一下上述第十七条，里面说的按劳取酬，"包含产业基地劳动报酬和村公益事业劳动报酬"，就是说，你不只是去种植猕猴桃才有劳动报酬，你去修一条与猕猴桃无关的村路，也是有劳动报酬的。如此，才是一个集体，才有劳动分工，才有更广阔的发展和前途。

不能等就业，要创业。即使贫困，劳动可以创造价值。要把按劳分配为主，庄严地写进我们集体合作社的准则。我听到了《国际歌》的旋律，"不要说我们一无所有，我们要做天下的主人。"为找回丢失的精神财富，毕节开展过"寻找老支书精神"活动。许多人发现激励过祖辈父辈的社会理想、心志情感，并没有死去，我们仍能感受到召唤。

他们并不是只讲精神不讲物质，他们通过集体资源折价、财政资金入股等方式，来壮大集体股份实力。如优先将村党支部领办猕猴桃基地纳入国家贮备林项目，目前一期两万亩猕猴桃基地已纳入国家贮备林项目，二期、三期1.53万亩正在按程序申报，将争取财政资金投入2.3亿元。

至此可以归纳一下，大方县三级联办合作社，用他们的话说："县管总，乡管片，村管干。"初衷是选择猕猴桃产业为突破口，意在提升全县党支部领办村集体合作社的整体水平，实践的过程中，则使乡镇党委和县委自身得到不寻常的历练和进步。

3 有组织就有了活力

再看他们创建的县、乡、村三级统筹发展的产业格局。

十个乡镇均依法分别注册了猕猴桃产业合作联社。县级依法注册了县级合作联社。张凌任县总公司总经理，总公司下设综合部、财务部、技术部、市场部、生产部五个部门。各项章程、管理制度、部门职责及人员分工均已创建到位，开展工作。

由于重新认识到劳动创造财富的创业意义，目前大方县已有十个村建立了22个生产队，每个生产队选拔一名懂技术、会管理的生产队长，负责组织群众实施生产任务，开展与农业生产有关的各项劳动。生产队里有男有女，生产队的组建，使村庄出现了久违的活力。

具体看一下凤山乡银川村。

这个村的党总支书记叫杨天啸，他2014年毕业于长安大学。他的父母是非农业户，他在大学入党，毕业前夕参加了贵州省委组织部直接到大学去招收选调生的考试，大学毕业他就被派到凤山乡人民政府工作。到乡第一天，乡里安排他在乡原卫生院的一个小房间住下。这房间原是手术室，隔壁据说是"刮宫引产"的手术室。他说那个夜晚他"彻夜难眠"。

2015年3月，他就被派到一个叫石坪的村去当党支部书记，不是因为他有了能去当村支书的工作经验，而是农村中青壮年几乎都外出打工，有一定文化的村支书实在太少。他生长在七星关城区，对农村不大了解，组织上要让他到最基层去锻炼。2016年他被调回乡政府。2018年4月他被派到银川村担任党支书时，乡党委书记李春阳找他谈话，要他到这个一类贫困村去发挥重要作用。

在银川村他主持创建了一个村集体股份经济合作社，还建有一个猕猴桃合作社，一个冬苏合作社，一个乡村旅游合作社。你看这三个合作社是按产业组建的，乡党委就在这三个合作社建立了党支部，这就是毕节"把党支部建在产业链上"的标准做法。如此，才能实现党支部领办所有合作社。

2020年1月6日，时任省委书记孙志刚在周建琨陪同下来到银川村，具体了解把支部建在产业链上的做法，并给予充分肯定。这天，乡党委书记李春阳还向孙书记介绍了回乡大学生吴婷。"她如今是村主任助理。"

吴婷回忆说，孙书记鼓励她："好好干，农村可以施展才华，农村建设就需要像你这样的大学生！"

我在银川村见到吴婷时，她告诉我，她大学毕业后在家待着，村支书杨天啸和驻村第一书记谢范章一起到她家，问她愿不愿意到村委会当微机员。她想，既然还没找到工作，在家待着也是待着，那就去锻炼一下吧。

到了村部，主要就是面对电脑整理资料，很快就被村里紧张的工作抓住了。这才看到村里在进行一项叫"脱贫攻坚战"的事……一张张表，一户户人，一件件事（比如村里正在家家户户改厨改厕）都关系着村里熟悉和不熟悉的农民的生活。自己就是生长在这个村的，可是村里的这些事跟自己在学校所学的都距离多么远啊……有几次，她想放下这些表格去城市找工作了。"世界那么大……"她觉得有很多她不知道的地方，那才是她将来生活的地方。这时杨天啸派她外出学习。在黔西县食用菌农业科技示范园，她看到了农业科技及其传授给很多农民带来的实际好处。在本县箐口村听张凌介绍"箐口之变"，她感到自己差不多"被震撼到了"。箐口村那耸立在山坡上的崭新的村部，她不知该用什么词去形容，总之是"很棒"。这时她才知道张凌也是大学毕业生，杨天啸也是……这次外出学习整整十天，这是打开了另一种眼界，她看到了很多人在为改变贫困和落后工作，不少曾经交通闭塞的落后村变样了。回村后，她除了做微机员，还被派去马树寨担任包组干部，直接投身到脱贫攻坚中。许多农村工作的新词来到她的头脑，村庄几乎所有的变化都以数据和文字的形式来到她的键盘……她在没有心理准备的时候，成为村委会委员了。农民正以各种形式陆续组织起来，这年春节，银川村要开展第二届农民运动会了，很多农民正积极参与其中。突然，新冠肺炎疫情席卷全国。她负责每天播放大喇叭，并参加挨家挨户上门排查。银川村有六个自然村寨，677户2350人。六个自然村寨都组建了志愿者队伍，出现一批自愿参与防控工作的中学生、大学生。

"银川村是生我养我的地方，我是呼吸着银川的空气，沐浴着银川的阳光长大的。我不走了。"这是她写下来的。

她感到了自己在这里是怎样被需要。"我的父母都是银川村啰嘟组的农民。我很幸运，我的父母没有重男轻女，全力培养我读书。直到现在我才懂得，我所学的知识我的家乡都多么需要。"她也在村庄"党支部领办村集体合作社"的工作中认识到党的作用，向党组织递交了入党申请书。

在银川村，我还认识了一位年龄更小的村干部高丽，她才22岁。高中毕业后，她去广东打工，2018年春节回家过年，被村委会请来帮忙做电脑文字输入工作。她家住渣泥寨，从寨子来到村委会，忽然看到村办公楼，惊讶了："我看到新建的三层楼高的村办公楼，想着以前那个五十人都容不下的老村委会，忽然发现，在我去打工这两年，村里的变化还真是大。"

变化大，工作也多了。高丽到村委会"帮忙"后，也很快被村里紧张的脱贫攻坚工作拖住。从前萧条的村庄，因有各种各样的组织正显得热闹了。2019年7月1日，银川村党总支开展"七一唱红歌"比赛，高丽一方面在渣泥组发动村民参加比赛，组织晚上集中练歌，她当指挥；一方面还要忙村部的组织工作。比赛前夕，领导指定她做主持人。

"太突然了！"她说，"这让我又惊喜又害怕。"

她属于性格内向的女孩，上学的时候就不敢回答问题，不敢上讲台。"我能当主持人吗？"她一遍遍问自己，比上学时要参加大考还紧张。比赛那天，村民都来了，好像从来都没发现村里有这么多人，还有外村的人。村民陆续进场了，她发现自己准备好的台词在头脑里消失了。这怎么办？该她站到麦克风前去了。不能躲避，不能逃跑……她上去了，她主持了，她听见了掌声，也听出了自己的声音有些颤抖。

"七一"之后，她被安排到渣泥组做包组干部。家里人都说，"这是个得罪人的活儿。你不会说话，你干不了。"这回，她自己没有胆怯："只要真为老百姓做事，应该就不会得罪人吧。"

但是，她的性格内向是不容易改变的。"对我来说，办事就办事，让我和人聊天真是很难的事。可是，我也没有办事的经验。"她这样说自己。

"后来我想，我不会说，但可以听。去认真地听农民诉说，站在他们的角度考虑问题。对他们来说，我是一个村干部。但对我来说，我去尽心尽力为他们服务，这是我可以做的。"

再说银川村组建了三个生产队，还组建了供销队。组建供销队的不只是一个银川村，大方县十个组建了乡级猕猴桃产业的"合作联社"全都组建了乡村两级的供销队。供销队的工作属"经商"范畴，是乡村发展"农工商"综合体必要的组成部分。县合作联社成立的市场部，以"奢香夫人"商标作为品牌，承担全县猕猴桃品牌包装和线上线下市场营销，开启大方县猕猴桃品牌化销售的新时期。

生产队与供销队，有劳动就需要付报酬，新开发的产业还没有收入，不能立即支付报酬怎么办？发"工票"。凤山乡合作联社率先采用发"工票"的方法，根据产业劳动的复杂程度和差别化制定工分机制，激励多劳多得。工票按季度兑现薪酬，也可以随时在村文明积分超市兑换商品，还可以按券值上浮10%入股到村集体合作社。

基于产业发展的需要，大方县在着手创建人才库工作了。他们协调毕节市职业技术学院授权大方同心农工职业技术学校开办果蔬花卉技术班，招生八十人，已将招生指标下达各乡镇。培养目标着眼于"产学研一体化"，为猕猴桃产业发展培训专业技术队伍，更为全县经果林发展培养科研团队。

综上，大方县正通过三级联合办社，使合作化道路呈现出更宽广的前途。目前他们正积极推动开发全县十万亩猕猴桃产业规模发展，力争把大方猕猴桃产业做成智能化、可溯源、可持续，具有地理标识的全国样板基地，决心实现从土壤、种苗、有机肥，到保鲜、冷链物流、加工、贸易、农旅全产业链的高质量发展，打造绿色、安全、有机的大方猕猴桃金字招牌和高标准示范园。

合作社、合作联社，生产队、供销队，使往日仿佛"看不见的村民"

陆续组织起来。乡村超市、农民运动会、红歌比赛，先前寂寥的村庄荡漾起激动人心的活力。吴婷、高丽相继被家乡的需要"抓住"，年纪轻轻就成为村干部，可见农村多么需要有文化的年轻人。

4 县委书记要当好一线总指挥

这是本书文字最少的一节，但很重要。

无论七星关区还是大方县的联合办社，都还在初创阶段。上面写到的方法，可能不久就会被更好的方法取代，但他们选择的合作化方向将不会改变。这是对新中国70年的艰辛探索，是对自力更生、艰苦奋斗的继承和发扬。

农村土地承包制后，农民各自耕作，乡镇党委书记很难直接对一家一户的农民去发挥作为。贫困农民之艰难，只能期待村党支部去把他们组织起来，于是塘约村党支部领导群众创办"村社一体"的合作社，在新时代脱颖而出。毕节几年来推广"塘约经验"，继而坚定执行《中国共产党农村基层组织工作条例》，大力推行党支部领办村集体合作社，终于在乌蒙山腹地蔚为大观。正是有了这个基础，如何提升村集体经济发展水平的问题，就摆在上级党委面前了，七星关区和大方县的创新发展就是在这个背景下出现的。

近几年，我陆续到华西村、南街村、滕头村、周家庄、贾家庄寻访，清晰地看到，这些村庄无一不是坚持合作化集体化，发展成"农工商综合体"，才成为"没有穷人的村庄"，它们无疑是乡村振兴的典范。

简单说，一个村，只有农业，没有工业，没有商业，是不可能真正稳固地脱贫，不可能走向富裕的。一家一户分散耕作的农民怎么发展工业？只有党组织能最充分地把农民组织起来，干好这件事。

这只是第一步。检查已经重建集体合作社的村庄，大部分尚在探索中起步的"接二连三"产业，都很薄弱。村庄小，人口少，人才奇缺，也是很大的限制。很多组织起来的村庄都走到了"遇到瓶颈"的阶段。

这个问题，实际上就是"一个村的单打独斗"问题。

这个问题，历史性地放到乡镇党委书记们的面前了。

在毕节我看到，学塘约创办村集体合作社是解决"一户农民的单打独斗"问题，乡镇党委统领合作社是解决"一个村的单打独斗"问题。我还看到，县委、市委、省委领导部署，显现出更大的组织优势，能办更有成效更高质量的大事。

2020年12月28日至29日召开的中央农村工作会议指出，脱贫攻坚取得胜利后，要全面推进乡村振兴。这是"三农"工作重心的历史性转移。县委书记要当好乡村振兴的"一线总指挥"。

第十六章

尽锐出战

"多少年来，毕节贫困的标签，就贴在我们脸上。我们这一代人要把贫困的标签从脸上撕下来。当我们回首往事的时候，给我们的后代讲，我是参加过脱贫攻坚的人，我们多么光荣啊！"不要问这话是谁说的，这话里其实有悲壮，有当代毕节人深深的共鸣。

五级书记抓脱贫，在毕节表现得淋漓尽致。县级领导去当乡镇党委书记。进一步加大在优秀退役军人中选拔村两委干部。大学本科和大专毕业生在农村的"末梢"扶贫，不是一两个人，是一大批。何谓农村"末梢"？那些比自然村还小的窝窝寨，路到那里就到头了，俗称"断头路"。2020年贵州省"七一"表彰大会追授六位献出生命的"全省脱贫攻坚优秀共产党员"，毕节就有三位。而毕节在脱贫攻坚一线工作岗位上牺牲的扶贫干部不止省委表彰的三位，而是31位……

1 六万多个问题

2020年，新冠肺炎疫情加重了要如期完成脱贫攻坚任务的难度。我5月再次到毕节，问起脱贫攻坚进展怎样，周建琨书记告诉我："我们现在查出六万多个问题。"

"六万多个问题？"

"对。"

怎么会有六万多个问题？对我来说，这是个不小的谜。

我开始了解到，此前的3月25日，省里召开各市（州）党委书记抓脱贫攻坚座谈会，周建琨汇报毕节的情况：

> 截至2019年底，我市还有12.5万贫困人口，占全省的40.6%；还有3个中央挂牌督战的深度贫困县，占全省的三分之一；全省纳入省领导挂牌督战的12个县区中，毕节占了5个。目前毕节有剩余贫困人口的村还有2575个，未出列贫困村151个（其中深度贫困村115个），任务十分繁重，压力巨大。

此时，疫情还限制着干部群众的手脚，产业发展、产品外销也受到很大限制。先前制订的各种脱贫推进计划，都不同程度地受阻。疫情发展尚有许多不确定性，必须完成脱贫任务的时间是确定的，所剩时间不多了，毕节能完成任务吗？

周建琨汇报中用了一个词："向难求成。"措施呢？归纳为干部们容易记住的六个字"三围绕一强化"。

一是围绕"补齐一达标两不愁三保障短板"，开展入户大筛查、大遍访、大整改。二是围绕"提升脱贫形象"，结合抗疫开展农村环境卫生综合整治。三是围绕"抓实党支部领办合作社"，增加贫困群众收入和壮大村集体经济。一强化，就是强化"抓具体抓深入抓落实"。

怎么落实？此时毕节已部署下发《毕节市挂牌督战脱贫攻坚大筛查、大遍访、大整改工作方案》。市委建立"双常委"联系深度贫困县制度，市委书记、市长等六名常委分别联系帮扶三个未摘帽的深度贫困县。此三县的县直单位下沉70%以上干部到村。全市下沉到所有乡村的一线攻坚干部达到13301人，全部纳入乡村统一管理、统一调度。

周建琨说："我们将通过入户筛查把问题找出来，做到不遮掩、不隐瞒，早发现、早解决。把筛查发现问题，同省委领导调研我市脱贫攻坚工作指出的问题，以及省级督战发现的问题结合起来，统一建立台账，以'一户一策'推动精准解决。"他的表述中出现了同抗疫相通的举措，正是这样的大筛查，查出了那六万多个问题。

坦率说，我到毕节追踪采访已三年半，曾多次感觉对这里了解不少了，但又一次次感觉，好像才刚刚开始……现在，面对着它的六万多个问题，我再次被触动，心想"脱贫攻坚"讲这么久了，我对它的认识总被他们艰辛的推进刷新。城里的人们，包括我的朋友和亲人们，对这些有没有必要知道？

我想我还是应该做些基本介绍。简单说，毕节是围绕"一达标两不愁三保障"入户大筛查，所查都是脱贫的底线。

"一达标"指年人均可支配收入稳定达到贵州省指导标准。

"两不愁"指不愁吃、不愁穿。至少要有换季衣服、御寒被褥。不说"丰衣"，也要"足食"。

"三保障"指住房安全、义务教育、基本医疗都有保障。安全住房保障方面，房屋质量按A、B、C、D分级，C、D级就是危房，维修改造后必须达到

《农村危房改造基本安全技术导则》标准。毕节对居住条件还有"两硬"要求，一是通户路必须是硬面路，二是进门后的农户院坝必须是水泥硬面院坝。义务教育方面，除了身体原因不具备上学条件的，若家有一个适龄儿童没上学就是问题。基本医疗方面，只要家有一人生病看不起病，更是问题。

毕节还有个"3＋1"保障，是在三保障的基础上加饮水安全保障。还有"八种不能脱贫"，每一种都有很细的质量硬指标。包括：一是住在危房或新建、改建房屋没达到入住条件的不能退；二是未参加大病医疗保险的不能退；三是义务教育阶段有辍学学生的不能退；四是易地扶贫搬迁未入住的不能退；五是未解决安全饮水的不能退；六是"收入"和"两不愁三保障"虽然达标，但因灾、因学、因病等仍处于困难状况的不能退；七是当年进入建档立卡系统的当年不能退；八是没有帮扶措施的不能退。

这还不是全部的衡量指标。比如发现家有一个孩子因没上户口而未纳入扶贫系统的就算漏评。你也许会觉得这些指标不能算高，都是基本生活必需的，但要全面做到已不容易。这就是我国农村中尚存的贫困，是我们祖国的一部分。那正为实现这些"底线指标"而日夜操劳的人们，应该受到大家尊敬。

要求如此具体，每一项都是务必实施的，想"偷工减料"也不容易。诸多涉及贫困农民基本生活的指标，做了没有，做到什么程度？一一记录在案，以便实施、督查和追责。

那六万多个问题，就是这样一户一户"过筛子"筛出来的。谁查的，什么时间查的，有文字记录，有照片。漏查，一定追责。

"有的贫困户，一家就有几个问题。"

"全市总加起来，就是60661个问题。"

在这里，我看到"精准扶贫"正通过一件件细致的工作，在培养干部们的认真。毛主席曾说："世界上怕就怕'认真'二字，共产党就最讲认真。"为民办事贵在认真。很多年来，这种品质已从许多政府部门远去……精准扶贫贵在"精准"，建档立卡是为了逐户逐人逐项逐条实施，有实施者、责任人，有督查者、验收者。验收，不是本市派人验收，而是外地区或外省派入。一来数十人的验收队伍，历时数十天，同样是一户一户调查……不管你愿意不愿意，这都在培育干部务必有一种"认真"的态度、能力和品质。这样的能力和品质是需要在工作中培育出来的。

这六万多个问题，可证毕节把"问题导向"运用到淋漓尽致。很多年，各地为什么有那么多"上访"者，乃至有截访。有很多是群众看得明明白白的问题，有大声呼吁甚至呐喊，可是也无人解决。毕节在脱贫攻坚中所做的"大筛查、大遍访、大整改"，是活生生的"下访"！是扎扎实实的整改，解决问题。真做到"不遮掩、不隐瞒，早发现、早解决"。宝贵啊！事实上，只有解决存在的问题，才能发展进步。因而我以为，毕节这"60661个问题"，是值得记载在毕节历史上的。

对六万多个问题的分析，发现已建立党支部领办村集体合作社的村，因贫困户百分之百加入了村集体合作社，脱贫已基本得到保障。大量的问题，主要出现在尚未建立党支部领办合作社的村，或虽已建立，但产业薄弱。

2 县级领导去当乡镇书记

2020年3月31日，贵州省召开脱贫攻坚"冲刺90天打赢歼灭战"动员大会。会议以电视电话会、电视直播形式开到乡村。

毕节各级收看的分会场里，干部们全是隔两个座位分散坐的，人人戴口罩，看一眼就能感觉到不寻常的气氛。当天下午，毕节市委召集各县区主要领导开会部署实施。此前一天，3月30日，毕节市委组织部、毕节市退役军人事务局按市委部署，已发出《关于进一步加大在优秀退役军人中选拔村两委干部工作力度的通知》。其中特别强调，要注重从脱贫攻坚一线的优秀退役军人中优先选拔村干部。

再看一下毕节的形势。上一章讲过，截至2019年底，毕节的贫困人口还占全省的40.6%。有句话说，全国能不能脱贫看贵州，贵州能不能脱贫看毕节，毕节能不能脱贫看威宁。你或许不信，可以看看贵州省为什么提出"同步小康"？意为：要与全国同步实现小康，不能拖后腿。

"要尽锐出战、务求精准，确保毕节试验区按时打赢脱贫攻坚战。"从2018年7月18日习近平总书记对毕节试验区工作作出重要指示中的这句话，也能感觉毕节脱贫攻坚的不寻常。

在毕节，中央挂牌督战的深度贫困县有三个：威宁县、纳雍县、赫章县。纳入省领导挂牌督战的12个县区中，毕节占五个。

为确保村级领导班子真正强有力，毕节市委常委组织部长石永忠带着干部们下乡、再下乡调研，调整了贫困村党组织书记126人，调整重点县区的村第一书记和驻村干部314人，其中1377个村是支书、主任"一肩挑"。

与此同时，根据对排查出的六万多个问题分布状况的分析，结合省市县督查脱贫攻坚反馈的情况，梳理出相关乡村干部履职能力评价清单，市委决定调整13个乡镇的党委书记。

战场换将。谁上？

毕节选派了13名县级领导下去担任乡镇党委书记。

2020年新冠疫情在全球肆虐，整个春天，媒体上几乎都是抗疫消息。在毕节你会体验到"脱贫攻坚战"是一场真正的"战"！市委组织部从全市选出50名曾经担任过乡镇党委书记或乡镇长的县级领导供市委挑选，最终选出13人。这项决定包括免去他们的县级领导职务，保留原职级，将行政关系、组织关系全部划转到所在乡镇。原乡镇党委书记转任副书记或负责脱贫攻坚专项工作。

这个调整是不得已的。毕节全市查出六万多个问题，威宁问题就占了58%。要调整的乡镇党委书记，威宁县4个，纳雍县7个，赫章县2个，都在深度贫困县。调下来的乡镇党委书记不是不努力，他们在攻坚前线干了很久，很辛苦。但这些地方贫困程度很深，只能进一步加强一线领导班子去完成最后的冲刺。

周建琨与派往一线的13名特派书记进行出征前的集中谈话，要求他们，"要以铁的作风、铁的纪律、铁的手腕，雷厉风行，坚决完成脱贫攻坚任务。"13名书记均表示，义无反顾奔赴一线，不辜负组织的期望和重托。

在脱贫攻坚战中，毕节还从市级选派了92名县级干部到三个深度贫困县担任驻乡帮扶工作队队长，全市累计选派3297名干部进村担任第一书记和驻村干部，推动市直单位100%参与贫困村结对帮扶。

3 五级书记抓脱贫

威宁和纳雍，是毕节贫困程度第一和第二的县。因其贫困程度之深，时任省委书记孙志刚挂帮督战威宁，时任省委副书记、省长谌贻琴挂帮督战纳雍。

从省委办公厅和省扶贫办抽调26名干部组成的督战队，由省委副秘书长胡书东带队，于2020年3月25日进驻威宁。我12月初见到胡书东时，他和他率领的督战队仍在威宁。只见他皮肤黝黑，不知他来威宁之前是否肤色就是这样。但我知道威宁的紫外线特别强。威宁有620个行政村，这支督战队每村最少走了两次。在面积6295平方公里的威宁，这是不容易做到的。

从省政府办公厅、省农业农村厅、省自然资源厅、省社科联等帮扶责任单位抽调11名干部组成的督战专班，由省政府副秘书长田茂松带队，于2月18日进驻纳雍，展开督战。到12月，他们也还在纳雍工作。

"五级书记抓脱贫"，是中国脱贫攻坚的一个特点。我在了解了有关情况后，知道在一些贫困程度极深的地方，若不是"五级书记一起抓"，那样的地方将无法脱贫。这在毕节体现得尤其充分。

威宁双龙镇红光村蔬菜基地的最高点海拔2200米，站在这个山头上，对四面坡地上种植的蔬菜一览无余。双龙镇的党委书记冶伟苍是回族人，他告诉我，2019年11月21日这天，省委孙书记登上这个山顶，看到四面山坡上种的全是蔬菜，冬天了，不用棚，长势很好，孙书记很高兴。

这天陪同孙志刚调研的有毕节市委书记周建琨和威宁县委书记肖发君，还有双龙镇党委书记冶伟苍和红光村党支部书记耿忠劝。这就是"五级书记"都站在这个海拔2200米的高地上了。

冶伟苍对省委书记说的话记忆深刻，他说当时省委书记说，这里的山坡能够大面积种蔬菜，效益比种烟叶还好，一年能够种三季，那么其他的山区都应该是可以种的，要推广这种做法。

五级书记共同站在这个山顶上，共谋通过产业结构调整促脱贫，这不是在办公室里谋划，是在农地里谋划，在谈"山地蔬菜"是一种创新，而首创者是山区农民。

2019年12月，我也走到了红光村这个高地，目睹了视野所及的蔬菜。县委副书记王荣猛告诉我，这片蔬菜基地有24000亩，集中连片涵盖了5个村。我还记得2017年春天我初次到威宁，汽车转过一道又一道山，看到群山逶迤的高冈上，那巨大的山地落差，都是没有水的坡地……我被震撼了，不知道这样的土地有什么办法脱贫。现在我看到山坡上的蔬菜地里都铺设了喷灌或滴灌，有管道把水引到山上来。

"水从哪里来的？"我问。

"杨湾桥水库。"一个镇干部指着很远的山那边说。

"是你们双桥镇的吗？"

"是的。"

"什么时候修的水库？"

"1958年修的。"

"肯定？"

"肯定。"

2020年春，双龙镇把蔬菜种到海拔更高的山地。5月下旬，我登上一个海拔2600多米的坡顶，在这里可以完整地看到11000多亩蔬菜。此时双龙镇的山地蔬菜达到了38000亩，联结8个行政村，是毕节市乡镇一级最大的蔬菜基地。

就在这次，我得知贵州省委副书记、省长谌贻琴于5月11日来过威宁调研，周建琨陪同。

"谌省长是毕节人，织金是她的故乡。"这个5月，她用两天时间，也走到了双龙镇和草海镇的多个蔬菜基地，仔细了解威宁山地蔬菜发展的情况，还去看了迤那镇的万亩精品苹果示范基地，看了江楠现代农业物流园的建设进展——这是西南最大的农业物流园，还看了易地扶贫安置点的情况。她强调政府部门要按照各级党委的部署要求，咬定目标，狠抓落实。

也在这个5月，我听到一个新词"回潮土"，并记住了"冷凉蔬菜"。威宁被称为"阳光之城"，白天日照充足，夜晚土地会回潮。据说这里的高山"冷凉气候"和"回潮土"是造成威宁蔬菜特别可口的重要因素。后来我注意到纳雍、赫章、大方的山地也有"回潮土"，这是毕节山地的普遍特征。

8月14日，孙志刚书记又到威宁召开调研督战座谈会，在会上说："今年全国剩余的52个深度贫困县要摘帽，贵州9个，威宁是9个中任务最重的。威宁如果不能高质量脱贫，首先是我的责任，也有建琨、发君、陈波的责任。在座的所有干部都有义不容辞的责任、推脱不掉的责任。"

在这次座谈会上，孙志刚书记还讲："就是要把党支部建在产业链上。凡是党支部领办合作社的，优先给予支持。县委、县政府要协调江楠市场优先采购他们的产品，让党支部领办合作社更有效率，更有吸引力。"

威宁有个与云南相邻的乡就叫云贵乡，是深度贫困乡。需整改补齐短板的问题，省级督战队反馈有254个，乡级自查有900多个。在云贵乡的乡村能看到挂出的红黄牌预警。预警中包含各种应做和已做多少，还差多少。如全乡危旧房应拆除2500户，已拆除2373户。需补齐两台垃圾车、45个垃圾箱、400个垃圾桶……需补齐进寨路多少公里，已完成多少……细到某寨需要十个电饭锅、十张床及床上用品等。

不仅是云贵乡，在毕节的深度贫困乡村，身在其中都会切实感到这里在战斗！当地干部、驻村干部、督战队三支队伍，每天都按照"一刻不能停、一步不能错、一天不能耽误"的要求在战斗。世界上还有哪个国家，哪些官员和公务员像这样在山沟沟里为改变农民的贫困如此工作。一个个贫困村寨，一户户贫困人家，一天一个样。不论历史留下多少问题，此刻身临其境，眼见这样的脱贫攻坚，是不能不感动的。

就在总攻阶段，省级督战队提出，由于云贵乡历史遗留的难点重点多，乡党委书记推动工作方法较弱，请市委、县委考虑加强领导班子力量。市委、县委主要领导和市委组织部长共同研判后，决定任命就在云贵乡的帮扶干部石磊担任乡党委书记，原党委书记改任副书记，配合石磊工作。

周建琨接着就到云贵乡开了一个座谈会。因为这时刻火线换将，对整个领导班子是有震动的。这里有安抚工作要做，更重要的是，干部们要更紧密地团结起来，去完成最后的冲刺任务。

"这次组织决定，让石磊，58岁的人了，来担任这个乡党委书记，这个任命，我们是很慎重的。"周建琨的话语中其实有一种沉重。他还说："过了6月30日，这是唯一被调整的一个乡党委书记。石磊不可能在这里干一辈子，58岁了，就是在这个最艰苦的地方，最艰苦的时候，把脱贫攻坚任务干完。"

石磊是毕节市督查考核局的四级调研员，这次的新任命，组织上征求他的意见，他说自己58岁还能这样担任乡党委书记，感到光荣。这确实罕见，58岁被任命为乡党委书记，不知全国战场还有没有，在贵州省这是唯一。我记下这件事，以为如此上任的确不是"做官"，把这件艰辛的事做完，他就退休了。

"五级书记抓脱贫，"周建琨说，"从省委书记到村党支部书记，一个村怎么样，关键还是在你们。我们包不了。包，我只能包人。党，管干部，我只能换人。大家共同努力吧！"

最后周建琨说："多少年来，毕节贫困的标签，就贴在我们脸上。我们这一代人要把贫困的标签从脸上撕下来。当我们回首往事的时候，给我们的后代讲，我是参加过脱贫攻坚的人，我们多么光荣啊！"

正确的道理可以说服人，真实的情感才会打动人。他的话让大家感到有一种真切的感情在，不是说对哪个干部的感情，是一种对土地对群众的感情，这是大家能够相通的感情。

4　纳雍，纳雍

关于威宁，后面还会说到，这里讲纳雍。

如果只知威宁极贫困，不知纳雍，尚不足以了解毕节的脱贫攻坚任务之重。时任省委副书记、省长谌贻琴从2018年就挂帮纳雍，"五级书记抓脱贫"在纳雍同样体现得很充分。

纳雍全县人口超百万，面积2248平方公里，29个乡镇（街道），22个少数民族。精准扶贫开始时，全县有245个贫困村，其中深度贫困村98个。全县建档立卡贫困户58202户223661人，多数贫困村属于少数民族聚居村，贫困面广量大。农村基础设施在改善中，仍然很弱，产业单一，民生底子很薄。纳雍县城本身发展滞后，城乡差距还很大，减贫形势十分严峻。

谌贻琴挂帮纳雍联系董地乡。董地是彝语地名，原意指"像厢子一样的田"。该乡是苗族彝族乡，是贵州省20个极贫乡之一，它的贫困程度相当于威宁最贫困的石门乡。

纳雍县委书记彭华昌说："2018年以来，谌贻琴省长走遍了纳雍全县29个乡镇，其中10个是民族乡。"

董地乡就是10个民族乡中贫困程度最深的。谌贻琴来到这里，了解到这里居住着苗、彝、汉、仡佬、布依、白等民族，全乡11个行政村有10个是贫困村，其中深度贫困村6个。有132个村民组，建档立卡贫困人口2718户11936人，贫困发生率42.16%。贫困人口大多数分布在石山区、深山区和石漠化区，耕地少，主产玉米、土豆，灌溉设施严重缺乏，种植粗放、生态脆弱、环境恶劣。

毕节市委宣传部长何云江是挂帮督战纳雍的市委常委之一，他说："省长谌贻琴是白族人，她走到哪里，哪里的老乡同她都彼此亲切。"

何云江此说，其实讲出了谌贻琴的一个特征。"访贫问苦"一词，在今天听来似乎"老旧"了。某种恍若隔世感，一定程度上反映的是，多年来有些党的干部离贫困群众远了。谌贻琴挂帮督战纳雍，她的工作首先就是走乡进村入户，访贫问苦。

她联系董地乡，远不止关注董地乡。她首先走遍了纳雍最贫困的一批乡镇后指出："羊场乡、锅圈岩乡、猪场乡等八个乡镇，贫困发生率比省里绝大多数极贫乡镇都高。"

2019年6月17日，谌贻琴到纳雍，连续两天走村入户调研。羊场乡菜子地村是纳雍最边远的村之一，贫困发生率58.58%。谌贻琴到了村本部，继续向杨家湾组去，山路一直从山脚爬到山顶，即使质量较好的路段，越野车也多次打滑，人只能下车，跟在车后面走。问题还有，这通组路险峻，却没有护栏，如果是下雨天，就不能行车。

她特别关心住房、饮水、孩子入学、医疗等问题。在杨家湾组，她看到群众还在喝"望天水"，饮水安全问题还没有完全解决。她去察看村民喝的"望天水"是否有色有味。

"要切实解决少数群众接雨水作为饮用水的问题，对照安全饮用水标准的指标，起码做到无色无味，长期饮用不生病。"这是她随后在纳雍县座谈会上对干部们说的。她还指出，纳雍县这个还存在饮水安全问题的"少数群众"有多少呢？调查数据是，还有3712户13045人。

在羊场乡菜子地村祝兴义家，谌贻琴看到祝家尚未成年的女儿祝明娟患病后已经卧床几年，当即询问治疗情况。她家人说，治不好。为啥治不好？说是前些年给这个孩子治病已经花了十几万元了。谌贻琴对这个卧床几年的孩子非常同情，希望当地政府还是应该帮助把她送去医院治疗。

在锅圈岩乡土补村阙昌贵家，谌贻琴看到阙昌贵老人也卧床多年。访问中得知他是在干农活时被掉下来的一块石头砸伤右小腿，引发感染溃烂，多年没有得到有效治疗，站立都很困难。当天，阙昌贵也被乡党委政府送到了县医院。

谌贻琴每到基层调研，不是一般地说"来调研了解情况"，而是来之前就先做"功课"，比如来纳雍之前，已从省教育厅了解到，纳雍孩子的辍学率大大高于全省平均水平，控辍保学率又大大低于全省平均水平。她来纳雍调研督察时，就是来了解这"一高一低"里存在怎样的情况。

在锅圈岩乡、羊场乡，谌贻琴都去乡村小学，去村卫生室，与教师、医生深入交流，详细了解学生上学和村民看病就医等情况。现在她了解到，对辍学的学生，老师也去劝了。但是，学生说要回来，实际上没有回来。

"有的女娃十二三岁就不读书了，外出打工甚至嫁人，有的父母还收了别人彩礼，这种情况令人痛心。"这也是她随后在座谈会上对干部说的，"让孩子接受义务教育，这是家长的法定职责，你剥夺孩子的权利让她不到法定年龄就去结婚，这是非法婚姻，不受法律保障的婚姻，这个要坚决打击。"

脱贫标准中有一项指标是"住房安全"。谌贻琴看到好几户住房，主体是安全的，但是连门窗都没有，仅用几块木板挡一挡，典型的透风漏雨。房子修得不小，但是没有厕所。厕所在外面，有两块岩石，天然蹲位。"农户家中普遍使用没有烟囱的煤炉，一进门就感觉头晕。我们省每年都有被二氧化碳、二氧化硫闷死的。"对这些问题，她指出要一户一策认真解决。

在纳雍，她走到乡，走到村，走进户，不亲自去与贫困户交流，她感到不放心，不托底。在锅圈岩乡土补村、羊场乡菜子地村，谌贻琴一家一户地看，走访了王成江、王德云、祝继华、阙参贵、张天全、祝兴林、祝兴义、杨光华、杨光林、王启平、王启光，11户人家。6月19日，她在纳雍召开调研座谈会，请干部们一起谈一谈。

最后，她对干部们说了她的牵挂。她先讲了印象比较深的几个方面，列举道路建设、住房条件、产业结构调整都有了亮点。如羊场乡菜子地村那么边远的地方，通村路都硬化了，有的地方甚至连串户路、院坝路也都修通了，但通组路还存在问题。接着她说，成绩不讲跑不了，问题不讲不得了。

她说："一路走来看到，还有那么多贫困群众生活还那么苦，我心情还是很沉重，深感脱贫攻坚责任重大。对纳雍县，特别是对深度贫困村，要如期打赢脱贫攻坚战，说实在的，我们看了以后，还是觉得不完全托底。"所以，还要重点讲几个问题。

她首先讲到增强责任感和紧迫感的问题。她讲了如果纳雍县不能如期脱贫摘帽，这不仅拖了全省的后腿，更是有负中央向全世界作出的庄严承诺。她说："根本上还是一个对不起贫困群众的问题。"

接着讲了饮水安全、教育保障、医疗保障、住房保障问题。在医疗保障方面，她举了阙昌贵和祝明娟两个例子，指出群众的"放弃医疗"中存在我们干部的责任。

她说："我们的驻村干部，帮扶干部，深入了解这些情况没有？我们不是有三重医疗保障吗，合作医疗报销，大病保险，他自己拿一部分，如果他自己拿不了，还有一个兜底的线。民政救助，你给他申请了没有？首先是帮扶干部他自己清楚不清楚，自己都不清楚，根本就谈不上精准帮扶；如果清楚的，不愿意去跑，那就是工作责任心问题，对老百姓的感情问题。"

她说："从村卫生室看，房子基本有了，关键是缺乏有资质的医生。这个问题要研究解决，暂时配备不了的，通过县乡派驻，要轮回派驻，但这也是应急之策，避免错过最佳救助时间。因病致贫、因病返贫的问题要引起高度重视，我们的基层干部、驻村干部、帮扶干部要对老百姓有真感情。"

接下来讲产业扶贫问题。她讲道，如果没有产业是不可持续的，是要反弹的。"如果产业不成规模，人家要来买吧，一车都装不满。要想加工吧，投资不成效益，更谈不上形成品牌。"她说，"总之不能让贫困群众单打独斗地去面对大市场。要通过合作社把贫困户带起来，提高组织化程度。"

最后她讲到干部作风问题。她举了一个例子。锅圈岩乡有一家贫困户，干部动员种南瓜，大家都种了他才种，可能他当时有些犹豫，种晚了。公司来收购的时候，他的南瓜还没有成熟，错过了这次收购机会，因此就没有卖掉。可是产量还不错，怎么办？干部告诉他："卖不了就拿去喂猪。"

"怎么能这样呢？"谌贻琴说，"帮扶就要想方设法地帮他发展产业，发展起来后，就要把它变成钱。公司不会因为一户瓜农，再来拉一次，但是帮扶干部有责任。帮他联系学校、医院，不行的话，也可以逐级报告。我不是联系纳雍吗，你就找省政府办公厅，省政府办公厅食堂就能消化。怎么就不管呢？我们好不容易把老百姓发动起来，不要把积极性挫伤，挫伤了百姓的积极性就透支了干部的公信力，透支了政府的公信力，以后讲话就没人听。这些反映出我们干部的工作精准程度，我们对老百姓的感情程度。"

讲到"公信力"，谌贻琴同大家交流说："乡里面要把走访作为规定动作。但是你去就要做好功课，你为什么去，你去了能解决什么问题，达到什么目的，不是去走一趟就算了。你是去健身散步啊，如果一样问题都没解决的话，你还不如不去。你去了是透支干部公信力。"

谌贻琴所说，全是她走村入户调研所得的真情实感，她还说道："习近平总书记对毕节试验区工作的重要批示要求我们，要尽锐出战、务求精准，确保按时打赢脱贫攻坚战。可以说是语重心长，充满期待。现在正是脱贫攻坚最吃紧的时候，我希望你们从县到乡到村，每一级都要着急起来、紧张起来，真正把脱贫攻坚政治责任扛起来。真正拿出决战决胜的精神状态和奋斗姿态，真正地做到心无旁骛、全力以赴，扑下身子、干出样子。精准精准再精准，落实落实再落实。要扎扎实实地抓具体抓深入，确保取得实实在在的进展和突破，把初心和使命写在脱贫攻坚的战场上，坚决夺取脱贫攻坚的全面胜利。"

纳雍县委书记彭华昌认为，时任省委副书记、省长谌贻琴在座谈会上对干部们说的话，就是督导纳雍脱贫攻坚最为精准实用的具体要求，仅仅参加座谈的干部听到是不够的，于是根据录音整理出来，由县委办公室下发给各乡镇党委、政府等部门。

2020年，新冠肺炎疫情袭击全球。2月13日，谌贻琴通过视频连线纳雍督战脱贫攻坚和疫情防控工作。2月26日，谌贻琴不通知、不打招呼、不听汇报、不用接待和陪同，直插纳雍县深度贫困村暗访。暗访分成三个工作组，直奔化作乡大营村、锅圈岩乡文化村、新房乡通作楷村。

谌贻琴到达大营村直抵岩头上组，随机走访杨少文家，看到他家自来水管接通了，很高兴，伸手去打开水龙头，却不见水。

"哦。"杨少文说，"放水时间不固定。打电话去，能放水。"

"管理上还有问题。我们反馈给乡政府，会改进的。"

接着去了李安文家。李安文家是因病致贫的特困户，妻子和儿子都患有重病。谌贻琴仔细了解了治病花了多少钱，医保给报销了多少。李安文讲了治病情况，接着说："要是没有政府，别说治病，吃饭肯定都吃不上。"谌贻琴鼓励他一家要有信心治病，并嘱咐随行人员记下这家，要确保他们享受到三重医疗保障。

进村入户访问，是谌贻琴下基层必做的事，就像到家乡一定会回家。从化作乡出来，她还到寨乐乡黑木耳基地和红托竹荪基地去了解产业结构调整情况。暗访结束后，谌贻琴向市县乡反馈了发现的问题，要求高度重视、举一反三、认真整改。

3月26日，谌贻琴再次通过视频连线纳雍督战脱贫攻坚。此时贵州省已部署，大战90天，啃下硬骨头。

从前我们听过很多关于"报喜不报忧"的批评，如今在脱贫攻坚前线，我感到，这里紧张的工作如果用一句话概括就是"找问题，解决问题"。

谌贻琴在督战中说："现在发现问题不可怕，要像疫情防控一样，早发现、早报告、早隔离、早治疗。4月、5月、6月，就要鼓励多发现问题，积极整改。要把整改清单中的问题落实到村到户到人，逐一解决，做到精准实现户户销账、村村清零。"

讲到督战。她说全国政协主席汪洋在国务院扶贫办调研时强调，挂牌督战是为了战，如果督而不战，会变成新的形式主义、官僚主义。她要求："干部要清楚掌握贫困户的情况，形成以贫困户为纽带的联结体系。"这是说，要把建档立卡贫困户的情况完全记在心里，而不是记在档案上。

她说："大家很辛苦，理解！我们这一代人处于特殊时期，注定吃苦，就要担责，大家要把工作做好。"

2020年，谌贻琴8次督战纳雍脱贫攻坚。她把纳雍29个乡镇全部放进了她的心里。她的乡村工作让我想起毛主席那篇著名的《关心群众生活，注意工作方法》，这里面有对人民深厚的感情，也有深刻的政治智慧。

5　在农村的"末梢"

这里记载的也是发生在纳雍脱贫攻坚一线的故事。

2019年10月4日凌晨5点零5分，一阵清脆的婴儿啼哭声在一辆救护车里响起……医生曾说，脱贫任务再紧急，要生孩子了，也得早一点上县医院呀！可是，孩子早产了两个多月，怎么知道突然就要生产了呢？

一分钟前，孩子生下来了，一点声音都没有。满头大汗的母亲顿时忘记了生产的疼痛，惊恐地睁大眼睛。救护车里响起医生拍孩子屁股的声音，忽然，"哇"一声孩子哭出来了，母亲立刻抬头想看看孩子，被医生阻止了。

"躺着别动，怕大出血。"

早产的孩子生出来太小了，医生说早产的孩子需要保温，可是车上没有保温箱。车上也没有孩子的衣裳，没有任何可以包裹孩子的东西。孩子的父亲脱下身上仅有的T恤给了孩子。马上打电话叫120，说明需要有保温箱，对方回复立刻派救护车来接。

婴儿的母亲名叫王艳，是纳雍县羊场乡奢嘎村驻村的扶贫特岗队员。扶贫特岗，是毕节纳雍县的独创。考虑到脱贫攻坚任务艰巨和大学生就业难这两大因素，纳雍县于2016年面向社会公开招考扶贫特岗人员。在全县26个乡镇成立扶贫工作站，增设扶贫特岗编制126名，要求本科以上学历；在245个贫困村设立扶贫工作队，增设扶贫特岗编制383名，要求大专以上学历。共有11814人报考，通过笔试、面试、体检、政审等程序，最终录取509名扶贫特岗人员，录取率4.3%，接近国家公务员考试平均录取率。这批大学与大专毕业生投入到扶贫一线，被称为脱贫攻坚"特种兵"。

王艳是其中一兵。她自己的家乡在赫章县河镇乡河边村岔河组，她毕业于毕节学院。2016年初夏，她25岁来到纳雍县羊场乡奢嘎村报到。奢嘎村是个苗族人口占多数的村寨，王艳是彝族人，有人说"苗寨来了个彝姑娘"。同天报到的还有一位毕业于安顺学院的汉族女青年吴云，她是织金县牛场镇大坝村人。村支书杨孝枪和村主任杨国银热情地迎接了她们。

"刚到村的时候，住处都没有，我和吴云一起住在村公所的一个图书室里面，另有一间我们作厨房用。"

她们最初的工作就是挨家挨户去做精准识别工作，奢嘎村3163人分布在13个村民组，她们走啊走，走遍了600多户。

王艳说："我们早上7点从村公所出发到村民家中照相、量房子、算收入，晚上回来加班做资料，与村两委一起汇总数据。那段时间晚上经常摸黑回到住处，煮两个洋芋蘸着辣椒面就当一顿饭了。"

吴云说："识别出来的农户真的很穷，大部分是靠农村低保维持生活，有些连盐巴都吃不上。所以我们也没感到自己很辛苦，感到做这件事有意义。群众不会写申请的，我们就帮助写申请。"

从这叙述中可见，她们是从精准识别开始，参加了精准扶贫工作的全程。从2016年5月到8月，她们同毕节市派驻的工作队和村两委一起，通过召开群众评议会，村级一榜公示，乡镇审核公示，县级审定公告，最终精准识别出了217户贫困户1084人，并录入全国扶贫开发系统。

村支书杨孝枪介绍说："2017年，市里要求村里要有阵地，在县里统筹安排下，我们开始建村办公楼。王艳、吴云填写的贫困户档案，现在都保存在村办公楼的档案室里。"

王艳、吴云还说，"刚来时村里没集体经济，后来在市人大的帮助下，我们从选址建养猪场开始，建成了2400平方米的养猪场，圈舍有210间，就算村里初步有了集体产业。再后来，党支部领办村集体合作社，村里还有了卫生室、文化活动室、广场、小超市，这些都是集体资产。村办公楼建成，她们已经搬进大楼各自住一间寝室。"

2019年国庆节到来，驻村干部都没放假。王艳的丈夫是威宁县民族中学的教师，他放假了就来奢嘎村看妻子。10月3日晚，王艳还去乡人民政府参加全市脱贫攻坚电视电话会议，回到村里已经11点30分。凌晨1点，她感觉肚子疼得特别厉害，她丈夫赶紧把她抱上车，就往临近的赫章县古达乡卫生院赶。

那峰回路转和颠簸让她肚子更疼得厉害，车子不得不走走停停，平日一小时的路程，花了三个多小时才到达古达乡卫生院。医生建议马上去赫章县医院，于是上了乡卫生院的救护车。

上了救护车，驾驶员车开得很快，王艳说自己实在是疼得无法忍受，感觉快要生了，可是小孩用的都没准备。她说："一路上我内心特别挣扎，不知道今天晚上的结果会怎么样，快到野马川高速路口的时候，我告诉医生感觉孩子快要出生了，医生叫司机停车，孩子就真的生了。"

赫章县医院派来的救护车把产妇和婴儿都接到医院，早产两个多月的孩子只有1.9公斤，医生建议把孩子马上送到毕节市第一人民医院去。孩子的父亲随救护车一同送孩子去毕节了。王艳留在赫章县住院，此时她还没看到孩子一眼。躺在床上，王艳辗转反侧，一面担忧孩子，一面担忧因离开匆忙，手上的工作尚未交接，会耽误村里脱贫进程……直到八天以后，他们母子才相见。孩子健康。2019年，奢嘎村整村脱贫出列。王艳说："孩子能生在脱贫攻坚的路上，也是一个宝贵的经历。"

黄满也是纳雍县扶贫"特种兵"的一个女大学毕业生。2016年5月，她到纳雍县昆寨乡夹岩村报到时，对夹岩村的第一印象是："除了一条通村路，好像再也数不出亮点。"

她是1987年10月出生的，生在赫章县雉街乡木冲村。她毕业于毕节学院教育科学系，加入"西部计划志愿者"曾到纳雍县勺窝乡服务。可是到了这个夹岩村，才知山里面还有更穷的。

夹岩村有六个村民组，其中得得冲组条件尤其艰苦。组就已经是最小的了，得得冲组还分为望天堂和下寨。你只要看看望天堂这个寨名，大约也能感觉它有多高。望天堂是夹岩的最高峰，也是那里的一个自然村名。去望天堂要爬到山顶，然后往下300米左右才是这个小村。

第一次去望天堂，"进村一脚踩下去，稀泥淹没了鞋背。"她说抬起脚，感到有一种冰凉穿透身体传到心脏。从望天堂再往下，还要走一公里多才到下寨。2016年她已经29岁，还没结婚。她在这里长期住下来扶贫，能不能坚持下去？她感到自己要被现实打败了。让她刻骨铭心的还有一个叫锅厂的村民组。2016年去锅厂往返要走三个多小时，中间要翻过三座山，才能看见那山里的人家。

"那里只有一条脚掌宽的路。"她这样形容。

"只有脚掌宽吗？"我问。

"大部分地方也就只比脚掌宽点。"

我想起小时候读书常见"羊肠小道"，大约是形容弯弯曲曲的小路吧。现在听她描述这"脚掌宽的路"，感觉比"羊肠小道"还小。她说在锅厂里面还有个窝窝寨，是锅厂组的一部分。从锅厂去窝窝寨还有三公里，其中两公里要从荒无人烟的大山腰里的一条小路走进去，每次走过那里都能感到风从山腰穿过，阴森森的。窝窝寨，你听这名就知道它有多小。那里只有三栋房屋三家人。三家人里，只有一个七岁的留守儿童在上学。学校在邻镇一个叫四新村的地方。每天，这个孤独的孩子要走大约五里路去上学。他的奶奶每天早晨把他送到半路的大山垭口，看到他消失在远方。每天傍晚，奶奶又在这个垭口上等着，看到孙子在远处出现，把孙子接回家。

"这个孩子的求学路让我震撼！不是惊讶，是震撼！"她感到自己被这个孩子的求学路抓住了。她记住了这孩子名叫陈浩予，她想自己一定要动员这三户人整体搬迁出来。

但是，并不容易。她去了一趟又一趟。"每走一次，脚都会疼上几天。"脚上磨出一个又一个血泡，血泡破了，渐渐变出脚茧。再后来，她感觉那茧像一双特殊的袜子。终于，成功了。2016年底，这三户人全部搬迁到昆寨乡中心村集中安置点。

2017年元旦，她结婚了，丈夫是威宁二中的教师。婚后，他们就开始了两地分居的生活。此后总是丈夫到夹岩村来看她。2018年2月底，她生下一个男孩。产假结束要回村了，孩子还要哺乳，村里脱贫攻坚正在决战时刻，带着孩子怎么工作？

"生活和工作，像两座山，我都要爬。"

她说她非常感谢婆婆，婆婆主动提出，愿陪她上村里去，帮她带孩子。婆婆不满60岁，体重只有70来斤。婆婆在整理换洗衣服、尿布了。就这样，婆婆、媳妇、孙子一起来到夹岩村。从此，这"一家三辈人驻村扶贫"传遍了夹岩村。

一个哺乳期扶贫妇女，有那么多事干吗？危房改造、动员搬迁、填报救助、组建村集体合作社，桩桩件件都联系着贫困户的利益，也联系着脱贫进度。她还挂念着孤零零住在下寨半山腰上的张青贵一家三口。2016年夏天，张青贵家就被确定为易地扶贫搬迁户，黄满就去他家动员。满以为是去告诉他们家一个好消息：为他们家在昆寨乡政府所在地新建的房子里，沙发、桌子、床铺、锅碗瓢盆、油盐酱醋啥都有，你们只要搬过去入住就可以了。可是张青贵就是不搬。黄满已经不记得去他们家多少次了，那个半山腰的路一边就是悬崖，路面很窄，有的地方石块嶙峋，有的地方是那种全是泥的踩出大脚印的路。吃的水是从一百多米外一个岩旮旯里面流出来的。黄满第一次去就无法想象，这一家人怎么会选择在这里建房居住。更想不到，一次次去请他们搬迁，这家人为什么反反复复，答应搬了，转天又不搬了。这家人只要住在这里，就完全不符合脱贫条件。只能苦口婆心再去动员。现在是2018年了，她都从姑娘变成母亲了，她又一次次去张青贵家，感觉就像"长征"……夏天过去，秋天来了，这家人终于同意搬了。那天，黄满和驻村扶贫干部都去帮他们搬家，只要张青贵舍不得丢下的，全都帮他们搬走。此时的黄满已是满心对这家人说谢谢，谢谢！

夹岩村高高的望天堂，目睹了黄满和驻村扶贫干部如此殷切的扶贫心肠，这应该是几千年来都没有过的故事。当我也登上望天堂高高的山峰，举目四望这一片正在改变贫穷的土地，心想"自然村寨"已经够偏僻了，还有更偏僻更边远的地方，黄满和她的同事们是在中国农村的"末梢"扶贫。

贫困的村寨有很多意想不到的事。箐上组陈余秀老人有一对双胞胎儿子，2018年9月，她的一个儿子在外打工意外死亡。两天后，她的另一个儿子在为兄弟操办后事的时候因摔倒致死。陈余秀老人的天空一下子就塌下来了。那两天，黄满都去坐夜（当地祭祀死者的一种仪式），陪伴孤独的老人。第一次去的时候，只见老母亲的眼睛哭肿了，目光呆滞绝望，她认出黄满，直接就拉住黄满的手哭泣，嘴里念叨着："怎么办，怎么办……"是啊，怎么办？一个年老失去两个儿子的贫困母亲问怎么办，那一刻，黄满出于本能，拥抱着她，对她说："没事，还有我。"

黄满曾这样告诉我："我也不是没有苦恼，不是没有畏难。只是看到贫困户的笑脸，看到他们期待的眼神，我就把自己心中那些沮丧和无助赶走，把它们埋到别人看不见的地方。"

我听到村里人这样形容黄满一家三辈人：小孩围着婆婆转，婆婆围着媳妇转，媳妇围着贫困户转……夹岩村2016年有1623人，建档立卡贫困户153户730人，易地搬迁27户120人。2018年底全村脱贫出列。黄满在夹岩村入了党，如今是村主任。

再看纳雍县的脱贫攻坚"特种兵"。按规定，乡镇扶贫特岗人员一年试用期满后转为正式编制人员，前四年保持岗位不变。驻村扶贫特岗人员三年试用期内保持岗位不变，试用期满后，经综合考核合格转为正式编制事业人员。如果考核不合格，予以解聘。四年来招收的509人中，496人经受了严格工作考验，转为正式编制，其中有180人担任村两委主要负责人。

他们都是大学毕业生，正值青春年少，投身到脱贫攻坚一线，经历了大浪淘沙，在基层成长，吃得起苦，干得成事，同群众建立了深厚的感情，培育了为人民服务的素质。

他们踏上扶贫路平均年龄25岁。他们从精准识别开始，参加了新时代脱贫攻坚战的全程，并且大部分都是在农村的"末梢"，在那最偏僻最艰苦的地方。总想应该有一支歌，有一部影视作品，来表现他们的青春四季。

6 血洒脱贫路

茫茫人海中，他们相遇了。

她说，也许是天意吧，本不是同个车厢，却走到了一起。

那是五一节的前一天，车上人特别多。他们都没有座位，从不同的方向走到两节车厢的连接处，都停下来了。

彼此都看见了对方。她说是出于礼貌，看着对方笑了笑。

"你到哪里去？"他说的第一句话。

"我去长沙。"

"真巧啊，我也是。"

然后，问起对方的家乡。他的家乡在浙江，她在毕节。就这样聊着，四个半小时的车程竟不觉得远……这就像电影里的情节。这年代还有人会这样发生恋爱吗，凭什么相信对方呢？那是在从武汉开往长沙的火车上，那时她还在武汉上学。

他们互相留下了联系方式。那以后每天都会互相问候。他多次问，毕节真的很穷吗？她说她从未想过他会来毕节。

暑假到来，她回毕节了。他随口一句"我来毕节看看好吗"，她也随口一句"好呀"。第二天他就上火车到了贵阳，然后转客车。那时贵阳到毕节还没有高速公路，四个半小时才到毕节。她在车站接到了他，见面第一句话他说："毕节还真是山区。"

她带他去游览了织金洞，那是国家4A级旅游景区。她还带他去走了毕节市区的街道，想着要把家乡不错的地方让他看……没想到就是这次，他决定了要来"支援西部"。短暂的见面后他回到浙江，就参加了国家公开招募的"三支一扶"考试，工作目的地就选毕节。

他的家乡在浙江省玉环市，他毕业于宁波工程学院，在校时入了党。

2011年8月，25岁告别家乡来到毕节七星关长春堡镇成为一名"三支一扶"西部计划志愿者。

她说她没见过这样的雷厉风行，这年暑假还没结束，他已经在毕节的乡镇上班了。那个暑假的最后几天，她目睹了"他穿梭在村里裤腿上都是泥巴"的模样，"他一点一滴都打动着我。"

2012年的暑假到来，她急切地回到毕节。"这个暑假，我们恋爱了。"再去上学，他在毕节，她在武汉。"我们隔着一千多公里恋爱，靠着电话、QQ联系。"2013年6月，她毕业回到了毕节。7月他生日那天，他向她求婚。

她答应了："你是我这一辈子可以依靠的人。"

2014年8月，他们的女儿出生了。她说在那前后，他每天出门之前会给她炖好排骨汤，深夜回家会给她炖鱼汤，工作再忙再累都会坚持照顾她。晚上女儿哭了，他就抱着哄孩子。

女儿7个月后，她也上班了。2016年他调任毕节经济开发区青龙街办事处副主任，工作更忙了。女儿已经会讲话了，每次通话，他说得最多的一句话就是："爸爸很忙，妈妈带你去玩好不好。"她开始抱怨他，家庭聚会他也经常缺席。她身体不舒服，给他打电话，他说我在开会，你自己去医院看看。他自己生病了半夜去医院打吊瓶，第二天一早还是去了单位。她常常责备他为什么连自己的身体都不顾。他就笑着说快了，马上就脱贫了，忙完就带你和女儿出去弥补这几年没有陪你们的时间。

2019年10月18日那天和往常一样，他对她说"我先走了"，就走了。中午他们还通了电话，"今天你争取早点忙完早点回来带我去看电影。"没想到这就是最后一个电话。

以下是她独自在深夜写下来的，是她对丈夫的倾诉：

> 接到消息的时候，我当时在一个工地上，我呆了几分钟，突然想着给你打电话。关机了。我整个人慌了，不知道该怎么办。还没等我赶到现场，通知我去殡仪馆！这三个字，像炸弹一样。

我脑子一片空白，我不知道车开了多久，只感觉好漫长。等我到了殡仪馆，我还抱一丝侥幸，心里想肯定不是你，直到见到你，天塌了。你就在那躺着，我叫你你不回答。我想要爬过去抱着你，可怎么都过不去。只看到所有人哭着对我说坚强点。感觉做了很长的梦，梦醒了你就在我身边。我不知道怎么熬过那三天，你就在那静静地躺着，无论我怎么哭怎么闹你都没有回答我了。女儿看着你，问我，妈妈，以后爸爸再也回不来了是吗？我一句话都说不出来，只是哭，除了哭我不知道我能怎么办了。我想送你走后我跟着你走吧，你说过你也怕孤独。送你走后我回到了我们的家，我把自己关在房间不吃不喝，我想不明白怎么你就这样撒手走了。如果我也撒手走了女儿怎么办，四个老人怎么办？对不起，我不能走。为了孩子为了父母我要站起来挑起你的担子。你走了半年多了，239天了，我变了，没有再开心地笑过……

内心依然是一种期待，就像他还在这个世界上，就像往常一样，如果她不开心了，他就会哄她爱她。

2020年贵州省"七一"表彰大会，追授六位献出生命的"全省脱贫攻坚优秀共产党员"，毕节有三位，其中之一就是她的丈夫耿展宇。

她叫冯倩。在七星关区碧海云天殡仪馆，政府给展宇布置的灵堂里，近千名干部群众自发地来送别展宇。只在这时，冯倩才知道，在自己和女儿总在盼着他回家的日子里，展宇为很多农民做了很多事情。青龙街道有7个社区、72个居民小组、769户建档立卡贫困户，展宇跑遍了他们的家。他是在前往金海湖新区交警大队查询贫困户车辆信息的途中，发生交通事故不幸遇难。此时他的职务是金海湖新区青龙街道办事处副主任兼河尾社区党支部书记。一位名叫孙春的贫困妇女，她的三个孩子都得到了展宇帮助，听到噩耗，她大哭，请人写了一块牌匾送到灵堂，上书：

> 山难渡水难渡血洒脱贫路
> 车行处人行处展宇帮千户

无数人在此牌匾前鞠躬，泪下。悼念这个25岁离开浙江故乡来支援毕节的大学毕业生，感念他在毕节扶贫八年，而把精神永远留在了乌蒙山。

再看看这些悼联："青春过而立，拳拳守初心。浩气存天地，殷殷担使命。""军令急，日夜无休战脱贫。鱼水情，青龙布衣泣别君。"这都是平民的悼念。

2020年1月7日下午5点，贵州省委书记孙志刚和毕节市委书记周建琨一起来到毕节七星关兰乔圣菲小区耿展宇家中，看望耿展宇的妻子冯倩。

在贵州省"七一"表彰中，另两位被授予"全省脱贫攻坚优秀共产党员"的毕节干部是李绍山和陈永凤。

陈永凤是大方县凤山乡谢都村的村主任。在为脱贫攻坚的忙碌中突然倒下，急送医院诊断为突发脑出血死亡，年50岁。

我去谢都村时，村支书樊兴云给我讲起陈永凤，称她"陈嬢"。汉语"嬢"解释同"娘"，毕节人说的"嬢"，是"姑妈"或"阿姨"的意思。谢都村人都叫陈永凤"陈嬢"，可见对她的爱戴。副支书李晓亮说："她一直有一股蛮劲和拼劲，手里的事情不做完绝不回家休息。遇到急事难事，更是通宵达旦地干，一点儿也不输给男人。"

听起来好像是个会拼命干活的女子，其实她勤奋心细，入党14年，群众的大事小事她都记在笔记本里，解决了的事就勾掉，那笔记本一年就有好几本。村里有红歌队、彝舞队，都是她组织的。村文化广场上有一幅很大的彝族载歌载舞壁画。全村98%是彝族人。令我意外的是，这个村能弹月琴的有近20人。我才知道原来月琴自汉代以来就在彝、苗、哈尼等族人民中世代相传。每逢彝族年，火把节，这文化广场上会燃起篝火，唱红歌、跳彝舞，村民围着篝火载歌载舞，这就是陈永凤最开心的时刻。

2020年5月15日清晨，赫章县劳动人事争议仲裁院院长，下派白果街道月亮洞村任第一书记的李绍山，在村办公楼卧室心源性猝死，年仅39岁。

说到李书记，月亮洞村人就记得他的微笑。"他一说话就笑。"还记得他"弯腰捡垃圾"的形象，因为总见他弯腰捡垃圾。这个形象在村民中传开，据说村民也开始注意自己房前屋后的卫生。不久村里围绕"提升脱贫形象"开展农村环境卫生综合整治，村民踊跃参加，效果很好。

李绍山是2018年7月来月亮洞村担任第一书记的，他组建的党支部领办的合作社，连片种植的180多亩中药材黄精，300亩与大豆套种的葵花都长势良好。月亮洞村的贫困率已经从他刚来那年的22.52%下降到目前的4.66%，全村脱贫指日可待，他却溘然长逝。

5月19日，赫章县殡仪馆里，月亮洞村的群众、全县战斗在脱贫攻坚一线的驻村干部和县里的党员干部纷纷赶来送别绍山。5月20日，李绍山的母亲宫成芳拿着20万元给月亮洞村，她说绍山没有最后完成脱贫攻坚任务，我们全家决定捐点钱尽点薄力，协助绍山完成整村脱贫的梦想。

李绍山的母亲是一位退休老教师，今年72岁。她给我讲起绍山的时候，脑海里都是儿子小时候的模样："绍山小时候是个活泼乱跳的孩子，经常到河里抓鱼；穿一身白色运动服和一双我做的松紧鞋，戴着一个钢盔帽，手里拿着他自己做的小木枪，嘴里喊着'杀杀杀'……"我明白了，在母亲心里，儿子永远是那么鲜活。

2017年以来，毕节在脱贫攻坚战中下派驻乡驻村的干部，共计24221人，县乡两级三分之二以上干部进村入户开展工作，在脱贫攻坚一线的工作岗位上牺牲的不止省委"七一"表彰的三位，而是31位扶贫干部。

7　让乡村青春起来

"现在农村里有多少共青团员，你们调研一下。"这是周建琨给毕节团市委书记饶萍布置的任务，特别强调，"调查乡村里的团员情况。"饶萍将调研得到的数据如实报告了周书记。

不久，党的十九大召开，习近平总书记到贵州代表团参加讨论，周建琨汇报毕节情况时也把团的基层组织现状如实向总书记作了汇报，他说毕节有20.08万名共青团员，农村团员只有2002名。

饶萍告诉我，建琨书记从北京回来后，多次在大会上要求各级党委要高度重视青年和共青团工作。他要求我们团委要把村里的团组织再建起来，"首先要有团的阵地。"

饶萍的工作就从建"阵地"开始。饶萍1979年生在纳雍县昆寨乡狗场村，一个深度贫困村的女孩，从农村读书一路读出来，考进吉林大学，读完硕士又攻读了西南大学的博士。她曾在毕节学院任教，后担任校团委书记。2016年调任毕节团市委书记，在全市建了青年之家阵地五十六个，重点聚焦贫困乡镇、村和易地扶贫搬迁安置点。又试点建了十个市级脱贫攻坚群团工作站，为每个工作站筹拨三万元经费，各县区在此基础上建县级试点。

这样说，看不出团的工作在农村内部的具体作用。2020年5月，我随饶萍去访问他们在赫章县威奢乡渔塘村的一个"团建"试点。所谓"团建"，犹如组织部抓"党建"，指共青团的组织建设、思想建设等。

威奢乡也很偏僻。乡政府所在地有一条小街，小街中心有一条水渠穿过，可见这水在他们心中有多宝贵。团市委下派到这个乡挂职乡党委副书记，联系渔塘村的也是一位女干部，名叫何江。

何江开始给我介绍"六个一"。往常，听着这么规整的介绍，不容易有感觉，这次一开始就听进去了，发现乡村内部的世界在他们的工作中渐渐青春起来。

生产队解体后大量青壮年外出打工，党员年龄老化，村的团组织说不上"名存实亡"，而是很多年不记得有团组织这回事了。现在，毕节在农村加强"党建"的同时加强"团建"，把农村青年组织起来，这是我国农村具普遍意义的事。他们这"六个一"，从无到有一步一步去做，是环环相扣的。我确认这"六个一"可推广。同时认为，就这样一步步介绍，易于推广。

第一步：建好农村团支部的一套办法。

要建村团支部，团员在哪里？我问："可以说农村里的团支部名存实亡吗？"饶萍说："乡团委是有的，毕节农村还有2002个团员，主要是乡团委的人。"这天，饶萍把赫章县委书记刘建平也请来了。刘书记说："村里是确实没了。一没人，二没阵地，三没制度，四没活动。"接着我看到，威奢乡渔塘村的团建工作，也是按照找人、建阵地、建制度、搞活动的步骤一步步去重建。

做这项工作的不只是何江，还有从县审计局下派的驻村第一书记张涛，有联系渔塘村的乡政法委书记徐贤，有县财政局机关党委书记周勇等驻村干部。渔塘村有5个自然村寨，445户2283人，贫困户129户670人，苗族占55%。结合脱贫攻坚，他们分组挨个走访了每一户。

"在走访中，发现学龄前儿童和五六十岁的农民非常多。我们的工作对象，几乎都不在家。"何江说。

终于找到第一个团员，刘喻梅，她在赫章县第一中学上高中时入了团，回到村里就失去了团组织。找到第二个团员金钦，她在古达乡上初中时入的团，没读书后嫁到渔塘村。加上西部计划招募的志愿者林晨在贵州铜仁职业技术学院上学时是团员，这样有三个人就可以成立一个团支部了。林晨被任命为团支部书记。把失去团组织的团员找回来，他们称"团员归家"。

有了团组织就便于发展团员。目前这个团支部已有12个团员。威奢乡团委把这个方法复制到全乡，尚不足三个团员的村，下派团干部驻村去开展活动，发展团员。

第二步：组织一支青年志愿服务队。

发展团员，就需要这支志愿服务队。他们大搞乡村卫生，这实在是贫困村一件很重要的事。很多农户认为，吃都顾不上，哪顾得上卫生。这件事其实不仅关乎卫生，不顾环境卫生，精神上就放弃了进取。这支志愿服务队将村庄里脏乱差的情况分为特级、一级、二级、三级，入户帮助清理卫生。

2019年12月24日，这支服务队近40人，包括村联系领导、驻村第一书记、包村干部、县派下沉帮扶干部、村民组长和本村青年，给渔塘村场坝组的蒋本方一家清扫，分四组进行。

一是清理入户路，清垃圾、牛屎、猪屎、烂砖头，如果不清理，到他家就是踩着垃圾进去。再把不平的路用沙土铺平，绕房一周把垃圾拖走。

二是清理院坝，将柴草乱堆、农具乱摆的院坝整理清楚。

三是进屋清洗厨房，扫除蜘蛛网，将堆在一起的锅碗瓢盆逐一刷洗，用锅丝反复搓洗不知多久都没有刷洗过的一堆锅。"怎么有一堆锅？"我问。何江说，做饭的锑锅、炒菜的铁锅、煮汤的煤锅等，全都是烧柴火的。洗一个锅，八分钟。刷亮一堆锅，再刷洗锅架，要一个多小时。

四是进卧室清理房间。衣服被子是混在一起的像个窝，床下鞋子七零八落，拍打灰尘，把床板也翻起来抖灰尘。

干到最后，屋子院坝收拾清楚了，发现墙还是太脏，近40人一起刷洗墙壁。整整干了半天。他们都是自己买的工具，扫帚、铁铲、水桶、毛巾、洗洁精、洗衣粉、手套、大麻绳、口罩、锅丝、刷子。最后大家一起吃从乡政府食堂打来的盒饭。这家只有三口人，女儿在赫章县平山职业学校读书，不在家。两位屋主人也一起吃盒饭。这是个凝冻天气，路上结冰的日子。太阳出来了，大家就在阳光下已经打扫得干干净净的院子里吃饭，男男女女，有说有笑，驱走了寒冷，非常开心。

四个级别的脏乱差，覆盖全村80%以上农户。他们连续工作全部清扫一轮，工作量巨大。特级脏乱差的90%是贫困户。在他们给贫困户打扫卫生的时候，周围的群众有来帮忙的，有围观的，更有回去打扫自家卫生的。来帮忙的有一位名叫柯万荣的老人，他乐呵呵地说："我活70多岁了，从来没见过这样的事。"

这支服务队在抗疫期间参与排查、宣传、执勤、防控，相当得力。还参与乡里的培训工作等，是一支真正的服务队。

第三步：建一个青年工作群。

由于大量青年在外打工，为了联系他们，为他们服务，建立了微信工作群，把本村322个在外打工青年全部找到，吸收进群。这项工作覆盖全乡每个村。这个微信群被称为一个大大的"乡长信箱"。在这个群里，政策咨询，答疑解惑。也通过视频开设青年大讲堂。教育一个就教育一群。回答一个问题，就回答了一批人。这也是个服务平台，接纳青年们的诉求。

大寨组张树兵反映说，我42岁了，有个问题，能帮助解决吗？他在浙江义乌打工，右手被机器绞断了两个手指。老板说，你回去，我们会把五万元赔偿费打到你卡里的。他回来了，五个月了，赔偿费还没有打来。

何江问他："那是什么企业，有地址吗？"

"我不知道，我可以带你们去，我找得到。"

"你和他们有什么联系方式吗？"

"有老板娘的微信。"

何江就用张树兵的微信，以张树兵家人的身份同老板娘通话。老板娘支支吾吾，不正面回答。何江说信号不好，要老板娘一个电话。

回到乡政府，何江就用乡政府的座机打给那位老板娘，告诉对方我是乡政府干部，张树兵是贫困户，政府正在帮助他，你们承诺要付给他的赔偿费，到现在没给，希望尽快给。否则这件事政府一定会依法作为。对方马上说，会给的，一定给。

第三天就打来了三万元。再过一礼拜，又打来两万元。

这件事在群里传开，有被拖欠工资的都通过微信群找来。

"在遇到各种困难的时候，他们就想到了家乡。我们渔塘村有个群，如何如何……"何江这样描述。

第四步：建一个青年工作台账。

在上述基础上，建立威奢乡渔塘村18～40周岁青年基本情况名册，里面有所在组名、性别、身份证号码、手机电话、婚否、外出务工时间、工种、地点、月工资、文化程度、是不是贫困户、政治面貌。一目了然。这是通过到每一家走访和向外联系建立起来的，有很大工作量。这项工作对脱贫攻坚和乡村振兴都意义很大。这是一个日后争取广大打工青年逐步返回家乡，参加乡村振兴建设十分必要和重要的工作。

第五步：设立一套激励精神建设的积分机制。

创办一个村集体超市，对保持卫生、做好事，以及孩子在学校或者打工青年在外地得到奖励者给予积分，用积分可以兑换超市的商品。这是一项致力于精神建设的工作，同样意义很大。

第六步：编制一本规范化的工作机制手册。

由于团组织岗位的干部更换频繁，流动性大，能干的容易被乡政府调走，团县委编制了一本农村团组织工作手册。即使此前没有做过团工作的青年团干，拿到这本手册就可以开展工作了。这有利于保证农村团支部工作的持续性。这个工作手册是团县委书记詹先彬亲手编制的。

我了解了他们的一系列工作后，感觉他们还有一项工作没有列入，就是在渔塘村建立了少年先锋队组织并开展活动。我认为这同样重要，因为团支部工作，上配合党组织的中心工作，下用心于培养熏陶少年。

饶萍把渔塘村试点工作向周建琨书记做了书面汇报，周书记写下："工作开展很好，意义非常重大，这是厚植我们党执政基础的创新工作。"

团市委开始推广赫章县威奢乡渔塘村的团建工作，到2020年4月，毕节乡镇（街道）团组织有278个，建起村团支部1196个，团员数增加到13338名。

何江抓试点的工作并未结束。这里介绍一下她。何江于1980年生在纳雍龙场镇龙场村，幼儿师范毕业后分配到毕节行署幼儿园当老师，2007年入党，2013年调到团市委。她思路清晰，工作步骤逻辑性强，勤奋负责。她挂职威奢乡党委副书记，也是在她的推动下，渔塘村成立了五个党支部领办的村集体合作社——

风吹麦浪合作社，这是集连片小麦种植、面粉面条加工、销售为一体的小型农特产品综合体。

金针银线合作社，主要是苗绣和广绣，不仅组织了绣娘，还有绣郎，还建起"金针银线"网店在网上直销。

牛羊满坡合作社，不仅养牛羊，还养猪。

乡村广厦合作社，搞建筑，按泥水工、架子工、粉刷工、钢筋工等分组，每组都有他们自己选的队长。

再一个就是前面说到的村集体超市。

你看，这些合作社的名都取得颇有诗意和青春气息。这些集体合作社的诞生，都是由于把群众组织起来，由于贯彻"党支部领办村集体合作社"，团组织积极服务大局，从而结出的果实。

赫章县委书记刘建平曾说："脱贫攻坚什么都不缺，缺青年。"这句话里其实有呼唤，由于大量青壮年外出打工，乡村里的脱贫攻坚多么需要青年，因而刘建平对威奢乡的团建工作，以及党团干部们在渔塘村创办的党支部领办合作社都给予大力支持。

2020年5月14日，团中央书记处书记徐晓到赫章县威奢乡渔塘村调研指导工作。7月6日，团中央召开全国共青团基层组织改革综合试点工作电视电话会议，贵州赫章团县委书记詹先彬在会上作了交流发言，重点介绍了威奢乡渔塘村的团建工作。

在威奢乡，我看到了那些参加大搞乡村卫生等活动的男女青年，瞬间就想起一部老电影《我们村里的年轻人》①。今天毕节农村的"团建"工作有多重要？乡村没有青年，就没有未来。"让乡村青春起来！"他们一定是振兴乡村最宝贵的力量。

---

① 长春电影制片厂拍摄于1959年，后有续集，是新中国反映农村生活的影片中最有代表性的经典作品，表现了一群朝气蓬勃的年轻人，用自己的劳动和爱情谱写新生活。编剧马烽曾长期在山西汾阳贾家庄蹲点生活，影片取材于贾家庄的故事。

第十七章

风都在传播久违的声音

威宁是贵州省贫困人口最多、贫困程度最深、贫困发生率最高的国家级深度贫困县。你可知，精准扶贫中的"精准识别四看法"出自威宁。今日威宁建有西南最大的山地蔬菜基地和现代农业物流园。缺水的喀斯特山地上铺设的引水和喷滴灌管道全长5468公里，是名副其实的万里供水管道。非集体力量不可想象。山地蔬菜是新型绿色产业，它不是出自大棚，直接沐浴阳光雨露生长。目前每天向全国和海外发运八九千吨。这只是他们的新产业之一。各级党政机关，群团组织都被一种力量召集到脱贫攻坚中。"大党建统领大扶贫"，把多种经济形式的经营者们组织在新时代的统一战线里，共同致力于脱贫攻坚和乡村振兴。其中集体合作社日益显出优势。最伟大的资源就是组织起来的人民，最辽阔的资源是集中起来的土地，党组织把二者组织起来共同致富，就是创造奇迹的根本。

1 威宁，威宁

终于可以来介绍威宁了。它的全称是威宁彝族回族苗族自治县，全县人口158万。它是贵州省面积最大、海拔最高的县。它有建档立卡贫困户73001户345577人，是全省贫困人口最多的县。它的贫困程度之深，用"难中之难，困中之困"来形容毫不夸张。它是贵州连续四任省委书记挂帮联系的县。

2010年9月20日至21日，时任贵州省委书记栗战书，时任省委副书记、代省长赵克志一同到威宁调研，针对威宁极深的贫困，提出"打基础、调结构、提素质、惠民生、控人口、保生态"的工作思路，确定当务之急，要下大力解决事关民生的重点问题有：要积极推动贫困人口脱贫，要使行政村实现路面硬化，要解决农村饮水安全问题，要完成农村危房改造任务，要有效防治地方病，要提高农村群众卫生健康水平，要使老百姓生产生活有一个明显改善等，此后确定将威宁列为全省"八个项目试点县"：[1]

农村危旧房整体推进项目试点县

农村安全饮水和小型农田水利建设项目试点县

村村通油路项目试点县

新型农村合作医疗项目试点县

---

[1] 新华网贵州频道2010年9月27日报道：《栗战书赵克志威宁现场办公共商支持威宁发展纪实》，央视网、中国网络电视台均有报道。

新型农村养老保险项目试点县

产业化扶贫综合项目试点县

"一事一议"财政奖补项目试点县

村级债务化解项目试点县

这不仅是威宁历史上所得到的最大的帮扶。这一思路和决策，更在于要通过在这个全省最贫困县的试点工作，从而推广和惠及全省，以改变贵州全省的贫困状况。此决策从住房、饮水、道路、水利、产业、医疗等基础建设和基本保障方面去做的努力，成为贵州省日后坚持这样去做的先声。

回顾威宁脱贫的历程，威宁的干部一致说2010年省里确定威宁"八个项目试点县"那次，是威宁发生显著变化的一个起点。县委书记肖发君说："从那时起，威宁许多工作位次前移，干了许多过去不曾想、不敢干、干不成的事情。"

2011年1月13日，栗战书书记再次来到威宁。

"那天下大雪，连续十几天气温都低于零下五度，栗书记到迤那镇。"迤那镇马朝晖镇长说，"迤那镇是栗书记的联系点。"

迤那镇有彝、回、苗、汉等八个民族38000多人。马镇长是回族人，2011年初刚从威宁县委办到迤那镇扶贫，至今在此已工作了十年，对迤那镇很了解。他说："栗书记是晚上到的，当晚就住在合心村马先家。"[1]

"我曾经看过报道，"我问马先，"你不是叫马仙仙吗？"马先说，"栗书记鼓励我要带头脱贫致富。我改名了，改成一马当先的先。"马先如今是村党支部副书记。

马先的妻子说："没想到省委书记跟我们一起吃煮洋芋，带皮的，蘸点辣椒吃。"马镇长说："栗书记在马先家住了两夜。第二天一早就去了好几个村访问贫困户。"

---

[1]　新华网贵州频道2011年1月16日报道：《省委书记栗战书"夜宿农家"访寒苦》。

第二天气温更低，寒风卷着雪花，车辆在积雪的山路上小心地行驶。此时的威宁正是贵州全省最低温度点，栗战书穿一件军大衣，踏着冰雪泥泞走访了迤那镇七个村的九家贫困户。其中有老党员腾明万，栗书记问："家里粮食够吃吗，过年杀年猪没有？"贫困户马晓菊家出了两个大学生，栗战书特意来到马晓菊家，赞扬他们重视孩子教育。中午在樱桃村贫困户朱家华家吃午饭。

马镇长说："栗书记在风雪中走访了一整天，还想集中听一听群众的心里话，当天晚上7点半就在马先家开了个座谈会，一共有16个人参加。"[①]

"有妇女参加吗？"我问。

"有啊。"马镇长说，"还有李仁兵也在。"

李仁兵就是后来在推行精准扶贫中提出"精准识别四看法"的村支部书记。2011年这天晚上，他只是个来参加座谈会的党员代表。当时的报道记下了他说的话："现在农村低保有了，养老保险有了，合作医疗也有了，农民生活的后顾之忧确实少了，可是要想致富，在这个穷地方真是山穷水尽啊，村组都没有路，也没有水源。"

在马先家的一个屋子，马镇长指着一个围炉告诉我："当时大家同栗书记就围坐在这个围炉边座谈。栗书记对大家说，有什么困难和要求，对什么不太满意，随便聊。后来我们说，栗书记和村民座谈，这是问需于民，问计于民。"

在李仁兵说了缺路缺水的问题后，合心村水塘组农民徐振国就说，我们村里有片"海子"淹了480多亩地，叫马家水塘，现在都是淤泥，能不能修个水利工程。

栗书记一边问，一边在本子上记录，座谈会开了三个小时。农民回去后，栗书记又与随行的省委秘书长张群山、省扶贫办主任叶韬，还有毕节当时的地委书记秦如培、县委书记杨兴友等人，坐下来讨论群众提的问题，看

---

① 新华网贵州频道2011年1月16日报道：《省委书记栗战书"夜宿农家"访寒苦》。

能不能拿出解决方案。第二天一早，栗书记就去看马家水塘等地，下午又与地、县、镇、村四级干部座谈，落实群众提出的具体问题，还确定让省扶贫办、水利厅、交通厅拿出方案解决迤那镇的水和路问题。这个座谈会一直开到晚上将近8点，随即在马先家简单地吃了晚饭。晚上10点钟，栗战书一行才踏上返回贵阳的火车。①

肖发君是2014年底调任威宁县委书记的，到任后了解威宁县情，从过去的文件中看到栗战书书记这次在威宁开调研座谈会的会议纪要，其中栗书记讲的几点给他留下深刻印象。

一是抓教育就是抓长远，威宁师资力量弱，要想办法解决。二是群众反映突出的水和路问题，要尽快解决。三是栗书记考察了迤那镇的芙蓉王新村，对建新村让农民相对集中居住的做法，给予肯定，指出可引导农民在自愿的基础上适当集中居住。

2012年2月4日至5日，栗战书书记再次到威宁调研，这次要求威宁务必去做以下四项工作：②

一是大力调整农业产业结构，建立适应南方亚高原半干旱地区的优良农业结构，进一步发展农副产品加工业。二是抓紧产业园区的项目落实，分类建设标准厂房或多层厂房，节约土地，提高单位面积投资强度。三是高起点加速推进城市建设，老城区改造要适当保护城市原有风貌。四是要把生态保护作为重中之重的头等大事，把恢复草海面积作为全省的一个重大生态工程来抓。

肖发君没有亲耳听到栗书记这么说，但他到威宁任县委书记后是按照这么去做的。

赵克志担任贵州省委书记后，也挂帮威宁把迤那作为联系点，又先后

① 新华网贵州频道2011年1月16日报道：《省委书记栗战书"夜宿农家"访寒苦》。
② 《栗战书强调奋力闯出一条乌蒙山区扶贫开发新路子》,《贵州日报》2012年2月7日。

五次到威宁调研指导工作，其中于2013年6月到迤那镇蹲点，住在青山村凉山组王彦平家；2014年11月又来迤那镇蹲点，住在五星村新华组吴洪军家。

"最近这五年，是威宁历史上发展最快、变化最大、工作成效最显著的五年。"[1]威宁的干部至今都记得赵克志书记2014年这次来威宁，表扬威宁的这句话。

其实不只是威宁，在这前后，贵州全省发生的显著变化，都得益于2013年出台的一个大决策。这年11月，按照省委的决策部署，省政府出台《关于实施贵州省"四在农家·美丽乡村"基础设施建设六项行动计划的意见》。意见指出，贵州要与全国同步实现小康，"重点在农村，关键在农民"，为此决定在全省进行以"小康路、小康水、小康房、小康电、小康讯、小康寨"为建设目标的六项行动计划，加快推动基础设施向乡镇以下延伸。[2]

省政府出台这项举措时，省委书记是赵克志，省长是陈敏尔。陈敏尔接任省委书记后，一直是这项举措的大力实施者。这六项行动，旨在解决全省村寨的水、电、路、房以及电讯和村寨基础设施普遍落后的基本建设问题。再看看2010年省委主要领导在威宁确定的全省"八个项目试点县"的八项具体内容，不难看出二者之间的接续发展。

文件说，这六项行动"是广大农民群众最期盼、最想做的事"。回想一下，在迤那镇那个夜晚的座谈会上，那个叫李仁兵的党员代表，讲的就是我们这里"山穷水尽，村组都没有路"。

贵州农村基础设施整体严重落后，以全省之力、国家之力去补其短板，才使贵州农村有可能获得发展现代经济、走进信息社会的基础条件。贵州投入全省村寨的"基础设施建设六项行动"在此后的精准扶贫中始终贯彻推行，成为脱贫攻坚覆盖面最广、最有力的建设举措。

---

[1] 中国共产党新闻网2014年11月24日报道：《赵克志第四次在贵州威宁县迤那镇食宿农家蹲点调研侧记》。
[2] 《认真总结推广威宁经验　推进"三化"兴"三农"奋力打好扶贫攻坚第一民生工程这场硬仗》，《贵州日报》2013年9月18日。

今日贵州高速公路通达每一个县。像毕节这样的全省最贫困地区，不仅通村路通组路全面贯通，甚至基本做到全市农村有水泥硬面通户路。当我乘飞机从北京出发，机翼下能看到的村落，不少地方的路面是黄色的。飞机进入贵州，我看到绵延不绝的乡村道路是白色的，不禁非常感动。

2　精准识别四看法

落后的地方能提供先进经验吗？这也许是个哲学问题。

中国文化告诉我，多难兴邦。新中国就是在一穷二白中奋起。我看到，仅就脱贫攻坚而言，极其贫困的威宁为全国提供的经验至少有二。先说一，就是精准扶贫中的"精准识别四看法"，出自威宁县迤那镇五星村的党支部书记李仁兵。

"那一年，李仁兵受到很大激励。"马朝晖镇长说。

我去过迤那镇三次，每次都见到马镇长。我知道他说的是哪年，马镇长说李仁兵没想到自己提的意见被省委书记重视，他很受鼓舞。"2011年，李仁兵就当了党支部书记，2012年还当选为省人大代表。2014年就开展精准扶贫了。怎么识别，大家都感到难。李仁兵拿出了'看'的办法。"

"家家都说自己穷，算收入也不好算。"李仁兵说。

"你那时怎么想的？"我问李仁兵。

"家家都自己干自己的，你咋知道他一年有多少收入。光嘴说不行，要看。看房够不够住，安全不安全？粮够不够吃？耕地多少，种什么，养什么？有没有劳动力，老人多老？身体好不好？家里有多少个小孩，小孩读小学、初中还是读高中，读大学了？这都是看得见的。"

马镇长说李仁兵平时就是村里爱动脑筋的人。不久李仁兵把自己想的编成了顺口溜："一看房，二看粮，三看劳动力强不强，四看家里有没有读书郎。"这顺口溜很快传开，大家都感到好使，毕节也有很多地方用了。

2014年7月12日，国务院扶贫开发领导小组副组长、扶贫办党组书记、主任刘永富来威宁调研，在威宁开座谈会，会上听李仁兵汇报了"四看法"。

2015年5月7日，时任中央政治局委员、国务院副总理、国务院扶贫开发领导小组组长汪洋来迤那调研。

同年6月18日，习近平总书记在贵阳召开部分省区市党委主要负责同志座谈会，总书记在会上介绍了威宁的"四看法"，并说，"'四看法'实际效果好，在实践中管用，是一个创造，可以在实践中不断完善。"

李仁兵告诉我："有了'四看法'，哪家属于建档立卡贫困户，大家心服口服。该帮扶谁弄清楚了，怎么帮也一目了然，通过'四看法'还能跟踪贫困户的脱贫进程，直到摘帽退出。"

2019年10月，李仁兵获国务院扶贫开发领导小组颁发的"全国脱贫攻坚奖创新奖"。此时李仁兵已是迤那镇党委副书记兼五星村党支部书记。国务院扶贫开发领导小组颁发的《光荣册》上，对李仁兵的"主要事迹"是这样写的：

> 李仁兵带领五星村创新精准识别方法，按照"农户自测—农户申请—民主评议—入户调查—回访统计—张榜公示—审核确认"的方式，形成了精准识别贫困户动态管理指标体系。2014年初，全村精准识别出134户438名贫困人口。他致力结构调整，借鉴"塘约经验"，组建"村社一体"菅山马铃薯种植合作社，种植三膜马铃薯等农作物825亩，年产值500万元……目前，五星村全面实现脱贫目标，年人均可支配收入从2010年的3076元增长到2018年的12557元。

威宁的另一个贡献，是在"一达标两不愁三保障"的扶贫标准中加上饮水安全。孙志刚2020年8月14日曾在威宁督战座谈会上这样说："饮水安全是我们在威宁调研的时候发现，三保障加了饮水安全，现在变成全国的行动。"

为什么特别要求"饮水安全",又为什么在威宁发现?

"水和路,是脱贫攻坚的两大基础。"县委书记肖发君说。我问起威宁最需要解决的难题是什么,他脱口就说的也是:"水和路。"以下是他的口述,可以具体看到若干解决方法。我尽力保留了他的叙述语境。

我们最大的难题不在于有多少贫困人口,而是缺水。威宁年降雨量不算少,但喀斯特地貌留不住水,加上缺少水利设施,万物都长不好。我们把这叫作"工程性缺水"。

缺多少水?威宁有378.4万亩耕地,60%的土地缺水。除了土地缺水,还有超一百万人喝水困难。没水,怎么脱贫。还影响文明,洗澡没办法。我们第一要百分之百解决人的喝水问题,第二要千方百计配套农业用水。2015年开春,我们开了县委全会,研究水利建设大会战。

为什么要会战?过去水利设施不是没有搞,年年都在实施"人饮工程"。以前都是水利部门搞,搞了近的地方,最缺水的是远的地方,远的没有解决,放那里成"硬骨头"了。

农村的情况千差万别。有的地方可以远距离引水过来,缺资金,我们下决心整合资源。有的地方可以"提水",通过泵,用电"提",但是成本高,建起来,农民用不起。用光伏来"提",建的成本高,县里来建,老百姓用得起。

并不是有资金就行,要依靠群众翻山越岭找水源。

找水源是很难很辛苦的事。要靠支部书记带人去找。找到水源,还要看水量大小,有没有引的价值和可能性。有的水源是季节性的,雨季才有水,要修设施把水留起来。要按三个月天旱来准备。一般要大水池为主,小水窖为辅。季节性水量小的,就要大水池为辅,小水窖为主。往往一个村子要几种方案。

多年来认为这是水利部门的事,其实仅靠水利部门做不了,没有群众不行。以前水利部门做方案,编一本方案,什么数据都有,看起来很科学,不管用。水利部门的技术干部,要向群众学习,把远远近近的情况摸清楚。

现在乡村两级加水利部门，三方面一起做的方案，覆盖到每一个缺水的村和组。做的方案只有一张纸，管用。再通过乡镇、水利局、县里"三堂会审"，一目了然。有了这些，实施还会有很多具体困难。

很远很偏僻的地方，沙子拉不进去。怎么建蓄水池和小水窖？有人知道外省有一种打沙机，可以把石漠化的石头打成沙子。可是这种打沙机停产很多年了，不生产了。我们派人找到这个厂去，请他们生产。县里订购了100多台，买回来，用拖拉机或牛车、马车拉进深山里去，就地打沙子。一个水的问题，书记、县长亲自抓，各级干部将它作为中心任务，发动群众找水源、运送各种建筑材料，这就是大会战。

用各种办法，维修了十几个20世纪五六十年代修的水库，还修了六百多个小山塘蓄水，解决了800多个村寨56万人的喝水问题。但是，到目前还有50万人的饮水安全问题没有真正解决。

以上是2017年我初次到威宁时，县委书记肖发君告诉我的。

饮水问题，甚至比住房、教育、医疗这"三保障"更重要，贵州省委因此特别加上要保障饮水安全，表述为"3＋1保障"。

此项具体要求包含三个方面：一是供水方式可以是集中式供水、自引山泉水、自取井水、自取河水、自取水窖水、钻取地下水等。小水窖建设规模，户均不低于五立方米，要有沉淀池、过滤池，水体保持清洁，积雨面（坪）无污染，水窖整体有土壤覆盖，避免阳光直射造成水变质。二是取水距离单程不超过500米，垂直距离不超过100米。三是人均日用水量不低于35公斤。这一点，在东部、中部大部分地区或许不算什么，但在喀斯特地貌上缺水的毕节山沟里，要做到这一点，非常难！

贵州的脱贫攻坚本来就难，为什么还给自己难上加难。这是真心为人民服务，是扶真贫，真扶贫吧。饮水安全问题，在全国不少贫困地区都不同程度地存在。贵州将此作为必须做到的标准，为各地所用，是值得记载下来的。

到2020年5月，威宁为保障全县农村人民饮水安全而实施的2215个工程点，升级改造的30206口小水窖，全部完工，解决了127.52万人的饮水问题。毕节强力推进饮水保障，至此全市农村人口的饮水保障全部达到脱贫验收标准。

3 十户一体

什么是"十户一体"？我问威宁县委书记肖发君。

他说："这是从石门乡新合村开始的。"

石门乡就是著名的石门坎所在的乡，威宁最穷的乡。肖书记接着说，"石门地域很广，村组之间跨度大，人居分散，而且地理切割严重，海拔落差大，导致小气候的差别也大。"

"能说得更具体些吗？"

"比方说，一个大山，从山顶到山脚，按地理位置可分为上十户、中十户、下十户。当地民谣讲'一山一气候，十里不同天。山前下大雨，山后艳阳天'。'十户一体'就是在尊重农户意愿的基础上，以居住相邻、技能相似、产业相同的原则，十户左右的农户组织在一个共同体里。"

"农民愿意吗？"

"当然愿意。单家独户，谁也没办法对接市场。不抱团发展，没人传帮带，即使给钱给物，他还是没办法。"

这就是重要情况：扶贫针对一户一户的贫困户去扶，是脱不了贫的。最起码也要有比较有能力的人带着一起干。肖发君描述为"传帮带"。我想起进入威宁地界时，到处可见墙上刷写着显目的宣传语：

十户一体，抱团发展。党带群，强带弱，富带贫。

"能力强的愿意带弱的吗？"我问。

"没有合作机制，他的能力也难以发挥。合作机制能使利益更大化。在这里面，村两委和乡党委起了很大作用。"

他介绍说，石门乡新合村有个女村主任叫马贵荣，青壮年男人绝大多数打工去了，她联合了村里几名妇女组成互助组，种烤烟、玉米、马铃薯，还养鸡，效果很好。

"怎么好？"

"不仅是收入增加了。我们的'十户一体'不是强强联合，是强弱联合。这一联合，大家都变得比单打独斗强。"

石门乡党委在四个行政村试点推行，效果也很好。肖发君看到了基层这一首创的意义。"十户一体"不一定是十户，根据具体情况可大可小，但十户左右容易组织，就取名"十户一体"，在全县推广。肖发君说："我们讲，小事在'十户一体'内清零，急事在'自管委'内化解，难事在'村委会'解决。"

"'自管委'是怎么回事？"我问。

"'十户一体'的合作组织，打破了村民组格局。根据群众生产生活的需要，就成立了村民自治管理委员会，简称'自管委'。"

"这是一种变革啊！"

"不变不行了。新的合作组织促使它变。"

我感到了这事不简单。似乎这时才注意到肖发君是毕节市委常委。他的老家在遵义凤冈县，仡佬族人，他是2014年从遵义调任到威宁的。他接着说："村委会＋自管委＋十户一体，这是党支部领导下的三级自治。"

这是2017年，在他的介绍中，我想着毕节试验区建立快三十年了，党中央和各民主党派，国家各部委，各级党政部门，都给予了非常大的帮扶，毕节也确实发生了非常大的变化，可是毕节乡村为什么还这么贫困？如果你站在威宁广袤的土地上，看那地貌，那大起大落的山地落差，会感受到毛泽东形容的"乌蒙磅礴"是很形象的，或者会体会到人在大自然面前的渺小吧，改变这片土地的深度贫困真的不容易。

真正的问题在哪里？

在信息时代已经改变了天空、海洋和大陆的今天，各种先进技术的运用已经改变了生产、经营和市场，仅靠传统的农业方式已经无法承载农民的生计，这是用不着多么明亮的眼睛就能看清的。最关键的难题是，众多农民依然像他们的爷爷的爷爷那样，固守着小农耕作各顾各，谁都只能被隔绝在现代科技和市场之外，这是造成长期贫困、深度贫困的真正原因。

换句话说，真正的贫困已经明白无误地表现为旧有生产方式的束缚。劳动者是生产力中最活跃的生产力，被束缚在各顾各的土地上，这是真的需要深化改革了。在尚难把一个村的农民组织起来的情况下，能把十户农民组织在一个共同体里，不是强强联合排斥弱，而是能在一个共同体里"强带弱，富带贫"，这真是一件了不起的事情！我感到了不能对此事忽略，还有墙上写着的那句"党带群"。

在威宁乡村墙上陆续看到的标语，还总让我想起当年红军刷在墙上的标语。从威宁墙上的标语能感觉这话语内部有一种坚定的意志。接着得知威宁全县已组建了2.41万个"十户一体"，这让我闻之有震撼之感。

威宁在每"十户一体"里推选一名"党员优先"的中心户长。他们在自己新的合作组织里实行公益联合、诚信联建、卫生联保、治安联防、新风联育，以及共同发展乡村旅游、生态养殖、特色种植、电子商务、微型工厂等各类产业。

每一项都有实际内容，言之不虚。

每一项都因联合而相互促进、相互遵守和相互监督。

几十年来各顾各，乡村百种杂事都因谁都不管而一面是乱象纷呈，一面是萧索死寂。现在"十户一体"从基础上，以比较容易结成的方式打破单家独户的耕作，把农民组织起来！

2017年2月13日，毕节市脱贫攻坚春季攻势行动现场会在威宁石门乡召开，周建琨肯定了"十户一体"。此后市委市政府又在关于"大扶贫"战略实施意见中推荐了"十户一体"。

威宁的"十户一体"，虽不是塘约的"村社一体"，但在全县把分散的农户组织在"十户一体"里的广阔性和动员的程度，已大于塘约。威宁"自管委"强调的村民自治有益于激发村民的主人公意识，其"十户一体"有助于毕节推广"村社一体"。

2017年从威宁去石门坎，要经过八个乡镇，需要三个半小时。车颠簸在这条路上，我才更体会了肖发君给我讲的威宁的路。

这年威宁还有190多个自然村寨没通公路，迫切需要构建两张网：一是主骨架公路网，二是农村公路循环网。要让村与村相连，乡与乡相连，不然全是"断头路"。要做到这些，得有"六纵六横十五联八支"，才能构建90分钟经济圈。要实现这些，总长度要修2000多公里。北京到上海的里程是1328公里。

他还说到教育。"这是挖穷根的事，不是为了眼前的脱贫任务。"威宁总共有18000多名教师，以前正式教师只有4000多人，其他都是招的特岗教师。一个县，招特岗教师13000多人，这是全国之最。如今已有一万余人转为正式教师，要不是这样，威宁的教育不堪设想。2010年以前，威宁高中阶段入学率才30%多一点。穷，上不起学。岁数大些，不上学了，去打工谋生了。越不上学，越穷。这种"贫困综合征"是逐年积累，集中爆发出来的贫困。

校舍不足，修建了大量学校。以前很多学校没围墙、没操场。现在加快推动高中全部搬到县城，有20来所。初中集中到乡镇。小学集中到中心村，寄宿制。远的地方办教学点。原来老城区8平方公里，现在有33平方公里。过去一个班八九十个学生是常态，多的超过100人。从2015年开始降，2016年全部降到60人以下。2017年高考，考上二本以上的有5481人。虽然教育质量不高，但是进步很大。

威宁成立了毕节第一家脱贫攻坚讲习所，时间是2017年4月14日。我是应邀来给威宁讲习所讲课的，没想到，这片土地先给我上了很厚实的一课。14日中午，我们从威宁出发往石门坎去。这中间要经过的八个乡镇如下：六桥街道→五里岗街道→小海镇→哈喇河乡→观风海镇→迤那镇→中水镇→黑土河乡→石门。如果算上石门，就是九个乡镇。全长140公里，从里程看并不很长，但大部分是盘山路，大起大落，崎岖颠簸。傍晚时分到达石门坎。

毕节创建的脱贫攻坚讲习所，特征是到农村去，到农民中间去，哪里需要就在哪里讲。4月15日清晨，石门乡14个行政村的党支部书记带领着六百多个村民从四面八方来到一个文化广场，我在这里讲了第一课。

这是一个露天的场所，周围都是高山坡地。乡党委书记告诉我："距离这里最远的村有22公里，他们凌晨四点就出发了。"

我心中一热，同时暗自惭愧，因为我对毕节这些特困山村的情况还了解很少，我能给大家什么呢？4月5日贵州省委常委会刚提出要总结推广"塘约经验"，今天是第十天。乡党委书记说，"我们的村支书都读过《塘约道路》，大部分还去过塘约参观。你就给大家再讲讲塘约吧。"这天我讲了我来威宁受到的教育，讲了威宁的"十户一体"就是石门乡创造的经验。村支书和群众也提出了一些具体问题，我们彼此做了交流探讨。

这种方式后来成为讲习所的一种重要讲学方式。会后，在石门坎的天空下，石门乡14位村党支部书记和一位乡党委书记与我合影，我感到非常荣幸！

4 沸腾的群山

2017年还没有人会想到，地处贵州高原之脊的威宁，会成为中国西南最大的蔬菜产业基地。想不到这里现在每天会发运各种蔬菜八九千吨，销往全国多地，还销到东南亚，销到阿联酋、法国、德国、澳大利亚、加拿大。

2020年，当上述情况出现在威宁，那曾经在威宁工作过的，以及生在威宁一直在威宁的人们，都难以相信。有的老干部曾告诉我，十年前，乘车从云南入威宁，在云南境内的墙上就有文字提醒汽车驾驶员：前方就进入威宁了，路况不好，请注意安全。还有人跟我说，20世纪50年代初，威宁的大山里面还有很多靠狩猎为生的人，政府还要发工具、发种子教他们耕种。只要想想威宁曾经是怎样的边远偏僻蛮荒，今天这里竟能成为中国西南最大的蔬菜产业基地，它的蔬菜不仅能让广东人、北京人吃到，还能远销到欧美，你不能不感到这是奇迹。

它极具特点的高山冷凉蔬菜，是漫山遍野地在高山坡地露天种植的，直接接受阳光雨露，与大棚菜不同。由于冷凉气候不容易长虫，蔬菜生长极少使用农药或几乎不用农药。每天发运八九千吨，这可不是小数量。威宁迄今仍有大量的青壮年劳动力在东部城市打工，这么多蔬菜是谁种出来的呢？

前文写过，2018年7月18日，习近平总书记在对毕节试验区工作作出的重要指示中写道："要着眼长远、提前谋划，做好同2020年后乡村振兴战略的衔接，着力推动绿色发展、人力资源开发、体制机制创新，努力把毕节试验区建设成为贯彻新发展理念的示范区。"这不只是对毕节的要求，也是对贵州省的要求，因而成为贵州省"五级书记"铭记心中，考虑如何去实现的一项任务。

如今，威宁山地露天生产的蔬菜，以及毕节各县放养的大量跑山鸡（甚至是"会飞的鸡"）和"快乐的母鸡"们生下的绿皮蛋，都是着力于绿色发展的成果。

习近平总书记提出"易地搬迁脱贫"，把那些"一方水土养不起一方人"的村寨的贫困户搬迁出来。威宁就有易地搬迁户13269户66565人，其中搬迁到县城6.24万人，已是全省之最。但是，还有很多未列入搬迁计划，很难在当地发展产业脱贫，怎么办？

时任省委书记孙志刚提出了一个"易地产业扶贫"的思路，选择县城周边条件较好的地方，组织边远村寨的贫困户前来发展山地蔬菜产业。

2018年底，威宁未脱贫的建档立卡贫困人口还有9.6万，这些人口中的劳动力，多是岁数大、劳力弱、缺技能、出去打工用工单位不要的。如果把困在山沟里个人发展不了产业的贫困农民组织来发展蔬菜产业，就是很大的人力资源开发。

谁去组织?

毕节百分之百的村都成立了党支部领办的村集体合作社,百分之百的贫困户都加入了村集体合作社,因而贫困户全部是组织起来的状态,这就为县乡村三级党组织去发挥作为提供了宝贵的基础。但是,怎么操作,没有现成的体制机制。这就要求各级党委在深化改革中去探索体制机制创新。

怎么实施?根据筹算,需谋划6.5万亩的蔬菜产业基地。那么,从集中土地、组织劳动、农民食宿,到收成存储、冷链运送、远程销售,有很多事儿是从前没做过的。一旦每天几千吨蔬菜产出来,卖不出去,烂在地里怎么办?这其中有很多矛盾需要认真研究和解决。谁来解决?

只能靠党和政府去组织,需全县统筹。威宁有没有能力承接这个"全县统筹"?这也是需要研判的。看一下威宁的马铃薯产业。

马铃薯是全球第四大粮食作物。今日中国是世界上马铃薯产量最多的国家。贵州是马铃薯种植大省,其中以毕节为最,威宁又是毕节之最。2008年中国食品工业协会马铃薯专业委员会授予威宁"中国南方马铃薯之乡"称号。民间和一些专家还称威宁为"马铃薯之都"。2020年马铃薯种植面积200万亩,总产量378万吨,产值突破68亿元。

我是到威宁才知道,马铃薯中的维生素含量是所有粮食作物中最全的,其中的维生素C(抗坏血酸)含量远超禾谷类作物,蛋白质含量超过一般蔬菜。威宁致力于打造一二三产业融合的马铃薯全产业链发展平台。已拥有年生产马铃薯面条3000吨的现代化生产线,又引进百万吨马铃薯加工建设项目。在销售上,投资2.72亿元建大型综合交易市场,并在每个马铃薯产业重镇都建有交易市场;依托互联网把线上线下销售结合起来,产品远销广东、福建、浙江、上海、四川、重庆等省市,常年外运量占总产量的40%。在第三产业方面,威宁已举办六届"马铃薯文化艺术节"。2017年还举办了中国马铃薯大会暨中国·贵州(毕节)马铃薯产业博览会,吸引了近20万人次的游客前来观赏"万亩洋芋花"。培育了一批生态游、乡村游、养生游产品……威宁的马铃薯产业就是一个全县统筹的产业。威宁再通过全县统筹，做大一个山地蔬菜产业，是可能的。

种什么品种呢？确定"威宁三白"，即白萝卜、大白菜、莲花白，这是大众蔬菜，销路广。夏天很多气温高的地方种菜容易抽薹。威宁是冷凉气候，一年可种三季。

但是，仍然有难度，顾虑也是有的。主要难点：这不是种大棚菜，大面积露天种在山地；要在短时间解决引水灌溉问题，难度极大；劳动者都是贫困户中岁数普遍偏大的弱劳力，且缺技能，效果究竟如何？都是未知数。

周建琨挂帮威宁，很多时间在威宁督战。他说："关键在干，不干什么问题都解决不了。"他还说，"只有社会主义制度，才会这样全心全意为贫困户服务。"

威宁县成立了易地产业扶贫领导小组，设双组长，即县委书记肖发君和县长陈波都任组长。副组长是县委副书记王荣猛、副县长朱云川和政协副主席李正超。

接着，省委副秘书长王应政带着省农业农村厅、扶贫办、移民局的领导干部来威宁，与当地领导一起讨论形成方案。方案中着重归纳出三大方面的工作：一是统筹人和地两种资源，二是发挥政府和市场两只手的作用，三是抓好生产和销售的对接。据此下设八个职能组，成立工作专班集中办公。

指挥部办公室设在威宁县农业农村局，威宁还有一个农业产业发展投资有限公司抓蔬菜，这是政府的平台公司。由这个县农投公司牵头，与24家长期从事蔬菜种植销售的公司合作，县农投公司控股51%，其他公司占股49%。由县城周围的村党支部负责流转土地，农投公司支付流转费。

威宁有41个乡镇，前来务工的农民遍布全乡镇，由村党支部负责组织，参加者必须是建档立卡贫困户，全部是加入各村党支部领办集体合作社的社员，年龄在18岁到60岁，身体健康的可适当放宽。2019年进驻基地的5000余名贫困农民中，超过60岁的有514人。

进入基地之前，在乡镇进行有关培训。

肖发君这样说："一个乡来一个带队的领导，相当于一个大队。村里面的民工编成一个生产小队，小队里15人左右编一个组，有大队长、小队长、小组长。共有725个小组长。"

2019年秋天，我初次去看了他们的两个驻地，一个是用旧小学校舍改建的，一个是用旧厂房改建的。他们租用或修建的住宿点已经有38个，实行统一管理、统一食宿、统一劳动、统一学习、统一考核。

带我去走访的是具体负责整个基地工作的县委副书记王荣猛，他是织金县少普镇金钟村人，毕业于成都西南民族学院中文系。2018年12月从毕节市委组织部副部长岗位调来威宁。现在我看到的这些住宿点就是他牵头组织人力物力搞起来的。

每个驻地都有临时党支部。我看到了集体食堂、学习室、男女厕所、男女浴室、男女共用的洗漱区。男女宿舍有简单的分区，如分作前区后区、楼上楼下。都是睡上下两层的架子床，被褥等基本生活用品全部是基地准备好的，崭新的。他们也不必带劳动工具，基地都准备好了。食宿免费。餐厅和住宿区有许多供手机充电的插座。

这天中午，我看到他们收工集体排队归来，身上都穿着统一的迷彩服。迷彩服也是统一发的，是他们的劳动服。那样的排队归来，那样的统一，那样的迷彩斑斓，这些跟深度贫困的农民联系在一起，我顿时涌起一种莫名的感动！再看他们的面庞，岁月的沧桑、劳动的艰辛，就深刻在他们的皱纹里，不少是白发老人……他们每天基础工资80元，男女同工同酬。实际上，种蔬菜和采摘，妇女普遍比男人更能干。一个月出满22天工，每天可加20元工资，这相当于出满勤给的待遇。以此看，相当于每周有双休日。实际上，很多人做满22天后继续干，也有人利用几天时间回家处理家里的事。

除了基础工资，同时采取计件工资、加班工资等形式，体现按劳取酬、多劳多得。加上基础工资就比较可观了。小组长负责本组人员的组织管理工作，包括在田间的指导和质量督查，这要投入更多精力，所以每天补贴20元作为职务工资。

"一天最高收入能有多少？"我问。

"一天有挣300元的。"王荣猛说。

"比基础工资多200多元？"

"有的。龙场镇干河村妇女王粉兰，刚来的时候一天采摘豌豆尖90斤，经过技术培训，现在一天能采摘290斤。"

2019年国庆前夕，正是威宁蔬菜上市高峰期，每天产出2000多吨蔬菜。省委秘书长刘捷遵照省委书记批示，召集省有关厅局助推威宁蔬菜销售。整个国庆期间，周建琨坐镇指挥，张集智市长和几个副市长都分工负责，毕节每天销售四百多吨，其中威宁销售50吨。干部们大力推行"七进销售"，即进机关、进学校、进医院、进军营、进企业、进超市、进高速公路服务区。贵州省内销800吨，省外销800吨，出口东南亚100吨左右。

2020年报名参加基地劳动的贫困农民不断增多，已超过万人，食宿点扩大到55个。我在5月去看了新建的住宿点，这次注意到有的地方女浴室、女厕所比男性的多。

"为什么？"

"在基地务工的妇女比男人多。"

"妇女占比多少？"

"总的占比，妇女占62.25%。有的住宿点更多。"

她们中很多是留守妇女。这也反映出，特困地区脱贫攻坚之难，还因为大量青壮年外出打工，当地干部们是带领着人数很多的留守妇女和留守老人在脱贫攻坚。

2020年易地产业扶贫基地扩大到7万亩。全县蔬菜种植扩大到40万亩，分布在各乡镇。蔬菜品种扩展到豌豆尖、西蓝花、西红柿、香葱、辣椒、菜薹等，并针对高级宾馆开发精品蔬菜。

2019年我看到最大的一个劳动场面是在草海镇中海基地，有2000多人在集体作业。一问，得知整个基地的作业，是可以根据需要调度到某地去完成突击任务的，这好比战争中集中兵力到某个战场去打歼灭战。由此可见，这基地的组织程度已相当了得。他们不管到哪个阵地去干，收入都是基础工资加绩效工资，做好做优手里的活儿就行。这就是统一指挥调度、统一核算的好处。2020年7万亩易地产业扶贫基地出工总数单日最高已超过9000人。这还不算各乡镇那30多万亩蔬菜基地的农民。

驱车在威宁的通村路上行驶，翻过一个山梁看到一片集体劳动的农民，再翻过一个山坡又见一片集体劳作景象，山地上下红旗招展，这让我忽然想起从前有一部小说就叫《沸腾的群山》。

5 仿佛时光倒流

全国南北供应市场的蔬菜，多是大棚种植。威宁山地蔬菜露天种植，完整吸收大自然的阳光雨露。这种蔬菜的优势陆续为各地经销商所认识，各地经销商则是从顾客的喜欢选购中发现。

顾客普遍认为"这种蔬菜有蔬菜味"，会"回甘"。威宁人自己也总结，这是由于高海拔、低纬度、大温差、强日照、虫害在这里不容易滋生，加上土地和空气都没有工业污染等因素。威宁人说："这是意外发现一个为全国生产优质蔬菜的贵地。"

他们已在广东、四川、重庆、湖南、湖北、福建、云南等省市建了批发市场，开设70多个销售窗口，同时开发电商平台，线上线下，共推产品出山。

近两年，我都去看了尚在建设中的"威宁江楠现代农业物流园"。这是广州江楠集团、贵州现代物流集团和威宁县三方合作建设的，总投资25亿元。这是我国西南最大的农业物流园，第一期工程已经开放运营。

我去看了他们建的3万多平方米的冷库，威宁江楠物流园一期工程就建成冷库60个，目前正在扩建120个冷库，规模壮观。目前每天可处理6000多吨蔬菜。我看过他们的大型冷链物流中心，有大型冷链车37台。看了清洗、分拣包装车间，日产50吨冰的制冰车间。

　　还有不能遗漏的大事：比务工农民更早进入产业基地的是"基础设施先行"，并按标准化实施。包括：建机耕道，机耕道连接主干道，主干道连接省国道和高速公路，全部与已经形成的县乡村组路网融为一体，晴雨运输畅通无阻。耕作全部用机耕，有专业机耕队、植保队、运输队、销售团队。这是一个庞大的产业体系，打造出高原山地绿色蔬菜全产业链。

　　值得特别介绍的是引水工程。为保障40万亩山地蔬菜的用水，目前已挖掘铺设安装了提水管道、输水干管、主配水管和喷滴灌田间管道，全长5468公里，这是名副其实的万里供水管道！

　　新增灌溉面积28.8万亩，其中喷滴灌17万亩，7万亩易地产业扶贫蔬菜基地全覆盖。铺设在山地坝区的喷滴灌管道3363公里。重要的不只是解决了威宁这些缺水山地的用水问题，更给贵州喀斯特地貌上所有缺水的土地提供了一种科学的方案。

　　五月的一天，我在基地遇见一位县农科干部在田间讲课，组织者是威宁县妇联一位干部。讲的和听的都站在地头。在这个地点劳动的约200人，大部分是女的。不论男女都穿着统一的迷彩服，还披着印有"贵州省妇女联合会"字样的长围裙。

　　这天，我只觉得被一种如今很少见到的场面感动着，没记住这位农科干部的姓名，只记得他在田野上放开喉咙大声讲，他还把要点编成了顺口溜，以便大家易记易操作。这样站着听讲的现场培训课简明扼要。他的讲课结束了，我想采访一下他，可是他说他就要去下一个地点讲。转身走的时候，他留下一句话："我已经讲了一百多场了。"（后打听到他的姓名叫董恩省）

　　这天我知道了，威宁在易地产业扶贫基地相对集中的地方还建了五个党群工作站，在其中服务的有县总工会、共青团、妇联、科协、残联等部门的人员。

　　"残联的人也来吗？"

　　"务工农民里有残疾人，残联的人来了解他们的困难，提供帮助。有的是务工农民家里有残疾人，残联的人还到他们山区的家里去，为他们家里的残疾人提供帮助。"

工会与共青团的人，到每个驻地去，那里每天晚饭后都有半小时学习交流或唱红歌。他们去教唱歌。宣传部和文化部门的人员也投入到农民工驻地的学习和文化活动中。

我走访了两个党群工作站，里面有医务室，有镇派出所设的警务室。我看到雄山街道基地党群工作站的一面墙上写着："同工同酬同致富，互帮互助奔小康。"另一个是观风海镇基地党群工作站，这里有个篮球场，活动室的墙上写着："吃得放心，住得安心，干得舒心，玩得开心。"我还在一块黑板上看到用粉笔写的告示："5月24日20点观看电影《刘三姐》。"

疫情期间，各地电影院都暂停营业，基地党群工作站则在操场上拉起银幕，播放的都是老电影《南征北战》《平原枪声》等。这个24日，我没在那里看电影，但我的心留在那里了。

闭上眼睛，我看到附近住宿点的农民工排着队伍来看电影了，就像我插队的时候会从自然村走到大队部所在地去看电影。一个个男女青年的面容清晰起来，一路上我们欢声笑语，我甚至还能闻到那亲切的汗水的味道……那是仿佛时光倒流的感觉。

6　听一听贫困农民的声音

看一下基地贫困农民的具体情况，听听他们怎么说。

马敏云、马玲飞夫妇都是回族人，来自秀水镇前峰村，家庭收入主要靠外出打工。威宁蔬菜基地搞起来之前，他们在云南玉溪给私营的蔬菜企业拔葱，每天清早出门，天黑了才回到家。夫妻月收入4000元多一点，扣除租房吃饭的费用，剩下的钱支撑一家老小生活和孩子在外面读书紧巴巴的。

夫妻中女的说："每天都很累，很困，更怕拿不到工钱。"

男的说："要找比较'实靠的人'才敢去做。"

女的说："要自己'会做人'，会'找关系'才找得到做。"

"你们什么时候回来的？"我问。

"政府一招呼，我们就回来了。"

"这次是政府找你们，不是你们去找了。"

"对头。"夫妻中女的更会说，"没想到政府用车把我们送到这里来，下班有饭吃，住房不要钱，都是新被子，中午还能睡一觉。不怕工资拿不到。家里有事还能随时回家。"

她说的中午能睡一觉，因基地晚饭后的"大家谈"有人提议夏天到了，早出工晚收工，中午多休息一会儿，可以避免太阳暴晒，早晚凉爽能多干活，基地采纳了这个建议。

马玲飞还说："我放了好久的刺绣，现在有时间做了。"

顾怀相来自秀水镇田坝村，她丈夫去世了，孩子在上大学，家里的收入全靠她外出打工去挣。去年上半年在云南打工，下半年在广东打工，月收入3000元左右。今年在威宁蔬菜基地干活，月收入也拿到3000元左右。她担心的是政府这个基地能不能长久。她说："在这里做工好得没法说。"我问怎么没法说。她说："吃住都不要钱。孩子上学的钱也有了。要一直能做就好了。"

阚世荣身有残疾，家住金斗镇高田村，妻子和大女儿都在昆明打工，二女儿和小女儿在上学。阚世荣说："我这一只手没力气，村支书还是让我来了。"乡里的带队干部说："他那一只手抵得上别人两只手，还很肯出力，大家都很赞扬他。"从7月到12月，阚世荣都是满勤，拿到近15000元工资。手有残疾，但他头脑好使，还乐于做公益的事，他被选为组长，我想这也是一个奇迹吧。

訾留国是金钟镇狮子村的，妻子祖彩彩是先天性聋哑人，三个儿子都是学龄前儿童，一家贫困程度很深，訾留国平时还爱喝酒，经常醉醺醺的。他到基地务工后，每月有2400元以上的收入，还戒掉了嗜酒的坏习性，感觉看到日子有希望了。

基地有一批65岁左右的农民是经历过人民公社生产队时期集体劳动的，谈起过去，他们会以过来人的经历跟比他们年轻的人说，我们那时候修公路、修水渠也是红旗飘啊，集体出工，集体吃饭……不过没有现在吃得好。

黑土河镇的李永芬67岁了，她说："过去生产队劳动，回家要自己煮饭吃，现在来这里包吃包住，下工回来就有饭吃，还洗澡。我这么大岁数了，不怕你笑话，我一辈子都没洗过这样的热水澡，那热水哗哗的。也不知我还能干多久。"

管金花是秀水镇中义村的，她的丈夫常年生病干不了活。她说："我想去打工，没人要。就靠我儿子打零工挣点钱，儿子也老大了，这日子咋过。"我没问她儿子的情况，问她的年龄。她说，"我都64岁了。以前生产队干活大家在一起，晚上记工分有人聊天。后来在家闷得慌，现在又能和大家聊天了，太好了。"

海拉镇花果村的沈正华也是老人了，他在基地干了两个月就把哑巴的大儿子也带来。他说："像我这种年纪出去打工，人家不要了。我家娃不会说话，人家更不要。我带他来，政府批准了。他在这里一个月也能拿两千多，生活不是问题了。"

威宁妇联主席吴丹琼告诉我，来基地务工的妇女，普遍有个收获你可能想不到。我问是啥。她说，她们回家把家里打扫干净了。我请她举例，于是听到一个梨坪村李文庆家的故事。

李文庆一家七口人，丈夫在外打工，大女儿念完初中去南方打工了，家里有三个在校生，还有一个患先天性精神病的儿子。她来蔬菜基地干活，可以兼顾孩子。她在基地睡崭新的被子，每天都可以淋浴，工作服、围裙、手套都是崭新的，厨房饭厅干干净净的，宿舍周围也是干净的。在宿舍里，你要不干净，别人也会嫌弃你。回自己家，看到哪儿都脏兮兮的，有点不习惯了。第一次回家，她就用木棍把房里的蜘蛛网全部弄掉了。然后开始刷锅洗盆，把吃饭的地方先搞干净。让村里人眼睛一亮的是，她领到工资后，竟请人给自己陈旧的房屋正面贴上了瓷砖。

这期间，政府已经把她家的院坝和入户路都打上了水泥地。她和三个在校读书的孩子在春节前把房前屋后打扫得干干净净的。大女儿春节回家，走到家门前怀疑这是不是自己的家，看到弟妹走出来，才确认这就是。

敖帮芬是牛棚镇团山村的，家里也有七口人，一儿一女在外打工，还有三个儿女在读书，夫妻靠种地和在周边打零工维持生活。敖帮芬到这个基地就努力干活。她说："我怕干不好丢了这份工。"她在2020年1月21日召开的全县蔬菜产业发展大会上受到表彰，被评为"务工模范"。

李保秀是牛棚镇手工社区的，家有四口人，儿子大学毕业了，女儿还在上学，丈夫常酗酒不管家事。很多年都是李保秀一人撑起这个家。她是来基地的第一批贫困农民，干到年关，基地放假了她还舍不得离开。直到人家在外面叫："保秀，快，车都要开啦！"她才匆匆出来。因为镇上的车来接大家回家了。其实，她是个手脚很麻利的人。在2020年1月21日召开的全县蔬菜产业发展大会上，她也被表彰为"务工模范"。

2020年1月21日，在威宁县草海大剧院里，高悬的会标上写着"威宁自治县蔬菜产业发展大会"，就在这个隆重的大会上，有两百名贫困农民被评为全县"务工模范"，受表彰。

这些贫困农民做梦也没想到，全场的掌声是为他们鼓响的。回想以前，他们都是分散耕种或漂泊在外乡打工的贫困农民，如果不是精准扶贫关怀到每一家贫困户，哪有他们今天这样。

种种变化，不仅在全县40万亩蔬菜基地上，还在200万亩生产粮食的马铃薯基地上，还在208万亩经果林产业上。威宁还有在"大党建统领"下重新整改组建的592个养殖合作社。威宁的各级党政机关，工青妇等群团组织都被一种力量席卷到轰轰烈烈的脱贫攻坚中。那些农民集体作业的基地上红旗招展，激动人心。乡村大喇叭播放着歌唱祖国的歌曲。毕节自办的"春晚"里说"风都在传播久违的声音"，这似乎是诗意的描写，但在毕节，这个曾经非常贫困的地方，诗和远方，真的出现，正以超出毕节人自己想象的速度发生巨变。

最伟大的资源是组织起来的人民，这是第一大资源。最辽阔的资源是集中起来的土地，这是第二大资源。靠什么把这两大资源组织起来？在市委领导下，在全县范围，党组织首先把贫困群众组织起来，团结大家走合作化道路，在威宁体现得更加充分。

7　阻断代际贫困

"易地搬迁脱贫一批"，是习近平总书记2015年提出来的。从2016年至今，贵州全省易地扶贫搬迁188万人，是全国搬迁人数最多的省份，占全国易地搬迁总数六分之一多。同时期毕节搬迁28.48万人，此外，恒大集团助毕节新增搬迁4万贫困人口，毕节总共搬迁32.48万人，占全省六分之一多。

2019年9月10日，我走访了毕节赫章县金银山社区安置点。这个安置点有金山和银山两个社区，共安置2760户1.36万人。在金山社区，我得知这里有276名残疾人，12岁以下孤儿33人，留守儿童95人，空巢老人38人，精神疾病患者40人。如果没搬迁出来，这些困中之困的人在大山里面怎么办？搬出来了，小区的干部们仍有大量工作要做。所谓"特殊困难群体"，他们说包括"老、弱、病、残、酒疯"。

"怎么还有一个'酒疯'？"我问。

小区干部举一例，有个古达村搬来的农民，才47岁，长期酗酒，过去在村里喝了酒就随地睡，现在小区到处都平坦，他喝醉了就躺路上睡，睡醒了，看楼房都一样，找不到家了。

"用大车帮他们搬家的时候，马桶、石磨、犁耙、背篓，啥都搬来了。其实家家都有卫生间了，但我们都帮助把马桶搬上楼。"

"垃圾随便扔。最恐怖的是，垃圾忽然就从楼上飞下来。"

有许多不习惯，都要通过学习教育，慢慢改。小区广场舞也有了，有个老头去跳广场舞，老伴生气了，说她男人花心了。一气之下，老太太不吃饭了。小区干部赶紧上门去做工作。

在小区，我看到了他们的"四点半课堂"，眼睛一亮。学校下午三点半放学，学生们的父母做工还没回来，孩子们放学就到小区的"四点半课堂"来做作业，这里有老师辅导。

我想起北京的"托管班"，那就是孩子放学的时候，家长还没下班，民间的"托管班"到校门口去把约定的学生接到一个个地点去做作业，家长下班了就来接孩子。这是要付费的。

这里的"四点半课堂"免费。这里不仅有老师辅导学生做作业，还开设书法、绘画、舞蹈班，也是免费的。"四点半课堂"不仅金山社区有，赫章全县有15个易地扶贫搬迁安置点，分布在18个社区，每个社区都有。

"毕节全市的安置点都有吗？"我问。

"都有的。"街道党工委书记朱启辉说。

"那要很多辅导老师啊，老师从哪儿来？"

"各县教育局、团县委、县妇联联合组织的当地教师志愿者，还有团省委选派的'西部志愿者计划'的志愿者。"

这时，朱启辉书记向我介绍这"四点半课堂"舞蹈班有一支小小文艺队，说她们演出的节目很不错，还到其他社区去演出。"您见一下她们怎么样？"于是我见到了她们。

"她叫朱余。"一位教歌舞的女教师介绍说，"读五年级，她是社区少先大队的大队长。"

"社区有少先大队？"

"有啊，少先大队有410名少年儿童，贡献可大了，负责监督社区的卫生，看见谁扔垃圾就去捡起来放垃圾桶去，还上前敬礼：'叔叔，请别随地扔垃圾。'很管用。"

我心里一热，想知道她们是从哪里来的。

"你原先的家在哪里？"我问朱余。

"五里村。"她说。

"你们村有小学吗？"

"没有。"

"那你上哪里去读书呢？"

"去双坪乡中心小学读。"

"要走多远？"

"每天走三个小时，去一个半，回一个半。"

"带饭吗？"

"不。中午在学校吃营养午餐。"

"路上你一个人走吗？"

"开始是妈妈送，后来妈妈送一半，再后来就我一个人走。"

"害怕吗？"

"快快走。"她停了一下，不知是不是想说有点怕，她接着说，"要走快点，不快点就迟到了。迟到罚站，站墙角，面壁思过。还罚扫地。下雪了，在路上玩雪玩迟到了，罚。下雨天举伞，泥水进到鞋里、裤子上，又迟到了，罚！"

"每次迟到，老师都说要罚吗？"

"不用说，自己站墙角去了。"

"你几岁上学的？"

"七岁走读。"

"你现在上学走多远？"

"边走边玩五分钟。"

社区一位女干部说，"刚来的时候，这些孩子见到人都不敢抬头，不说话，也没笑容。你看她们现在。朱余还当班长了，在县城小学高年级当上班长是凭实力的，学习不拔尖当不上。"

"你怎么当上班长的？"我问朱余。

"一步步吧。"

"怎么一步步？"

"最早当小组长，后来当纪律委员、语文课代表、学习委员、副班长、班长。"

我接着问一个读到六年级的女孩，她来自德卓镇堰联村。这个小区的搬迁户来自全县26个乡镇，德卓镇距离县城最远，有123公里。"你也被罚过站吗？"我问。

"我们这几个全都被罚过。"

"你去上学要走多远？"

"我走到甘河沟小学，走一个小时就到了。8点20分上课，我妈妈给我买了手表，让我看着手表走，快迟到了就跑。"

"为什么是妈妈给你买手表？"

"我爸爸在外面打工啊。现在回来了。"

这个女孩叫王任了，她也当过班上的小组长、大组长、生活委员、学习委员、副班长。我接着问另一位也读到五年级的女孩邓浏语，她也来自德卓镇，她去读书要走两个小时！

"家里没闹钟，每天都是妈妈叫我起来。读书太苦了，我都不想读了。有一次天要下大雨了，我走到半路就哭起来了，边走边哭。一路上都是上坡下坡，石头是高出来的，我一走一摔，到学校，裤子都摔烂了。"

"山里都是那样的路。"王任了用手做波浪状形容着，"一上一下的，没有平的路。"

"在学校被罚，在家里也被罚。"邓浏语说。

"在家罚什么呢？"

"割猪草没完成任务，罚。"朱余抢答似的说。

"是吗？"我问邓浏语。

"是的。"她说，"放学回家要去割猪草，把背篓装满了就可以回家了。有时候碰到几个孩子都来割猪草，一起玩，就玩忘了，割不满了。我们就把石头、树枝放背篓里架空了，上面放猪草背回来。被发现，完了。"

"怎么罚？"

"先是问，用宽刀还是细丝？"

"宽刀？什么意思？"我问。

"宽刀就是竹板，细丝就是很细的竹条。打完再去割猪草，有时罚割两背篓。天都黑了，手割出血了。"

"你什么时候开始割猪草？"

"上学前，六岁。"

今天的邓浏语当过班级的劳动委员、学习委员、副班长。我面前还有上五年级的何志玉，六年级的毛武群，都是从小要走一个多小时才能到校的。我不再细问了。从她们的叙述可知，她们都来自非常偏僻的小村寨。2018年那个暑假，他们全家搬出来了。"家里人都愿意搬吗？"我问。她们几乎同声回答：愿意。

"你们出来了，有什么体会？"我又问。

"我第一次发现，世上原来有平路。"说话的是邓浏语。

我怀疑我听错了："你说什么？"

"她说第一次发现世上有平路。"王任了说，"我也是第一次脚踩到这么平的路。"然后她们都说，最惊奇的就是路，怎么有这么平的路！她们在上面一直走、一直走，来回走，不想回家。几个同学相约走出小区了，走丢了。为什么走丢了？山里去上学的路就那一条，城里的路很多很多条，走到了县城中心，越走街道两边越好看。"虽然没钱，就想多看。"夜晚来了，满街灯光那么亮，谁还记得天黑了……忘了时间，忘了来的路。家里人发现孩子不见了，小区发动人去找……这是我无论如何都想象不到的故事。

接着我看了她们的节目，就是在"四点半课堂"舞蹈班学的歌舞，第一个节目是演唱《感恩的心》。节目开始是孩子们的朗诵："我来自乌蒙山深处的……"教歌舞的老师说，2019年暑假，这些孩子到其他小区去演出，还回到他们老家的乡里去演出，已经演了15场。她们演唱的就是自己的故事，唱的每一句都发自内心。当文艺如此真实动情地表达出来，给予人们的感动是如此纯粹。

这些孩子如今在城里小学出类拔萃，也因为她们自小在山区艰难跋涉，生长出一种积极向上的精神。不要问她们家今日收入怎样，搬迁出来，最基本的好处已然是"阻断代际贫困"。

8 伟大的村寨迁徙

写下这个标题，怎么表达我心中一种深远的情感呢？愿以下的文字能有一部分种入生我养我的土地。

在多年的乡村调查采访中，我曾一再想过，我国为什么有这么多偏僻的小村寨？渐渐看到，千秋以来，人数少的部落为避战，为避免被灭绝，迁徙到深山搭棚安寨生息繁衍，形成"云朵上的家乡""峡谷里的山寨""崖壁上的人家"。20世纪日本帝国发动侵华战争，惨绝人寰的"杀光、抢光、烧光"暴行，国民党军的"抓壮丁"，都曾使我国平民逃进深山老林，在那里搭草房生儿育女结亲联姻，产生了很多很小的村寨。

在上一节里记述的，只是一个易地扶贫搬迁安置点里的故事。金山社区现有卫生服务中心，还在建一座3000平方米的街道卫生院。社区附近有三所小学，还配套建有一个幼儿园，园里有八个班，240名幼儿。我记下金山社区并不因为这个社区做得特别好，而是我遇见的这些孩子的故事抓住了我。在毕节"大党建统领"的统一部署下，毕节全市所有安置点都是按照搬迁后续"五个体系"建设的要求去实施的。搬迁的适龄少年儿童全部就近入学，医疗获得保障，搬迁群众低保、医保、养老保险等社会保障有效衔接。搬迁安置点甚至是城镇里的亮点，崭新的社区，仅就家家都获得免费新房而言，就使城镇里尚缺钱买房的男女青年非常羡慕。

毕节最大的安置点是七星关区柏杨林安置点，安置了2.9万人，这也是贵州省单体安置规模最大的易地扶贫搬迁安置点。建有一所卫生院、两所九年一贯制学校、一所小学、两所幼儿园、一个幼儿日间托养照料中心。安置点的保安、保洁人员就有180人，都是搬迁户中的贫困农民就业者。

再说威宁整村整寨搬迁的村寨有383个，毕节3户以上50户以下的自然村寨整体搬迁的有1591个，贵州全省贫困自然村寨整体搬迁的超过一万个。全国易地扶贫搬迁的大数是1000万人。1000万人的村寨大迁徙，并且安置得多么有温度有情怀，这是我们这个星球上了不起的成就啊！

再听听金山社区这几个小女孩的声音："我们拿家长的电话打回去，给乡里的同学说，我们每天都可以冲澡，特骄傲。""他们超级羡慕！"是啊，还有很多同学在老家没搬出来。比如在威宁易地产业扶贫基地上班的建档立卡贫困户，就是没有列入搬迁计划的。

把那些穷山沟里甚至还住在洞中的贫困农民搬迁出来，不仅是帮助他们告别贫困，也是治疗我们民族历史上留下来的创伤。今天，我们要走向乡村振兴了，我国农村50户以上的村庄还星罗棋布，有很多很多。一个百户的村寨也就五六百人，看病、上学、买衣服鞋袜油盐酱醋还是要走出去的，做什么都要增加成本，如何能振兴致富？

这就是我在这一节里，最想说的事。

为什么金山社区那些孩子会深深地抓住我？还因为那时刻我想起了自己生在一个小镇，小镇没中学，没新华书店，小人书放在供销社商店的柜台里卖。有卫生院、邮电局、粮站、发电厂、银行。很多年来，我都庆幸自己生在小镇，小镇中心小学有六百多名学生，学校开展的乒乓球赛、篮球赛、跳高跳远比赛、歌咏比赛，也很热烈。如果我不是生在小镇，不是在小镇上读到了六年级，我不知自己今天是怎样。

我对自己插队的村庄永难忘怀，全村六个生产队总共1000多人口。上中学、大病，都要到公社所在地去。生产队解体后，村庄更荒凉了。今天仍然是个穷村。

在多年的调查采访中，我日益意识到，走向乡村振兴，那些穷乡僻壤里人口少、资源匮乏的村，是应该合并到城镇或中心大村，使人口集聚向小镇发展的。最宝贵的资源就是人。一个聚居地要有足够多的人口，才会有商场、医院、银行、体育场、中学、中小型企业，甚至大学。简单说，开个理发店，要有足够的头来光顾；开个洗脚店，要有足够的脚来光临。开个豆腐店、馒头店、裁缝店、餐馆等，也要有足够的顾客。如此才能百业兴旺，这个聚居地人们彼此的经营服务，才能构成生产生活功能的自我循环。这样的聚居地就有了兴旺地活起来的生命，才叫宜居宜成长宜生活。这样的聚居地该有多大的规模？从世界范围看，一般说要达到一个小镇或大村的规模，这个大村也是需要向小镇继续发展，才能功能比较完备。这样的小镇，一定要发展工业，"接二连三"地发展成农工商综合体。

应该说，我国新时代的易地扶贫搬迁提供了非常宝贵的实践经验。贵州95%以上的易地扶贫搬迁都实施城镇化集中安置。毕节整村整寨搬迁的95%以上已完成旧房拆除，复垦复绿。

21世纪的信息时代，具有通过资源共享来发展的显著特征，取消人口少的村落使其复归自然，创造有益于资源共享人气兴旺的小镇，是在乡村振兴中走向兴旺发达的必由之路。当中国乡村普遍具有小镇的功能，就是中国社会的富强发达之日。祈愿有志者去实现。

9 再说"大扶贫"

2020年8月的一天，周建琨告诉我"我们现在肯定能完成脱贫任务了"，我没觉得意外。他接着说，"我们现在是在做帮促非贫困户的工作。"这令我感到意外。

"我们从7月开始做更大范围的排查，不仅核查建档立卡贫困户的情况，还研判'边缘户''监测户'。"

边缘户是收入略高于贫困户，有致贫风险的农户；监测户是建档立卡户已脱贫，但收入不稳定，因病、因灾等有返贫风险的脱贫户。现在开始更具体地对全市非建档立卡独居老人户、低保户、重病户、残疾户、独人户、突发变故户、疑似收入不达标户、小姓氏户、外来户、子女辍学户、老人带留守儿童户等，按照"村不漏组，组不漏户，户不漏人，人不漏项"的要求进行全面大排查、大遍访。

对查出问题的户，仍按大类归入"边缘户"和"监测户"。8月，毕节全市排查确定的边缘户有1.22万户4.9万人，监测户是1.02万户4.48万人，全面建立台账，纳入帮扶对象。如此才能攻坚目标靶向精准，确保问题动态"清零"。此时的毕节，实际是在做巩固脱贫攻坚成果，确保脱贫不返贫的工作了。

"贫困户与非贫困户，只有一墙之隔、一步之遥。"周建琨到毕节四年，无数次进村入户看得明明白白，所以他说，"我们必须坚持大扶贫。"在这里，可以再次领略毕节"大扶贫"的覆盖范围和意义。

现在看来，毕节自2016年底推行的"大党建统领大扶贫"，一路走过来，是相当精准的发展思路。它的显著特征就是始终坚持党的领导，"大扶贫"的覆盖面和大意义则在于坚持把广大农民组织起来。

2019年6月28日，中央政治局常委、全国人大常委会委员长栗战书，在人民大会堂召开的人大基层代表座谈会上讲到"塘约经验"，会后接见左文学，握住他的手说：你回去后要按照贵州省委的安排，继续改革，为乡村振兴提供可推广的样板①。

四年来，贵州省委一直倡导推广"塘约经验"，这对于毕节推广"塘约经验"，推行党支部领办村集体合作社，有巨大的推动力。直至"五级书记抓脱贫"，都是朝着"走好农业合作化道路"的大方向挺进。

基于"大扶贫"思路，毕节党支部领办的村集体合作社不仅把建档立卡贫困户百分之百地吸收入社，还引导非贫困户入社。根据"大党建统领"保障共同致富的原则，毕节强调防止"垒大户"，推动"惠大众"。据毕节市委办的调研，由于拥有党支部领办的合作社，可优先支持村集体合作社参与承建农业基础设施和农村社会事业项目。截至2020年8月，全市由村集体合

---

① 见贵州省安顺市塘约村史馆的照片和文字记载。

作社承建的项目已达3590个，同时在集体合作社内组建农业生产队、建筑队、运输队等组织已达4230个。

由于党支部领办合作社全市推进，为乡镇党委统领合作社提供了加快发展的基础，县委统领的跨乡镇产业联社，市委在更高层次的规划统筹和跨省市运营，使合作化程度日益提高而显出更大优势。

毕节有个"同心展览馆"，在这个馆里我看到了30多年来全国政协、中央统战部、各民主党派中央、全国工商联、国家各部委对毕节的长期支持，这是更高层次更广阔的"大扶贫"。

2018年7月18日，习近平总书记在对毕节试验区工作作出的重要指示中说："统一战线要在党的领导下继续支持毕节试验区改革发展，在坚持和发展中国特色社会主义实践中不断发挥好中国共产党领导的多党合作的制度优势。"

"大党建统领大扶贫"，正是把多种经济形式的经营者们组织在新时代的统一战线里，共同致力于脱贫攻坚和乡村振兴。这期间，毕节农村家庭农场、种养大户、私营企业和村集体合作社并存，都是政策允许受到保护的。由于村集体合作社吸纳了全部的贫困户和很多非贫困户农民，由于倡导按劳分配为主，按资分配为辅，集体合作社的劳动报酬一般高于大户支付的劳动力工钱，越来越多的农民更愿意加入村集体合作社。劳动力的流向发生了改变，去大户打工的农民逐渐减少，以至有一批种养大户相继加入村集体合作社中来，成为毕节出现的一种新情况。

这个新情况里呈现着，最有力量的其实就是人数多的劳动人民，人民选择哪里，哪里就会发达。人民离去，资本也会萧条而无法增值。资本是靠着孤独劳动者的无组织状态雇佣之而发达的。共产党人则是唤醒孤独劳动者，并使他们做自己的主人的人。

9月22日，毕节市召开"大战一百天 打好收官战"启动大会。可以说，这是个激动人心，振奋人心的大会。

毕节市委副书记、市长张集智主持会议。贵州省政协副主席、毕节市委书记周建琨在会上充满激情地说：

"再有一百天，我们即将迎来完成光荣历史使命、交上合格答卷的历史性时刻。这一百天的工作，是兑现承诺之战，是回报关怀之战，是告慰英雄接续奋斗之战。我们要以必胜信心，坚强意志，不负重托，践行使命，彻底撕掉毕节千百年来的绝对贫困标签。"

请再看一眼如下数据：党的十八大以来，我国累计减贫9899万人，其中892万在贵州。中国是世界减贫人口最多的国家。贵州是中国减贫人口最多的省份。毕节是贵州减贫人口最多的地区。

第十八章

你能留下什么

这是20世纪50年代的毕节故事，为什么今天还讲它。在它的家乡，人们叫它天渠。它与红旗渠引来漳河水不同，它在贵州喀斯特地貌的半山拦截天降甘霖，引来灌溉土地和滋养人畜。红旗渠是当年林县一县人民修的，已让世人惊叹不已。毕节在悬崖绝壁上修通的"卫星渠"，是一个合作社的农民在1956年动工1958年修通，这是中国分散耕作的农民一经组织起来就有的奇迹。1958年底该社领导进京参加全国农业社会主义建设先进单位代表会议，"卫星渠"荣获国务院"最高水利建设成果奖"。此后从1958年到1980年的20多年，毕节农民在悬崖绝壁上修通了数十条天渠，建设者住洞穴、凿悬岩、打隧道，牺牲11人，不畏险峻艰难之光芒可与红旗渠相映照。当年的建设者大部分离世，我拜访健在者，感叹这些往事就像藏在深山无人知。他们说，不要人知，一生留下水库留下渠，不白过了。

1 仰望天渠

毕节和它的往事，似乎一直都藏在大山里。这悬崖绝壁上的故事，比著名的红旗渠更早，为什么会在大山里藏这么久？

在它的家乡，人们叫它"天渠"，因岩溶地表留不住水，它是在大山中承接天降甘霖——天水渗入山体从某处冒出来——就在那里沿悬崖凿石修渠引来灌溉土地和滋养人畜。这与红旗渠引来漳河水不同，与世上引江河水的渠都不同。

在它的家乡，人们都记得为修天渠献出生命的人。2020年8月3日，我寻访当年的建设者时问起这件往事，他们异口同声地讲到一个名字：徐荣。

一个完全陌生的名字。我问："徐荣是干什么的？"

"领导打沟沟的。"一个老人说。

老人叫刘显荣，87岁了。坐在我面前的还有82岁的许光福和80岁的单怀忠，他们都是当年修天渠的农民。

"修天渠，徐荣是最重要的人吗？"我问。

"是的。"他们几乎同时说。

他们甚至记得徐荣的妻子名叫顾尚英。"她带着一岁多的女儿来的，一家人都在这里修渠。没时间照顾孩子，孩子感冒发烧，就死了。"刘显荣说。我顿觉这里面有很不寻常的往事。

"徐荣的妻子还在吗？"

"很多年没见到了。"

乌蒙山麓，赤水河畔，天渠就高挂在悬崖绝壁上。

周建琨踏勘了天渠后，派人问询到了徐荣之妻。2020年8月26日，周建琨去看望徐荣家人。我也去了。顾尚英已82岁，同二女儿一起住在七星关一个居民小区。听说是市领导来看她，顾尚英眼圈就红了。说话间得知这是徐荣1958年牺牲后第一次有市领导来看望她。周建琨说："对不起，我们不知道，我们来晚了。"

62年过去了，徐荣在顾尚英心里永远是年轻的。我问起她和徐荣是怎么认识的，渐渐，屋里的气息仿佛回到从前……我听到了马蹄声，一个年轻人骑一匹黑马在村路上由远而近，那时刻顾尚英也听到了，她直起身来看。她看到那人勒马停下，正朝她这边看。他看什么呢？她不禁看看自己左面、右面和自己的后面，没什么呀。那人下马，让马停候在路上，向她走来。走到不近不远，他站住了，盯住她看。没错，就是看她。

"这人怎么这样？"这是顾尚英对徐荣的第一印象。

"你当时在干什么？"我问。

"我在讨猪草①。"她说，"我不讨猪草了，跑回家了。他还跟来，看我走到哪个房子。我害怕了。"

这年顾尚英16周岁，是毕节县②长春堡沙坝乡沙乐村人。没几天有人上门说亲了，来人是顾尚英的堂哥顾尚余。堂哥来帮那个骑黑马的人说亲。这时知道了那人叫徐荣，是本乡小龙村的。来人说，徐荣参加过抗美援朝，今年刚从部队回来，在撒拉溪乡政府当文书，那天他就是骑着黑马去乡政府上班……我不禁想，这简直是一部电影的画面，一个"黑马王子"骑马走过春天的田野，忽然看见一个美丽的村姑……然后有人上门说亲来了。

"一说就成了吧。"不记得谁说了一句。

"我不同意。"顾尚英说。

---

① 当地方言，讨猪草是割猪草的意思。

② 历史上的毕节县在1994年撤县设市（县级），2011年原毕节县级市改称七星关区。

"啊，为什么？"

"他自己跟别人说，他跟我好了。我听了很生气。我都没同意，他怎么能这么说？我更不同意了。"

"那后来怎么办？"

"他这个人，想做什么一定要做成。他想娶我，也是这样。"顾老太太说这话时脸上掠过一抹飞红。她接着说，"后来我想，他是心里真对我很好，就那么说了。"

这是1954年，当年结婚，徐荣到顾家当上门女婿。"我家只有两姐妹，没兄弟。"顾尚英说她姐比她大十岁，已经结婚了。

1956年9月，徐荣到专区水利技术干部培训班学习，结业后分配到毕节县农田水利局工作。这就要走进"天渠"的故事了。

毕节县有个生机乡，当地有个民谣是这样唱的：

> 生机生机山连山，眼望河水喊口干。
>
> 缸里没有三碗水，家中缺粮又少穿。

为什么说"眼望"而不是"看"？那河就是赤水河，它在深深的山谷下面，远远地望得见，去赤水河挑水下去上来要三个小时。挑来的水是浑的。吃水要接天上的雨水。孩子从小就知道，洗脸是孩子洗完大人洗，大人洗完留着洗衣服还给牲口喝。缺劳力的人家没力气去赤水河挑水，平时很少洗脸洗衣服。"只有过年过节才得干净一回。"

并非一个生机乡如此，缺水是这片喀斯特地貌的普遍现象。与生机乡相邻的大渡乡有个镰刀湾村，该村的大山里有个叫松树岩的地方，那里有一股清水倾泻而下落向赤水河，不知多少代人看着这一股天降之水白白流失。

镰刀湾村曾有个土司庄园，今天尚存清代土司庄园的石木结构碉堡，还能看到庄园的门方石、柱础、磉磴、石刻、木雕等。据说当年的土司曾想过引那一股天水，但望崖兴叹。现在，镰刀湾村农民不但敢想，还提出要干。我从多方面了解到，1955年毕节县农田水利局两次派两批技术员来勘察，都说修不成。第二年，徐荣来了，他在镰刀湾村住下来，组织了村里12个农民进山勘察，回来告诉大家："修得成。"

徐荣向上级汇报后，县委组织部有位女主任找到徐荣，对他说：去了几批人都说修不成，你也不要冒失。徐荣说："我说修得成就是修得成。"

顾尚英说："这就是他的脾气。"

事实是，真的修成了。然而，仰望那高悬的绝壁天渠，我们还是要问，为什么徐荣认为能修成，并且修成了！为什么这件事出现在1956年？1956年有什么特别吗？

2 山乡巨变

20世纪50年代以前，土地属私人占有，无论地主还是贫农都无法搞农田水利工程。据记载，那时毕节县连年受灾，受灾的耕地达80多万亩，占总耕地的80%以上。所谓"天晴一把刀，下雨一包糟"，遇旱更大幅度减产，甚至颗粒无收。农民分散耕作，无力兴修水利，只能困守着干涸的日子。

1949年11月28日，毕节解放。1950年9月毕节县开始土地改革，到1952年1月基本结束。3月，县政府给农民免费发放了大量农具，以帮助少数民族农民摆脱"刀耕火种"的生产方式。12月下旬，贵州省政府给毕节等五个高寒贫困山区发放冬衣15万套，这是当时的扶贫。

这期间，毕节地区在1951年5月有了最早的互助组——毕节县海子街小箐沟村朱学远互助组，起初只有8户人，后来联合朱启发、杨银臣互助组，三个互助组合并为一个，有17户77人，全劳力30人，半劳力16人，耕牛8头，农具78件。人马多了，朱学远互助组就想引水浇地，1952年这个互助组从鸭池河修了一条大水沟到海子街，全长五华里。通水之日，这可是轰动了海子街也轰动了毕节县的事！

1952年的阳光照耀着海子街的大人和小孩追着那哗哗的水，跑着笑着……这可是组织起来的农民打破千秋困局，开出来的水利工程。朱学远互助组在那个光荣岁月成为名副其实的先进互助组，出席了省地县三级劳模会。省里奖励他们打谷机一台，脱粒机两台，小农具30多件；地区还奖给他们打谷机一台，耕牛两头，奖金200万元（旧币）。这些奖品来到海子街，披挂着新郎新娘结婚时那样的大红花让大家参观，大家围着新式农具看呀笑呀，感到一个新社会真的来了。

还有个吴清会互助组同样出名，1951年6月成立，起初只有7户35人，耕牛一头半（那半头不属于这个互助组）。这个组也联合其他互助组扩大到123户，这就动手把一块被河沙埋了十多年的大田挖了出来。重新耕作的这块大田，年产达7万斤粮。

这年6月的一天，夜降暴雨，吴清会冒雨去查看河堤，发现河堤被冲开了一个缺口，田坝里几百亩稻田岌岌可危，他立刻跑回来喊人堵缺口。当夜全组男女齐出动，扛木板、打木桩、背沙石，封住了已被冲垮的河堤，保住了农田。这年吴清会互助组大丰收，被评为西南地区单位面积高产第一名，荣获西南局军政委员会颁发的奖旗一面，奖章一枚，奖金300万元（旧币），省地县也给吴清会互助组发了奖品。

这个时期，互助组的计工算账有两种方法：一是记账，年终结算；二是采用工票或牌票，每完成一种活结算一次。

1952年夏，毕节地委推广朱学远、吴清会互助组经验，这两个互助组的经验都是搞水利农田建设，促粮食丰收。这时很多农民看到，单干办不到的事情，互助组办到了。这时常年性和季节性的互助组全县已有4679个，占全县农户的55.67%。这个冬季，一件突出的事情就是互助组普遍开展冬季水利建设，修小山塘、小沟渠、改田改土。

互助组人少，也做不了较大的事。为搞水利工程，一个互助组办不到就联合多个互助组，组成联组生产，这就是合作社的雏形。由此，我才注意到，水利工程在促进组织起来的过程中有这么内在的意义。

1953年12月16日，中共中央发布《关于发展农业生产合作社的决议》，明确提出，党在现阶段农村中最根本的任务就是促进农民联合起来，使农业从落后的个体经济变为先进的合作经济，使农民摆脱贫困创造共同富裕。

这时毕节地委在海子街以朱学远互助组为基础，试办东方红农业生产合作社，毕节县委在头步桥试办幸福农业生产合作社。这年创办"土地入股，统一经营"的初级合作社有196个，入社农户4704户，占全县农户的4.5%。同时也促进了互助组的继续发展，参加互助组的农户已占到全县农户的64.25%。

1953年生机乡的高家村和刘家村也出现了合作筑坝修水库的事，组织者是高家村初级合作社的领头人黄轩。他领着高、刘两村初级社的人到一个叫"水淹窝塘"的地方筑坝修水库，筑到三四米时库底下陷，失败了。

但两村在合作中更团结了，同年合并称高刘村。黄轩又联系核桃村的许天成、刘洪川，刘家村的姚明亮等，联合多个初级合作社，在1954年农历正月十六动工修一条日后算来有14公里的沟渠，1956年农历四月修通，这是个了不起的开端。这条渠在1973年弃用，但它的精神早已汇入早期建设者心志。此渠今仍存早年镌刻的纪念碑，是值得放进纪念馆永志纪念的。

1955年7月31日，毛主席在中央召开的省委、市委、自治区党委书记会议上作《关于农业合作化问题》的报告。同年10月，中共七届六中全会通过了《关于农业合作化问题的决议》。党中央认为，互助组是生产资料归个人所有的劳动互助组织，有某些社会主义的萌芽；初级农业生产合作社是生产资料所有权仍归个人，但折股入社由合作社统一经营，实行土地、耕畜等入股分红和按劳动工分分配，是半社会主义的；高级农业生产合作社主要生产资料归集体所有，实行按劳动工分分配，规模比初级社大得多，是完全的社会主义。从"合作社"到"合作化"，农民的组织化程度获得巨大进步。

1956年春天到来，毕节县加入初级合作社的农户已占到总农户的99.47%。在全国大部分地区，1956年底初级社相继合并为高级合作社，基本完成生产资料由私有制向集体所有制的过渡。

毕节农村最突出的变化就是打破了数千年的土地界限，组织起来的农民同过去散落山野劳作的农民今非昔比。这是徐荣在1956年带领镰刀湾农民开凿天渠能够成功的不可缺少的基础。

此前毕节县派来勘察的技术员，为什么都对修镰刀湾这条沟渠持否定态度？他们也实地考察过。生机乡在1956年已经修通的这条渠，开到王家沟村地段要经过一段悬崖（今日测量有93米，悬崖从水渠部位距离地面高约48米）。大渡乡镰刀湾村想开的这条渠，要经过当时估计约两华里的悬崖绝壁（今测量为1365米，从水渠部位到悬崖底的距离在140～150米之间）。最难的还不是这些悬崖绝壁，修这条渠要经过一个叫"老虎嘴"的地方，它在悬崖绝壁最险峻的部位，向外凸出去的巨大山体下面是悬空的。这是岩石结构的山，要通过它，只能从山岩内部打通一条隧道，这条隧道估计近百米，这在当时技术和工具都受限的条件下，要征服"老虎嘴"这个拦路虎，是不可想象的。

我的寻访得到毕节很多人帮助。现在我眼前的这份档案，是生机镇党委委员吴言纲和七星关区档案馆马顺卫女士在一天夜里送到我住处来的。他们从历史档案中找到的这份《毕节县林口区兴修卫星大沟的简况》，是当年用打字机打印的，落款为"中共毕节县委"，时间是1958年10月28日。这份文件里关于"老虎嘴"和整个工程的难度这样描述：

> 虽然整个渠道只有15华里，但需通（过）约两华里的悬岩陡壁，尤其在悬岩中有一段鼻梁形的凸岩，工程更为险要。把整个工程约算一算，单石工就需要三万多个，可是全乡只有三个石工，从哪里来呢？

这不是在地面上挖土修渠，是在悬崖上跟岩石作战。这里讲的石工需三万多个指工程量，全乡只有三个石工说的是三个石匠。只这么一算，这不是面对着不可逾越的困难吗？

可是，徐荣为什么坚定地认为能修成，凭什么？

徐荣第一次听到镰刀湾村人对修这条渠的强烈愿望是在1956年9月。毕节县农田水利局在清水铺乡召开周边几个区的水利工作会议，在会上听到大渡乡派来参加会议的一个农民代表的强烈表达，这个人名叫吴兴孔。

吴兴孔是镰刀湾村的，1956年镰刀湾村的高级合作社名叫青松合作社，吴兴孔说1955年青松合作社有80亩稻田和一千五百亩土地受旱灾，粮食减产六万斤。

"水就是粮食，水就是幸福！"

"有共产党的领导，花工再多，我们不怕！"

"经济困难，每家喂个猪也要修。"

"我们坚决要干，一年干不了干两年，两年干不了干三年……一定要把松树岩的水引来！"

这是青松合作社社员开会时的声音，吴兴孔把社员们的声音带到这个会场里来了。这也是1958年10月28日毕节县委那份文档里记载着的原原本本的农民声音，给我的印象是那时的政府文件更注意记载群众声音。农民说的"每家喂个猪也要修"，意思是每家喂个猪捐给集体去卖钱，也是筹集资金的一个办法。

也是在上述文件里记载着，徐荣听了吴兴孔"把他们社里的社员要求修渠的迫切心情"讲出来，当即"表示赞同吴兴孔的发言"。徐荣说："群众的热情这么高，再加上有党的坚强领导，任何困难都能克服。"

我从1958年的这份文件里看到，组织起来的群众相信党，徐荣相信群众力量。需要追寻的是，为什么徐荣相信群众力量？

我一直以为重要人物的作用是不能忽略的。我在徐荣的档案里看到，他1929年生于毕节县长春堡沙坝乡小龙村，雇农出身，1948年参加共产党的游击队，第二年成为人民解放军26军78师工兵营战士，曾在上海工兵学校培训，任学员组长。1950年参加志愿军在26军工兵营，1951年到侦察营二连当侦察兵。曾立二等功一次，三等功两次。毕节这片红色土地，不仅在红军长征时期有五千子弟参加红军，在抗美援朝时期仅毕节县（注意是一个县）就有15476人在部队服现役，126人在抗美援朝战场上牺牲，其中在上甘岭战斗中牺牲的就有吴道明等六位烈士。

顾尚英说徐荣身上有好多弹片伤疤，"他能回来就是命大"。1954年转业回乡的徐荣到撒拉溪乡政府当文书，骑着一匹黑马去上班似乎有点异样，却是仿佛还在战场上的感觉。

听听他当年的声音："志愿军在上甘岭能修出那么多坑道，今天头顶上没有飞机大炮炸我们，我们修不成一条沟沟！"这是从战场上带回来的英雄气概。

3 开悬崖绝壁修渠之先河

如果不能凿通老虎嘴，这1365米的悬崖绝壁就不能贯通。贯通了，这条渠高高地悬挂在绝壁上，就是它的显著特征。

人们感叹建设者气贯长虹的英雄气概，也感其山川巍峨气势磅礴的天人造化，称它"绝壁天渠"。这是毕节农民走上合作化道路后修出来的第一条"绝壁天渠"。1957年10月4日，苏联发射人类第一颗人造地球卫星，轰动世界。镰刀湾渠被命名为"卫星渠"。

但此刻叙述的故事还在1956年，修这条渠仅有徐荣是不够的。参加过当年修渠的老汉们还给我介绍了左遗轩。有人说他那时是乡党委书记，有人说是公社书记。可是，1956年人民公社还没成立。左遗轩1981年退休，2004年去世。然而左遗轩是组织农民修渠的领导者，这是准确无误的。

通过寻访并参阅左遗轩档案里记录的简约信息，左遗轩在我眼前渐渐清晰起来。左遗轩于1923年8月20日生在左家寨，那是镰刀湾村附近一个寨子。1953年左遗轩在左家寨领头成立了互助组，1955年成立初级社。我不知这个初级社有多少人，在毕节七星关区档案馆里找到一份手抄的《大渡公社发展史》①，里面记载1955年左家寨初级社"修通了长五里的陈家寨水沟"。

1956年，左遗轩领头的左家寨初级社与镰刀湾村的初级社合并成高级社，称青松合作社，起初他是副社长，不久任社长。组织开凿镰刀湾天渠是左遗轩担任青松合作社社长时干的事。

1956年国庆刚过，徐荣来了，他在镰刀湾村住下来，准备去勘察。此时镰刀湾村青松合作社共有315户1328人。青松合作社可耕地2939亩，旱地占94%，靠"望天雨"来养的田176亩，占6%。这已是一个"村社一体"的合作社，劳动力和村庄山川的自然资源都归合作社统一支配了。没有这种组织化程度，要修卫星天渠，是根本不可能的。

当晚，合作社社员踊跃报名参加勘察，左遗轩选择了熟悉大山情况的12名社员。第二天早晨，徐荣、左遗轩就领着这支队伍出发了。

没有资金。有技术吗？如果说有，徐荣当过工兵，受过一个短期水利培训。要在悬崖绝壁上凿渠引水，在重重大山中转个弯，这边就看不到那边了，全线要在什么位置上施工？如果凿出渠来，要靠水的自然力才能在同一水平线的渠道里流畅，如果测量不准，到时候水流不过去了怎么办？今天，我们仰望那高悬在崖壁上的天渠，遥想他们当年到底是怎么测量、怎么定位、怎么做成的，仍感到是个谜。

有测量工具吗？有，用铜钱和吊线。有打仗用的那种望远镜，有三角支架，有木板做的绘图板，可以在山上展开来画简单的图。还有军用水壶和装水的竹筒，还有开路的柴刀。有攀崖的绳索，搭钩。除了望远镜、军用水壶，差不多都是祖先用过的工具。

但是，他们已经有了高级合作社。

已经有组织起来的男女社员。

有毛主席说的"自力更生"！

---

① 《大渡公社发展史》手抄本总共14页，1966年3月大渡公社社教工作队整理。

什么叫"组织起来"？妇女们在这件事上起什么作用？

我在卫星渠中段的一个山洞前看到一个断碑，在下半截碑上还能看到修这条渠三个组织者的姓名：徐荣、左遗轩和吴兴孔。吴兴孔就是那个在清水浦会议上发言打动徐荣的人。

今天有人说吴兴孔是生产队长。其实不是。他是合作社的会计。会计为什么很重要？当徐荣、左遗轩带着强壮男劳力投身到大山中去开山修渠的时候，会计吴兴孔不仅仅是算账的，他还要操持后勤。你想一下楚汉战争中管后勤的萧何为什么重要，就大致理解吴兴孔的重要了。

农业生产不能误，还组织妇女们到山里去割藤编筐、养猪、打草鞋，千方百计搞副业赚点钱，支持修渠一线所需的生产生活之用，那里有很多温暖人心的故事只有那一代人自己知道。

这就是组织起来的分工合作。当这支勘测队伍出发时，这项事业不是只有他们在干，他们的后方有合作社的全体社员。他们每个人身上都有两双草鞋，那是社里的妇女们打的。

这支主要是农民组成的勘察队里，有刘显荣、吴周孔等，23岁的刘显荣背着三脚架紧紧地跟着徐荣，日后他也是勘测行家了。吴周孔是吴兴孔的叔伯兄弟，当年只有18岁。日后他是镰刀湾村的党支部书记。

他们在大山里持续勘测了40天，回来了。1958年毕节县委的文件中记载，当他们测量结束回村，村民来问能修渠吗？徐荣回答："岩再悬，石头再硬，它总硬不过人的心。"

1958年的县委文件里还记有人们的"对话"，从那直白的土话，可见在那"一穷二白"的年代，徐荣和组织起来的农民的决心。这项工程，徐荣其实经过了四十天实地勘察才形成报告，经乡支部研究报区委批准后，决定在1959年1月开工。

1956年农历腊月二十，是1957年1月20日。这是镰刀湾村人忘不了的日子。这天清晨，青松合作社男女老少都来送这支进山的队伍出征。徐荣和左遗轩带领的这支队伍共有68人，其中有六名党员，12名共青团员，还有两位年过花甲的老人。

1958年毕节县委那份文件中说，全乡只有三个石工（匠）。我在寻访中只得知两个老石匠的姓名：曾洪光和王相金。曾洪光是镰刀湾村人。王相金是四川叙永人，年轻时来镰刀湾附近的陈家寨打石磨，做了当地人的女婿。当年的修渠人如今多已不在，还健在的左遗朝老人2020年89岁，他说过一句："徐荣心真大，真好。"

这"真大"，讲的是徐荣真敢想啊！单看这石匠，虽然是凿石磨盘、石碾子、石水缸的好手，但都是在平地上干，不曾在悬崖上干过呀。再说两个（或者三个）石匠远远不够啊，缺石匠，悬岩上的活儿怎么干得成？说徐荣心真好，是说幸亏他敢下决心。

没有人细说过徐荣当年是怎么下决心的，或许他想过，自己当工兵之前也不知工兵是干啥的，抗美援朝时那么多志愿军战士建桥抢修大桥，之前很多人都没干过。干起来学吧！不管徐荣是怎么想的，他就是这么安排的。左遗朝在人民公社时期曾经担任过公社党委书记，据他回忆，两位老石匠就是在干中培训了一批石匠。

生机乡第一条渠没用过炸药，大渡乡这条渠没炸药不行。可是没有炸药！怎么办？打过仗的徐荣感到这事自己有责任去想办法搞。他领人去找硝土，加水熬出芒硝，再加上硫黄等物试制出一种黑炸药。威力不大，但没它不行。它能炸出少量石块和震松岩石。左遗朝说："吊在悬岩打沟沟，那不是打，是抠，一天干到黑只能抠出十厘米左右。"他说的"抠"，就是指在震松的崖壁上"抠"出石块。

"腰间绑着绳索，吊在半空中打钎放炮，先用黑炸药爆破，打出一个能站脚的台面，才好施展。"

"有站脚的地方了，望一眼崖底，头就发昏，脚就发软。"

从这些叙述中可知，今天我们去看绝壁天渠，脚能走去的地方原先是崖壁，是没路的。卫星渠要打穿的那段隧道，当时的修渠队员们称它"黑洞"。今已87岁的黄元刚老人说："那时我和谭志文正在黑洞里打沟，一块大石头突然落下来，我脑壳上的血啊，簌簌簌地飙……"

这件事修渠队员都记忆深刻。从战场上回来的徐荣就此要求大家把安全放第一位。今天还能看到当年写在岩壁上的字："同志们注意安全。"这条"黑洞"打通后，实测总长度70米。今天用无人机航拍这条天渠，看它在悬崖绝壁上蜿蜒而来，穿山而过，相当壮观。此外，还打通了一条七米的隧洞。遥想当年徐荣，他对工地上的一切事情都关照备至，可以说是全身心投入了。

"我跟他吵架了。"今天的顾尚英说。

她说，大女儿出生的时候徐荣就没回家。女儿半岁了，他回来一次，又半年不回家。再回来我们就吵架了。他说"工作需要"。我说"我晓得"。他说"没办法，工地上离不开"。他走后，我就想，"那就只能我带着孩子去找他。"

1957年那个夏天，她带着女儿出发了。她们要先到沙坝再到毕节县城，再去大渡乡的镰刀湾。大渡乡和生机乡都是毕节北部最边远的乡，与四川接壤。顾尚英母女天蒙蒙亮开始走，有车的地方坐车，没车了接着走，直走到天黑，才到镰刀湾村。村里的妇女们相邀来看徐荣媳妇，都说：哎呀，徐荣媳妇真漂亮啊，怎么放在家里，早就该带来呀！

现在顾尚英自己带着孩子来了，安顿在村里的王铁匠家。修渠队员食宿都在山里，用顾尚英的话说，他们有"伙食团"。徐荣还是经常没回家。这年冬天，徐荣夫妇的女儿高烧不退，生命有危险。徐荣接到消息赶回来，女儿已经停止了呼吸。据说徐荣哭得用头撞地。徐荣的女儿才两岁半，按当地习俗是不用棺材的。左遗轩找人做了一口小棺材。

今天有人说徐荣草草地埋葬了女儿，继续去修渠。不是的。当年修渠的老人告诉我，左遗轩主持，郑重地把孩子安葬在镰刀湾村的山梁上。那一天，村里很多妇女都陪着顾尚英去送孩子，感伤震撼了整个镰刀湾村的人们。孩子没了，徐荣安慰妻子，我们还年轻，可以再生。

当年大渡乡的上级是林口区，林口区的上级才是毕节县。1957年10月，林口区党委在修建卫星渠的工地上召开了一个有700多人参加的现场会，授给青松农业社修渠专业队红旗。这个会议不仅给修卫星渠的社员们极大鼓舞，也对周围四乡合作社产生了很大影响，不久毕节县境赤水河沿岸不少乡村都跃跃欲试，筹措修渠之事。

1958年毕节县委那份文件里还记载着卫星渠队员们当年唱的一支歌，不知作者是谁，一看就知道是农民自己创作的。

> 过去山水淌下河，如今叫它爬山坡。
> 大家坚持来苦干，子孙永远享快乐。
> 封建压迫几千年，毛主席领导见青天。
> 我们大家坚决干，硬叫荒山变良田。

1958年3月1日（农历正月二十），卫星天渠正式通水。通水这天，四面八方来了很多人，从白发苍苍的老人到牵着走的孩子，不计其数。顾尚英说："通水现场会我也去看了。"她说徐荣、左遗轩都追着那水，顺渠看了一天，用双手掬那水喝呀，喝了又喝。这条天渠总长23公里，其中主渠八公里，渠水从此供人畜饮用和灌溉耕地。有了水，开荒造田造地，可耕地扩大到4446亩，另造出水田1360亩。此渠使用至今。

在七星关区档案馆里的那份《大渡公社发展史》里，记载着卫星渠通水后，"促进了基本农田建设，共改田80多亩，坡改梯128亩，瘦改肥300多亩……农业生产获得了空前未有的大丰收，粮食总产量达到了121万多斤，比土改后将近增产一倍"。

对畜牧业的发展，写道："耕牛由土改时的100多头发展到254头，羊由600多只上升到1400多只，生猪由200多头增加到917头。解放前喂不起猪的农民，几乎家家户户喂上了肥猪。"

拦截天降甘霖修渠于悬崖绝壁，这是在悬崖绝壁上开先河的事。此后无悬崖能挡住这里的人民，毕节数十条绝壁天渠构成了一幅逶迤奔流的高原天河图。更宏伟的"开天河"则是新中国有了互助组、合作社，农民开始走向合作化、集体化道路。卫星渠竣工两年后，红旗渠于1960年在中原动工。

4 铭记英雄

1958年春，中共中央、国务院发出关于召开全国农业社会主义建设先进单位代表会议的通知，希望各地能抓住这件事来动员群众，使之成为1958年农业生产"大跃进"和提前实现全国农业发展纲要的推动力量。通知定大会于本年在北京召开，出席会议的代表总名额为5000名。

全国各地开始遴选出席这次大会的代表。徐荣被光荣地推选为代表。这意味着徐荣将去北京，将去见毛主席，这是那个年月多么光荣的事啊！这年春天，顾尚英告诉徐荣："我怀孕了。"这简直就是双喜临门。这年春夏之交，毕节县生机乡和段家乡各有一条渠在筹划中，就要开工，徐荣作为县农田水利局的技术员在为此忙碌，这是责无旁贷的。

1958年5月，顾尚英回到娘家。12月5日，顾尚英生下二女儿，徐荣还是没在妻子身边。他正在毕节县为开山修渠修路筹备一种威力强大的黄色炸药。12月11日，在剧烈的爆炸声中徐荣牺牲了，年仅29岁，在现场只找回徐荣的一只手。

此时徐荣的二女儿出生只有七天，因此她名叫小七。

14天后，1958年12月25日，全国农业社会主义建设先进单位代表会议在北京召开，会议开到1959年1月1日。左遗轩去出席了这次大会，见到了毛主席。在这次大会上，毕节县卫星渠荣获国务院"最高水利建设成果奖"，大渡公社荣获国务院授予的"兴修水利先进单位"称号，还有一张颁发给徐荣个人的奖状，由左遗轩领回来。奖状上印着总理"周恩来"的署名。

此时大渡乡已成立人民公社。据左遗轩档案，1958年左遗轩的职务是大渡公社社长，1959年至1966年任大渡公社党委书记。

　　组织上把国务院颁发给徐荣的奖状交给顾尚英时，告诉顾尚英，徐荣上北京开会见到了毛主席，是开会回来不幸遇难的。顾尚英至今笃信徐荣上北京见到了毛主席。

　　1959年1月，毕节县政府追认徐荣为烈士。1月7日，政府派人把《革命工作人员牺牲证明书》送到沙坝乡沙乐村刚刚出"月子"的顾尚英手里。我看到的这张证明书是竖板繁体字无标点符号的，颜色发黄，上面写着：

　　徐榮同志……不幸于一九五八年十二月十一日在修建水利中光榮犧牲遺骸安葬於貴州省畢節縣城關區德溝村附近除由我會祭奠英靈外特懷哀悼之情敬報貴家屬並望引榮節哀持此證明書向畢節縣（市）人民委員會領取撫恤金及革命犧牲烈士家屬光榮紀念證書

　　　　此致
　　顧尚英先生

　　徐荣牺牲时，顾尚英只有20岁，此后独立抚养女儿长大，没有再婚。女儿上学时，她才给女儿取名永书。我问，徐荣的墓是否还在？"没有了。德沟那里修火葬场。我爸的墓当无主坟处理掉了。"徐荣的女儿徐永书说，"但我姐的墓还在，镰刀湾村的人一直照看着。"

　　周建琨说："我们不能忘记英雄，我们要建一个纪念馆，让后人永远记住英雄！"他不只是说，这也是他布置的工作。

　　8月26日这天，周建琨与徐荣母女聊家常，询问徐荣留下的照片，得知只有一张。我们看到照片上的徐荣和一个水利测量器材合影，可见徐荣对新中国水利事业的热爱。

　　1958年3月1日通水的镰刀湾村卫星渠，对整个毕节县农村人民都有很大鼓舞。那天渠，当地史志称之"横亘在万丈悬崖绝壁上的清流"。

　　如果徐荣活着，作为毕节县农田水利局技术员，他还将为水利建设做出什么，我们已无法知道。我在寻访中听当年修渠修水库的建设者回顾往事，他们仍然首先讲到徐荣。

　　在政府介绍徐荣的有关文字中，称徐荣是毕节县农田水利局技术员，但开渠的老人们说徐荣是"领导打沟沟的"。我想，是的，徐荣当年就是一个县水利局普通的技术员，不以职位普通，而以责无旁贷去做这件事，尤其是他在1956年下决心，并领着队伍终于打通了那坚硬的悬崖绝壁和那隧道，这鼓舞万民的意义是不可估量的。

　　崇敬英雄，学习英雄，是组织起来的中国农民身上澎湃的伟大力量，1958年毕节县在悬崖绝壁上修渠的就有三个村。

　　先说段家乡镇江村修的"跃进渠"，从名字就可知它出现在"大跃进"年代。它是继"卫星渠"后始修的第一条渠，在人民公社诞生之前开工。它总长49公里，主渠13公里，支渠36公里。整个跃进渠要通过狮子岩、砂岩、王家岩、席草岩、公鸡岭、梯子岩六座悬岩，悬崖段2480米。工程量浩大而艰巨，历时八年，1966年修成。它是毕节县20世纪五六十年代在绝壁悬崖上修天渠历时最长、里程最长、牺牲人数最多的工程。

　　修渠有长修队和突击队。"长修队"就是长年累月在修渠的专业队，"突击队"是农闲时全体社员出动去"突击"。修这条渠的长修队，不是只有男队员，还有12名女队员，称"刘胡兰排"。我见到当年的女队员杨学会，她已81岁，修渠那年她18岁。

　　"过了端午节三天就去了。"她说。

　　那是1958年五月初八，跃进渠开工的日子。首批长修队男女队员共40多人，到大山的水源地去搭工棚住宿。有一对夫妻，女的就是刘胡兰排排长杨学飞，男的叫张仁智。他们与未婚的一样，分别住男工棚和女工棚。张仁智在修渠时牺牲了，年仅24岁。杨学飞前几年去世了。他们的儿子张成虎陪着杨学会现在就在我面前，一同来的还有当年男队员中年龄最小的胡家珠。

露天做饭，男女队员都在同一口锅里吃饭。12名女队员中已婚5人，未婚7人。我问：一起修渠那几年，男女队员有发生恋爱，或者结为夫妻的吗？"没有。"杨学会说。

"一对都没有吗？"

"没有。"

"有结婚的。"胡家珠说，"但跟长修队没关系。年龄最小的王安秀，16岁来的，直到修渠结束后才结婚。"

"你是什么时候结婚的？"我问杨学会。

"结婚后去修渠的。"

"什么时候生孩子呢？"

"1964年，生第一个男孩。"

"那是修渠的第六年了。"我说。

"她修渠结束后，接连生了5个。"胡家珠说。

"你是怎么去长修队的？"我问。

"选去的。"杨学会说。

"你愿意去吗？"

"愿意。"

"为什么？"

"光荣啊！很多人想去。不是谁想去就能去的。"

"你那时多高？"

"一米六三。"

"你们12个女的，都跟你差不多高吗？"

"是的。"

想象一下，1958年，镇江村选出12个20岁左右的女青年，个子都在一米六上下，那就是村里最有模样的女子，是大家都羡慕的对象。她们到长修队，同男子同工同酬。

"我是自愿报名去的。"胡家珠说。

"你报名就可以去吗？"

"需要我呀。"

"为什么？"

1958 年胡家珠只有 15 岁，他如果不是自己要求去，大家不会想到他。胡家珠小时候在赤水河对岸的四川叙永县赤水镇读过三年半书，长修队需要一个会计，用得上胡家珠。

胡家珠说，我 15 岁，个子小，在生产队拿最低工分，去长修队就跟长修队员一样拿最高工分。胡家珠也负责管伙食，还帮铁匠曹官全拉风箱。曹师傅 50 多岁，是长修队年龄最大的。

"每天都有一堆钢钎打秃了，每天都要抢修出来，曹师傅每天都低着头不停地干活。"胡家珠说夜里大家休息了，铁匠那里还炉火通红。胡家珠就帮着拉风箱。

那时刻炉火映照着工地上这年龄最大和最小的……真希望有画家画一幅这样的夜色图，即使不见男女抡锤打钎，不见悬崖峭壁，只见这通红的炉火这一老一少和一堆亟待修理的秃钎，你也能听见那震动山谷的凿岩之声。

"女的也跟男的一样，腰系绳子在悬崖上打钢钎吗？"

"打。"胡家珠说，"跟男的一样。"

> 万丈悬崖高如天
> 妇女打沟在中间
> 炮响一声如雷吼
> 悬岩崩去大半边

这就是她们当年唱的山歌。我问谁编的词。杨学会说："我们排长杨学飞编的。"胡家珠说："男的也有山歌。"我问，怎么唱的。胡家珠说，冰雪覆盖的冬天，男队员在悬崖上打钎唱道：

冰天雪地不叫苦

狂风暴雨不低头

任务不完不下马

水不到田不罢休

　　那个年代穷吗？穷，非常穷。访问中我随口说过一句管伙食得买油盐酱醋，没想到胡家珠说"酱醋没有的"。居住地晒出的衣裳，远远看去颜色都一样，分不出性别。但是，他们在向贫困宣战："龙洞龙泉万古千年，如今妇女要你灌田。"这也是刘胡兰排自编的山歌。

　　"战胜王家岩，渠水通镇江。灌溉几千亩，电灯照全乡。"新编山歌层出不穷。她们在悬崖上打钎，俯瞰峭壁，听千山回响，是有豪情的。那样的理想与豪情，不是有钱，而是有毛泽东思想武装，才有她们的英姿飒爽。

　　"下定决心，不怕牺牲，排除万难，去争取胜利。"这是当时每个队员都熟知的毛主席语录。他们告诉我，有一次讨论，大家历数眼前遇到的困难，数来数去数不上十个，说不上"万难"。最后大家一致认为："怕死是最大的难，不怕死什么也不难。"

　　但是，"要奋斗就会有牺牲"。牺牲确实发生了。

　　我第二次见到胡家珠的时候，他穿一双用竹丝打的"草鞋"，相当结实精美，显得特别郑重。他领着大家沿着跃进渠走，在途中每个牺牲者牺牲的地点讲述了当时的情况。长修队在他们牺牲地点的崖壁上为每个壮士立了一块无字碑。

　　第一个牺牲的队员叫高体宽，共青团员，29岁。牺牲于1959年农历十月。胡家珠说："他负责点炮，点了三炮，响了两炮，还有一炮没响。他以为是瞎炮，过去看，刚走到，炮就响了。"

　　工地上开了追悼大会。组织修渠的乡党委书记张仁福主持大会，村支书是张怀仁，大队长是胡家登。胡家珠说："追悼大会开成了誓师大会。"很多人报名参加长修队，组成了"黄继光连"。连长张成举，副连长郭光会。

先后参加过长修队的有72人。大突击时，修渠人数超过400人。指挥部设在公鸡岭。

预备党员张成明1960年牺牲在梯子岩，33岁。

"那天他肩上扛着一捆钢钎，沿着钢绳走过去，他前面走着一个小青年，他叫小青年小心点，没走几步自己摔下了悬崖。"

共青团员张仁杰牺牲时只有20岁，未婚。

"那天他因打摆子^①，只休息半天就来上工。人家问他为啥来上工。他说光吃饭不做事不舒服。那天有块岩石垮了，他一手抓住未垮的岩石，因病没力气，抓不住岩石，一下就摔下悬崖。"

由此可见，在那悬崖陡壁上作业，每天都处在危险之中，每天都需有英雄气概才能踏险而行。社员刘显忠牺牲时40岁、曹清全牺牲时30岁，24岁的张仁智是最后牺牲的。

"那是1965年农历二月初四。"胡家珠说，"跃进渠快要胜利了。他是爆破员，点炮后跑开已经躲避好了，突然看到对面半山有一队人正走来，他跳出去吹哨，喊他们快躲。一个炸飞的石块从空中落下来，砸到他头顶，血喷出来，死了。"

他的妻子杨学飞因为生第二个孩子还在家带孩子。一个月后，杨学飞背着小儿子，牵着不到三岁的大儿子，到山上来了。大家说："你干吗呀！"她说："我让成虎来看着弟弟。我可以干活。"以至有人说，张成虎是工地上修渠年龄最小的队员。

杨学飞素来要强。修跃进渠之前，清水浦区曾组织插秧比赛，杨学飞去参加，得了第一名，被评为插秧能手。夏季抢收抢种，她背上背一百多斤麦子，怀里还抱着小孩。

1966年5月，跃进渠终于修成，通水了。家家户户都拿着桶到渠边来打水，那种盛况谁都难忘。杨学飞没有先去打一桶水，而是拿着一个空桶，一

---

① 疟疾，俗称打摆子。

口气跑到丈夫牺牲的地方，去告诉丈夫渠修通了，用桶取水洒在丈夫的无字碑前。

那天，我请他们回顾出刘胡兰排12名女子的姓名，大部分是胡家珠回忆出来的。我说您的记忆力真好！他说："我每天给大家记工分。"这天他们只回忆出11人，我记下了11人的姓名，并请他们帮助把那一位女子也回忆出来。

三天后，胡家珠通过微信把最后一位的姓名也告诉我了。真希望将来的"毕节绝壁天渠纪念馆"里，能隆重地列出这12位女英雄的姓名，展出她们的照片和事迹。当年，她们在悬崖上的英姿，她们在山谷中悠扬的山歌，是许许多多在悬崖绝壁上奋战的男人注目的美丽形象。请以崇敬之心来看她们的姓名：

> 杨学飞，排长，党员。曾帮翠，副排长，党员。
> 杨学会　张秀珍　刘显会　刘显翠　张成飞
> 张仁均　吴文学　高体详　刘洪英　王安秀

5　学习就是捷径

那是个善于学习的时代，学大寨，学大庆，学雷锋……其实，学习就是捷径。毕节乡村向开凿卫星渠学习，开出数十条天渠。接着说1958年开工的另一条天渠——高流渠。

生机乡高刘村修的"高流渠"，其名取的就是"高山流水"之意，高刘村也因此改名为高流村。1958年，在生机乡乡长黄轩、乡文书周正刚和高刘村党支书高体贵的组织下，这条渠于10月开工，1960年6月停工，1962年秋天复工，1966年全线竣工。总长18公里，主渠6公里，经过的悬崖绝壁段1757米，打通了一条68米的隧道。修这条渠牺牲3人，重伤5人，轻伤60余人。

82岁的徐光福和80岁的单怀忠，都是修高流渠的长修队队员。他们说，高流渠修到石虎岩段时，村里选了31个人组成的长修队，住在山洞里。

"为什么是31人？"我问。

"打沟都在悬崖半壁上，回去耽误时间，就在山里找洞。找到的那个洞就在悬崖上，最多只能住三十几个人。"

"那个洞离家有7公里，不大，我们叫它'娃娃洞'。"

2020年我站在那个洞前，看到此处就在百丈悬岩的山腰上，抬头看不到岩顶，低头看不见谷底。那时已经成立人民公社，有生产队了。选精兵强将，党团员先上，生产队长上。先后住在洞里修渠的有50多人，全是男的。吃住都在洞里，干了三年。在洞口做饭。洞里面用木棍铺地上当床，木棍上铺茅草。没有被子，冬天用茅草把自己盖上。

"为什么没有被子？"

"家里只有一床被子，要是拿到洞里来，家里就没被子了。"

"那你们不冷吗？"

"在洞口烧火，洞里暖和。"

"这不是祖先的生活吗？"这句话我没说出来，但心中已有震动。"冬天有棉衣吗？"我问。

"没有，两三件单衣摞着穿，干活就不冷，冬天都要淌汗。"

"单怀忠打大锤，12磅大锤，接连打70多锤。"

"徐光福教过小学，他是会计，记工分，还管伙食。"

还养了两头猪，猪栏就在附近另一个洞里。每年过年杀一头猪。我问："过年也不休息吗？"他们给我念了一首歌谣：

> 一天两餐苞谷饭
>
> 南瓜酸菜是好汤
>
> 三十晚上不下站
>
> 初一早起接着干

"这么艰苦，身体怎么样？"我问。

他们说伤风感冒不算病，又笑着说："生活不好，病少。生活好了，病多。"但是有人牺牲，他们对牺牲的队友记忆犹新。

第一个是刘明志。他们1962年农历十月初五住进洞里，十月十二，只7天时间，干活的时候上面塌方，刘明志去世。

第二个是陆振华，1963年农历四月十二，在悬崖上打钢钎，摔下深谷。"陆振华结过婚，还没有孩子。"

第三个是许光美，1964年农历六月初四，上面掉下来的石头砸到他。"许光美有子女。"

我问："那么艰苦，还很危险，有人退缩吗？"

他们说：刘明志牺牲后，大队党支部组织学习毛主席著作"老三篇"，大家纷纷表示要化悲痛为力量，报名参加长修队的增加到50多人。

他们还告诉我，共产党员许天珍在悬崖上凿桩眼钉木桩时摔下悬崖，大家都以为完了，追下去看，人摔成了"血葫芦"，还有气。原来是摔到树上，再落到地上。赶紧送去公社卫生院抢救。他昏迷了三天，醒了。许天珍出院后又返回工地继续修渠。

1964年许天珍被任命为大队党支部书记，1966年被评为全国劳动模范，进京参加国庆观礼。全体劳动模范受到毛泽东、周恩来、朱德等党和国家领导人接见并合影留念。许天珍1975年起当选为第四届、第五届全国人大代表。

修高流渠也有个女队叫"穆桂英排"。排长刘显英还健在，她回忆出12位女子的姓名：

刘显英	李明英	杨志珍	刘显翠	潘柏秀	商能珍
李长英	陆发珍	高体英	杨光礼	曾梁翠	刘洪群

在高流村采访时，我得知高流渠是在海拔1600多米的青龙山半山腰拦

水建个拦水坝，引水绕山而来。为保护水渠，不让洪水过来，他们在水的入口处造了一个水卡，控制水量。否则洪水带着泥沙涌入会把水渠堵塞；水过多溢出水渠，日久会损坏渠下悬岩基础。不知这个发明出于谁，或许是集体智慧。据说这个方法也被其他渠采用，成为保护绝壁天渠使用至今的重要因素之一。

今天高流村党支部书记许登告诉我：高流渠修成之前，整个高刘村只有四亩水田，叫"雷响田"，靠天吃饭的。渠修通后，造出水田735亩，还灌溉耕地3215亩。至今高流村12个村寨的人民都饮用这天渠水。

1958年动工修的天渠，还有一条宁家公社联合大队修的黄洞渠。这年冬天，联合大队组建了23人的长修队，冒着风雪开工，历时5年。长修队员郭永阳在修渠中牺牲，年仅26岁。

自卫星渠修通后，跃进渠、高流渠、黄洞渠、长岩渠、天车洞渠、落涧岩渠、孙家堰渠、小和平渠，都在1958年到1964年之间动工修建，这几条渠到1966年都已竣工通水。另有半边山渠、峨峰岩渠，分别于1970年和1976年动工。毕节生机镇习惯上所称的"十大天渠"，是当年大渡公社、段家公社、生机公社、耿官公社先后开出来的。段家公社和耿官公社在1970年以前并入了生机公社，大渡乡在1992年并入生机镇。

1970年1月16日，《人民日报》发表《学大寨劈山引水，为革命改地换天》，报道贵州省毕节县生机公社兴修水利成绩巨大。1971年5月31日，《贵州日报》发表《大寨花开乌蒙山下》，报道毕节县生机公社劈山引水的英雄事迹。此后中央新闻纪录电影制片厂到生机公社拍摄了《劈山引水》纪录片。

榜样的力量无穷。自1958年12月在全国农业社会主义建设先进单位代表会上，毕节县卫星渠荣获国务院"最高水利建设成果奖"，大渡公社荣获国务院授予的"兴修水利先进单位"称号，毕节在悬崖绝壁上修渠引水的事迹就对全国兴修水利建设有积极影响。1970年代初《人民日报》《贵州日报》的报道，以及中央新闻纪录电影制片厂所拍的纪录片，对整个贵州兴修水利有广阔影响，以至贵州省掀起"全国农业学大寨，全省水利学生机"的农田水利基本建设热潮。

生机镇习惯上说"十大天渠八大水库"，实际不止。比如未被列入的小和平天渠，总长26.3公里，打通了一条275米长的隧道，穿过整座山，主渠穿过悬崖绝壁段约300米。

今日统计，自20世纪50年代中期起的20多年间，生机镇所辖地域先后修建了40多条水渠和10多座水库，水渠总长约309公里（此数不包括将水引到田间的沟渠）。

以上只是生机镇一个镇的数字。在毕节市境内，仅毕节一县，清水铺镇修的18条渠中，就有九条属于天渠，动工时间从1963年到1975年；团结乡有四条天渠，1963年和1964年动工，其中马家河渠打通了近千米隧洞；亮岩镇有一条天渠，1958年动工；燕子口镇有两条天渠，分别在1962年和1974年动工；林口镇有一条燕林大渠，打穿三个隧洞，1975年动工，工程量最大，调动人工最多；这些都是穿过悬崖绝壁的天渠，都在1980年以前修成。如此，据我所知的不完全统计，毕节县境内的绝壁天渠就有39条，还有更多未经过悬崖绝壁的水渠没列在内。

因此，我以为，只注意到生机镇的"十大天渠八大水库"是不够的，停留在20世纪70年代初的报道上只讲"英雄生机"也是不够的，其宏伟壮阔的规模该称"毕节绝壁天渠"。

但愿来日建"毕节绝壁天渠纪念馆"，把新中国成立互助组、合作社以来，毕节农民在悬崖绝壁上凿通天渠的英雄事迹准确地展示出来，期望在馆里建一壁"英雄墙"，把牺牲者的姓名永远刻写在上面。

我在本书采用的较准确数据，主要来自生机镇党委委员吴言纲的调查和他亲自去生机镇一条条天渠进行的精确测量。但是，本书所记述的天渠，确属"不完全统计"，只是一部分。自1958年修通卫星天渠，到1970年代"全省水利学生机"，榜样的影响力远不止当时的毕节县范围。据今毕节市水务局的统计数据，毕节全区在1982年前共修水渠553条，总长度达到1133

公里。这些水渠全部是毕节农民走上合作化集体化时代开出来的，全部属于集体所有。

有一件事我还该写在这里。毕节市摄影家协会会员徐冰雪女士在2020年11月6日将《生机公社摄影原稿集》捐赠给政府有关部门。这部摄影集是徐冰雪的丈夫王振翔1971年完成的，共有50幅作品。王振翔当年是毕节县政府宣传办公室的干部。

"振翔从1968年开始，就经常跑到生机公社去拍照片和收集资料。"徐冰雪说。

王振翔拍的这组黑白照片极其珍贵，它本身是王振翔翻山越岭，深入现场，去记录下种种艰苦奋斗场景的生动写照。拍下的场景，令人震撼，是我无法用文字传达的。

照片里那扎着头巾在悬崖上挥锤打钎的农民，那打着赤膊蹲在工地上修钢钎的模样，那居住的极简陋草棚，那几十人在水库工地拉一个巨大石碾的场景，还有工地上集体学习毛主席语录，写在岩石上的标语"发扬一不怕苦二不怕死的革命精神"，无论男女，个个都那么阳光……所有这些瞬间就把我们带到那个年代。这是不可多得的，这是可以进入纪念馆的一个火红年代的见证。至此，请你再看一眼当年修渠英雄的歌：

> 钢钎大锤当刀枪
> 悬崖绝壁摆战场
> 绳子系在腰杆上
> 好像雄鹰在飞翔

我还想补叙一下，毕节生机镇在修天渠和水库中一共牺牲了13人，其中修水库牺牲两人。徐荣的女儿徐国珍虽然不在此列，但生机镇在介绍卫星渠时总不忘说："徐荣以父女两代人的牺牲，换来了卫星渠的胜利。"这是饱含深情的。

毕节天渠的建设者今天都80多岁了，讲起当年工地上的战斗诗篇脱口即出。你会蓦然看到，那其实是个有诗有远方的年代。你不能不信，那里不是只有一两个英雄，那是一个英雄的时代。

6 山河知道，庄稼知道

一切事业都需要后继有人，天渠也需要维护。

生产队解体后，"跃进渠"这个名字渐渐没人叫了，以镇江村的名字叫它"镇江渠"。集体解散，集体经济也枯萎了，镇江渠还在流淌……可是，"到处都在漏水！"在干啥都讲钱的年头，总长49公里的镇江渠有谁去维修呢？

有的。跃进渠还在修渠者心中。胡家珠和当年长修队的队友，这几十年，数不清巡渠补渠修漏多少回，用石灰和着黄泥巴补，后来用水泥补。做这些跟有没有钱无关，只跟他们心中的情感和信仰有关。不能不说，那个集体主义时代，他们收获的不只是菲薄的工分，同他们的青春岁月一同成长的，有他们一生都能够挺直腰杆去走路的精神。

1984年，胡家珠入党，并当选为镇江村村主任。作为村主任的胡家珠操心着要让跃进渠的水流进生机乡的学校和街道。为什么？只为青年时代精神里得到的一种东西，这东西就是那个时代告诉他的，"人要活得有意义。"回想起来，当初他们举全村之力修渠，不就是为了造福子孙后代吗！长修队的人有的已经去世，那么多队友，就自己当了村主任，难道不是应该发挥跃进渠更大的意义吗？15岁为拿高工分而报名参加长修队的胡家珠，如今在操心——现在的年轻人只看钱，顾不上意义了。1989年4月9日，胡家珠心中的"意义"得到实现，跃进渠的水，通过自来水管流进了生机乡的学校和街道。胡家珠不讳言，这是他当村主任期间所做的让当年的队友们都分享到开心的事。

1990年4月13日，胡家珠作为生机乡副乡长候选人，竟当选为乡长。

1995年胡家珠已经52岁，被任命为亮岩镇镇长，1998年任亮岩镇党委书记。1999年县里对乡镇领导的安排，50岁以上的将不再任用，组织上找他谈话，有意调他到县里工作。胡家珠说："还是让我回生机吧！"于是组织上让他回到生机担任政协联络员，享正科级待遇。

实际上，他的心一直就没离开过跃进渠。2004年他退休了，仍然是个永不退休的巡渠员。如果说他有什么变化，他脚上这双竹丝打的"草鞋"或可算个小变化——非常精美而结实。脱下竹丝鞋，卷起裤管，踩到渠里去捡渠底的小石块，将渠边延伸到路上来的杂草除去。他做这些，没人能看出他曾经是一个乡镇党委书记。有人问他，你做这些有多少钱补贴？他说，我每个月都有退休金！这天，我看着他的"草鞋"和我的皮鞋，我想，这渠边的路，他也是可以穿皮鞋的。可他穿着"草鞋"走在这里，那青春时光就回来了，不是谁都能享有这样的风景。

当初参加修卫星渠的吴周孔18岁，他在1958年底参军，去铁道兵部队干了八年，退役后在1990年担任镰刀湾村党支部书记，是他带领村民把本村修的卫星渠和长岩渠都用水泥硬化加固。

每一条流淌至今的天渠，都有这样的守护者。这样的守护者往往多是共产党员，这是值得留意的情况。细想，那时的共产党员多是"把困难留给自己，把利益让给别人"，这与古代"先天下之忧而忧，后天下之乐而乐"是一道悠久的精神长城。这与争富逐利是很不同的。

现在说一下毕节的八大水库。我采访的四位建设者，李正忠77岁，李长文72岁，刘发俊73岁，潘光华66岁。他们告诉我，第一座水库是1966年4月开始修的，历时八年，1974年修成。生机公社18个生产大队都派人参加了，也有长修队和突击队。

"长修队住茅草房。用木棍、藤子扎的床，通铺，两层，五尺空间。"他们四人都是长修队的。

"地种完了就全部来了。"这讲的就是农闲时各大队的劳动力都上来了，

"突击队来了。"

"每天三四千人，红旗上山。"当时生机公社全部才两万多人。"妇女、孩子都来了。工地上摆着一长排台秤。"

"称什么？"

"称土啊。"

"3600斤一方土。长修队，一人每天的任务背两方土。男的能背300到400斤。女的能背150到200斤，也有的能背300斤。"

"用什么背？"

"背篓啊。"

"不可能吧。"我说，"背篓也装不了那么多。"

"背篓有两类，背石头等重物的小，背烤烟的大。土也重，但是工地上大家都用大背篓背土。"

"即使装得下，也背不了那么重吧？"我仍然不敢相信。

"潘光华是五排排长，他就背过除皮510斤土。"我记不清谁说的。我问就坐在我面前的潘光华："是吗？"他说那是他18岁的时候。所谓"除皮"，就是背着土，站到台秤上称出重量，减去体重。他18岁体重130多斤。我问另三位，你们能背多少？他们说300斤左右。我说我在南方插队，知道我们村力气最大的人只能挑280斤。他们说，挑是一个肩，背是两个肩，用背篓背还有背部和屁股的力量。背起来直直地走，站到台秤上称重，然后背到地点，两个人上来帮着从肩膀上卸下来……总之，这是我第一次听说，背篓能背500斤。

"每天早、中、晚，大喇叭都会公布进度，表扬好人好事。"

"谁在广播？"

"水库的支部书记孙尚清，他亲自广播。"

"水库修成，开过庆典吗？"

"没有。"

"那时候感到什么困难吗？"

"没有。有也要自己克服。"

"那时候有懒汉吗？"

"没有。半个都没有。"

"根本不可能有。"以下都是他们说的。

"那时候多艰苦多难的事，都不是事。"

"那时候的任何一个事情，拿到现在都是模范。"

"真是愚公移山。"

"没有私心杂念，就是为家乡，为子孙后代。"

"如果那个精神拿到今天来用，别说八个水库，80个水库修出来也不费劲。"

这天我请他们回顾出八大水库，我一一记下。忽然，我说："怎么有九个？"他们让我念出来看看，我念完，有人说："哦，有一个没修完。"

"为什么没修完？"

"土地下户了，生产队解散了。"

我沉默了。

后来，吴言纲还告诉我，耿官公社修的峨峰岩渠，基本修成，差最后一道工序，赶上土地下户，停了，后来没有通水。还有燕林大渠，就是从燕子口修到林口，打通了三条隧道那条天渠，有林口区、燕子口区、海子街区、官屯区四个区的社员大会战，相当于抽调了半个县的民工参战，工程量最大，修好了。但是，放水的时候，燕子口段通水没问题，林口段的渠修高了，水大的时候能过去一些，水少就过不去了。林口段本来要改造的，土地下户，也就停了。2000年后，国家拨款修过，至今不能正常通水。

我想，今天为什么回顾六七十年前的毕节往事？为什么仍然要向他们学习？他们留下的不只是一种精神，还有他们宝贵的实践，他们的许多具体做法，他们所走的道路。

在新中国，他们自有了互助组、合作社，就有了凿通天渠的奇迹。他们在悬崖绝壁修渠的时候，非常穷，没资金，靠什么？靠在党的领导下，组织起来，走集体化道路。

今天很多人习惯讲股份、讲按资分配。他们那时分明呈现着统一部署，劳动分工，按劳取酬。比如有在生产队里种地的，有在长修队修渠的，没有这种分工合作，就不会有远大发展。

他们的眼睛不是盯着自己的一亩三分地，不是只关心自己能挣多少钱，他们的眼界能从自己家里看出去，遥想村里能种上水稻，学校和家里能用上自来水。他们在劳动中有歌声，心中有诗篇。他们不是等待着有钱人办公司、办农场，他们才去打工就业。他们靠自己的双手去创造价值，去创业。你仔细想想，你对照着想想，他们青年时代的故事，过时了吗？

这天，他们随后说起，修渠修水库的很多人已经过世。2018年搞过一次慰问，全镇只剩下146人，现在不到100人，修渠的不到20人了。采访到最后，我才知道他们四人中，李正忠、李长文、刘发俊都曾经担任过村党支部书记。我好像才发现，他们70多岁了，坐在椅子上，腰板都很直。

最后我说，这么多年了，也没人知道你们。他们说，不要谁知道，山知道，河知道，庄稼知道，这就够了。一生留下了水库，留下了渠，不白过了。

7　四个留下

终于写到最后一节。

2020年9月，新任贵州省委副书记蓝绍敏到毕节调研，他以来自东部发达省份，曾任南京市长、苏州市委书记的眼光看毕节，讲了"四个没有想到"。他说是"发自内心，印象非常深刻"。那是在29日与毕节市领导座谈中讲的。我以为难得，故记录于此。

一是没想到毕节城区建设已具现代化城市的基础和雏形。二是没想到毕节在农村产业革命中，用这么短的时间推动生产结构调整，并在两端形成了基本完备的保障体系。三是没想到易地扶贫搬迁中，系统谋划、整体推进做得这么好，生产生活配套水平和东部发达地区没多大差别。四是没想到人民群众，特别是少数民族人民对党中央和总书记感情这么深厚。

2020年11月，毕节宣告脱贫摘帽出列。五年来脱贫攻坚的历程如下：

2017年黔西县"脱贫摘帽"。

2018年大方县"脱贫摘帽"。

2019年七星关区、织金县"脱贫摘帽"。

2020年11月23日，威宁县、纳雍县、赫章县"脱贫摘帽"。

脱贫的系列指标中，年人均可支配收入的脱贫线，2020年全国指导标准为4000元。经"第三方"验收评估结果显示：毕节最贫困的威宁、纳雍、赫章三县，无漏评，无错退，综合贫困发生率为零，群众工作认可度99%以上。三县贫困人口年人均可支配收入分别为11032元、9571元、10492元。

也许你还关心着本书中写到的那些贫困户，他们脱贫了吗？答案是肯定的。他们之所以脱贫，因全部加入了村集体合作社，能参加力所能及的劳动，有了村集体保障下的稳定收入。最让人揪心的那些孩子正在长大，在有保障的上学中，"代际贫困"被阻断了，已成为乡村未来的希望。

其实，比扶助物资贫困更难的是救助精神的深度失望。还记得那个曾"令我想起鲁迅先生笔下的'闰土'"的村民吗？他八岁时母亲出走，29岁时妻子出走，此后他少年时的记忆仿佛遗失了……如今回访他，判若两人。在他的家乡织金县川硐村，生活状况发生改变的不仅是他，标志性的变化是不少人盖新房，他搞起房屋装修。他说目前月收入约4000元。"干活都在我们村周边。"他住的新房两层120平方米，是他自己装修的。房屋干净，待人热情，完全不见中年"闰土"的影子了。

还告诉你一个你可能熟悉的人家。还记得《高山下的花环》里的梁三喜吗？梁三喜的原型是当年13军39师115团二营机炮连副连长王发坤烈士，王发坤是毕节威宁县海拉乡新村大坪子人。他当兵十年任副连长，在部队已确定他转业之际，中越边境烽烟骤起，部队征求他个人意见。他说："养兵千日，用兵一时，我不能回去。"他留下参战，1979年2月17日在"周登激战"中牺牲，被追认为烈士并记二等功。

1981年的一个下午，王发坤的妻子李金花收到部队寄来的一个包裹，里面是她丈夫的遗物，还有一张借款账单，嘱咐妻子一定替他还上。这年李金花26岁，家徒四壁，带着两个儿子，用11年时间还清欠款，完成了丈夫的嘱托。

李金花独自抚养孩子长大。2010年以前，李金花一家住在两间土坯房和一间茅草房里，水、电、路都不通。她所在的大坪子已经很偏僻了，她家住得更偏僻。毕节军分区赠送给她家的大柜子，用拖拉机拉不到她家，路太小，抬也抬不进去，后来想办法用绳索拴着从空中滑到她家门口。

2011年政府为她修建了一幢80平方米的平房，这正是在威宁成为"八个项目试点县"的时候。2017年政府在脱贫攻坚中修了一条4.5米宽的水泥路经过她家门前。与此同时，在毕节军分区和威宁县乡政府的共同帮扶下，为她家建起一幢255平方米的小楼房。其中有一间"王发坤烈士遗物陈列室"，成为当地进行爱国主义教育的场所。

李金花的子女都长大成家，各自有了子女，其中有个孙子参军入伍。政府发给李金花的烈士遗属抚恤金逐年有增长，2020年领取到的金额是27908元。生活发生很大变化的非止李金花一家，她的家乡整村整寨脱贫，家家都有了硬面通户路，都通了电，都有安全饮用水。

早在2020年7月，周建琨已知毕节达到脱贫指标了，知道不会太久，有相当一批经脱贫攻坚历练的优秀干部将会告别奋斗多年的岗位。当告别的那一天到来，你们会是什么心情。事实上，总书记交给我们的工作，我们还做得不够，我们还要把衔接乡村振兴的工作做下去。

2020年7月28日，周建琨在市委二届七次全会第一次全体会议上，语重心长地提出"四个留下"。这"四个留下"里凝聚着他集多年的工作经验和人生追求最想给大家说的话。他已60岁，也会离开毕节，这也是他留给毕节的话。这话里有他同这片土地和人民结下的深情。因而他一说出来，就在大家心中产生了久久的共鸣。

> 留下一支永远不走的工作队
> 留下一批活力强劲的村集体合作社
> 留下一份殷实厚重的村集体资产
> 留下一套高效管用的乡村治理体系

这是对仍然在脱贫攻坚战场上的干部说的吗？这是对自己的要求吗？你仔细看，这"四个留下"里，哪一项都必不可少。不管哪个村，哪个乡，哪个县，其中的哪一项成为短板，这个地方的脱贫成果就难以巩固。这"四个留下"，成为毕节在2020年最后五个月的冲锋中，集中力量照此去做的工作目标。这"四个留下"，与其说是脱贫攻坚将要胜利完成的最后冲刺，莫如说是马不停蹄地在衔接乡村振兴，开始新的进军。

我感觉，这不只是工作目标，我仿佛听到保尔·柯察金的声音，那是很多年前很多中国人读过的《钢铁是怎样炼成的》那本书里的声音："人最宝贵的是生命。生命每个人只有一次。人的一生应当这样度过：当回忆往事的时候，他不会因为虚度年华而悔恨，也不会因为碌碌无为而羞愧；在临死的时候，他能够说：'我的整个生命和全部精力，都已经献给了世界上最壮丽的事业——为人类的解放而斗争。'"

我感觉到了这"四个留下"，同毕节当年的建设者欣慰于"一生留下了水库，留下了渠"，有相通的一致性。我感觉这"四个留下"不只是诉诸工作，更是一种人生追求。我仿佛在那"留下"声中听到问：你能留下什么？

后　记

　　入冬，我在贵州高原的朝阳中散步，内心忽然充满感激。不因这本书终于完稿，因一路走来所获的体会和认识。现在写下的这些文字，是要回答为什么写这本书。

　　约15年前，我意识到人类远古的文化对现代社会和未来的影响，开始迈向历史深处。我跑了数十个考古文化遗址，去意大利、埃及、法国、俄罗斯等国家都注重去看博物馆。我注意到历史教科书第一页就告诉我们的旧石器和新石器，其实只是对地球上原有的石块进行粗加工和精加工，陶器才是人类创造出来的第一个物品。追踪陶器的发明，全球最早的陶器出现在中国。西亚人驯化出小麦和羊，中国人驯化出稻粟和狗。狗是人类驯化的第一种动物，水稻的驯化略早于小麦。凡此种种，我看到了人类的文明不仅起源于造物，更源于人的意识的觉醒。譬如在驯化动物中把照料和爱惜动物的人性驯化出来，在驯化植物中把爱惜庄稼和劳动的意识培育出来。我追踪探寻，渺小的心意识到建立中华文化自信的重要和必要。我于2008年出席了在韩国首尔召开的首届中日韩文学论坛，作《我的中华文明观》演讲；2009年在法国巴黎首届中法文学论坛开幕式上，作《世界需要良知》演讲。我沉潜于浩瀚历史，想站在21世纪的时光里写一部中国文明史。正跋涉中，接受撰写《孔子大传》的任务，这是"百位中华历史文化名人传记"这一国家文化工程中的一部，于是先作此书。这期间参加中央电视台大型纪录片《长征》的创作，担任电视总撰稿。此时意外发现贵州塘约村。没人请我写，起初我也没有想写，可是这个小村在我心里忘不掉。我感到了，如果没看到也就罢了，看到了不敢不写。于是有了《塘约道路》。

我没想到书出版后得到中央领导肯定并广受关注，此后全国各地到塘约村去参观学习的人至今络绎不绝。贵州省委多次发文倡导全省学习推广"塘约经验"。我看到，真正的意义，不在一本书，那是基层党组织和人民群众的创造，如果塘约经验能对很多村庄有帮助才有广阔意义。这时我被现实的社会需要、农民需要深深吸引。

近几年，我跑了20多个省、自治区和直辖市的70多个市县300多个自然村寨，我切实看到，全国农村绝大多数农民都渴望党加强对农村的领导，期望党组织把农民特别是贫困农民组织起来，走共同富裕的道路。这期间我追踪采访贵州毕节和山东烟台两地多年，目睹了这两个地级大市坚持党组织引领合作化道路的历程。目前，这两地党组织领办的村集体经济组织和合作经济组织加起来超过了一万个。这就远不只是一个塘约村的故事了。我再次体验到"不敢不写"，于是写了。在此还要有个说明，我写到的人和事只是我遇到的，还有很多我采写不尽，以至体验到"不敢采访"，否则这本书就写不完了。

这期间我还走访了周家庄、华西村、南街村、贾家庄、滕头村等，以为这些持续发展集体经济和合作经济已达半个多世纪的乡村，为乡村振兴提供了很多宝贵经验，值得当今很多乡村（包括毕节和烟台党组织领办的合作社）学习借鉴。本想将它们也写出来放在这本书里，但那样这本书就太厚了，只好另作考虑。

几年来，我受到很多人帮助，本想在后记中写下他们的姓名，最终一个都没写，因最后知道彼此都在心里了。然而要告别毕节等地的时候，还是有难以用语言表达的东西在内心涌动。我曾经从插队的山村走出去，进了北京，又从都市到农村乃至流连忘返。为什么一次次来到贵州高原最贫困的毕节山区，走了这里所有的县区和很多村寨，前后有四年，我在寻找什么？不是说哪儿哪儿是我的第二或第三故乡，我感到，我是在寻找我心灵的故乡、情感的归宿。几年来，给予我亲人般帮助和关怀的人们，让我再次感到，人生中有些恩情无法报答，只能铭记。

习近平总书记曾说："一切有价值、有意义的文艺创作和学术研究，都应该反映现实、观照现实，都应该有利于解决现实问题、回答现实课题。"①现实有许多我们平常想象不到、无力虚构的事迹，在这个新时代涌现。我再次体会到，我所从事的事业，正是因为有很多普通人在平凡中的正直坚守和艰苦奋斗，才使文学表达获得生命，并使我自身分享到一种如阳光那样的照耀，体验到生命中仍存的感动和感激！

王宏甲

2020 年 12 月 1 日 贵州毕节

---

① 习近平：《一个国家、一个民族不能没有灵魂》，《求是》2019 年第 8 期。